罗锦堂曲学研究丛书

元人小令分类选注

罗锦堂　编著

陕西师範大学出版总社

图书代号：WX17N1089

图书在版编目(CIP)数据

元人小令分类选注/罗锦堂编著. —西安：陕西师范大学出版总社有限公司，2021.1
（罗锦堂曲学研究丛书）
ISBN 978-7-5695-1787-3

Ⅰ．①元… Ⅱ．①罗… Ⅲ．①元曲—注释 Ⅳ．①I222.9

中国版本图书馆CIP数据核字（2020）第124335号

元 人 小 令 分 类 选 注
YUANREN XIAOLING FENLEI XUAN ZHU

罗锦堂　编著

出版统筹	刘东风　陈维礼
选题策划	郭永新　任祚旺
责任编辑	彭　燕
责任校对	舒　敏
特邀编辑	巩亚男
装帧设计	观止堂_未氓
出版发行	陕西师范大学出版总社
	（西安市长安南路199号　邮编：710062）
网　　址	http://www.snupg.com
印　　刷	中煤地西安地图制印有限公司
开　　本	720mm×1040mm　1/16
印　　张	27
插　　页	2
字　　数	306千
版　　次	2021年1月第1版
印　　次	2021年1月第1次印刷
书　　号	ISBN 978-7-5695-1787-3
定　　价	98.00元

读者购书、书店添货或发现印装质量问题，请与本公司营销部联系、调换。
电话：(029) 85307864　85303629　传真：(029) 85303879

前　言

　　1986至1987年间，我由于在美国夏威夷大学休假，所以应聘到东海大学中国文学研究所任教，担任散曲研究一科教学，以讲授小令为主。因为元人小令大量吸收了当时的口语词汇，无论叙事或抒情，都能发挥得淋漓尽致、直率刻露，遂形成它独有的艺术风格。再者，小令的格律比较自由，作者可以在曲牌规定的字句之外，另加衬字，以调整其句法上的长短，因之比诗词圆转灵活，能表达出更多的思想和情感。为了教学上的方便，我就把元人小令的内容，非常勉强地甚至武断地区分为下列八类：

一、写景（春、夏、秋、冬）

二、言情

三、伤别

四、感时

五、叹世

六、遣兴

七、怀古

八、咏物

在写景一类中，又再分为春、夏、秋、冬。这样的分类法，虽然不十分理想，但可借此把重要一点的元人小令，大致上都包括进去。

选录元人散曲，时代最早、材料最丰富者，莫过于杨朝英的《阳春白雪》，其次还有《太平乐府》及《乐府新声》等。这些选本，除小令而外，并兼选套数，若要说到专以小令成集的，就只有胡存善（？）[①]的《乐府群玉》了，全书共收刘时中等人的小令六百二十七首。任中敏在编《散曲丛刊》时，根据明人所辑的《乐府群珠》，又增多了八十七首，共计有七百一十四首，足见其搜罗之广阔及内容的丰富了。

至于近人编选的小令专集，有任中敏和卢前合编的《元曲别裁》、任中敏的《元曲三百首》、卢前的《曲雅》和《续曲雅》，以及陈乃乾的《全元曲小令》等。尤其陈氏此书，共收小令三千一百七十二首。另有隋树森的《全元散曲》，收小令三千八百五十三首，并收套数四百五十七套。以上这些集子，都着重于搜集和编选，并没有作注，一般人读起来，在字句上仍然有许多不甚了解的地方。至于加注的选本，眼前此地能见到的，有下列十余种：

书 名	作 者	出版单位	出版年份
《元明清曲选》	钱南扬	正中书局	1936年
《曲选》	郑骞	文化出版事业委员会	1953年
《元明散曲》	顾佛影	春明出版社	1955年
《元曲三百首笺》	罗忼烈	香港龙门书店	1967年
《元人散曲选》	龙潜庵	中华书局	1979年
《元人小令选》	卢润祥	四川人民出版社	1981年
《元人散曲选注》	王季思等	北京出版社	1981年
《元人散曲选详注》	曾永义、王安祈	台湾学海出版社	1981年
《元人小令二百首》	王锳	贵州人民出版社	1982年
《元人散曲一百首》	萧善因	上海古籍出版社	1982年
《元人散曲选》	羊春秋	人民出版社	1982年
《元明散曲选》	石绍勋、韦道昌	山西人民出版社	1984年
《蒙元的新诗——元人散曲》	曾永义	台湾时报出版社	1984年
《元曲纪事》	王文才	人民文学出版社	1985年

[①] 原稿如此。本书保留作者所做的存疑标记。

以上诸书，有的以宫调为主，有的以作者为主，很少是以内容来划分的，其中唯有曾永义的《蒙元的新诗——元人散曲》，归在《序论第六》的"内容"一节中。经由王安祈就隋树森的《全元散曲》中著有题目者，归纳分类为八类，兹引录如下：

一、叙情：计得小令四百四十一支，套数八十套。

（一）送别：小令五十一支，套数九套。

（二）相思：小令一百八十四支，套数六十套。

（三）闺怨：小令八十三支，套数七套。

（四）羁旅：小令二十七支，套数两套。

（五）闲适：小令六十四支，套数两套。

（六）风情：小令三十二支。

二、写景：计得小令六百一十六支，套数二十四套。

（一）自然景观：

1.春景：小令九十二支，套数四套。

2.夏景：小令三十二支，套数三套。

3.秋景：小令四十八支，套数两套。

4.冬景：小令十八支，套数三套。

5.雪景：小令二十三支，套数四套。

6.月色：小令九支。

7.雨景：小令十六支，套数一套。

8.夜景：小令十八支。

9.节令：小令七十四支，套数三套。

计得小令三百三十支，套数二十套。

（二）名胜古迹：小令二百八十六支，套数四套。

三、咏史：小令九十一支，套数四套。

四、怀古：小令九十五支，套数一套。

五、写志：小令二百六十一支，套数三十二套。

六、咏物：计得小令一百七十七支，套数二十六套。

（一）美色：小令七十一支，套数十套。

（二）花草果木：小令六十六支，套数六套。

（三）鸟兽虫鱼：小令七支，套数三套。

（四）杂物：小令三十三支，套数七套。

七、酬赠：计得小令三百一十二支，套数七套。

（一）宴集即兴：小令一百一十支，套数一套。

（二）祝贺：小令二十支，套数四套。

（三）赠歌妓：小令七十六支，套数两套。

（四）酬和友人：小令八十五支。

（五）吊祭：小令二十一支。

八、其他：有关政教风俗。

以上八大类，事实上是二十一小类。其中对小令和套数数目的统计，是一件相当烦琐的工作，就分别归类而言，更是令人头痛的事。因为有一些作品，既像叙情，又像写景，甚至还像怀古；有的咏物曲，又好像是作者在写志；还有写景的曲，春夏就不太分明。诸如此类的问题，都是一时不容易解决的悬案。明代初年，宁献王朱权的《太和正音谱》中，列乐府十五体，任中敏把它缩减为八体：

一为神游广漠、寄情太虚的黄冠体；

二为庆赏祝贺、及时行乐的承安体；

三为公平正大、歌功颂德的玉堂体；

四为志在泉石、归田乐道的草堂体；

五为屈抑不伸、摅忠诉志的楚江体；

六为裙裾脂粉、情意缠绵的香奁体；

七为嘲讥戏谑、坦白真率的骚人体；

八为诡喻淫虐、形骸放浪的俳优体。

其次，在陈所闻的《南北宫词纪》（包括《北宫词纪》《南宫词

纪》。其中《北宫词纪》,又叫《北纪》;《南宫词纪》,又叫《南纪》)中,《北纪》立门类八个:

一、宴赏(与《南纪》同)

二、祝贺(与《南纪》同)

三、栖逸兼归田(与《南纪》"隐逸"类同)

四、送别(与《南纪》同)

五、旅怀附悼亡(与《南纪》"写怀""伤逝"类同)

六、咏物(与《南纪》同)

七、宫室

八、闺情(与《南纪》"闺怨"类同)

陈氏在《南纪》立门类十三个:

一、美丽

二、闺怨(与《北纪》"闺情"类同)

三、宴赏(与《北纪》同)

四、祝贺(与《北纪》同)

五、题赠

六、寄慰

七、送别(与《南纪》同)

八、写怀

九、伤逝(八、九均与《北纪》的"旅怀附悼亡"类同)

十、隐逸(与《北纪》"栖逸兼归田"类同)

十一、游览

十二、咏物(与《北纪》同)

十三、嘲笑

在《北纪》中,没有《南纪》的"美丽""题赠""寄慰""游览"和"嘲笑"五类;在《南纪》中,没有《北纪》的"宫室"类。可见这些分类,只是依照作品内容,大概做了个统计,根本就没有一个十全十美的办法。至于在我们这本书的分类中，其"写景""言情""伤别""咏物""遣兴"和"怀古"，陈所闻的《南北宫词纪》及曾永义的《元人散曲》中都有了，但"感时"和"叹世"两类，陈、曾二书中都没有列出。然而这两类作品，在元人散曲中却极为重要。所感困难的是，"感时"的作品，似乎也在叹世，而"叹世"的作品，似乎也在感时，二者之间，很难有绝对的分别。不过，我们只是依此两类选录出若干元人的作品以资欣赏而已！我们的方向既定，就依照那八类，开始分配工作，由东海大学中文研究所二年级的十一位研究生分别执笔：

一、写景：

（一）春：陈金英

（二）夏：朱我芯

（三）秋：刘若缇

（四）冬：赵淑美

二、言情：吴淑瑜

三、伤别：谢美龄

四、感时：黄彩勤

五、叹世：吴宇娟

六、遣兴：赵芳艺

七、怀古：吴玉惠

八、咏物：廖慧美

我不但要她们分别为各自负责所选出来的一类散曲作注，而且还要她们待作注的工作完成后，各写一篇小序，以便读者在读曲以前，先有明确的认识，然后才能对所读的作品有一个适当的评价。除了写小序之外，另由沈宝荣根据钟嗣成的《录鬼簿》、夏伯和的《青楼集》、孙楷第的《元曲家考略》及隋树森的《全元散曲》，为书中所收曲家，各写一小传，列为附录一。次由谢美龄参考各家的曲谱，把书中所有的曲牌加以说明，列为附录二。以上二者，虽属附录，但做起工作来，却相当麻烦。计作者有元好问等五十六人，曲牌有【一半儿】等四十六调，都是依笔画多少的次序排列，以便读者容易检查。至于负责总集成的，则为刘若缇。

　　元人所用的曲调，究竟有多少？说法不一。李玄玉的《北词广正谱》，共收录了四百四十七调，而周祥钰的《九宫大成南北词宫谱》却说有五百八十一调，但在小令中经常使用的曲调，最多也只有五十个上下。小令还有一种特殊的体式，叫作"带过曲"，就是作者在一曲写完之后，意尚未竟，还可以多写一支，只要这两个曲调音律衔接，又押同一个韵，就可合算为一支曲。元人常用的带过曲，约有三十四个调子；其次，有的曲调，后面照例有么篇，此么篇，和前篇的押韵，同带过曲一样，也必须要前后相同，如冯子振的《鹦鹉曲》，便是带么篇的小令。

　　最后附带说明一下元人散曲的声律问题。凡小令，事实上是根据当时北方话发音来安排韵脚和平仄，而不再死守诗韵或词韵的老套，因此使得小令的曲调，不仅读起来顺口，就是听起来，也明白易懂，没有佶屈聱牙的毛病。另外，元人小令在表现手法上，有三句一组的"鼎足对"和四句一组的"扇面对"，以及文如贯珠的重叠式形容词和拟声词等，句法都相当新奇。这些在诗词中比较少见或根本没有，但在小令中，却普遍地为元人所运用。这些例证，随处皆有，我就不必多引了。

编辑大意

一、本书所收元人小令共三百零五首。依其内容分别为"写景"[春（二十四首）、夏（二十四首）、秋（三十二首）、冬（二十三首）]、"言情"（三十七首）、"伤别"（二十一首）、"感时"（三十一首）、"叹世"（二十四首）、"遣兴"（三十四首）、"怀古"（二十五首）、"咏物"（三十首）。所选入者均是各类小令中较具有代表性的作品。

二、每一类别，各有一篇小序，是选辑者对各类作品的说明，分别由东海大学中文研究所的陈金英、朱我芯、刘若缇、赵淑美、吴淑瑜、谢美龄、黄彩勤、吴宇娟、赵芳艺、吴玉惠、廖慧美等十一位同学执笔。

三、每类作品大致依作者时代先后排列，"遣兴"和"咏物"依照小序中的内容分类排列。在"遣兴"和"冬景"中，都选了张可久的《清江引·幽居》；"言情"和"伤别"都选了无名氏的《小桃红》（"断肠人寄断肠词……"）。出现作品重出的情况，本应删去，但又顾虑到选曲时，各人所注重的角度不同，所以仍保持其本来面目。

四、每一首作品，分曲文、注解、说明三部分。注解部分不做烦琐考证，力求明白畅达，以便读者对作品有初步的了解。说明部分是为了便于读者欣赏作品所做的简单介绍。

五、各曲的作者，依姓名笔画，编成附录一，并简略介绍作者生平。

六、各曲所用曲牌，也依笔画顺序，编成附录二，并针对曲牌所属宫调、句法、押韵等加以简单说明。

七、本书所选注之曲，以隋树森编的《全元散曲》为主，参考近人选注若干种，汇集众说，择善而从。

目 录

写景——春

小序/陈金英	001
喜春来·春宴/元好问	008
喜春来·春景/胡祗遹	009
阳春曲·春景/胡祗遹	010
喜春来·春景/胡祗遹	010
双鸳鸯·柳圈词（一）/王恽	011
双鸳鸯·柳圈词（二）/王恽	012
湘妃怨·和卢疏斋西湖/马致远	013
水仙子·田家/贯云石	014
清江引·立春/贯云石	015
庆东原·即景/张养浩	016
朝天子·野兴/张养浩	017
塞鸿秋·无题/郑光祖	017
清江引·即景/乔吉	018
湘妃怨·无题/阿鲁威	019

01

醉太平·寒食/王元鼎 …………… 020

红绣鞋·春日湖上/张可久 …………… 021

清江引·山居春枕/张可久 …………… 022

塞鸿秋·春情/张可久 …………… 023

梧叶儿·春日郊行/张可久 …………… 024

喜春来·和则明韵/曹德 …………… 025

一半儿·春梦/查德卿 …………… 026

一半儿·春情/查德卿 …………… 026

红绣鞋·晚春/李致远 …………… 027

迎仙客·暮春/李致远 …………… 028

写景——夏

小序/朱我芯 …………… 029

一半儿·四景/胡祗遹 …………… 037

黑漆弩·游金山寺/王恽 …………… 037

蟾宫引·醉赠乐府珠帘秀/卢挚 …………… 039

折桂令·田家/卢挚 …………… 040

沉醉东风·闲居/卢挚 …………… 041

湘妃怨·西湖/卢挚 …………… 042

湘妃怨·和卢疏斋西湖/马致远 …………… 043

拨不断·夏宿山亭/马致远 …………… 044

寿阳曲·山市晴岚/马致远 …………… 045

寿阳曲·远浦归帆/马致远 …………… 046

鹦鹉曲·农夫渴雨/冯子振 …………… 047

雁儿落兼得胜令·无题/张养浩 …… 048

折桂令·过金山寺/张养浩 …… 049

殿前欢·登江山第一楼/乔吉 …… 049

满庭芳·渔父词/乔吉 …… 050

山坡羊·西湖杂咏（夏）/薛昂夫 …… 051

快活三带朝天子、四边静·夏/马谦斋 … 052

殿前欢·爱山亭上/张可久 …… 053

小梁州·避暑即事/张可久 …… 054

清江引·湖山避暑/张可久 …… 055

一半儿·苍崖禅师退隐/张可久 …… 056

落梅风·书所见/张可久 …… 056

蟾宫曲·西湖夏宴/徐再思 …… 057

喜春来·端阳/无名氏 …… 058

写景——秋

小序/刘若缇 …… 060

小桃红·杂咏/盍西村 …… 066

一半儿·咏秋/胡祗遹 …… 066

平湖乐·无题/王恽 …… 067

沉醉东风·秋景/卢挚 …… 068

沉醉东风·重九/卢挚 …… 069

大德歌·咏秋/关汉卿 …… 070

天净沙·秋/白朴 …… 071

天净沙·秋思/马致远 …… 071

落梅风·即景/贯云石 …………………… 072

水仙子·咏江南/张养浩 …………………… 073

百字折桂令·旅怀/郑光祖 ………………… 074

叨叨令·悲秋/周文质 ……………………… 075

落梅风·秋晴/赵善庆 ……………………… 076

沉醉东风·秋日湘阴道中/赵善庆 ………… 077

小桃红·寄鉴湖诸友/张可久 ……………… 078

普天乐·秋怀/张可久 ……………………… 079

水仙子·秋思/张可久 ……………………… 080

落梅风·秋望/张可久 ……………………… 080

清江引·桐柏山中/张可久 ………………… 081

清江引·秋怀/张可久 ……………………… 082

水仙子·夜雨/徐再思 ……………………… 083

清江引·秋居/吴西逸 ……………………… 084

天净沙·闲题/吴西逸 ……………………… 085

朝天子·秋夜吟/李致远 …………………… 085

朝天子·秋夜客怀/周德清 ………………… 086

红绣鞋·郊行/周德清 ……………………… 087

塞鸿秋·浔阳即景/周德清 ………………… 088

小桃红·太湖秋/倪瓒 ……………………… 088

天净沙·秋/朱庭玉 ………………………… 089

天净沙·秋/无名氏 ………………………… 090

清江引·九日/无名氏 ……………………… 091

水仙子·九月九/无名氏 …………………… 092

写景——冬

小序/赵淑美 …………………………… 094

一半儿·冬夜/胡祗遹 …………………… 100

大德歌·冬景/关汉卿 …………………… 101

寿阳曲·冬夜/马致远 …………………… 101

折桂令·西山晴雪/鲜于必仁 …………… 102

山坡羊·冬日写怀/乔吉 ………………… 103

山坡羊·冬日写怀/乔吉 ………………… 104

山坡羊·冬日写怀/乔吉 ………………… 105

水仙子·寻梅/乔吉 ……………………… 106

水仙子·咏雪/乔吉 ……………………… 107

喜春来·泰定三年丙寅岁除夜
　　　玉山舟中赋/张雨 …………… 109

清江引·幽居/张可久 …………………… 110

水仙子·梅边即事/张可久 ……………… 110

天净沙·鲁卿庵中/张可久 ……………… 111

山坡羊·酒友/张可久 …………………… 112

满庭芳·山中杂兴/张可久 ……………… 113

人月圆·雪中游虎丘/张可久 …………… 114

红绣鞋·雪/徐再思 ……………………… 115

水仙子·舟中/孙周卿 …………………… 116

失宫调·咏雪/张鸣善 …………………… 117

水仙子·西湖探梅/杨朝英 ……………… 118

红绣鞋·郊行/周德清 …………………… 118

沉醉东风·归田/汪元亨 …………… 119

落梅风·江天暮雪/无名氏 …………… 120

言情

小序/吴淑瑜 …………… 122

一半儿·题情/王和卿 …………… 128

潘妃曲·无题/商挺 …………… 129

潘妃曲·闺情/商挺 …………… 130

梧叶儿·席间戏作/卢挚 …………… 130

一半儿·题情/关汉卿 …………… 131

一半儿·题情/关汉卿 …………… 132

大德歌·夏/关汉卿 …………… 133

得胜乐·无题/白朴 …………… 134

得胜乐·失题/白朴 …………… 135

喜春来·题情/白朴 …………… 136

凭栏人·寄征衣/姚燧 …………… 136

凭栏人·无题/姚燧 …………… 137

寿阳曲·无题/马致远 …………… 138

山坡羊·闺思/王实甫 …………… 139

红绣鞋·失题/贯云石 …………… 140

塞鸿秋·代人作/贯云石 …………… 140

寨儿令·题情/周文质 …………… 142

红绣鞋·书所见/乔吉 …………… 143

清江引·有感/乔吉 …………… 143

小桃红·离情/张可久 …………… 144

沉醉东风·春情/徐再思 …………… 145

折桂令·春情/徐再思 …………… 146

水仙子·弹唱佳人/徐再思 …………… 147

清江引·相思/徐再思 …………… 148

喜春来·闺怨/徐再思 …………… 149

喜春来·失题/杨朝英 …………… 150

四块玉·风情/兰楚芳 …………… 150

寄生草·失题/无名氏 …………… 151

寄生草·无题/无名氏 …………… 152

塞鸿秋·无题/无名氏 …………… 153

喜春来·梦回/无名氏 …………… 154

小桃红·情/无名氏 …………… 154

红绣鞋·赠妓/无名氏 …………… 155

红绣鞋·失题/无名氏 …………… 156

十二月过尧民歌·无题/无名氏 …………… 157

沉醉东风·无题/无名氏 …………… 158

梧叶儿·闺情/无名氏 …………… 159

伤别

小序/谢美龄 …………… 160

寿阳曲·别珠帘秀/卢挚 …………… 172

四块玉·别情/关汉卿 …………… 173

沉醉东风·送别/关汉卿 …………… 174

普天乐·别友/姚燧 …………………… 175

十二月过尧民歌·别情/王实甫 ………… 176

红绣鞋·失题/贯云石 …………………… 178

清江引·惜别/贯云石 …………………… 179

清江引·惜别/贯云石 …………………… 180

清江引·惜别/贯云石 …………………… 180

寿阳曲·送别/贯云石 …………………… 182

蟾宫曲·梦中作/郑光祖 ………………… 183

折桂令·湖上饮别/张可久 ……………… 184

迎仙客·湖上送别/张可久 ……………… 185

折桂令·别怀/张可久 …………………… 186

雁儿落带得胜令·送别/刘致 …………… 187

太常引·失题/刘燕歌 …………………… 189

折桂令·忆别/刘庭信 …………………… 190

蟾宫曲·无题/汤式 ……………………… 191

湘妃引·有所思/汤式 …………………… 192

水仙子·记别/无名氏 …………………… 193

小桃红·别忆/无名氏 …………………… 194

感时

小序/黄彩勤 …………………………… 196

小桃红·采莲女/杨果 …………………… 202

小桃红·采莲女/杨果 …………………… 203

山坡羊·无题/陈草庵 …………………… 204

四块玉·闲适/关汉卿 …… 205

四块玉·闲适/关汉卿 …… 206

醉高歌·感怀/姚燧 …… 206

清江引·述怀/贯云石 …… 207

清江饮·抒怀/贯云石 …… 208

朱履曲·无题/张养浩 …… 209

叨叨令·自叹/周文质 …… 210

山坡羊·寓兴/乔吉 …… 211

卖花声·悟世/乔吉 …… 212

朝天子·邸万户席上/刘致 …… 213

殿前欢·道情/刘致 …… 214

寿阳曲·无题/阿鲁威 …… 214

塞鸿秋·无题/薛昂夫 …… 215

沉醉东风·自悟/马谦斋 …… 216

水仙子·归兴/张可久 …… 217

卖花声·客况/张可久 …… 218

水仙子·幽居/任昱 …… 218

清江引·刺伯颜（一）/曹德 …… 219

清江引·刺伯颜（二）/曹德 …… 220

解三酲·无题/真氏 …… 221

寿阳曲·厌纷/李爱山 …… 222

水仙子·讥时/张鸣善 …… 223

朝天子·归隐/汪元亨 …… 224

醉太平·警世/汪元亨 …… 225

朝天子·志感/无名氏 ………… 226

朝天子·志感/无名氏 ………… 227

醉太平·感时/无名氏 ………… 228

醉太平·讥贪小利者/无名氏 ………… 229

叹世

小序/吴宇娟 ………… 231

山坡羊·叹世/陈草庵 ………… 237

山坡羊·叹世/陈草庵 ………… 238

山坡羊·叹世/陈草庵 ………… 239

庆东原·无题/白朴 ………… 239

折桂令·叹世/马致远 ………… 241

拨不断·无题/马致远 ………… 243

四块玉·叹世/马致远 ………… 244

金字经·无题/马致远 ………… 245

雁儿落带得胜令·闲适/邓玉宾 ………… 246

叨叨令·道情/邓玉宾 ………… 247

清江引·知足/贯云石 ………… 248

红绣鞋·无题/张养浩 ………… 249

山坡羊·无题/张养浩 ………… 250

朝天曲·无题/张养浩 ………… 251

沉醉东风·隐居叹/张养浩 ………… 252

落梅风·无题/阿鲁威 ………… 253

寨儿令·叹世/马谦斋 ………… 254

寄生草・感叹/查德卿 ………… 255
雁儿落带得胜令・叹世/吴西逸 ……… 257
水仙子・叹世/宋方壶 ………… 258
水仙子・无题/钟嗣成 ………… 258
醉太平・警世/汪元亨 ………… 259
折桂令・拟张鸣善/倪瓒 ………… 260
折桂令・无题/无名氏 ………… 262

遣兴

小序/赵芳艺 ………… 263
喜春来・遣怀/姚燧 ………… 269
落梅风・无题/姚燧 ………… 270
山坡羊・自叹/曾瑞 ………… 270
庆东原・次马致远先辈韵/张可久 ………… 271
折桂令・自嗟/钟嗣成 ………… 272
醉太平・乞儿自述（一）/钟嗣成 ………… 273
醉太平・乞儿自述（二）/钟嗣成 ………… 275
醉太平・乞儿自述（三）/钟嗣成 ………… 276
水仙子・遣怀/无名氏 ………… 277
寄生草・劝饮/白朴 ………… 278
沉醉东风・渔父/白朴 ………… 279
拨不断・归隐/马致远 ………… 280
叨叨令・道情/邓玉宾 ………… 282
绿么遍・自述/乔吉 ………… 283

折桂令·自述/乔吉 …… 284
山坡羊·述怀/张养浩 …… 285
庆东原·西皋亭适兴/薛昂夫 …… 286
殿前欢·次酸斋韵/张可久 …… 287
水仙子·次韵/张可久 …… 288
山坡羊·道情/宋方壶 …… 288
沉醉东风·归田/汪元亨 …… 289
殿前欢·酒兴/卢挚 …… 290
沉醉东风·闲居/卢挚 …… 291
四块玉·恬退/马致远 …… 291
清江引·野兴/马致远 …… 292
清江引·野兴/马致远 …… 293
鹦鹉曲·山亭逸兴/冯子振 …… 294
鹦鹉曲·渔父/白贲 …… 295
金字经·无题/吴弘道 …… 296
清江引·幽居/张可久 …… 296
水仙子·山居自乐/孙周卿 …… 297
沉醉东风·村居/曹德 …… 298
水仙子·自足/杨朝英 …… 299
水仙子·无题/杨朝英 …… 299

怀古

小序/吴玉惠 …… 301
折桂令·萧娥/卢挚 …… 307

折桂令·箕山怀古/卢挚 …………… 308
四块玉·天台路/马致远 …………… 309
四块玉·马嵬坡/马致远 …………… 310
殿前欢·吊屈原/贯云石 …………… 311
寨儿令·隐逸/鲜于必仁 …………… 312
山坡羊·北邙山怀古/张养浩 …………… 313
山坡羊·潼关怀古/张养浩 …………… 313
山坡羊·洛阳怀古/张养浩 …………… 314
塞鸿秋·无题/郑光祖 …………… 315
水仙子·游越福王府/乔吉 …………… 316
塞鸿秋·凌歊台怀古/薛昂夫 …………… 317
朝天子·咏史/薛昂夫 …………… 318
寨儿令·楚汉遗事/马谦斋 …………… 319
水仙子·次韵金陵怀古/张可久 …………… 320
水仙子·怀古/张可久 …………… 321
卖花声·怀古/张可久 …………… 322
卖花声·客况/张可久 …………… 323
折桂令·读史有感/张可久 …………… 324
金字经·感兴/张可久 …………… 325
清江引·钱塘怀古/任昱 …………… 326
折桂令·怀古/查德卿 …………… 327
小桃红·题写韵轩/杨朝英 …………… 328
人月圆·越王台/倪瓒 …………… 329
折桂令·西湖感旧/汤式 …………… 329

13

咏物

小序/廖慧美 …………………… 331

清江引·托咏/宋方壶 …………… 340

水仙子·居庸关中秋对月/宋方壶 …… 341

失曲牌名·大雨/无名氏 ………… 342

折桂令·微雪/无名氏 …………… 343

水仙子·重观瀑布/乔吉 ………… 344

折桂令·金华山看瀑泉/张可久 …… 346

水仙子·惠山泉/徐再思 ………… 347

醉中天·咏大蝴蝶/王和卿 ……… 348

拨不断·大鱼/王和卿 …………… 349

拨不断·长毛小狗/王和卿 ……… 351

山坡羊·燕子/赵善庆 …………… 352

红绣鞋·咏虼蚤/杨讷 …………… 353

干荷叶·有感/刘秉忠 …………… 354

殿前欢·无题/卢挚 ……………… 355

殿前欢·玉香毬花/张养浩 ……… 356

小桃红·桂花/乔吉 ……………… 357

水仙子·咏竹/马谦斋 …………… 359

一半儿·落花/张可久 …………… 360

沉醉东风·琼花/张可久 ………… 361

殿前欢·观音山眠松/徐再思 …… 362

殿前欢·梅花/景元启 …………… 364

凭栏人·香篆/乔吉 ……………… 365

14

水仙子·花筒儿/乔吉 …………… 366

沉醉东风·气毬/张可久 …………… 367

凭栏人·香印/徐再思 …………… 368

沉醉东风·咏相棋/无名氏 …………… 369

醉扶归·秃指甲/关汉卿 …………… 370

醉中天·佳人脸上黑痣/白朴 …………… 371

水仙子·咏红指甲/徐再思 …………… 372

卖花声·香茶/乔吉 …………… 374

附录一：作者简介 …………… 376
附录二：曲牌简介 …………… 391

写景——春

小 序

陈金英

一、作品中情感表现与春夏秋冬的关系

对于情感表现与四季物色的关系，剖析得最深切又精彩的，首推《文心雕龙·物色篇》：

春秋代序，阴阳惨舒，物色之动，心亦摇焉。盖阳气萌而玄驹步，阴律凝而丹鸟羞，微虫犹或入感，四时之动物深矣。若夫珪璋挺其惠心，英华秀其清气，物色相召，人谁获安？是以献岁发春，悦豫之情畅；滔滔孟夏，郁陶之心凝；天高气清，阴沉之志远；霰雪无垠，矜肃之虑深。……是以诗人感物，联类不穷。流连万象之际，沉吟视听之区；写气图貌，既随物以宛转；属采附声，亦与心而徘徊。

春夏秋冬，似乎有着不可抗拒的魔力，能诱发人们深刻而普遍的情绪反应；且四季不同风貌的演变也能唤起作者不同的情感，成为文

学创作中一股重要的动力。《文心雕龙》亦言："人禀七情，应物斯感；感物吟志，莫非自然。"在在可见作品中情感表现与春夏秋冬的关系。

外在的景物刺激作者，作者经由这种刺激，产生澎湃的情感，反映于作品中，使我们了解到创作者自我心灵的波动与自然景观的关系至为密切。通过自然界四季的轮转变化，人们更对人生种种有了新的体认，使得我们对春夏秋冬有了普遍性固定导向的感受。所以，春天，人们便觉得朝气蓬勃，创作欲摇荡着人们的心魂；夏天，则是一种慵懒、闲散、较稳重而静态的情感；秋天，这个高远凄寒的季节，给人落寞、孤寂、疏远而又落败的凄清情怀；冬天，它的情感是极深挚的，在岁之末，缅怀过去，展望未来。这其中有对大自然的热爱，有亘古神秘的情感，更有想留住时光的无奈与叹怀。正如陆机的《文赋》言：

遵四时以叹逝，瞻万物而思纷；悲落叶于劲秋，喜柔条于芳春。

谢榛《四溟诗话》中也说：

作诗本乎情景，孤不自成，两不相背……景乃诗之媒，情乃诗之胚，合而为诗。

无一不在说明作品中情感的表现与外在的自然景观二者之密切关系。

二、文学作品中的春天

春天，万物刚从酷冬龟蛰中苏醒，萌芽初动，草木茂生，大地从冰雪霜霰的灰暗阴霾里，散发出充满生机的青绿气息。对此春冰乍破、百花丛开的良辰美景，诗人们不由得愉悦之情畅，吟咏之态动！

春天，在中国文人的塑造下，永远有着最鲜明绮丽的色彩，而在那些描写游春的作品中，迎着鸟语花香，春天展现出了它最媚人的风姿。一切都是如此生动活泼，新鲜而有活力。傅玄的《阳春赋》言"幽蛰蠢动，万物乐生"，足见游春之作，几乎都感染了生的喜悦与悸动！白居易的《钱塘湖春行》：

　　孤山寺北贾亭西，水面初平云脚低；几处早莺争暖树，谁家新燕啄春泥？乱花渐欲迷人眼，浅草才能没马蹄。最爱湖东行不足，绿杨阴里白沙堤。

在整首诗中可以感觉到初春的生气蓬勃、嫩绿洋溢，嗅到花草破土而出的芬芳。连严肃刻板的道学家如程明道，也描写过春游的愉悦：

　　云淡风轻近午天，傍花随柳到前川；时人不识余心乐，将谓偷闲学少年。（《早春》）

再如清代民间俗曲《马头调·春景》：

　　和风吹得梨花笑，杏花村里，酒旗飘摇。游春的人个个醉在阳关道。猛抬头，青杨绿柳如烟草，紫燕双双，飞过小桥，两河岸，桃花深处钓鱼翁；深林中，远远近近黄鹂叫。

亦道出了春天游赏的愉悦心情。

　　然而美好的事物总会衰谢，待花残春尽，文人们又将兴起何种感触呢？辛弃疾的《晚春》写道：

　　是他春带愁来，春归何处？却不解将愁带去。

宇宙时光之不可留握，锦簇繁花之凋零残落，于是春天里种种的惆怅情怀——春怨、春思、伤春、惜春等等，都奔凑于文人笔下，点染出春的感伤。欧阳修的《蝶恋花》最足以表达这种惆怅感伤的情怀：

　　庭院深深深几许？杨柳堆烟，帘幕无重数。玉勒雕鞍游冶处，楼高不见章台路。雨横风狂三月暮，门掩黄昏。无计留春住。泪眼问花花不语，乱红飞过秋千去。

　　而辛弃疾的《摸鱼儿》更是在惜春之外，感叹世事的无常与生命的无奈：

　　更能消、几番风雨？匆匆春又归去！惜春长怕花开早，何况落红无数；春且住……君不见，玉环飞燕皆尘土！闲愁最苦，休去倚危楼，斜阳正在：烟柳断肠处！

喜悦和惆怅，是中国文人对春天所表现出的两种典型的情感，诗如此，词如此，曲亦未尝不如此。曾永义先生在《蒙元的新诗》中对诗、词、曲有一妙比，颇令吾人玩味，亦见文学作品表现手法之差异。他以为：比之于男孩，则诗如文质彬彬的文人君子，词是风度翩翩的绝佳公子，曲虽同诗词亦是善良人家的孩子，气质却有点驳杂，多少带点恶少气味；比之于女孩，诗则有大家闺秀的气质风范，词是幽静闲雅的小家碧玉，曲像活泼俏丽的大姑娘，然多少带点风尘味。兹举诗词曲中有关春天的例作，以见其区：

谁家玉笛暗飞声？散入东风满洛城。此夜曲中闻折柳，何人不起故园情？（李白《春夜洛城闻笛》）

国破山河在，城春草木深。感时花溅泪，恨别鸟惊心。烽火连三月，家书抵万金。白头搔更短，浑欲不胜簪！（杜甫《春望》）

一向年光有限身，等闲离别易销魂，酒筵歌席莫辞频！满目山河空念远，落花风雨更伤春，不如怜取眼前人。（晏殊《浣溪沙》）

西城杨柳弄春柔。动离忧，泪难收，犹记多情曾为系归舟。碧野朱桥当日事，人不见，水空流！韶华不为少年留。恨悠悠，几时休？飞絮落花时候，一登楼。便做春江都是泪，流不尽，许多愁！（秦观《江城子》）

恰阴、却晴，来往云无定。湖光山色晦复明。会把人调弄。一段幽奇，将何酬应。吐新诗字字清。锦莺、数声，又唤起游山兴。（张养浩《朝天子》）

绿荫茅屋两三间。院后溪流门外山。山桃野杏开无限。怕春光虚过眼。得浮生半日清闲。邀邻翁为伴。使家僮过盏。直吃的老瓦盆干。（贯云石《水仙子》）

春天，喜悦、怅惘的情感，循环交织在历代文人的笔下，挥洒出千古同一的多情，其所表现的方式，或典雅端庄，或凄清缠绵，或直抒心臆，各有不同的风貌。然而，春，始终是你我心灵深处那一点生机、绿意的角落!①

三、元散曲中的春天

季节在文学表现里不外情、景、事、物四大类。故笔者试将元散曲中选出的二十四首春作，加以分类，共分三大类：借景抒情、即景示意、咏物写景等，并从元人的眼光来探讨元人的表现手法及其写作之态度。

（一）借景抒情

从乔吉的《清江引》到李致远的《迎仙客》，其表现手法是一致的，即借景抒情——"利用外在景物来抒发一己之春情"。

作家们的表现手法，大抵先就外在景物酝酿出一片伤感迷离的气氛，然后顺势而下，诉说一己的闲情愁绪。

而对外在景物的描绘酝酿，可分两种：自然景观、节候中的特殊物象。前者不外乎风、雨、雾、水、残花……经由作者的情感投射，而赋予自然景观感情的流动，如"愁云恨雨芙蓉面""助离愁烟水茫茫""翠沼残花片"等；后者则是利用代表春天节候中的特殊物象，如杨柳等，以抒其春情，像"垂杨翠丝千万缕""深院垂杨轻雾中"，就好像在低低地倾诉着千丝万缕的愁绪一般。

在这类作品中，我们所看到的是春的怅惘与惆怅。面对着春意融融、绿意油然的美好时光，人人皆想留住这一片春光，奈何，春已归去，只好"和泪送春归"；且在此良辰美景下，应是花好月圆人成双之际，怎奈良人远去，独守空闺，无怪乎张可久会描绘出"伤情燕足留红线，恼人鸾影闲团扇"的哀怨。于是春愁、春情之作，遂迸发于多情文人笔下。

值得注意的是，这类作品在整体春作之中，仅占百分之二十一，按

---

① 以上主要参考龚鹏程的《春夏秋冬》。

比率是三类作品中最小的一类。可见元人写作态度之一斑。

（二）即景示意

即景示意，不但描写景物，亦有人物在季节里的活动说明。其中节候之作品，笔者将其归属此类，如王元鼎的《醉太平》。另外李致远的《红绣鞋》，虽有伤春的情怀，但其中显然有人物在季节里活动的说明，像"才社日停针线，又寒食戏秋千"，故亦归属这类作品。

此类作品的表现手法，可归纳为以下几点：

1. 以对比的色彩，使文章更加出色。

如胡祗遹："几枝红雪墙头杏。数点青山屋上屏。"

张可久："绿树当门酒肆。红妆映水鬟儿。"

2. 直接就春写春，不以春天的季节景物为烘托。

如胡祗遹的《喜春来》："一春能得几清明""春去也"。

3. 或利用代表春天之景物以描写、示意。

如胡祗遹："一帘红雨桃花谢，十里清阴柳影斜。"

王恽的"绿杨桥"。

贯云石的"山桃野杏开无限"。

张可久的"杨柳万千丝""柳疏疏陶令家"。

查德卿的"蝴蝶春融软玉屏"。

李致远的"杨柳深深小院"。

4. 描写节日的特殊景象及活动。

如王元鼎描写寒食景象，李致远亦描摹寒食之活动。

5. 以颜色、味道、感觉，来增强字眼的生动性。

如红雪、青山、红雨、绿杨、红日、碧波、绿树、红妆、香风、暖烟等。

6. 强化描写人物动作，令人印象深刻。

如王恽的"旋结柔圈折细条"。

贯云石的"邀邻翁为伴，使家僮过盏，直吃的老瓦盆干"。

王元鼎的"听街头卖杏花"。

张可久的"先生醉眠春自老"。

查德卿的"梦初惊,一半儿昏迷一半儿醒"。

其中或细腻,或豪爽,或悠闲,或闲逸,或迷离,皆给予读者一种形象鲜活的感受,宛如看到生动活泼的人物在其中享受着生活的乐趣。

7. 内容充满生活情趣。

从胡祗遹的《喜春来》到李致远的《红绣鞋》,这十二首作品中,无一不是热爱生活的描绘、表现。或把臂交欢,畅怀酣饮;或有"听街头卖杏花"的闲情;或"锦莺、数声,又唤起游山兴"的愉悦情致。

纵观这类作品,我们看到的是春引发的喜悦和对生活的热爱。文中大抵皆将景物与人物的活动融合在一起,给我们的感受,是一种悠闲和乐、无争无纷的情怀,宛如世外桃源般的惬意生活,有着享受人生、热爱生命的趣味。这类作品占所有春作的百分之五十,比重相当高,不难窥见元人春作中,绝大多数属于对生活情趣的描写。

(三)咏物写景

此类作品,乃利用足以代表春天节候的特殊物象,来描绘春天的景色。其表现手法如下:

1. 以代表春天节候之物象描写春景。

如"柳破金梢眼未开""桃杏折""和风柳线摇新绿""日融桃锦堆红树""古柳横为独木桥"。

2. 善用拟人、比物之法,为景色增添生动烘然之气氛。

如"梅残玉靥香犹在,柳破金梢眼未开""山过雨颦眉黛,柳拖烟堆鬓丝""日融桃锦堆红树,烟迷苔色铺青褥""青云巧似山翁帽,古柳横为独木桥"。

其他如字眼之修饰,大抵同第二大类第5点,此不赘述。

此类作品,主要是描摹景物,在整个春作中占百分之二十九,比率并不高,亦见元人写作态度之重心所在。

纵观这三大类作品，大凡抒情感叹成分重者，则归入借景抒情这一类；较有生活情趣且有具体的人物活动，则属即景示意一类；写景成分较重者则归入咏物写景中。此种分法难以做到绝对的泾渭分明，且多少带点主观意味，但自此分类比重中，我们不难发现：元人散曲春作中较少消极感叹的作品，大部分的作品是属于热爱人生，充满生活情趣的描写！

在元人作品的整体中，从元好问的《喜春来》中那股迎春的雀跃、动荡，透出了春震撼人心的蓬勃端倪，到李致远的"春恨""花残"，给人春归的悲怆嗟叹——春，带来了惊异、荡漾、喜悦、悸动、怅惘！

行笔至此，春天的温暖气息早已鼓荡胸中而呼之欲出了。尤其在这严冬凄厉的节候中，谁，不想拥有一丝春的温暖、醇醇？且让我们掀开春的扉页，慢慢地、仔细地，品尝春的惊诧、喜悦，沐浴在她的春风和气中，以泮解这岁末酷寒的阴冷黯淡！

喜春来·春宴

元好问

梅残玉靥香犹在。柳破金梢眼未开。东风和气满楼台。桃杏拆。宜唱喜春来。

【注解】

1.玉靥：靥（yè），面颊上的小涡。玉靥，形容梅花的洁白。

2.柳破金梢：柳破，指柳枝上刚生出来的嫩芽。金梢，指金黄色的柳枝。

3.东风和气：犹言春风暖气。

4.桃杏拆：拆（chāi），开裂之意。此句是说桃花和杏花，也都拆裂开放了。

【说明】

元好问的《喜春来》共有四首，此是其中的第二首。大意言梅花虽残而余香犹在，又有初生的柳芽、和暖的东风，以及刚拆苞的桃杏，点染出一幅生机盎然的游春图。元好问以春天特有的物象柳、桃、杏，生动活泼地告诉我们：春来了！作品中洋溢着暖气东风的景象。

喜春来·春景

胡祗遹

几枝红雪墙头杏。数点青山屋上屏。一春能得几清明。三月景。宜醉不宜醒。

【注解】

1.杏：果名。蔷叶科落叶乔木，干高丈余。叶广椭圆形，先端尖。春月，次于梅而开花，五瓣，色白、带红，似梅花而稍大。果实为核果，圆形，熟则色黄，肉不易与核分离，味淡甘而微酸。种子名杏仁，形扁而尖，有一种特别之香味，可炒食，或供药用。

2.清明：指春光明媚的日子。

【说明】

作者以颜色的对比——红雪、青山，烘托出一片春光美好、生机盎然的景象。对此良辰美景，岂可辜负？是以畅怀酣饮，不醉不休！

阳春曲·春景

胡祗遹

残花酝酿蜂儿蜜。细雨调和燕子泥。绿窗春睡觉来迟。谁唤起。窗外晓莺啼。

【注解】

1.残花句：是说花虽残了，但已被蜜蜂儿酝酿成为蜜了。
2.细雨句：是说细雨下来了，为燕子调和好筑窝的泥。
3.觉来：一觉醒来。

【说明】

作者以生动细致的笔触，把富有生活情趣的景物，如蜂酿蜜、燕衔泥等铺排在一起，显得春光明媚、鸟语花香，给人一种清新愉悦的感受。末句以黄莺啼鸣，点染春色美好，宛如仙境般的出尘气味！更可见出作者酣悦之情怀！

关汉卿的《诈妮子调风月》杂剧第二折的【五煞】中，即借用本曲"残花酝酿蜂儿蜜，细雨调和燕子泥"两句，足见这首曲在当时已很有名了。

喜春来·春景

胡祗遹

一帘红雨桃花谢。十里清阴柳影斜。洛阳花酒一时别。春去也。闲煞旧蜂蝶。

【注解】

1.一帘红雨句：帘，指竹帘。桃，果树名，落叶亚乔木，高丈余，叶椭圆而长，春时开花，色有红有白，果夏熟，味甘酸。全句是说桃花凋谢了，随风飘落在竹帘上，好像是一阵红雨。这句是从唐代李贺的诗句"况是青春日将暮，桃花乱落如红雨"而来。

2.洛阳花酒句：是说在盛产牡丹的洛阳，由于春归花谢，大家也不再饮酒赏花了。

3.闲煞：犹言清闲寂寞。全句是说因为春去了，蜜蜂和蝴蝶再无花可采，所以显得十分清闲寂寞。

【说明】

春归花落，人无心饮酒赏花，连蜜蜂亦清冷闲寂，可见万物喜春之情是不分彼此的。尤以末两句最令人惊觉春已归去！

双鸳鸯·柳圈词（一）

王 恽

暖烟飘。绿杨桥。旋结柔圈折细条。都把发春闲懊恼。碧波深处一时抛。

【注解】

1.旋：即现，当时之意。
2.发春：是说开春以来。
3.一时：即一齐，完全地。

【说明】

王恽的《柳圈词》共有六首，此为第一首。全曲表现出赏春乐事的气象。对此春风暖气、绿杨垂柳的喜乐之景，心中原有的那股莫名的春愁亦为之消解！足见春之喜悦，感人之深！

双鸳鸯·柳圈词（二）
王　恽

野溪边。丽人天。金缕歌声碧玉圈。解祓不祥随水去。尽回春色到樽前。

【注解】

1.丽人天：指暮春三月，是从唐杜甫《丽人行》诗而来，诗云："三月三日天气新，长安水边多丽人。"

2.金缕歌声：唐代有《金缕衣》曲，宋词中也有【金缕曲】词牌。唐杜牧《杜秋娘》诗注"劝君莫惜金缕衣，劝君惜取少年时，李锜常唱此曲"。宋人词【金缕曲】一调，即借用其名也。

3.碧玉圈：就是柳圈。

4.解祓不祥：解除种种不吉利的事。祓（fú），是古代一种除灾求福的祭祀。《周礼·春官·女巫》："掌岁时祓除衅浴。"《郑注》："如今三月上巳如水上之类。"大约是在农历三月三日那一天，大家都去水中洗澡，以除不祥。

【说明】

这首为王恽《柳圈词》的第二首。曲意是说，尽管已是暮春时节，更须及时行乐、赏花玩月,莫待春归花落,徒留遗憾!"劝君莫惜金缕衣,劝君惜取少年时。花开堪折直须折,莫待无花空折枝。"金缕歌声悠扬在耳畔,昨日的种种是非、不祥,就随流水而去,而我,自当不辜负这好风明月,开怀畅饮!

湘妃怨·和卢疏斋西湖

马致远

春风骄马五陵儿。暖日西湖三月时。管弦触水莺花市。不知音不到此。宜歌宜酒宜诗。山过雨颦眉黛。柳拖烟堆鬓丝。可喜杀睡足的西施。

【注解】

1.卢疏斋:即卢挚。卢挚字处道,又字莘老,号疏斋。涿郡人,至元五年(1268)进士,官至翰林承旨。诗文与姚燧、刘因并称。他的散曲,作风清新自然,题材广泛,现有小令百余首。

2.五陵儿:指富贵人家的子弟。五陵,即长安的汉帝陵墓,有长陵、安陵、阳陵、茂陵和平陵。这些陵墓所在地,风景特佳,向来是权贵聚居之地。全句是说,富贵人家子弟乘着骏马到西湖游春。

3.管弦触水句:管弦,泛指音乐。莺花市,系指寻欢作乐的场所。全句是说,在西湖的游艇上,传来了一片欢乐的歌声。

4.知音:指好朋友、兴趣相投者。

5.山过雨颦眉黛句:颦(pín),皱眉。黛(dài),是古代女子用以画眉的青黑色颜料。全句是说:下过了雨,天气放晴,山峰就像美女皱眉那样的好看。

6.柳拖烟堆鬓丝句：拖，犹言拖带。全句是说，垂柳拖带着烟雾，就像女人的一堆鬓发那样柔美。

7.可喜煞：犹言十分可爱，令人喜爱之极。

8.西施：春秋时吴王夫差的嫔妃。本为越国人，后越灭吴，与越大夫范蠡偕隐五湖。按，苏轼《饮湖上初晴后雨》："水光潋滟晴方好，山色空蒙雨亦奇。若把西湖比西子，淡妆浓抹总相宜。"以后人们就常常以西施来比喻西湖的美丽。

【说明】

这首曲是马致远和卢疏斋咏西湖景物的作品。卢作有四首，分咏春、夏、秋、冬四景。四首皆以西湖比西施，末句分别作"是××的西施"。马致远的和作，也是分咏四景，亦皆比拟西施，末句则作"××煞××的西施"。兹录卢作咏春景以比较之：

湖山佳处那些儿。恰到轻寒微雨时。东风懒倦催春事。嗔垂杨袅绿丝。海棠花偷抹胭脂。任吴岫眉尖恨。厌钱塘江上词。是个妒色的西施。

水仙子·田家

贯云石

绿荫茅屋两三间。院后溪流门外山。山桃野杏开无限。怕春光虚过眼。得浮生半日清闲。邀邻翁为伴。使家僮过盏。直吃的老瓦盆干。

【注解】

1.虚过眼：犹言空过眼，也就是说白白地从眼前溜走。

2.得浮生句：李涉诗《竹阴深院逢僧话》有"又得浮生半日闲"句。

3.家僮：家中未成年的仆人。

4.过盏：犹言斟满。

5.老瓦盆：元代指乡下人饮酒的器具为瓦盆。老，即破旧之意。

【说明】

这首曲子描写山林隐士生活的情致。作者以清新隽永的笔调将春光美好、世外桃源的时空，以及闲云野鹤的隐士生活，鲜明地呈现在读者眼前。

清江引·立春

贯云石

金钗影摇春燕斜。木杪生春叶。水塘春始波。火候春初热。土牛儿载将春到也。

【注解】

1.金钗影摇句：是说春天里头戴着燕子形金钗的女孩欢乐跳跃的样子。

2.木杪（miǎo）：即树梢。

3.火候春初热：指春天的气候，渐渐如火一般地暖和起来。

4.土牛儿句：旧日农村的习俗有用泥土抟作牛形，在立春前一日，官府迎春牛于官署前，次日以红线鞭打之，此谓之打春。《礼记·月令》中"出土牛以送寒气"即指此而言。

【说明】

据《尧山堂外纪》说,贯云石曾赴友人的宴会,时值立春,坐客中有人以《清江引》为题请他写曲,并限定以金、木、水、火、土五字,冠于每句之首,就如藏头诗一样,同时还得在每句中各用一个"春"字。有了这两种限制,才力浅的人,简直不敢动笔。但贯氏却一挥立就,足见其才思的敏捷。全首诗盈漾着春的气息!

庆东原·即景

张养浩

鹤立花边玉。莺啼树杪弦。喜沙鸥也解相留恋。一个冲开锦川。一个啼残翠烟。一个飞上青天。诗句欲成时。满地云撩乱。

【注解】

1.鹤立花边玉两句:言白鹤在花丛中亭亭玉立,黄莺儿在树梢欢唱,有如奏弦之声。罗忼烈以为首句用韦庄"柳外飞来双羽玉,弄晴相对浴"词意,次句用"弦上黄莺语"词意。

2.冲开锦川:谓沙鸥从美如锦绣般的原野上飞起来的样子。

3.啼残翠烟:谓沙鸥把笼罩在树梢林间的翠雾都叫得消散开来。

【说明】

这是一首描写春天风景的优美曲子。据王季思等人的《元散曲选注》说:"把鹤、莺、沙鸥的姿态,写得相当生动,背景明朗开阔。与杜甫'两个黄鹂鸣翠柳,一行白鹭上青天'的意境颇为接近。结处表现诗歌创作中的一种精神状态,即作者专心致志于艺术的构思时,几乎忘怀一切,直到诗句将成,从沉思中清醒过来,才感觉到眼前景象的变换。"

朝天子·野兴

张养浩

恰阴。却晴。来往云无定。湖光山色晦复明。会把人调弄。一段幽奇。将何酬应。吐新诗字字清。锦莺。数声。又唤起游山兴。

【注解】

1.调弄:犹言戏谑。

2.幽奇:指幽美的奇景。

3.酬应:犹言对答。

【说明】

这首曲,据王季思等人的《元散曲选注》说:"写春天阴晴不定的湖光山色,没有一般封建文人在这种情景下的消极情绪,因啼莺而唤起游山的清兴,更掩饰不住喜悦的心情,说明作者对生活是热爱的。"

塞鸿秋·无题

郑光祖

雨余梨雪开香玉,风和柳线摇新绿。日融桃锦堆红树。烟迷苔色铺青褥。王维旧画图，杜甫新诗句。怎相逢不饮空归去。

【注解】

1.雨余梨雪句：犹言雨后梨花盛开，像雪片似的，而且香味扑鼻，晶莹如玉。

2.日融：指日光的温暖。

3.桃锦：是说桃花开处，望去像一匹红色的丝缎堆集在树上。

4.烟迷苔色句：是说苔藓上弥漫着一层薄薄的烟雾，看来就像铺上了青色的褥子。

5.王维旧画图两句：是指春景美好，就像王维的画和杜甫的诗那样，令人百看不厌。

【说明】

此曲作者以充满生机的色彩，交织成一幅春色灿烂、多彩多姿的图画，春之风采，焕然可见。朱熹的《春日》诗："等闲识得东风面，万紫千红总是春。"亦为此曲作一最好的注脚。面对万紫千红的春景，岂可辜负？自是把臂交欢，开怀畅饮，而后，带着一颗充实饱满的心，迎花归去！

清江引·即景

乔 吉

垂杨翠丝千万缕。惹住闲情绪。和泪送春归。倩水将愁去。是溪边落红昨夜雨。

【注解】

1.倩（qiàn）：请托之意。

2.和泪三句：是说一夜春雨，落红无数。和泪送春——让闲愁像落花一样，被溪水一起流送而去好了！

【说明】

此首是暮春即景之作。作者以比拟的手法，先写垂杨万缕，牵惹闲情，继写和泪送春，伤感无限！据王季思等人的《元散曲选注》说："写暮春景物和惜春心事，情致缪绵，措辞婉约，绝似宋人小词。南宋张炎咏春水词'临断崖新绿生时，是落红带愁流处'为此曲化用。"又说："由此可见两宋婉约派词人，对乔吉散曲的影响。"

湘妃怨·无题

阿鲁威

楚江空阔楚天长。一度怀人一断肠。此心只在肩舆上。倩东风过武昌。助离愁烟水茫茫。竹上雨湘妃泪。树中禽蜀帝王。无限思量。

【注解】

1.肩舆：指用人力所抬的轿子。

2.倩东风句：倩，请。武昌，即今湖北武汉市武昌区。全句是说随着东风过了武昌。

3.竹上雨句：据《群芳谱》，"斑竹，即吴地称湘妃竹，其斑如泪痕，世传二妃将沉湘水，望苍梧而泣，洒泪成斑"。《博物志》云，

"尧之二女，舜之二妃，曰湘夫人。舜崩，二妃啼，以啼挥竹，洒泪成斑"。

4.树中禽句：据《太平寰宇记》："蜀王杜宇，号望帝，后因禅位，自亡去，化为子规。"按子规，又名杜鹃，叫声凄厉，能动旅客思旧之情。

【说明】

这首曲子的作者，一说是刘时中（见《乐府群玉》），题作寓意武昌元贞，首句作"楚天空阔楚山长"，第三句为"此心不在肩舆上"。此曲用字用韵蕴藉典雅，情韵幽邈，读之而缠绵悱恻，余意无限。

醉太平·寒食

王元鼎

声声啼乳鸦。生叫破韶华。夜深微雨润堤沙。香风万家。画楼洗净鸳鸯瓦。彩绳半湿秋千架。觉来红日上窗纱。听街头卖杏花。

【注解】

1.寒食：古代风俗，以清明节前一二日为寒食节。冬至后一百零五日或谓一百零三日，或谓一百零六日，为禁火节。此节由来已久，《周礼·秋官·司烜氏》："仲春以木铎修火禁于国中。"《左氏传》言晋文公焚林求介之推，之推抱木而死，国人哀之，乃于是日禁火。

2.生叫破韶华：是说春光在啼鸦声中过去。生，犹言硬是，或偏偏。韶华，指春光。韩维的《太后阁帖子》："迎得韶华入中禁，和风次第遍神州。"

3.鸳鸯瓦：《邺中记》载"邺中铜雀台，皆鸳鸯瓦"，按鸳鸯瓦，即瓦之成对者。白居易《长恨歌》："鸳鸯瓦冷霜华重，翡翠衾寒谁与共。"王建《宫词》："鸳鸯瓦上忽然声，昼寝宫娥梦里惊。"和凝《宫词》："龙楼霜着鸳鸯瓦，谁近蛾头掷玉签。"温庭筠《懊恼曲》："野土千年怨不平，至今烧作鸳鸯瓦。"

4.听街头句：陆游《临安春雨初霁》诗："小楼一夜听春雨，深巷明朝卖杏花。"

【说明】

王元鼎的《寒食》一共有四首，这是第二首。王季思等人的《元散曲选注》说："写寒食景物，画面生动。对夜雨催花，有一种喜悦之感。加以声调悠扬，用韵响亮，念起来特觉流畅。"音韵优美动听，描写生动俏丽，的确是此曲的特色。

红绣鞋·春日湖上

张可久

绿树当门酒肆。红妆映水鬟儿。眼底殷勤座间诗。尘埃三五字。杨柳万千丝。记年时曾到此。

【注解】

1.鬟儿：鬟（huán），古代妇女头上梳的环形发结。鬟儿，犹言小姑娘。

2.眼底殷勤句：眼底，即眼下，犹言当面。眼底殷勤，是指那位酒家小姑娘待客的亲切。座间诗，谓从前在座间的壁上所留下的诗句。

3.尘埃二句：是说那些诗句虽然为尘埃所掩，已模糊不清了，但回忆起当时题诗的情绪，却是千丝万缕，一言难尽。

4.年时：即去年。

【说明】

这首曲子，乃描写重游西湖酒家的情味。昔日红粉当垆、壁上题诗；如今旧地重游，只剩万缕的愁丝。末二句"杨柳千万丝"，以"丝"谐音"思"，以"柳"寓情，表达含蓄而有味。

清江引·山居春枕
张可久

门前好山云占了。尽日无人到。松风响翠涛。槲叶烧丹灶。先生醉眠春自老。

【注解】

1.春枕：即春睡。

2.尽日：整日。

3.松涛：松树的枝叶被风吹得像波涛那样呼啸作响，叫作"松涛"。

4.槲（hú）：属落叶乔木，花黄褐色，果实为球形，叶可喂柞蚕。

5.丹灶：道士炼丹的灶，即炼丹炉。按此句也就是"丹灶烧槲叶"的意思。

6.春自老：犹言春光在不知不觉中过去了。

【说明】

这首曲子写春日山居之乐。题为《山居春枕》，其"春"字不仅表明时序，亦烘托出作者山居的心情。全曲短短数言，却将寄情物外、自得其乐的境界表达得淋漓尽致。

塞鸿秋·春情

张可久

疏星淡月秋千院。愁云恨雨芙蓉面。伤情燕足留红线。恼人鸾影闲团扇。兽炉沉水烟。翠沼残花片。一行行写入相思传。

【注解】

1. 愁云恨雨句：云，指脸色。雨，暗喻泪水。芙蓉面，喻美人之颜，《西厢记·张君瑞闹道场》杂剧言"珠帘掩映芙蓉面"。这句是说，在美丽如芙蓉的面上，堆满了愁云恨雨。

2. 燕足留红线：据《南史·张景仁传》说，卫敬瑜妻，十六岁而寡。其住处有燕子所筑巢，辄双飞来去。其后，仅有一只出入，她看了很难过，于是就用红线系在那只燕子的脚上。到了第二年春天，那只燕子再回来时，仍然在足上系着那条红线，并未见有其他燕子同来，她便非常伤感地写了一首诗："昔年无偶去，今春犹独归。故人恩义重，不忍复双飞。"

3. 恼人鸾影：由于怀念远人，突然发现照在鸾镜中的自己清瘦了很多，使她不禁顾影自怜了。

4. 闲团扇：团扇，即团圆的纨扇，象征生活的圆满。闲团扇，便是说生活不够美满。汉代班婕妤的《怨歌行》:"新制齐纨素,皎洁如霜雪。裁为合欢扇,团团似明月。出入君怀袖,动摇秋风发。常恐秋节至,凉风夺炎热。弃捐箧笥中,恩情中道绝。"

5.兽炉沉水烟:是写室内之景,在兽形的炉中,烧着沉香木而生出芬芳的烟气。因沉香木见水则沉入水底,故名沉水香。

6.翠沼残花片:写室外之景,是说在黑夜里,无法入睡,于无聊至极中,看到翠沼中的片片残花,不禁为了花的零落而感伤,言外之意,与花有同病相怜之情。

7.一行行句:总括以上所说的每一件事物。

【说明】

此曲有着宋词那股婉转缠绵的情味!美人的愁云恨雨,伤情燕足,鸾影团扇,在在给予读者细腻哀惋之感。春天,本是生动活泼的季节,作者却以乐笔写哀思,以外在的景物衬托内在的相思之情,意象鲜明,情意优美。

梧叶儿·春日郊行

张可久

长空雁。老树鸦。离思满烟沙。墨淡淡王维画。柳疏疏陶令家。春脉脉武陵花,何处游人驻马。

【注解】

1.离思满烟沙:是说离人的愁思,充满了轻烟笼罩着的沙岸。
2.墨淡淡句:是说景色好像唐代大诗人王维的淡墨画。

3.柳疏疏句：是说乡村人家的门前栽着几棵稀疏的柳树，很像晋代大诗人陶渊明的家。陶渊明的《五柳先生传》说："先生不知何许人也，亦不详其姓氏，宅边有五柳树，因以为号焉。"

4.春脉脉句：是说春天桃花盛开，好像对人含情脉脉一般。武陵在今湖南常德市，即陶渊明《桃花源记》中所指之处。他说："晋太原中，武陵人，捕鱼为业，缘溪行，忘路之远近，忽逢桃花林。"

【说明】

淡雅如画的景色，柳影摇动、桃花含情，春游，是何等销魂、惬意！然而，如此良辰美景，却勾起了作者内心的离愁别思，故末句言"何处游人驻马"。全曲笔调清新隽永，而那股淡淡的离思，则萦绕全曲，细腻感人。

喜春来·和则明韵

曹 德

春云巧似山翁帽。古柳横为独木桥。风微尘软落红飘。沙岸好。草色上罗袍。

【注解】

1.则明：是元散曲作家任昱的字，但其原作，今已不传。
2.草色句：青色的草反映在罗袍上。

【说明】

此曲作者以具体的景象来描摹春景。似山翁帽的云，柳木横亘的桥，落花飘、微风吹、春尘软，一片沙岸好风光，触目所及，是醒人的草绿！给春色美好的赞歌！

一半儿·春梦

查德卿

梨花云绕锦香亭。蝴蝶春融软玉屏。花外鸟啼三四声。梦初惊。一半儿昏迷一半儿醒。

【注解】

梨花句：春天梨花盛开，一朵朵似白云般围绕在锦香亭旁。

【说明】

在生意盎然的春天，做梦，也是美满的！花香蝶舞的美好春色，不禁令人陶醉沉浸其中。忘情沉醉之际，突为春鸟啼惊，这会儿，可是梦景？可是梦醒？作者以如真似幻的手法，点出春景之令人着迷！

一半儿·春情

查德卿

自调花露染霜毫。一种春心无处托。欲写写残三四遭。絮叨叨。一半儿连真一半儿草。

【注解】

1.霜毫：即毛笔。

2.春心：即怀春的心情。

3.絮叨叨：即絮叨，犹言絮烦，谓多言也。

【说明】

这首曲子是从查德卿的《拟美人八咏》中选出来的，写少女起草情书的状况，情景逼真。

红绣鞋·晚春

李致远

杨柳深深小院。夕阳淡淡啼鹃。巷陌东风卖饧天。才社日停针线。又寒食戏秋千，一春幽恨远。

【注解】

1.饧（yáng）：用麦芽做成的软糖。

2.社日：祭社神（土地神）的日子。有春社、秋社之分。立春后第五戊日为春社，立秋后第五戊日为秋社。在古时荆楚一带，每逢社日，群众结宗会社，在树下杀牲口祭社神，妇女们则停止做针线。

3.寒食：节名。冬至后一百零五日合清明前两日为寒食节，禁火三天。《左传》言晋文公焚林求介之推，之推抱木而死，国人哀之，乃于是日禁火。这时群众以玩秋千为戏。

【说明】

暮春时节,杨柳深深,夕阳淡淡,妇女们停止做针线,大伙儿以玩秋千为乐,悠闲自得的生活,给人宁静致远的情怀!

迎仙客·暮春

李致远

吹落红。楝花风。深院垂杨轻雾中。小窗闲。停绣工。帘幕重重。不锁相思梦。

【注解】

1.落红:即落花。红,指桃花言。李贺《将进酒》诗:"况是青春日将暮,桃花乱落如红雨。劝君终日酩酊醉,酒不到刘伶坟上土。"

2.楝花风:楝(liàn),据《尔雅翼》之说,谓其"叶可练物,故谓之楝,子为小铃,熟则黄花"。又据《荆楚岁时纪》,春天的二十四番花信风,最后是楝花风。按花信风,春三月间,花开季节所吹之风也,亦称花风。《演繁露》:三月花开时风,名花信风。又小寒至谷雨,凡四个月,八气,二十四候,每候五日所吹之风称花信风。

3.帘幕重重:张先词云"重重帘幕密遮灯"。

4.不锁相思梦:赵令畤词云"重门不锁相思梦"即此意。

【说明】

这首曲子,写暮春时节,闺中少妇的情怀。作者以细致的景物,烘托少妇闺中之愁,用字贴切,颇似宋人小词那股哀惋之情与写作特色。

写景——夏

小　序

朱我芯

一、前言

元人散曲中，以风景为题材的作品很多。写景，最重要的是时与地。同一个地点，在不同的季节里所呈现的风貌，便有不同；而同样的季节，虽然有特定的天候状况，会使景观具有某些季节性特色，但由于地域的差异、昼夜的变化等因素，自然也有多种风情。

夏，在现实生活中给人最直接的印象，是亮丽、燠热而活力奔放的。元代散曲作者笔下的夏季，特色又是如何呢？我们从《全元散曲》中，选出了二十四首有关夏天的代表作品，由这些作品中，我们可以看出元代散曲家们在描绘夏日风光时常有的一些特点。

在分析夏季作品的特色之前，值得一提的是，在春、夏、秋、冬四时的写景散曲中，以写春、秋者为多，夏季最少。这一方面可能是因为，春、秋时节的大自然景物变化，本就富有浓厚的浪漫气息，容易勾起人们的满怀思绪，因此作品丰富；冬季则因值岁末，人们感怀也深，加上有梅、雪等容易发挥的题材，所以作品也不少；相形之下，夏天里可供发挥的景物，就比较有限了。

另一方面，很有趣的一个原因是很少有散曲作者在对着夏日景物写曲时，会将"夏"字嵌入曲文中。反观春、秋的作品则不然。如贯云石《金字经》云"晓来春匀透"，周德清的《红绣鞋·郊行》云"又是一年秋事了"等，例子比比皆是；写冬景的作品，虽然不见得镶入"冬"字，但许多形容词或特殊景物，却都是显而易见、非冬莫属的，比如张可久的《金字经·偕王公实寻梅》云"探梅千百番。家童懒。灞桥驴背寒"，张可久的《小梁州·雪晴诗兴》云"冰壶光浸水精寒"。而夏天的作品，除非题目有所标示（如张可久的《小梁州·避暑即事》），或是曲文中提及人所皆知的夏季特有景物（如张可久的《一半儿·苍崖禅师退隐》云"柳梢香露点荷衣"、卢挚的《蟾宫引·醉赠乐府朱帘秀》云"恰绿树南薰晚晴"），否则，实在很难确定它是否为夏季时所作。因此，我们不妨也可以说，曲文中并不明确强调时序为夏，是夏季曲作的特色之一。

既是写景，作品中对大自然景物的描述，当然是不可或缺的内容，因此本文分析夏季曲作的特色，便将从作品中所常提及的季节性自然景物谈起。

二、夏季散曲中的大自然景物

有关夏季大自然风光的描画刻绘，本文将分三部分来谈。第一部分：植物。元人散曲中夏季开花的植物或盛产的水果等，都足以为作品证明它的创作季节。第二部分：天候。一些夏季里特殊的天候状况，也是写夏景的曲作特色。第三部分：日月山水。夏天里的湖光山色、天景夜幕，元代散曲作者是如何观察描绘的呢？以下将逐一分析。

（一）植物

1.荷与荞麦

仲夏池塘里盛开的荷花，应是夏季最具代表性的花朵了。在炎暑的炽热中，荷花仿佛是一剂清凉，令人烦躁顿消，因此深得元曲作者的喜爱，凡描写夏日风光或生活的散曲，几乎都会对荷花有所刻画。

荷，《辞海》说它："夏日抽长花梗，开大形美花。"又说："一名莲，又有菡萏、芙蕖等名。"另外，在"芙蓉"条下，也说"荷也"。因此，作品中提及这些名称的，应多是夏天所作。

如张可久的《落梅风·书所见》云"荷花落日酣"，徐再思的《蟾宫曲·西湖夏宴》云"卷荷筒翠袖生香"，薛昂夫的《山坡羊·西湖杂咏》（夏）云"莲。入梦香"，张可久的《金字经·寿彦远卢使君》云"菡萏花开十里塘"，徐再思的《蟾宫曲·名姬玉莲》云"月对芙蓉"。

不论是荷、莲，或是菡萏、芙蓉，元曲作者的描写，大多是着重于它们的清新甜美，以及幽淡荷香在炎炎暑夏中，为人们所带来的清凉舒畅。更有作者将荷比人，当斜阳映照池中带水珠的荷花时，那瓣上的酡红颜色，正好比美丽姑娘颊上的红晕般惹人怜爱。

附带提一点——虽然《辞海》中解释芙蕖、芙蓉也是荷的别名，但事实上，元人散曲中的芙蕖、芙蓉却多属秋季性花朵，如张可久的《普天乐·鹤林观夜空》云"秋水芙蕖"，白朴《天净沙·秋》云"水边开彻芙蓉"，因此对曲义中有"芙蓉""芙蕖"的作品，我们并不能立即断定它是夏季所作。

夏天是荞麦开花的季节，《辞海》荞麦条云："春夏间开小花、白花。"又说："又有甜荞、花荞等名。"因此，写夏日农家生活、田园景色的散曲，内容有时便会提到荞麦，如卢挚的《折桂令·田家》云"看荞麦开花"。

又因为荞麦是北方人的食物，因此我们可以知道曲文中提到荞麦的，必是北方夏日农家的景色或生活。而眼见田里自己辛苦种作的荞麦已在夏日里开花，表示即将抽穗有好收成，自然是满心欢喜。

2.绿豆、西瓜、荔枝、楚梅

卢挚在描写北方农家夏日生活的《折桂令·田家》中，除了提到荞麦开花，同时也提到"绿豆生芽"，可知绿豆也应是夏季北方的作物之一。《辞海》"绿豆"条云："夏开蝶形花，色黄。"

西瓜是夏天应景的水果之一，汁多而味清凉，《辞海》"西瓜"条下云："夏日开单性花。……果实为浆果，至盛夏成熟。……夏令食之，可抑暑。"所以曲文中若有西瓜，便知是夏日所作，如卢挚《折桂令·田家》云："磕破西瓜。"

至于杨贵妃最爱吃的荔枝，也是夏季盛产的水果，成熟时原来青绿的表皮会转为红色，因此卢挚的《湘妃怨·西湖》，便以"擘轻红新荔枝，是个好客的西施"来形容夏日西湖娇态。

再者如黄梅，《辞海》云"梅，生青熟黄"，江浙一带的梅，约在四、五月时黄熟。但处于较南方的湘楚一带，梅要到夏季才能由生青转为黄熟，所以马谦斋的《快活三带朝天子、四边静·夏》云："正枝头楚梅黄。"

（二）天候

1.燠热与旱象的描写

夏季是一年中气温最高的季节，艳阳高照、炽热难当，所以马谦斋的《快活三带朝天子、四边静·夏》中就提到"当空畏日炽炎光"。因为燠热，许多文人雅士总爱在仲夏时节，前往山林湖畔，享受清凉，以祛暑气。散曲中以避暑为题的夏季作品很多，如张可久的《小梁州·避暑即事》《清江引·湖山避暑》等。

另外，夏季炎热干燥，常常久旱不雨，因此从事耕作的农夫，到了夏天，总担心田里无法获得充分的雨水而坏了收成，冯子振《鹦鹉曲·农夫渴雨》，便描写了这种心情。

2.阵雨及南风的清凉

夏季的雷阵雨，总是突如其来，令人措手不及，且一阵急雨过后，往往立刻又会阳光乍现，这是其他季节所没有的特殊的天候状况。

散曲中有关夏季的作品，写到这类现象的也不少，如：胡祗遹的《一半儿·四景》云"骤雨残滴才住声"，张可久的《殿前欢·爱山亭上》云"蕉雨疏花绽"，马致远的《寿阳曲·山市晴岚》云"晚霞明、雨收天霁。四围山、一竿残照里"。

徐徐南风送爽，该是炎夏里最畅快的享受，元曲中描写夏景的作品，有不少也提到这点，如卢挚的《沉醉东风·闲居》云"任他高柳清风睡煞"，卢挚的《蟾宫引·醉赠乐府珠帘秀》云"恰绿树南薰晚晴"，薛昂夫的《山坡羊·西湖杂咏》（夏）"薰风无浪""风，满座凉"。在清凉薰香的南风吹拂之下，或乘舟游湖，或与三五好友欢饮，或进入梦乡，都是仲夏里难以忘怀的快乐体会。

（三）日月山水

1.天空、夕照和月色

夏季的天空，是蔚蓝而开阔的，偶尔有洁白的云朵低悬，十分明亮耀眼，正与大地上鲜明的仲夏景物相互辉映。而元曲家以他们的妙笔，又是如何刻画出一片夏日晴空的呢？

张可久的《落梅风·书所见》云"拂晴空远山云淡"，薛昂夫的《山坡羊·西湖杂咏》（夏）云"晴空轻漾"，由这些描述，我们几乎又抬眼见到了湛蓝无边的夏日晴空。

夏天的黄昏也是一幅温馨缤纷的图画，有漫天的彩霞、袅袅的炊烟、归飞的倦鸟及丰收的渔帆。正如：乔吉的《满庭芳·渔父词》云"落日烟霞"，马致远的《寿阳曲·山市晴岚》云"晚霞明、雨收天霁"，马致远的《寿阳曲·远浦归帆》云"夕阳下，酒旆闲，两三航未曾着岸。落花水香茅舍晚，断桥头卖鱼人散"。

对夏夜的星空月色，元曲家是如此描写的：张可久《小梁州》云"月明上，棹歌齐唱"，张可久《清江引·湖山避暑》云"荷香月明"。可见夏天的月色，在元曲家们的眼中，是十分晴朗明亮的，伴同着夜里如水的沁凉，为人们一消白昼的暑气。

写夏景的散曲，对山色有大量的刻画，如张可久的《小梁州·避暑即事》云"两峰晴翠插波光"，王恽的《黑漆弩·游金山寺》云"吸尽江山浓绿"，张可久的《一半儿·苍崖禅师退隐》云"树杪斜阳明翠微"。夏日的青山，在日光璀璨下，显得青翠壮丽，而一阵季节雨过后，山景更是清新可喜，一如马致远的《寿阳曲·山市晴岚》所写："晚霞明、雨收天霁。四围山、一竿残照里。锦屏风又添铺翠。"

因为避暑胜地多位于山林湖畔，而以夏季为题材的作品中，又有许多是曲家们避暑时所写，因此，对湖光山色的描画，十分普遍且生动。在众多的湖泊中，最著名、最常被用作曲作题材的，自然非杭州西湖莫属了，如卢挚的《湘妃怨·西湖》云"对波光、山色参差。……是个好客的西施"，马致远的《湘妃怨·和卢疏斋西湖》云"采莲湖上画船儿……蓬莱倒影参差……清洁煞避暑的西施"。两人都以西施的风情比喻西湖夏日的美景，别出心裁。

三、曲家借夏景所寄寓的情怀

元代散曲作者将夏季里的大自然景物刻画入微，使明丽的夏日风情跃然纸上，但在写景的同时，作者必也融入了他们的心情与思绪，使他们的心中怀想，能借由景物，不着痕迹地表达出来，因此，我们也不能忽略写景作品背后，作者所寄寓的情怀。

（一）农家的快乐悠闲

在描写夏季大自然的散曲中，有不少是以农家为背景，写农夫耕作之余生活的悠闲自得的，这哪里是追逐名利的尘世中人所能享受的呢？

这类作品，如卢挚的《折桂令·田家》《沉醉东风·闲居》，冯子振的《鹦鹉曲·农夫渴雨》等，都把农夫的直爽性情、对作物的关切，以及生活的快意自适，描写得淋漓尽致、令人羡煞。

（二）渔家的自由自在

乔吉的《满庭芳·渔父词》，写一位渔父在满载而归后，尽情饮酒放歌，陶醉在沁凉夏夜美景中的快乐自在，正是典型的渔家乐写照，也是令人向往的生活方式。

（三）退隐思想

其实在上述的农家、渔家两类作品中，便多少暗示了作者对田园山水生活的羡慕与渴望。至于在曲文中明白揭示归隐山林思想的作品，则有马谦斋的《快活三带朝天子、四边静·夏》所云"岂羡功名纸半张……志不在凌烟上"、张可久的《殿前欢·爱山亭上》所云"倒持手版支颐看"等。

（四）对大自然的向往

绝大多数描写夏日风景的散曲，都透露了作者在山间湖畔徜徉时的快乐心境，也许他们不以农、渔家的生活方式来表达，也许他们也并不至于要隐退辞官，但是，当他们身处大自然毫不造作的绝美胜景中时，便希望彻底融入自然中，与天地做身心交流。正如张养浩的《雁儿落兼得胜令》所云："云霞，我爱山无价。行踏，云山也爱咱。"也似张可久《殿前欢·爱山亭上》所云："青山爱我，我爱青山。"

（五）醉解干扰

十分有趣的一个特色是，在许多写夏景的散曲中，都少不了"醉"或"酒"，如张可久《小梁州·避暑即事》云"酒醉归"、胡祗遹的《一半儿·四景》云"纱橱睡足酒微醒"、乔吉的《满庭芳·渔父词》云"沽些村酒"、马致远的《拨不断·夏宿山亭》云"醉眠时小童休唤"、卢挚的《沉醉东风·闲居》云"醉里乾坤大，任他高柳清风睡煞"等等。也许，在那个黑暗的时代，醉个痛快、大睡一场，真是暑夏里最畅快的享受吧。

（六）以夏景喻女子

在夏季散曲中，我们发现有些作者以景物比喻人，而且全是比作女子，如张可久的《落梅风·书所见》、卢挚的《蟾宫引·醉赠乐府珠帘秀》，以及把西施比西湖的卢挚、马致远的《湘妃怨》。可见女子娇柔的容颜、姿态，与浑然天成的湖光山色，都是天地间美丽的艺术精品。

四、夏季散曲中的节庆习俗

在属于夏季的五、六、七月（今农历）中，唯一的节庆是五五端阳，相关的作品很少。无名氏的《喜春来·四节》中的第二首，写端阳节的风俗习惯，充分反映了当时人们过端午的民俗。

五、结论

在描写夏日风景的散曲作品中，晴蓝的天空、轻移的白云、苍翠的山林及倒影鲜明的湖水，织成一幅醉人的天然美景。而由题材的选择来看，夏日里清晰娇美的荷花、轻拂的南风、雨后黄昏的彩霞以及凉如水的夜色，最是受到散曲作者的偏爱。仲夏季节的多种风情，也因此表露无遗。

此外，卢挚对农家的生活、作物生长的情形观察入微，乔吉写渔家生活的怡然自得，等等，也都使我们了解了夏日里农夫渔父的快乐悠闲。

最后，关于写夏日景致的曲作特色，除上述几点之外，值得注意的是，有许多是属于组曲的作品，如卢挚的《湘妃怨·西湖》、马致远的《湘妃怨·和卢疏斋西湖》、胡祇遹的《一半儿·四景》、张养浩的《朝天曲·咏四景》、薛昂夫的《山坡羊·西湖杂咏》、马谦斋的《快活三带朝天子、四边静·春夏秋冬》等等，都是以同一曲调，用写春、夏、秋、冬四时景致各一首的方式来表达的组曲作品；另外，马致远以【寿阳曲】写的《潇湘八景》，也是著名的组曲。

一半儿·四景

胡祗遹

纱橱睡足酒微醒。玉骨冰肌凉自生。骤雨滴残才住声。闪出些月儿明。一半儿阴一半儿晴。

【注解】

1.纱橱：即纱帐。
2.骤雨：即急雨、阵雨。

【说明】

这首小令是胡祗遹以【一半儿】写春、夏、秋、冬四景中的一首咏夏的作品。写夏日阵雨过后，云端现出明月，但因乌云未散，所以是乍隐乍现；作者自醉眠中初醒，颇觉夏夜雨后的凉意。

黑漆弩·游金山寺

王 恽

苍波万顷孤岑矗。是一片水面上天竺。金鳌头满咽三杯。吸尽江山浓绿。【幺】蛟龙虑恐下燃犀。风起浪翻如屋。任夕阳归棹纵横。待偿我平生不足。

【注解】

1.金山寺：即今江苏镇江市西北金山上的一座著名佛教寺庙。山原在长江中，江中如有风起，山势便浮动，故又名浮玉山。

2.岑：小而高的山岭，此指金山。

3.矗（chù）：高高耸立。

4.天竺：山名，有上、中、下三天竺，俱在杭州。这里所说的是上天竺，位于杭州市西面的北高峰下，山上有天竺寺，建筑宏伟。又，天竺是印度的别称，由于佛教是由印度传入我国，所以天竺又可借指佛寺。"水面上天竺"，即水面上的佛寺。

5.金鳌头：金山上的最高处，有金鳌峰，峰顶如乌龟的头。

6.满咽三杯：三杯之"三"是虚指，犹言满口吞吃几杯。

7.蛟龙句：燃犀，即燃犀牛的角，古代传说，点燃犀角，可以照见水怪。据《晋书·温峤传》："峤至牛渚矶，水深不可测，世云：其下多怪物。峤遂燃犀角而照之。须臾，见水族覆火，奇形异状，或乘马车着赤衣者。峤其夜梦人谓之曰：与君幽明道别，何意相照也？意甚恶之。"全句是说，蛟龙很害怕有人燃犀深入水中，照出它们的妖形，所以兴风作浪。

8.棹（zhào）：本指摇船的桨，此指船而言。

9.偿我平生不足：偿，即补偿。由于作者王恽是河南人，历经国史院编修及监察御史，大半生住在北方，对南方的风景，未曾浏览，直到至元二十六年（1289），出任福建按察使，始南下寻金山；当他看到金山寺奇伟壮丽的景色时，真可谓一饱眼福，因此说"偿我平生不足"，也就是补偿他一生所不曾见到的美景。

【说明】

这首曲的前面，原有一篇短序，说明他应友人严伯昌的请求而撰写此曲的经过，并附带说明了他对文学创作的见解。

王恽极喜爱北宋词人苏东坡《念奴娇·赤壁怀古》的豪放气魄，我们看他写金山寺景物的豪迈气象，真有点像苏词的风格。据王锳的

《元人小令二百首》说："这支小令，着重写景。首句写山，二句写寺，三、四、五、六句写山寺所见。末两句写流连忘返的心情。作者写景，从大处落笔，并运用新颖别致的比喻，和富有神话色彩的典故，构成一种雄浑壮阔的意境，颇有宋词中豪放的风致。这在小令中是比较少见的。"

蟾宫引·醉赠乐府珠帘秀

卢　挚

系行舟谁遣卿卿。爱林下风姿。云外歌声。宝髻堆云。冰弦散雨。总是才情。恰绿树南薰晚晴。险些儿羞杀啼莺。客散邮亭。楚调将成。醉梦初醒。

【注解】

1.醉赠乐府珠帘秀：珠帘秀是元代著名杂剧演员，也是一位散曲作家。当时许多名公文士如胡祗遹、冯子振、王恽、关汉卿等，都曾写词曲赠她。乐府，指有文采而俊雅的曲子，是相对于"俚曲"而言。

2.卿卿：对女性朋友亲昵的称呼。

3.爱林下句：《世说新语·贤媛》说："王夫人神情散朗，故有林下风气。"此处是形容珠帘秀飘逸超俗的舞姿，如风拂林梢般，摇曳生姿。

4.云外歌声：形容歌声嘹亮美妙，仿佛高出云霄之外。

5.宝髻堆云：是说发髻以金玉装饰，美丽如天空中堆积的云朵。

6.冰弦散雨：挥动洁白的丝弦，弹出的乐曲有如中天飘洒而至的雨滴。

7.南薰：即温和的南风。

8.邮亭：本为传达文书的场所，亦可作客栈、旅馆之类解。

9.楚调：因汉高祖所作的《大风歌》及房中夫人《房中乐》悲壮激昂，具有楚调，视为楚声。因此楚调即悲壮激昂之歌。

【说明】

此曲是卢挚在酒席上趁着醉意所写，用来赠给他的好友——青楼名妓珠帘秀的，并请她即席歌之。曲中有"南薰"，可知是南风送爽的夏日时节所作。

折桂令·田家

卢 挚

沙三伴哥来嗏。两腿青泥。只为捞虾。太公庄上。杨柳荫中。磕破西瓜。小二哥昔涎剌塔。碌轴上渰着个琵琶。看荞麦开花。绿豆生芽。无是无非。快活煞庄家。

【注解】

1.沙三、伴哥：是元人曲中常用以称呼乡下人的名字。

2.嗏（cha）：语词，略同于呀、吧。

3.青泥：即淤泥。

4.太公庄：泛指农庄。

5.磕（kē）破：打破、切破之意。

6.昔涎剌塔：形容垂涎肮脏的样子。

7.碌轴（lù zhòu）：即碌碡，是一种农具，用圆柱形石块做成，以人力拉动，可以碾谷类或碾平场地。

8.淊（yǎn）着：犹言靠着。这句连上句是说，小二哥（与沙三、伴哥一样，泛指乡村中人）蜷曲着身子，靠在碌轴上睡觉，活像是个琵琶般。

9.荞麦：三角麦，为北方人所常食用者。

10.无事无非：犹言不争名利，安闲自在。

11.庄家：即农人。

【说明】

这首曲，写乡村农民的快乐生活，真切而有味，一片泥土气息，扑人眉目。由曲中描述的荞麦开花、绿豆生芽及磕破西瓜，推知是夏日光景。全曲流露出仲夏时节农家生活的悠然自得。

沉醉东风·闲居

卢 挚

雨过分畦种瓜。旱时引水浇麻。共几个田舍翁。说几句庄家话。瓦盆边浊酒生涯。醉里乾坤大。任他高柳清风睡煞。

【注解】

1.田舍翁：老农夫。

2.醉里乾坤大：喝醉了酒，什么烦恼事都已忘掉，所以说天地广大，此句含有不满现实的意味。

3.瓦盆：元人曲中说到饮酒，常用"瓦盆"二字。

【说明】

这首曲主要在写乡野生活的悠然自得。由"高柳清风",知是暑夏时节凉风送爽的快乐体会。

湘妃怨·西湖

卢 挚

朱帘画舫那人儿。林影荷香雨霁时。樽前歌舞多才思。紫云英琼树枝。对波光山色参差。切香脆江瑶脍。擘轻红新荔枝。是个好客的西施。

【注解】

1.画舫:舫(fǎng),即船。画舫,是指彩绘雕画、装饰华丽的游船。

2.雨霁:霁(jì),是雨止的意思。雨霁,即雨停天晴。

3.樽(zūn):指酒杯。

4.英:即花。

5.琼:本指玉之美者,比喻凡物之精美者。

6.参差:不整齐。

7.切香脆句:脍(kuài),指细切肉而言。江瑶,蛤类,壳薄而大,肉柱供食用,味美,称江瑶柱(俗名干贝)。全句是说切着香脆可口的江瑶柱肉片。

8.擘(bò):犹剖。

【说明】

卢挚以【湘妃怨】的曲调,写了四首咏西湖的散曲,分咏西湖的春、夏、秋、冬，将西湖四时不同的植物及景观特色一一描述，道尽西湖之美。尤其巧妙的是，卢挚在每首曲子的末句，均以西湖比西施，借西施多变化的风情，以喻西湖四季各不相同的动人风貌。

卢挚这首夏日西湖的散曲，以亮丽明艳的笔调描绘西湖在仲夏时分的山光水色，同时以夏季盛产的荔枝，引出西施的活泼快乐，与鲜丽的景致相映成趣。

湘妃怨·和卢疏斋西湖

马致远

采莲湖上画船儿。垂钓滩头白鹭鸶。雨中楼阁烟中寺。笑王维作画师。蓬莱倒影参差。薰风来至。荷香净时。清洁煞避暑的西施。

【注解】

1.鹭鸶句：鹭鸶即白鹭，嘴脚都很长，在水边捕食小鱼时，就像渔人低头垂钓的姿态，所以说"垂钓滩头"。

2.笑王维句：王维，唐代诗人，也是有名的画家，尤其擅长山水，是北派之祖。全句是说，湖上画船，水边白鹭，再加上雨中的楼阁和烟中的山寺，构成一幅美丽的山水画，王维何须再作什么画呢？

3.蓬莱：本为古代传说中的海上仙山，这里借指西湖岸边的青山。

4.参差：不整齐。

5.薰风：即暖风。

6.荷香净时：连上句，是说风吹荷花，飘散着一股净雅的香气。

7.清洁句：是说夏日的西湖，如在清凉洁净的胜境里避暑的西施一般，令人十分喜爱。

【说明】

这首曲写西湖在夏日雨后呈现的美景,连王维的知名山水画都比不上,真如苏东坡所写的:"欲把西湖比西子,淡妆浓抹总相宜。"

卢挚曾有四首描写西湖四季景致的《湘妃怨》,马致远的这四首《湘妃怨》即和卢疏斋的《湘妃怨·西湖》而作,也是以西施的多种面貌,比喻西湖四季变化的天光水景。其中写夏日西湖景的这首曲,以烟雨、薰风、荷香,点出了仲夏特色。

拨不断·夏宿山亭

马致远

立峰峦。脱簪冠。夕阳倒影松荫乱。太液澄虚月影宽。海风汗漫云霞断。醉眠时小童休唤。

【注解】

1.脱簪冠:言脱去帽子,拨开头发。极言自由舒畅之意。

2.太液:即太液池,遗址在今陕西省西安市未央区大明宫乡孙家湾村南。池南为汉武帝所筑建章宫,池中有渐台,中起三山,似方丈、蓬莱和瀛洲。这里"太液"泛指池水。

3.汗漫:犹言广大无边。全句是说浩荡无边的海风,吹散了天上的云霞。

【说明】

这支小令的作者,《乐府群玉》署为李致远,《北词广正谱》署为马致远,《全元散曲》云:"疑《广正谱》误。"罗忼烈的《元曲三百首笺》则认为："《全元散曲》谓《广正》盖误，非也。此词雄放亢爽，如太原公子褐裘而来，最见东篱本色。李有此气象乎？"

此曲是作者于日暮时分，立峰峦上所见的天光水景。读来颇觉浩荡开阔。曲中的晚霞满天正是夏日傍晚的特有景致，作者以"海风汗漫云霞断"来描写夏日黄昏，更添壮阔风味。

寿阳曲·山市晴岚

马致远

花村外。草店西。晚霞明雨收天霁。四围山一竿残照里。锦屏风又添铺翠。

【注解】

1.山市：指山中市镇村舍而言。

2.晴岚（lán）：雨后晴空出现的雾气。

3.花村：指繁花盛开、草树青翠的村庄。

4.草店：村野的酒店。

5.天霁：即天晴。

6.四围山句：是说四周山峰环绕，太阳离山只有一竿高了。

7.锦屏风句：是说如锦屏风般围绕的四面山头，因新雨过后更添上一层青翠，再加上落日余晖的映照，显得十分美丽。

【说明】

马致远以寿阳曲调，写了八首描述湖南洞庭湖一带风光的小令，即所谓"潇湘八景"。

这首《山市晴岚》，是写雨后夕阳映照在洞庭湖四周山头的景致，十分清丽鲜明。因曲中有繁花盛开的村庄，有雨后晴时出现在天边的鲜丽晚霞，也有青翠的山头，所以应属夏日的景色。

寿阳曲·远浦归帆

马致远

夕阳下。酒斾闲。两三航未曾着岸。落花水香茅舍晚。断桥头卖鱼人散。

【注解】

1.远浦：浦，指水边。远浦，即远方渡口。

2.酒斾：斾（pèi），杂色镶边的旗子，通常是指酒店门前的幌子，犹如现在的招牌一样。

3.航：指帆船而言。

4.着岸：即到岸或靠岸。

5.落花句：是说点点归帆，远望像水面上的落花一样；在诗人想象中，水也变成香的了。那些归帆，再衬托着水边的茅舍，构成了一幅美丽的晚景。

【说明】

这首曲写日暮时分的景色，"卖鱼人散"与"未曾着岸"，前后呼应，生趣盎然。

鹦鹉曲·农夫渴雨

冯子振

年年牛背扶犁住。近日最懊恼煞农父。稻苗肥恰待抽花。渴煞青天雷雨。【幺】恨残霞不近人情。截断玉虹南去。望人间三尺甘霖。看一片闲云起处。

【注解】

1.住：本为居住的意思，这里引申为过活或过日子。

2.最：正的意思。

3.懊恼煞：犹言十分烦恼或懊恼极了。

4.恰待：正要、刚要。

5.渴煞：渴望极了。

6.恨残霞二句：是说傍晚天色清朗而有了彩霞，既有彩霞，就表示天气晴朗，不会出现下雨和雨后才有的虹了，所以恨。

7.三尺：指雨量。

8.甘霖：甘露般的雨水，犹言及时雨。

9.看一片句：是说凡看到有云的地方，就希望它能够降下甘霖。

【说明】

这首曲，写农夫在夏天久旱未雨时的心情，逼真之至。冯子振的《鹦鹉曲》是按照白贲《鹦鹉曲》的原韵而写的，白作只有一首，而冯子振竟然和了三十九首之多。

雁儿落兼得胜令·无题

张养浩

云来山更佳。云去山如画。山因云晦明。云共山高下。倚仗立云沙。回首见山家。野鹿眠山草。山猿戏野花。云霞。我爱山无价。行踏。云山也爱咱。

【注解】

1.晦明：犹言忽暗忽明，或忽阴忽晴。

2.云共山高下：是说白云飞行，时而比山高，时而比山低。

3.云沙：王锳《元人小令二百首》的注以为是指被云雾笼罩的山崖；而龙潜庵的《元人散曲选》，和曾永义、王安祈的《元人散曲选详注》，则以为"是说茫茫云海，立在云脚，就好像立在海边沙滩上一样。"

4.行踏：犹言闲逛、散步，也就是边走边看。

【说明】

按王锳《元人小令二百首》说："这是作者写景的佳作之一。它通过云和山的关系，写出了变化倏忽的山景。在山家和猿鹿之间，作者还把自己的形象，直接植入画面，使得情与景、物与我，完全融为一体。"

此曲歌颂大自然，写山由远而近，由高而下，层次分明；而从"我爱山无价""云山也爱咱"，也可看出作者与大自然身心交融的快乐。

折桂令·过金山寺

张养浩

长江浩浩西来。水面云山。山上楼台。山水相辉。楼台相映。天与安排。诗句成风烟动色。酒杯倾天地忘怀。醉眼睁开。遥望蓬莱。一半云遮。一半烟霾。

【注解】

1.金山寺：位于今江苏省镇江市西北，为佛教圣地。最高处是金鳌峰、妙高峰，有寺曰金山寺，下临长江，地势雄伟。张祜诗云："一宿金山寺，超然离世尘。"

2.蓬莱：本为古代传说中的海上仙山，这里借指西湖岸旁的西山。

【说明】

关于这首曲的作者，说法不一，《阳春白雪》署作赵天锡，《中原音韵》不著撰人，《乐府群玉》署作张养浩，同时在张氏的《云庄乐府》中，此曲也被收入，兹从之。字句之间，各本亦有不同。（近人罗忼烈先生的《元曲小令三百首笺》有详细说明，请参考。）

殿前欢·登江山第一楼

乔 吉

拍栏干。雾花吹鬓海风寒。浩歌惊得浮云散。细数青山。指蓬莱一望间。纱巾岸。鹤背骑来惯。举头长啸。直上天坛。

【注解】

1.江山第一楼：不详，待考。

2.纱巾岸：岸是高高竖起的意思。全句是说用纱做的头巾高竖着。

3.鹤背句：即骑鹤上天之意。相传周灵王太子晋，曾在缑氏山骑鹤而仙去。

【说明】

王季思等人的《元散曲选注》中说明："写海天景色，颇有气魄。'浩歌惊得浮云散，举头长啸，直上天坛'，写出登临时的逸怀浩气，更是惊人之笔。"

满庭芳·渔父词

乔 吉

活鱼旋打。沽些村酒。问那人家。江山万里天然画。落日烟霞。垂袖舞，风生鬓发。扣舷歌，声撼鱼槎。初更罢。波明浅沙。明月浸芦花。

【注解】

1.活鱼旋打：旋是随意的意思。活鱼旋打，即可以随便打到鱼。

2.问那人家：是说问那人家买酒。

3.垂袖舞：舞起宽袍大袖。

4.扣舷歌：是说拍打着船缘，和节拍而歌。

5.撼（hàn）：摇动之意。

6.鱼槎：槎（chā），即木筏。鱼槎，也就是渔船。

7.波明浅沙：水波极为明澈，可见水底浅沙。

【说明】

乔吉以【满庭芳】的曲调，写了三首《渔父词》，配合着捕鱼的季节，分写春、夏、秋三季渔父捕鱼的生活，以及大自然因季节更替而变化的景色。

这首曲是写夏天渔父打鱼丰收后的悠闲快乐，由渔船回航时的彩霞夕照写到初更罢，明月照映江湾的美丽夜色，使人如置凉如水的夏夜中。由于时节已近夏末秋初，因此末句写明月遍照一片芦花白，已颇有秋凉意。

山坡羊·西湖杂咏（夏）

薛昂夫

晴云轻漾。熏风无浪。开樽避暑争相向。映湖光，逞新妆。笙歌鼎沸南湖荡。今夜且休回画舫。风。满座凉。莲。入梦香。

【注解】

1.熏风：即南风。

2.逞新妆：谓游湖的仕女们，各自穿着美丽的服装，争奇斗艳。

3.笙歌鼎沸：犹言乐声和歌声混在一起，就像水煮沸时在壶里沸腾一般。

4.南湖荡：指在西湖南面的水面荡舟。

【说明】

《西湖杂咏》薛昂夫共写了四首,分咏春、夏、秋、冬四季的西湖景色,这首咏夏。

此曲描写晴空中恬淡的白云,迎面薰香的微风——正是西湖凉爽的避暑时节。除天光水色明亮耀眼外,湖畔穿着华服的仕女们,更为仲夏的西湖添铺缤纷。如此明朗的景致,正适宜放歌纵酒,薛昂夫将欢乐畅快的夏日情怀表达得十分活泼。

快活三带朝天子、四边静·夏

马谦斋

恰帘前社燕忙。正枝头楚梅黄。当空畏日炽炎光。杨柳阴迷深巷。

北窗。草堂。人在羲皇上。亭台潇洒近池塘。睡足思新酿。竹影横斜。荷香飘荡。一襟满意凉。醉乡。艳妆。水调谁家唱。

红尘千丈。岂羡功名纸半张。渔樵闲访。先生豪放。诗狂。酒狂。志不在凌烟上。

【注解】

1.社燕:燕子是候鸟,在春社(即春末夏初)时来,秋社(即秋末冬初)时去,所以称社燕。

2.楚梅黄:湘楚一带的青梅,到夏天的时候,便成熟而发黄了。

3.畏日:夏天的日光过于炎热,使人生畏,所以说畏日。

4.羲皇:伏羲氏,犹言上古时代。

5.新酿:指新酿成的酒。

6.水调：唐宋时代民间流行的大曲之一。

7.凌烟：即凌烟阁。唐太宗曾命画家阎立本把二十四位开国有功的大臣图像画在凌烟阁上，以供时人瞻仰。

【说明】

马谦斋的原作，共有春、夏、秋、冬四首，这是写夏景的一首。前一支泛写夏日的景色和日光；中间一支写消遣夏日时光的方法和情趣；后一支写夏日时光之美，想寄情于山巅水涯，饮酒诵诗，无心追求人世间的功名富贵。层次分明，脉络清楚，确是不朽之作。

殿前欢·爱山亭上
张可久

小栏干。又添新竹两三竿。倒持手版支颐看。容我偷闲。松风古砚寒。藓上白石烂。蕉雨疏花绽。青山爱我。我爱青山。

【注解】

1.爱山亭：地名，不详。

2.两三竿：即两三根。

3.倒持手版：手版即朝笏。倒持朝笏，因为它没有用了，所以倒持，以示隐退之意。

4.支颐：是说支撑着下巴。

5.藓：即苔。

6.白石烂：犹言石头剥落破碎。

7.蕉雨：急雨打在芭蕉叶上，发出声响，称为蕉雨；意指急雨或阵雨。

8.疏花：稀稀疏疏的花。

9.绽：指花苞开放。

【说明】

据萧善因《元散曲一百首》说："这首小令写的是作者的隐逸生活。两三支新竹，便引起他莫大的情趣，读书写曲之余，陶醉在青山花雨之中，闲适的生活乐趣，跃然纸上。"

因为此曲中，"蕉雨"所意指的阵雨、急雨是仲夏才有的气象，且值"又添新竹两三竿"的时节，可知是张可久在夏季所描述的山林隐居生活。

小梁州·避暑即事

张可久

两峰晴翠插波光。十里横塘。画楼帘影挂斜阳。谁凝望。纨扇掩红妆。【幺】莲舟撑入荷花荡。拂天风两袖清香。酒醉归。月明上。棹歌齐唱。惊起锦鸳鸯。

【注解】

1.纨扇：纨，轻细的白绢为纨。纨扇，即绢扇。

2.棹歌：棹（zhào），指船。棹歌，即舟子所唱之歌，又称"棹唱"。

3.鸳鸯：似凫（水鸟）而小，长三公寸（约30厘米）许，嘴扁颈长趾有蹼，羽色美丽。雄者头后长有冠毛，铜赤色，背部黄色，腹白，翼上有黄褐色的饰羽，形似银杏叶，嘴红足黄。雌者形稍小，色苍褐，胸腹间有白色浓斑，翼色绀青，嘴灰黑，足黄灰。多栖于水边，巢营于水边之树穴内。

【说明】

这首小令是张可久在山中湖畔避暑时的即景作品，由夕阳斜挂写到明月初上，乘莲舟醉归，放声高歌，道尽仲夏夜畅游的快意。

清江引·湖山避暑
张可久

好山尽将图画写。诗会白云社。桃笙卷浪花。茶乳翻冰叶。荷香月明人散也。

【注解】

1. 好山句：是说避暑所在的山林，呈现出如图画般绝美的景致。
2. 诗会句：社，即聚。全句是说众诗友聚会在山顶的白云深处。
3. 桃笙句：桃笙，以桃木做的笙。全句是说，用桃木做的笙吹奏的曲调，抑扬顿挫，如翻卷浪花般。
4. 茶乳句：乳，是指雪白的山泉；冰，是指山泉的清凉。全句是说以清凉白澈的山泉煮茶。

【说明】

这首小令，是写暑夏在风光如画的湖山避暑时，生活的悠闲自得，山、湖、荷、月无不美丽，作者徜徉在大自然中，丝毫不觉仲夏的燠热，反而与自然界做了一次身心交融。

一半儿·苍崖禅师退隐

张可久

柳梢香露点荷衣。树杪斜阳明翠微。竹外浅沙涵钓矶。乐忘归。一半儿青山一半儿水。

【注解】

1.翠微：是指山边青翠的颜色。
2.浅沙涵钓矶：涵，是包容的意思。浅沙涵钓矶，意即钓鱼人所站立的石块，半埋在浅沙中。

【说明】

这首曲是写苍崖禅师退隐之后，每于山边水涯渔钓，总有乐而忘归的快乐悠闲。"翠微"是山色，"浅沙"是水景，因此说"一半儿青山一半儿水"。

落梅风·书所见

张可久

柳叶微风闹。荷花落日酣。拂晴空远山云淡。红妆女儿十二三。采莲归小舟轻缆。

【注解】

1.柳叶句：柳叶因微风轻拂而摆动。同时柳叶也暗喻红妆女儿的双眉。

2.荷花句：是说荷花在落日余晖映照之下，浮现红晕，犹如畅饮后的醉酒模样。荷花，暗喻红妆女儿的面容。

3.轻缆：轻轻地把采莲的小舟系在岸边。

【说明】

张可久巧妙地将人、景合写，以夏日里风拂柳叶、夕照荷花、白云恬淡的优美景致，比喻采莲少女的俏丽娴雅模样，十分动人。

蟾宫曲·西湖夏宴

徐再思

卷荷筒翠袖生香。忙处投闲。静处寻凉。一片歌声。四围山色。十里湖光。只此是人间醉乡。更休题天上天堂。老子疏狂。信手新词。赠与秋娘。

【注解】

1.卷荷筒句：筒，即竹筒。全句是说湖上的荷叶卷曲成筒，好像美人生香的翠袖一样。

2.老子：作者自称。

3.信手新词：谓随意写出的词曲。

4.秋娘：唐宋诗人常以"秋娘"称有情的少女。

【说明】

以西湖中荷花的姿态，点出宴飨的时节。夏日盛开的荷花、明朗清丽的湖光山色，加上暑夏里宜人的凉风，难怪作者说连天堂都不及此人间醉乡了。

首句以卷曲的荷叶比拟美人香袖，与末句秋娘前后呼应。

喜春来·端阳
无名氏

垂门艾挂狰狰虎。竞水舟飞两两凫。浴兰汤。斟绿醑。泛香蒲。五月五。谁吊楚三闾。

【注解】

1.垂门句：端阳节时，将艾草扎成虎形，叫作艾虎，挂在门口，传说可以辟邪。

2.狰狰（zhēng zhēng）：犹言威猛。

3.竞水句：指端阳节的龙舟竞渡。凫（fú），水鸟，即野鸭，这里是指舟，因为古代称轻舟为水凫。

4.兰汤：古时每逢五月五日，民俗以兰草煎汤，用之洗浴。

5.绿醑（xǔ）：绿色的美酒。

6.泛香蒲：端午饮酒时，将菖蒲剪碎，浮在酒上，叫菖蒲酒。

7.楚三闾：即屈原，因他曾官任楚三闾大夫，故名。后因被谗而遭放逐，于五月五日投汨罗江自杀。后人为了纪念他，在这一天举行龙舟竞渡，并将粽子投入江中，以示吊祭。

【说明】

无名氏的《喜春来》，一共写了四首，题为四节，分别是写春天的上巳、夏天的端阳、秋天的七夕及重阳四个节日的景物或风俗习惯。这首写仲夏端阳节的曲中,描述了当时民间在端午节日悬挂艾草、饮菖蒲酒、兰汤洗浴及龙舟竞渡的习俗。

写景——秋

小　序

刘若缇

在文学的传统之中，"寓情于景"是最高境界的艺术技巧，如果在文学作品中只言情，会让人觉得空荡无依；只写景又让人觉得没有意境。因为情是抽象的，景是具体的，要能"感于物而动"——也就是说要透过具体的客观事物，来反映主观的感情，这样才能达到艺术效果，这正是王夫之所说的"以写景之心理言情"。因此，在文学传统中，以风景为题材的作品就非常多了。

然而因为文人的多愁善感，对于时序的变化也益加敏感，陆机的《文赋》中说："遵四时以叹逝，瞻万物而思纷，悲落叶于劲秋，喜柔条于芳春。"

这就是指在抒情的诗文之中，常因节候改变、万物纷呈而引起咏叹。钟嵘在《诗品》序中也说："气之动物，物之感人，故摇荡性情，形诸舞咏。"且更再说明:"若乃春风春鸟,秋月秋蝉,夏云暑雨,冬月祁寒,斯四候之感诸诗者也。"

在春、夏、秋、冬四个季节中,处于盛暑和严冬之间的秋天,最容易让诗人引起感怀。

秋天给人的感觉一是因草木的凋黄而显得凄凉萧条,一是因天气疏爽而显得意兴欢娱。在抒情的诗文中,对秋天的感情多偏于前者。对秋天最早发出兴叹的,应是《楚辞》了。在《九歌》中的《湘夫人》里,湘君久候湘夫人不至,因而感怀秋伤:"帝子降兮北渚,目眇眇兮愁予,袅袅兮秋风,洞庭波兮木叶下。"宋玉的《九辩》则说:"悲哉秋之为气也,萧瑟兮草木摇落而变衰。"以秋天的景况起兴,自叹旅途中所遭受的穷困际遇。由于这样的一个开端,文学作品中的秋天从此就离不开愁绪了——无论怀人或是自伤,总在秋天满怀愁绪。汉武帝的《秋风辞》,虽有豪放的气势,但仍拂不去伤秋的影子:"秋风起兮白云飞,草木黄落兮雁南归。兰有秀兮菊有芳,怀佳人兮不能忘。泛楼船兮济汾河,横中流兮扬素波。箫鼓鸣兮发棹歌,欢乐极兮哀情多。少壮几时兮奈老何。"纵使在行船泛舟,歌舞酣畅之际,面对秋天的景色,也不免感叹时光的消逝、年华的不再。曹丕的《燕歌行》中则说:"秋风萧瑟天气凉,草木摇落露为霜,群燕辞归雁南翔,念君客游思断肠⋯⋯"

在《燕歌行》中丝毫没有宫廷的气息,完全是民歌的笔调。妇人感觉到秋凉,风声萧瑟,草木凋残,令她想起了在远方的丈夫,他是不是也正思念着故乡呢?正是"怀人最是九秋天"的写照。

为什么秋天会带来这样的感怀呢?欧阳修在《秋声赋》里,描写秋气、秋容、秋色、秋意,最能让人体会秋天的景况。他说:"⋯⋯闻有声自西南来者,悚然而听之,曰:'异哉!'初淅沥以萧飒,忽奔腾而澎湃,如波涛夜惊,风雨骤至。其触于物也,铮铮铮铮,金铁皆鸣,又如赴敌之兵,衔枚疾走,不闻号令,但闻人马之行声。⋯⋯噫嘻悲哉!此秋声也⋯⋯盖夫秋之为状也,其色惨淡,烟霏云敛,其容清明，天高日晶。其气栗冽，砭人肌骨，其意萧条，山川寂寥，故其为声也，凄凄切切，呼号愤发。……"其实这些感觉，只是当时作者和自然界的共鸣，作者用敏锐的观察力和丰富的情感，替秋天编织了一幅如此的景象，正是王国维所谓："有我之境，以我观物，故物皆着我之色彩。"因为秋天是这样一个万物凋零、汰尽旧物的季节，所以特别容易引起感怀。

在唐诗的秋天中，有王维"遍插茱萸少一人"的思乡，也有杜甫"无边落木萧萧下，不尽长江滚滚来"的慨叹，白居易也因"浔阳江头夜送客，枫叶荻花秋瑟瑟"而写出哀怨动人的《琵琶行》。在这许多的秋天景色之中，最令人觉得婉转低回的，莫过于李商隐的《夜雨寄北》："问君归期未有期，巴山夜雨涨秋池。何当共剪西窗烛，却话巴山夜雨时。"因"夜雨涨秋池"也引得一腔对远人的思念更加殷切，如此曲曲折折的情感，只化成来日共在窗下剪烛的盼望，而希望总归是希望，待相逢时，所倾诉的，也只是今夜面对巴山秋雨的凄凉了。

诗的感情是温柔敦厚的，而以婉约为尚的词，能言诗所不能尽言的深幽情愫，所以更能捕捉住秋的神韵，例如温庭筠的《更漏子》："梧桐树，三更雨，不道离情正苦。一叶叶，一声声，空阶滴到明。"因为长短句子的错落有致，让人由词中的节奏，和所形容的声音、情况，而串成一幅秋天的景致。李后主的《相见欢》是自抒感怀之作，中有"无言独上西楼，月如钩。寂寞梧桐深院、锁清秋"，晏殊也有"昨夜西风凋碧树，独上高楼，望尽天涯路"，女词人李清照的名句"莫道不销魂，帘卷西风，人比黄花瘦"，可见秋天在词人的心中，真是令人伤心消魂的季节。

元曲，虽然和词一样是长短句子，但是所表现的风格却完全不一样。词所讲究的是阴柔媚丽、曲折婉转，词中的感情是让人低低吟咏而回荡不已的。而曲则讲究酣畅淋漓，是毫不保留的宣泄，所以王国维说："元曲之佳处何在？一言以蔽之，曰：自然而已矣。"这"自然"

二字，不是指鄙粗浅陋，它和一般俚俗民歌是不同的。这份自然，是说造语自然，浑然天成，但却是经过作者用心经营而产生的艺术效果。在这种形式之下，秋天的景象自然又有另一番风貌。像元曲大家关汉卿的《大德歌》："风飘飘，雨潇潇，便做陈抟也睡不着。懊恼伤怀抱，扑簌簌泪点儿抛。秋蝉儿噪罢寒蛩儿叫，淅零零细雨打芭蕉。"这里对秋的描写是明晰利落的，音节短促而急切，不像《更漏子》中的"一叶叶，一声声"的情韵绵缈。且曲文以语致情尽为上，明白地告诉读者，作者无法入睡，因为心情是又懊恼又伤怀，而屋外风雨、小虫的喧嚣，更让人倍感孤寂，想着想着，眼泪不觉就像断了线的珍珠似的，扑簌簌掉下来。这和词境中的"空阶滴到明"，同样是写秋夜雨中人辗转难眠的情形，但在表达的方式上，却有明显的不同。

在元曲中最被人所称道的，应属马致远的《天净沙》了："枯藤老树昏鸦，小桥流水人家，古道西风瘦马，夕阳西下，断肠人在天涯。"在许多名词之前，都有一个特殊意象的形容词，像枯、老、昏、古、瘦等，呈现一幅衰败凋敝的景象，看似信手拈来、浑然天成的句子，其实都是作者处心经营的。到最后作者也毫不保留地写出自己浪迹天涯的断肠心情，让读者经由作者所塑造的景象，也产生相同的情感，出人意料，而又能入人意中，元曲可爱之处也正在此！

在一连串的伤秋之外，秋天也另有一种轻快疏朗的情感，因为过了夏季的燠热，秋天是个云淡风高的好季节，所以刘禹锡用一首《秋词》来歌颂清爽的秋天："自古逢秋悲寂寥，我言秋日胜春朝。晴空一鹤排云上，便引诗情到碧霄。"作者显然不同意大多数人的伤秋情怀，反而觉得秋高气爽的景色更胜于春天，因此引发诗人作诗的兴致，而这愉悦的心情，好像也被冲天白鹤带到了碧霄之上，与白云一起翱翔。这真是意气风发、豪情万丈。杜牧笔下的秋天则有另一份恬适的感觉，他在《山行》中说："远上寒山石径斜，白云生处有人家。停车坐爱枫林晚，霜叶红于二月花。"这里是一片安静祥和的景象，在夕阳之下，天边的彩霞和枫林中的红叶相映成趣，甚至枫叶的艳红更胜过春天二月时节的花朵呢！

像这样性情雅致的秋景，在元曲作品中也不少，其中应是卢挚的《沉醉东风》最出名了："挂绝壁松枯倒倚，落残霞孤鹜齐飞。四围不尽山，一望无穷水。散西风满天秋意。夜静云帆月影低，载我在潇湘画里。"此曲气象恢宏，情感飞扬，作者把自己也融入这一片秋山秋水之中。贯云石《落梅风》的"看江湖鼓声千万家，卷珠帘玉人如画"，是形容中秋在钱塘江畔观潮的热闹景象，而张养浩的《水仙子》则是陶醉在江南的秋色之中，频呼"爱煞江南"。由于元曲本身的形式和元曲家表达感情的坦率真挚，让人在读这些文学作品时，更觉轻快活泼。

我们欣赏这些元曲的时候，不难发现有一些似曾相识的诗句或是词句出现，这些都是作者有意或无意的引用：有意是想借用前人的句子来加强文字的效用；无意则是与前人有着相同的感觉，而不自知地用上了前人的句子。例如晏几道有"彩袖殷勤捧玉钟，当年拚却醉颜红"，而张可久的《折桂令》中，也有"翠袖殷勤，金杯错落，玉手琵琶"之句。两句描写的情形相同，但表现在节奏上却不同，前者是婉转而抒情，后者是直率的倾诉，正展现了元曲与宋词不同的风貌。

又如吴西逸的《天净沙》："长江万里归帆，西风几度阳关，依旧红尘满眼，夕阳新雁，此情时拍栏干。"而在辛弃疾的《水龙吟》上半阕中则有："楚天千里清秋，水随天去秋无际。……落日楼头，断鸿声里，江南游子。把吴钩看了，栏干拍遍，无人会登楼意。"像这样意境相似的词曲，除了有不同的风格之外，还可使我们经由对词的了解，而更加深对曲的体会。然而任中敏在讨论曲律时，却以为："吾尝谓诗、词、曲间，有一事必为研究文学变迁时不可忽略者，则词中全句多不可移用于曲，而绝诗中之全句，则每有为曲家借用，装配自然，驱遣入化，几乎不可索还者。"其实能否以诗句或词句入曲，不是看体裁如何，而是要看是否用得恰当自然。例如范仲淹的《苏幕遮》："碧云天，黄叶地，秋色连波，波上寒烟翠。"其中前两句，就被借入《西厢记·哭宴》中的《正宫·端正好》："碧云天，黄叶地，西风紧，北雁南飞。晓来谁染霜林醉？总是离人泪。"将词整个纳入曲中，但使用时自然生动，毫无雕琢之痕迹，并无损其原有的风貌及其艺术价值。

在"秋景"的主题下，我们共选了三十二首曲。包括元代二十二位散曲家（其中有三位无名氏）、十四种曲牌。

在这里所选辑的全都是小令，而未收套曲，因为小令最能表现元曲风格，在短短的数十字中，要能字字贴切、扣人心弦，又要能展现"凤头、猪肚、豹尾"的丰富内容，是十分不容易的，所以刘熙载的《曲概》中就说："曲家高手，往往尤重小令。盖小令一阕中，要具事之首尾，又要言外有余味，所以为难，不似套数可以任我铺排也。"所以王国维也说："小令易学而难工，长调难学而易工。"

十四个曲牌，分属于双调、越调、仙吕、正宫、中吕五个宫调。照芝庵《唱论》中的说法来看，双调是属于"健捷激袅"的，越调是属于"陶写冷淡"的，仙吕是属于"清新绵邈"的，正宫应是"惆怅雄壮"的，中吕应是"高下闪赚"的。这种以宫调代表感情的说法，颇有商榷之处。因为《唱论》中的分类语言暧昧，并没有完全地把这个情形说清楚；根据杨荫浏在《中国古代音乐史稿》中的统计，元曲中使用频率最高的就是双调、中吕、正宫，而且作者在使用时，也并没有特别注意到曲文中的内容和感情。因此，我们应该说宫调只是为了调整管色的高低，和内容情感并没有绝对的关系。（请参考《中国古代音乐史稿》。）

所选的二十二位作家，依照年代的先后排列，我们从中可以看出元曲从初期的豪放逐渐转变成清丽的痕迹。其中张可久的作品最多，收了六首。张可久是元代散曲家中少数专写散曲而不兼写杂剧的作家之一，他穷一生之力于散曲，所以他的散曲作品数量之多，称冠全元。《太和正音谱》说他"其词清且丽,华而不艳",又称其为"词林之宗匠",因此他的曲作选得较多。

小桃红·杂咏
盍西村

绿杨堤畔蓼花洲。可爱溪山秀。烟水茫茫晚凉后。捕鱼舟。冲开万顷玻璃皱。乱云不收。残霞妆就。一片洞庭秋。

【注解】

1.蓼(liǎo):一年生草,生在水边,叶有辛香味,可做调味料。

2.玻璃皱:是说洞庭湖水,原本一片清明平静,捕鱼的小舟划过,水波荡漾,使得湖面掀起阵阵涟漪。

【说明】

盍西村的《杂咏》共有八首,这是其中第六首。他以明快爽朗的笔触,点染出绿杨堤畔,湖光山色和烟水溪舟的诗情画意,并以"玻璃"形容水面,语意尖新。全篇清新可爱,读之,使人有如初秋般的舒爽。

一半儿·咏秋
胡祗遹

荷盘减翠菊花黄。枫叶飘红梧干苍。鸳被不禁昨夜凉。酿秋光。

一半儿西风一半儿霜。

【注解】

1.荷盘减翠：荷盘，即荷叶。此言荷叶的翠绿色已经开始消退了。

2.不禁：受不了。

3.酿秋光句：是说酝酿出秋天景象的是西风和严霜。

【说明】

原题《四景》，分别写春、夏、秋、冬，这里只选了一首《咏秋》。此曲首先描写因时序的改变而引起大自然颜色的变化：由荷叶的褪色，到秋菊的初绽，再到枫叶的转红，让读者由视觉感到秋的脚步近了。

平湖乐·无题

王 恽

采菱人语隔秋烟。波静如横练。入手风光莫流转。共流连。画船一笑春风面。江山信美，终非吾土。问何日是归年。

【注解】

1.横练：即横铺在大地上的白色绸缎。谢朓《晚登三山还望京邑》诗："余霞散成绮，澄江静如练。"王曲本此。

2.入手句：言眼前美好的风光，千万不要随着时光的流转而空度过。唐杜甫《曲江》二首之一："传语风光共流转，暂时相赏莫相违。"诗与曲字句虽各有不同，但意思却是一样。

3.江山信美二句：从王粲《登楼赋》而来，原文云："虽信美而非吾土兮，曾何足以少留。"盖言这里的江山，虽然美好无比，但终究不是我的故乡呀！

【说明】

原作《平湖乐》共有两首，都是写秋天的风景，这里选出的是第二首。这首曲虽是怀念故乡，但是没有太多的惆怅，只在最后点出了"江山信美，终非吾土"，主要仍在描绘秋天秀丽的景色。

沉醉东风·秋景

卢 挚

挂绝壁松枯倒倚。落残霞孤鹜齐飞。四围不尽山。一望无穷水。散西风满天秋意。夜静云帆月影低。载我在潇湘画里。

【注解】

1.挂绝壁句：唐李白《蜀道难》诗云"枯松倒挂倚绝壁"，曾永义及王安祈的《元人散曲选详注》云："为迁就上三下四的句法格律，故用倒装句法。绝壁，极为陡峭之山壁。"

2.落残霞句：见王勃《滕王阁序》："落霞与孤鹜齐飞，秋水共长天一色。"鹜，本为野鸭，这里是泛指水鸟。

3.散西风句：是倒装句法，实际语义应为"西风散满天秋意"。

4.云帆：本指白色的帆，也可解释为帆在水天相接处，与白云混成一片的景象。

5.潇湘：湖南的湘水，流至零陵县（今湖南省永州市零陵区）西，和潇水合流，故称潇湘。沿岸景色秀丽，据《梦溪笔谈·书画》节，谓宋代画家宋迪,以潇湘风景为题材,描画平远山水八幅,即后世有名的潇湘八景,计:平沙雁落、远浦帆归、山市晴岚、江天暮雪、洞庭秋月、潇湘夜雨、烟寺晚钟、渔村落照。

【说明】

按卢挚的《沉醉东风》共有十三首(其中《闲居》作了三首)。这首《秋景》,作者以白描的手法,写出他在满天秋意的洞庭湖上泛舟时所看到的风景,气象空阔,意境飞动,一片得意、喜悦之色,形诸笔墨,竟连他本人也融入大自然的怀抱中了。

沉醉东风·重九

卢　挚

题红叶清流御沟。赏黄花人醉歌楼。天长雁影稀。月落山容瘦。冷清清暮秋时候。衰柳寒蝉一片愁。谁肯教白衣送酒。

【注解】

1.题红叶句:据《太平广记》,唐僖宗时,宫女韩氏以红叶题诗,自御沟中流出,为于祐所得,祐亦题一诗于叶,投沟上流,韩氏亦得而藏之,日后后宫放宫女三千人,祐适娶韩氏云云。类似红叶题诗的故事,尚见于唐范摅《云溪友议》及《侍儿小录》。

2.黄花:即菊花。

3.山容瘦:皮日休诗云"山容洗得如烟瘦",在这里是说,因为秋天的来临,使原本青翠的山,也变得消瘦了。

4.白衣送酒:据《续晋阳秋》说,陶渊明在九月九那天,正愁没有酒喝，在篱边采菊而惆怅不已，此时恰好他的朋友王弘派白衣人送酒来了。白衣，指仆人。

【说明】

罗忼烈评卢挚的《沉醉东风》十三首为"逸兴遄飞，豪放之作也"。因卢挚的仕途平坦，故其作品多流露出一股舒豪之气，这首曲和前首的《秋景》都可为代表。

大德歌·咏秋
关汉卿

风飘飘。雨潇潇。便做陈抟也睡不着。懊恼伤怀抱。扑簌簌泪点儿抛。秋蝉儿噪罢寒蛩儿叫。淅零零细雨打芭蕉。

【注解】

1. 潇：也作"萧"。
2. 便做：即使是，就算是。
3. 陈抟：五代时人，曾在华山修道，相传他善睡，往往一睡百余日而不醒。
4. 寒蛩：就是蟋蟀。

【说明】

在隋树森编的《全元散曲》中，【大德歌】只有关汉卿的十首，别无作者。但据关氏的作品，有"吹一个、弹一个，唱新行大德歌"之句。大德，是元成宗的年号，可见在那时【大德歌】正风行，汉卿便一口气写了十首。

这首曲,把既典雅又通俗的语言合并在一起使用,流利自然,读起来特别动人。

天净沙·秋

白 朴

孤村落日残霞。轻烟老树寒鸦。一点飞鸿影下。青山绿水。白草红叶黄花。

【注解】

1.残霞:即晚霞。
2.寒鸦:指日暮天凉时归巢的乌鸦。

【说明】

原作有春、夏、秋、冬四首,这一首是写秋景,造句清丽自然,毫不勉强。在一片静态描述之中,"一点飞鸿影下"牵动了整个画面。与马致远写"秋思"的《天净沙》可以媲美。

天净沙·秋思

马致远

枯藤老树昏鸦。小桥流水人家。古道西风瘦马。夕阳西下。断肠人在天涯。

【注解】

1. 昏鸦：黄昏时的乌鸦。
2. 古道：古，即古旧，指荒凉的道路。
3. 断肠：悲伤之极的意思，形容十分难过。
4. 天涯：本指天边，这里却是指漂流在异乡。

【说明】

这首曲共二十八个字，写出了十种景色及一个人物。周德清在《中原音韵》的"小令定格"里，称之为"秋思之祖"。此曲最后一句"断肠人在天涯"，有的人读为"断肠人，在天涯"，虽可勉强讲通，但与格律不合，因为它是二二二的句法，不是三三的句法。

萧善因选注的《元曲一百首》说："这首小令，像一幅山水画，寥寥几笔，便把一幅苍茫萧瑟秋郊夕照图，展放在人们面前……"

落梅风·即景

贯云石

鱼吹浪。雁落沙。倚吴山翠屏高挂。看江潮鼓声千万家。卷珠帘玉人如画。

【注解】

1. 倚吴山句：是说看潮的人，靠着钱塘江两岸，在吴山山麓高朗处搭起了一座座翠绿色的屏风，像帷幕一样。据周密的《武林旧事》说，每年观潮时，钱塘江两岸十余里以内的地带，全搭上看幕出租，紧密得一点空隙都没有。

2.看江潮句：言江潮轰响，有如万鼓齐鸣，引得千家万户的人都来观赏。元稹《夜深行》诗云"震地江声似鼓声"，又潘阆《忆余杭》词云"来疑沧海尽成空，万面鼓声中"。

3.卷珠帘句：指看江潮的妇女。

【说明】

这首曲，虽然只有短短的五句，作者却把中秋时在杭州观潮的情景写得热闹非凡。

水仙子·咏江南

张养浩

一江烟水照晴岚。两岸人家接画檐。芰荷丛一段秋光淡。看沙鸥舞再三。卷香风十里珠帘。画船儿天边至。酒旗儿风外飐。爱煞江南。

【注解】

1.晴岚（lán）：山林中的水蒸气受阳光照射，仿佛烟雾一般，故称晴岚。这里是指山林。

2.接画檐：房子接连房子。画檐，指有花纹或图案装饰的屋檐。

3.芰荷：芰（jì），即菱。芰荷是指荷叶。是说江面荷叶丛生，秋光显得虚静恬淡。

4.卷香风句：是说酒的香气飘散得很远。珠帘，酒店中用珠串成的门帘，杜牧诗："春风十里扬州路，卷上珠帘总不如。"

5.飐（zhǎn）：即在空中被风吹着飘动，摇曳的意思。

【说明】

这首曲,写江南水乡秋天景色,读起来犹如置身在画中,尘虑顿清。全曲皆以白描手法出之,唯末句"爱煞"二字,才点出了作者主观的情感。

百字折桂令·旅怀

郑光祖

弊裘尘土压征鞍。鞭倦袅芦花。弓箭萧萧。一迳入烟霞。动羁怀。西风禾黍。秋水蒹葭。千点万点。老树寒鸦。三行两行。写高寒呀呀雁落平沙。曲岸西边。近水涡。鱼网纶竿钓艖。断桥东下。傍溪沙。疏篱茅舍人家。见满山满谷。红叶黄花。正是凄凉时候。离人又在天涯。

【注解】

1.弊裘尘土句:是说漂泊在外的游人,衣裘破弊、尘土满身地骑在马上。这里暗用战国时苏秦的故事。据《史记》的《苏秦列传》,说他在外旅游多年,落魄不得志,所穿黑貂裘破弊,大困而归,兄弟、姊妹、妻嫂等皆笑之。

2.鞭倦袅芦花:袅(niǎo),摇曳。全句连上句,是说那个穿着破衣、满身尘土的远行人,骑着马,慢慢挥动着鞭子走过来。

3.萧萧:即萧条,指行人带着弓箭的神态。

4.一迳:犹言一直。

5.烟霞:山水。

6.动羁怀二句：是说西风中的农作物（即禾黍）、秋水上的芦苇（即蒹葭），都触发了他的羁旅情怀。

7.写：同"泻"，斜飞。

8.高寒：指天高气爽的长空。

9.纶竿：即钓鱼竿。

10.钓艖（chā）：钓鱼的小舟。

【说明】

陈乃乾的《元人小令集》将这首曲收在白贲的名下，但据郑光祖所作杂剧《倩女离魂》第二折写倩女之魂私奔时的《小桃红》，其曲的作风与本调极为相似，所以王季思等人的《元散曲选注》便以为其应是郑光祖的作品。萧善因的《元散曲一百首》说："这首曲写的内容，大体和马致远的《天净沙·秋思》差不多，但由于衬字多，句法变化大，意境写得也更开阔。全曲将萧疏的秋景，和天涯游客的情思交织在一起，着意写凄凉二字。结尾两句点题。"

叨叨令·悲秋
周文质

叮叮当当铁马儿乞留玎琅闹。啾啾唧唧促织儿依柔依然叫。滴滴点点细雨儿渐零渐留哨。潇潇洒洒梧叶儿失流疏剌落。睡不着也末哥。睡不着也末哥。孤孤另另单枕上迷飚模登靠。

【注解】

1.铁马：即檐铃，挂在檐前如马形的铁片，风一吹动，则会互相撞击发出声音。

2.乞留玎琅：拟声词，以下的"依柔依然""渐零渐留""失流疏剌"各句，都是一样。

3.促织：即蟋蟀。

4.哨：如吹哨一般地叫。

5.潇潇洒洒：即凄凄凉凉。

6.也末哥：是歌唱时帮助做腔的衬字，无意。

7.迷飔（diū）模登：犹言迷迷糊糊的。

【说明】

这首曲用了许多形容声音的衬字，读起来顿挫有序。在这样一片喧嚷声中，作者不免翻来覆去的睡不着，但真的是因为铁马、促织、细雨的声音叫人难以入眠吗？大概在这样凄凉、孤单的秋夜中，另有心事吧！

落梅风·秋晴

赵善庆

秋声定。微雨歇。透疏棂纸窗风裂。孤灯儿似知愁恨切。照离人。半明半灭。

【注解】

1.秋声定：秋声，即秋风声。定，即静止。

2.透疏棂：疏棂，是指稀疏的窗户格子。全句应是"风透疏棂纸窗裂"。

3.切：深。

【说明】

这首曲以孤灯被秋风吹得忽明忽暗,点出离人心中的孤独无依,意境清幽淡远,与杜牧的赠别诗相同。杜牧诗云:"多情却似总无情,唯觉樽前笑不成。蜡烛有心还惜别,替人垂泪到天明。"

沉醉东风·秋日湘阴道中

赵善庆

山对面蓝堆翠岫。草齐腰绿染沙洲。傲霜橘柚青。濯雨蒹葭秀。隔沧波隐隐江楼。点破潇湘万顷秋。是几叶儿传黄败柳。

【注解】

1.湘阴:今湖南岳阳市湘阴县,位于湘江下游,在洞庭湖的南岸。

2.蓝堆翠岫:岫(xiù),指山峰。是说青翠的山峰,好像是由蓝颜色堆染而成的。

3.柚(yòu):即文旦,盛产于湖南。《吕氏春秋》:"果之美者,江南之橘,云梦之柚。"

4.濯(zhuó):雨水冲洗。

5.蒹葭:即芦苇。

6.点破:犹言点染出。

7.潇湘句:泛指湖南潇水及湘江流域一带广大的秋色。

【说明】

这首曲,以明快的文句写出秋天的景色,活泼生动,尤其"傲霜橘柚青，濯雨兼葭秀"二句，读了令人内心充满喜悦，直到最后才说出秋天的讯息，是从"几叶儿传黄败柳"而来，趣味盎然，毫无衰残凋零之感。

小桃红·寄鉴湖诸友

张可久

一场秋雨豆花凉。闲倚平山望。不似年时鉴湖上。锦云香。采莲人语荷花荡。西风雁行。清溪渔唱。吹恨入沧浪。

【注解】

1.鉴湖：在今浙江绍兴市南，即太湖，又名镜湖。

2.平山：在今江苏扬州市江都区。宋代欧阳修做扬州太守时，在那里修建了平山堂。作者在平山游赏，看到眼前的风景，想起了前一年在浙江鉴湖上与友人相聚的情景。

3.锦云香：形容一堆一堆的荷花，望似锦绣般的云彩，不断地飘来香气。

4.吹恨入沧浪：沧浪是形容水的青色。全句是说，看到平山上空秋雁飞行，又听到平山一带的清溪渔唱，突然想起鉴湖之游，而不能再与友人相聚，未免生恨，不知此恨是否能被西风吹送，随清清流水而流到鉴湖？

【说明】

这首曲是因作者看到了秀丽的平山景色，而怀念起分别的友人，感情自然流露。全曲表现出情景交融的景象，读了令人感动。

普天乐·秋怀

张可久

为谁忙。莫非命。西风驿马。落月书灯。青天蜀道难。红叶吴江冷。两字功名频看镜。不饶人白发星星。钓鱼子陵。思莼季鹰。笑我飘零。

【注解】

1.西风驿马：驿马，为古时驿站所备的马，为传递公文、书信所用。西风驿马，谓在寒冷的西风中骑着驿马奔波，犹言其辛苦。

2.落月书灯：是说月亮落下去了，还在灯下苦读。

3.青天蜀道难：李白《蜀道难》诗云"蜀道之难、难于上青天"，谓自陕西到四川的山路险阻，其实是比喻功名难求。

4.红叶吴江冷：吴江，在今江苏省南部，面临太湖。唐崔信有"枫落吴江冷"句，本句是以吴江秋色的清冷，比喻人的孤寂不得志。

5.两字功名句：杜甫《江上》诗云"勋业频看镜，行藏独倚楼"，《论语·述而》云"用之则行，舍之则藏"，本言天下有道则行，无道则隐，但后人却用以为出处，或行为之代词。

6.钓鱼子陵：东汉延光字子陵，与汉光武同游学，光武帝即位，子陵改变姓名，隐居不仕，在七里滩钓鱼耕田过活。

7.思莼（chún）季鹰：西晋张翰，字季鹰，吴人，在洛阳做官。有一天秋风起，他忽然想起了这时正是故乡莼羹、鲈鱼最肥美的时候，于是就辞官回家了。

【说明】

这首曲子，作者写出了自己怀才不遇的情况。奔走江湖，却不能一展怀抱，因之百感交集，徒叹奈何！

水仙子·秋思

张可久

天边白雁写寒云。镜里青鸾瘦玉人。秋风昨夜愁成阵。思君不见君。缓歌独自开樽。灯挑尽。酒半醺。如此黄昏。

【注解】

1.写寒云：是说飞行的大雁在寒云之上，有时排成"一"字，有时排成"人"字，合起来为"一人"。此以天边飞行的白雁，比喻出门远去的丈夫，一人孤孤单单，有谁为伴？

2.镜里青鸾：即青鸾镜里。鸾，是古代传说中像凤凰一样的鸟，喜欢对着镜子中自己的身影而舞，后人因以青鸾指镜而言。

3.瘦玉人：犹言因思念丈夫而消瘦了。

4.醺：醉。

【说明】

这首曲子，据龙潜庵的《元人散曲选》说："秋夜，一个闺中少妇，挑灯对酒，思念远别的丈夫，愁绪满怀，写得很生动，真切。"

落梅风·秋望

张可久

干荷叶。脆柳枝。老西风满襟秋思。盼来书玉人憔悴死。界青天雁飞一字。

【注解】

1.干荷叶三句：王锳在《元人散曲二百首》中以为，此三句应该混合起来解释，即"荷叶和柳枝都在西风中干了，脆了，衰老了，不禁使人满怀悲秋的惆怅"。这里省略了较多的成分，补充起来，应是："干荷叶、脆柳枝老（于）西风（中），（使人）满怀秋思。"

2.玉人：洁白如玉的人，即美人。

3.界：划破。

【说明】

这首曲，以艺术的手法，将特别的形容词如"干""脆""老"，加在荷叶、柳枝、西风之前，而形成特别的意象，这几个意象呈现在眼前，就杂糅成一幅令人心碎的秋景。

清江引·桐柏山中

张可久

松风小楼香缥缈。一曲寻仙操。秋风玉兔寒。野树金猿啸。白云半天山月小。

【注解】

1.桐柏山：在今浙江天台县西北，上有桐柏宫。

2.缥缈：是说隐隐约约、若有若无的样子。

3.操：寻仙操，琴曲名。以上二句，是写在山中焚香、弹琴的优雅情趣。

4.玉兔：即月亮。

【说明】

这首曲子是写秋夜居住在桐柏山的生活情趣，悠闲淡远犹如神仙一般。尤其是以秋夜为时间点，更表达出山中幽邈的气氛，足见作者的匠心。

清江引·秋怀
张可久

西风信来家万里。问我归期未。雁啼红叶天。人醉黄花地。芭蕉雨声秋梦里。

【注解】

1.西风三句：是说从万里之外的故乡寄来家信，询问我的归期决定了没有。未，读如米。

2.芭蕉句：是说在打着芭蕉的秋雨声中，此时我正做着还乡的梦。

【说明】

此曲写的是异乡游子的怀思和无奈。对在外的游子来说，家书是可抵万金的，而在凄凉的秋夜里，因某些原因又不能回家，面对催促自己回家的信，真叫人徒呼奈何！

水仙子·夜雨

徐再思

一声梧叶一声秋。一点芭蕉一点愁。三更归梦三更后。落灯花棋未收。叹新丰孤馆人留。枕上十年事。江南二老忧。都到心头。

【注解】

1.一声梧叶句：是说秋风吹落了梧桐叶，而引起人无限的秋思。即"一叶落知天下秋"之意。

2.一点芭蕉句：是说雨珠点点打着芭蕉，使人听了也引起点点愁绪。

3.三更句：三更即半夜。在三更时分开始做归家的梦，一直想到三更以后，还未睡着。事实上就是说整夜都在做回家的打算。

4.落灯花句：是说夜深了，油灯上灯芯所结的花形灰烬也掉落了，但窗外滴滴答答的雨声，就像还有人在下棋，所发出棋子与棋盘互相碰击的声音，这是从宋人司马光《有约》诗"有约不来过夜半，闲敲棋子落灯花"中借用而来的。

5.叹新丰句：新丰，地名，故址在今陕西省西安市临潼区西北。汉高祖刘邦因为父亲思乡，于是就仿照家乡丰邑的样子，另筑一个城镇，命名为"新丰"，因此后人常把旅居的地方叫新丰。另外《新唐书·马周传》说，马周，太宗时文士，字宾王，年轻时孤贫好学。武德时到长安求官，曾住新丰旅店。店东看他贫寒，只供应其他客商饭食，唯独不招待他。后来他住在中郎将常何家里，适逢太宗下令百官论朝政得失，常何条陈二十余事。可是常何是个武人，太宗因而对其才能感到惊奇，常何只好把马周代其写就的事实说出来，太宗立刻召见马周，拜为监察御史。作者在这里隐隐约约以马周自比，希望有个像常何一样的人，推荐他出仕。孤馆，指独宿旅店。人，即作者本人。

6.枕上十年事：是指夫妻之间的恩爱情谊。

7.江南二老忧：指家中年老的父母，因作者是浙江嘉兴人，所以这里说江南二老。

【说明】

这首曲是写秋夜里的旅客愁思，情景交融，首三句的鼎足对，贴切自然，毫无雕琢痕迹。

清江引·秋居

吴西逸

白雁乱飞秋似雪。清露生凉夜。扫却石边云。醉踏松根月。星斗漫天人睡也。

【注解】

1.白雁乱飞句：犹言秋天白雁在空中如雪花乱飞。

2.松根月：松树下的月光。

【说明】

这首曲以雁、雪、露、石、云、月、星等物，衬托出秋天宁静的气氛，而最后的"人睡也"，更说明了作者的山居生活是十分恬适安宁的。

天净沙·闲题

吴西逸

长江万里归帆。西风几度阳关。依旧红尘满眼。夕阳新雁。此情时拍栏干。

【注解】

1.阳关：地名，在今甘肃省敦煌市西南，是通往新疆的大道。王维《送元二使安西》诗云："劝君更尽一杯酒，西出阳关无故人。"

2.此情句：表示作者有愤懑不平之气。辛弃疾《水龙吟·登建康赏心亭》词云："把吴钩看了，栏干拍遍，无人会，登临意。"此处作者将六字句断为上二下四，亦勉强合律。

【说明】

全曲短短五句，即把夕阳西下时塞上萧瑟的景象、作者旅途的劳顿及其内心的离情别恨，都含蓄地反映出来了。

朝天子·秋夜吟

李致远

梵宫。晚钟。落日蝉声送。半规凉月半帘风。骚客情尤重。何处楼台。笛声悲动。二毛斑。秋夜永。楚峰。几重。遮不断相思梦。

【注解】

1.梵宫：即梵王宫，就是寺庙。

2.半规：半圆。

3.骚客：因屈原作《离骚》，以后乃通称诗人为骚客。

4.二毛斑：指头发半黑半白。潘岳《秋兴赋序》云"余春秋三十有二，始见二毛"。

5.永：即长。

【说明】

这首曲以梵宫、晚钟、落日、凉月以及蝉声来衬托出作者心中凄凉的景况。由声音的感觉（钟声、蝉声、笛声）和时间的延续（落日、凉月、秋夜），来营造出这首曲的特殊意象。

朝天子·秋夜客怀

周德清

月光。桂香。趁着风飘荡。砧声催动一天霜。过雁声嘹亮。叫起离情。敲残客况。梦家山身异乡。夜凉。枕凉。不许离人强。

【注解】

1.砧声：砧（zhēn），捣衣石。砧声，即捣衣声。古时大家于秋日捣练帛，以制冬衣寄远人。

2.过雁：犹言飞过的大雁。《汉书·苏武传》："天子射上林中，得雁，足有系帛书。"谓雁能送信，所以往往把"雁"字作为书信的代名词。

3.敲残客况：是说由于砧声的敲打，使客子更加思念故乡而感觉到旅程的萧条。

4.强：犹言逞强。

【说明】

据《太和正音谱》说:"周德清词,如玉笛横吹。"我们读了此曲,就觉得这个批评十分恰当。此曲把秋夜中客子的凄凉旅况,写得字字动人,句句伤怀。

红绣鞋·郊行
周德清

穿云响一乘山簥。见风消数盏村醪。十里松声画难描。枫林霜叶舞。荞麦雪花飘。又一年秋事了。

【注解】

1.穿云响:形容马奔跑得飞快。

2.一乘:用四匹马驾的车为一乘,这里是说一副的意思。

3.村醪:即当地人所酿造的土酒。全句是说喝了几杯酒,经风一吹,醉意就全消除了。

4.荞麦:秋天开白花,是一种粗粮。

5.秋事了:是说秋天农事已经结束了。

【说明】

周德清的《郊行》共有三首,这是第二首。全曲充满了农村的情调,作者喝些薄酒,乘马车迎风游玩,见枫叶染红,荞麦也开了白花,秋天的颜色显得特别可爱。不知不觉又到了秋收季节,真是一年容易过呀!

塞鸿秋·浔阳即景

周德清

长江万里白如练。淮山数点青如淀。江帆几片疾如箭。山泉千尺飞如电。晚云都变露。新月初学扇。塞鸿一字来如线。

【注解】

1.浔阳：今江西九江市。

2.练：白色丝绸，谢朓《晚登三山还望京邑》诗："余霞散成绮，澄江静如练。"

3.淮山：泛指长江下游的山峰。

4.淀：与"靛"通，即靛青，是一种青色染料。

5.新月句：谓刚升起的月亮，像薄绢制成的团扇，那样晶莹明净。

【说明】

这首曲前四句的连珠对，让人感觉到浔阳境内的风景万千、气象恢宏，而且最后一句的"塞鸿"二字正应了曲牌【塞鸿秋】之名，可见作者的才情了。

小桃红·太湖秋

倪　瓒

一江秋水澹寒烟。水影明如练。眼底离愁数行雁。雪晴天。绿萍红蓼参差见。吴歌荡桨。一声哀怨。惊起白鸥眠。

【注解】

1.一江句：澹，同淡，水摇动的样子。寒烟是漂浮在水面上，令人感到有寒意的薄雾。原句是说秋天的江水，在寒冷的薄雾笼罩之下摇荡着。

2.练：白色的绸布。

3.眼底：指在视线以内，即眼中。

4.写晴天：是说大雁在空中排成字形。

5.绿萍红蓼：都是生在水边的野草。

6.参差：长短不齐。

7.见：同现，呈现、显露的意思。

8.吴歌：苏州的民歌。

9.荡桨：划船。

【说明】

作者倪瓒是一个有才学而又不肯做官的人，善画山水，隐居在太湖山林间有二十年之久。这首曲，便是描写太湖的秋景，全曲铺写，就像一幅工笔山水画。

天净沙·秋

朱庭玉

庭前落尽梧桐。水边开彻芙蓉。解与诗人意同。辞柯霜叶。飞来就我题红。

【注解】

1.开彻：犹言开尽、开完。

2.芙蓉：就是荷花。

3.解与诗人意同：是说好像了解诗人的心意。诗人正打算在红叶上题诗，而梧桐叶就从树枝上落下。

4.飞来就我题红：是指在红叶上题诗。（参考本书第69页卢挚《沉醉东风·重九》注1）

【说明】

这首曲的结尾"辞柯霜叶，飞来就我题红"二句，卢润祥的《元人小令浅论》以其为"神来之笔"。虽然秋天梧桐飘下落叶是自然的事，但在诗人的眼中，却以为是梧桐了解诗人的心意，就飘下红叶来，希望能在红叶上题诗，而造成一番姻缘。作者以拟人手法出之，别具匠心。

天净沙·秋

无名氏

平沙细草斑斑。曲溪流水潺潺。塞上清秋早寒。一声新雁。黄云红叶青山。

【注解】

1.斑斑：犹言一点一点地散布各处。

2.潺潺（chán chán）：流水声。

3.塞上：边界上的险要之地。
4.黄云：是说由于沙漠的黄色反映在天空，连云也变成黄色的了。

【说明】

这首曲写塞外的秋景。龙潜庵《元人散曲选》说："作者把许多静寂的景物，描绘得宛如一幅美丽的画面，再用'一声新雁'做穿插，静中有动，就显得更加美妙了。"

清江引·九日

无名氏

萧萧五株门外柳。屈指重阳又。霜清紫蟹肥。露冷黄花瘦。白衣不来琴当酒。

【注解】

1.萧萧：是风吹树木摇动的声音。
2.五株门外柳：作者在这里是以陶潜自比。陶潜是晋时诗人，有《五柳先生传》，传中说："先生不知何许人也，亦不详其姓字，宅边有五柳树，因以为号焉。"
3.屈指三句：是说屈指一算，又到了九月九日重阳节，正好是饮酒、吃蟹、赏菊的时节。
4.白衣：指僮仆。（参考本书第69页卢挚《沉醉东风·重九》注4）

【说明】

这首曲，笔调淡远，造句新颖。作者自比作陶渊明，在重阳日时，浅尝刚上市的肥蟹,欣赏孤清的菊花,虽没有人送好酒来,但自己抚琴独吟,也别有一番情趣。此曲把一个高人雅士的情怀和盘托出。

水仙子·九月九

无名氏

夕阳西下水东流。一事无成两鬓秋。伤心人比黄花瘦。怯重阳九月九。强登临情思悠悠。望故国三千里。倚秋风十二楼。没来由惹起闲愁。

【注解】

1.九月九:即重阳节,古人每于此日登高。据《续齐谐记》中载:"汝南桓景,随费长房游学累年,长房谓之曰:'九月九日汝家中当有大灾厄,宜急去,令家人各作绛囊,盛茱萸,系以臂,登高饮菊花酒,此祸可除。'景如言,齐家登山。夕还,见鸡犬牛羊一时暴死。长房闻之,曰:'此可代也。'今世人九日登高饮酒,妇人带茱萸囊,盖始于此。"

2.两鬓秋:犹言鬓发斑白。

3.人比黄花瘦:是说人比菊花还要瘦弱。见李清照《醉花阴》:"莫道不销魂,帘卷西风,人比黄花瘦。"

4.怯:害怕。

5.情思悠悠:犹言思绪连绵不断。

6.故国三千里:故国,指故乡;三千里,极言其远。唐张祜有写唐人幽怨的诗云:"故国三千里,深宫二十年。"

7.十二楼句:据《史记·封禅书》谓,黄帝时筑五城十二楼,以迎仙人。在这里指所寓之地的建筑楼观为登高之处。全句是说,在秋风里倚遍了高楼上各处栏杆。

【说明】

此曲写重阳节登高时，感叹自己的不得志，而引起对故乡的怀念。王季思等人的《元散曲选注》说："这首曲以夕阳西下水东流的晚景，与重阳佳节怯登高的心情，两相映衬，情景交融，较好地表现了文人落魄的乡愁。曲词清丽，接近词家。"

写景——冬

小　序

赵淑美

春、夏、秋、冬四时景色，在文学作品中，是最常见的题材了，因为那绚丽璀璨的景物变化，一方面足以显示大自然多姿的面貌，另一方面，更是文人最喜欢描述的对象。李白《春夜宴从弟桃李园序》云："阳春召我以烟景，大块假我以文章。"大自然，原就是可以取之不尽、用之不竭，无尽的宝藏啊！在元人散曲之中，四时的景色，也就更普遍地成为文人吟咏的对象了。

元朝时，蒙古人统治中国后，因其崇尚武力，不仅把从前被书生看作晋身之阶的科举考试废而不行；同时，更分江南人为十等，极为歧视汉人，况且当时台省元臣、郡邑正官及雄要之职，中州人亦多不得为之，故文人仕进无道，又不见重于当时的社会，因而沉抑下僚，志不得伸，其拂郁感慨之怀，是可想而知的。然而，人与大自然的关系，是最和谐的。大自然不但具有大公无私的特质,也拥有旷广奥妙之美,它能安慰人的精神,洗涤人的心灵,使人忘却忧郁与苦闷。更进一步的,是人们能借着对它的描述,来抒发胸中的不平之气。它不仅恢拓了我们的心胸,同时也升华了人生的境界。

大自然的美景,既能使郁结的心情得以清散,使困扰的精神得到慰藉,又能让人观赏到造化的美妙,于是那些怀才不遇、求达未能、进退失据、彷徨困惑,或愤世嫉俗、厌弃人间的文人,便借此幽美绝俗的境界,来抒泄愤懑之情、安顿忧虑之心了。这里所收录的元曲中描写冬景的作品,正具有这种背景之特色。

当流光荏苒、秋序已尽之时,只见草白云黄,穷阴凝闭,大地上的一切,已悄然无声了。原来,冬之神已降临了人间。因此,凛冽的北风四处吹起,孤零的树叶开始飘落,流水不再淙淙,青山不见翠绿,大地失去了往日的喧嚣与欢笑,而归于沉静与孤寂了。唯有白雪与梅花,是冬天的两位常客。也由于有了它们,冬天才不会单调、灰暗,才不会寂寞、冷清。而在这些描写冬景的元曲作品中,它们更是扮演了极为重要的角色。

描写冬景的作品大致可以分为四大类,包括有:一、冬日里抒写情怀之作;二、描述寻梅之乐趣,以及咏梅之可爱的作品;三、歌咏冬景之美丽的作品;四、描写山中幽居闲适情形的作品。而这些作品,因题材的不同,也就呈现出各种独特的面貌了。

一、冬日写怀

元朝的文人,大都抑郁不得志,一生穷困潦倒,因此,只好浪迹于天涯,寄情于诗酒。尤其遇到时序季节的变化,更要引起他们无限的感慨了。虽然在冬天里,雪意可商量,风光可入诗,但自己的处境,却是寒伧窘困、孤独凄凉的,在百感交集之余,便要发之于笔端了。我们试着看乔吉的一首作品——《山坡羊·冬日写怀》:

离家一月,闲居客舍,孟尝君不费黄齑社,世情别,故交绝,床头金尽谁行借？今日又逢冬至节。酒，何处赊？梅，何处折？

暮鸦尚有归栖之处，怎奈自己却落得客居异地，加以世态炎凉，人情浇薄，无怪乎乔吉要有这样深沉愤懑的感慨了。况且，时值岁末冬尽，眼看着一年又将要过去了，而自己却是韶光虚掷，马齿徒长，本想着借酒来消愁，谁知，连这件事都变成不可能的了，不禁让人感受到"抽刀断水水更流，举杯消愁愁更愁"的郁闷心境了。

二、寻梅的乐趣，咏梅的可爱

在这个清冷的冬季里，只见梅花依旧直挺屹立，一片生机盎然，它不仅点缀着大地，同时，也给大地带来了无限的生机。尽管天气是如此的严寒凛冽，北风是如此的呼啸咆哮，它仍然朵朵怒放，枝枝开遍。它象征着愈挫愈奋、勇往直前的大无畏精神，所以此时，人们更要争相去寻梅探梅了。我们试看一首作品，即乔吉的《水仙子·寻梅》：

冬前冬后几村庄，溪北溪南两履霜，树头树底孤山上，冷风来何处香？忽相逢缟袂绡裳，酒醒寒惊梦，笛凄春断肠，淡月昏黄。

这首曲，主要是在描写冬天寻梅的乐趣，特别注重一个"寻"字。作者由村庄到溪畔，再由溪畔到山上，不分远近、高低，到处寻找，可是都未曾找到，这时，不免要令人失望了。忽然，"冷风来何处香"，原来，梅花早已开放了，那芬芳的气息，也随风处处飘送着，作者欢欣喜悦的心情，溢于言表了。但紧接着，文字又有一转折——忽然，远处传来一阵凄凉的笛声，使人又联想到"冬天将要过去，春天将来"，再也不能见到梅花，所以，不禁要为之黯然而神伤了。作者所描述的事情，前后形成了强烈的对比，不仅如此，笔调跌宕顿挫，显现出心境也错综而有变化，余韵悠然，可谓运笔如神了。

梅花，有其坚强的一面，也有它可爱的一面，如马致远的《寿阳曲·冬夜》：

人初静，月正明，纱窗外玉梅斜映，梅花笑人休弄影，月沉时一般孤另。

这一首小令不仅具有丰富的想象力,且具有动态感,可说是神来之笔。由于月光明亮,故梅花映在纱窗上,能对影成双。此时,梅花显得洋洋得意,好像在讥笑人们的孤独无依,让作者不禁要对梅花说:"你且不必太得意,因为当月亮西沉时,你也将要和我一样的孤单了。"明月下的梅花,显得体态娉婷,婀娜多姿,故被作者拟人化了。这真是一幅最具有情韵的图画了。当我们读到这首曲时,那风姿绰约的梅花,仿佛就在我们的眼前,不停地摇曳着。

在这寂静灭绝的天地里,梅花,为人间留住了一丝的希望。一方面,它展现了威武不屈的高贵情操,以及坚忍不拔的奋勇精神;同时,它也呈现出娇美可爱、芳香清丽、生动活泼、情趣盎然的另一面。无怪乎自古以来,梅花便赢得了人们永恒的赞美与咏叹。

三、歌咏冬景

在冬季时,山,也换了另一幅景象,那往日缤纷的色彩早已褪去,所呈现出来的,是一种单一和谐的新面目,例如鲜于必仁的《折桂令·西山晴雪》:

玉嵯峨高耸神京,峭壁排银,叠石飞琼,地展雄藩,天开图画,户判围屏。分曙色流云有影,冻晴光老树无声。醉眼空惊,樵子归来,蓑笠青青。

西山的雄壮高耸、险要奇险,历历如绘地呈现在我们的眼前,它召唤着人们去亲近它、体认它、领略它的真面目。而我们与西山的距离,也随之而拉近了,令人不禁心旷神怡,胸襟与气度恢宏开阔,因而,人们也纷纷去赏雪、踏雪了。

白雪皑皑,片片连绵,这是文人最喜爱的景色了,下面一首作品,正是这种题材。徐再思的《红绣鞋·雪》:

白鹭交飞溪脚,玉龙横卧山腰,满乾坤无处不琼瑶。因风吹柳絮,和月点梅梢，想孤山鹤睡了。

这首曲，题目是"雪"，虽用了许多不同的词句来形容，但却无一个"雪"字，造语奇特，笔调高明。尤其末句"想孤山鹤睡了"，作者的慈爱、祥和之情，充分地表露了出来，让人联想到陶渊明《读山海经》："孟夏草木长，绕屋树扶疏。众鸟欣有托，吾亦爱吾庐。"由此可知，作者不仅是观赏自然美景，而且还更进一步地去体会、感受自然美景，故能表现出这种"天地与我并生，万物与我为一"的旷达心境了。

当片片的雪花纷纷飘落的时候，好像是朵朵的花瓣在天空中不停地旋舞着，它那薄薄的形体里，竟也有美得像水晶的星星，不断地发出闪烁耀目的光辉，令人不禁要赞叹造化自然的奥妙了。白雪，把大地打扮成一片粉妆玉琢的世界，使得大地竟如此纤尘不染、纯洁可爱，让人忘却了所有的恶劣、狭隘、浅薄、丑陋。大自然，原是充满了神奇啊！

彤云垂叶、玉雪飞花，正是一幅"瑞雪兆丰年"的景象，白雪，它可以装扮大地，也可以滋润大地。它不断地飘落到地面上，化成一条条清澈的水流。它，寄托着人们来年的希望，它，鼓舞着人们积极去创造。雪，它虽然沉默不语，却福泽无边。

四、描写山中幽居闲适的生活

元曲作家，领悟到"功名既不可强求而得，富贵亦非自己本愿"，与其遑遑终日，追名逐利，倒不如归隐山中，过那闲适逍遥的生活，要来得自在得多。张可久就是这样的人。他的《清江引·幽居》及《满庭芳·山中杂兴》就是代表：

红尘是非不到我，茅屋秋风破，山中小过活，老砚闲工课，疏篱外，玉梅三四朵。

风波几场，急疏利锁，顿解名缰。故园老树应无恙，梦绕沧浪，伴赤松归软子房，赋寒梅瘦却何郎，溪桥上，东风暗香，浮动月昏黄。

在这两首曲中,作者表达出他淡泊一切名利的胸怀,因为荣华富贵、功名利禄,原是是非风波一场,倒不如远离尘嚣,在那幽静的山中,过着简朴自适、无拘无束的生活,日日种梅自娱,与梅为伴,更何况"好鸟枝头亦朋友,落花水面皆文章","忘机友"原是最难能可贵的啊!

淡泊所以寡欲,宁静方能致远,那洁白如雪的梅花,一方面点缀了冬天的景色,一方面也象征了清高的人格。作者透过这两层意思,表达出自己看透一切,敝屣富贵,恬淡散朗,不慕名利的个性,让我们读到它时,心中也觉得淡泊、安详了不少。更加以文辞典雅清丽,的确令人有出尘之想。

在这些描写"冬景"的作品中,作者一方面写景,一方面写情,而卒能达到情景交融的地步。因为凡是成功的写景,无不是景中有情,或是以景托情。况且,情为景之本,由景中,作者不但抒发了他个人的情怀,同时,也能让读者深刻地体会到,而在吟咏之际,亦能仿佛追随、徜徉游览于其间,使景物历历如绘地呈现在眼前,因而能引起心灵上的共鸣。这也就是文学能感人深刻,且真正具有价值之所在了。

元曲小令,因其体裁简短,情意容易集中,故能一任作者加以抒发,而有俊逸可爱的一面;且其中处处有着轻俏的句子,言情如水,写景如画,使人读之,悠然神往,这就是元曲的特色了。而元曲的作者,因为体认到人生富贵的无常、是非善恶的不定,以及仕宦亦多牵绊,倒不如弃官归隐山林,幽居于自然,因此,他们的作品,大多刻画自然风景的寂静之美、歌咏幽居的生活,以及隐逸的自然之趣。多以简洁的文字,白描的手法,极其生动活泼地描绘出那一幅幅的风景图画,且用笔巧妙,色色俱到:写景,便觉历历如绘;写梅,便觉有暗香浮动。在那雪花漫天飞舞的冬季里,大地上一片静谧,无声无息,只见那一朵朵怒放的梅花,依旧直挺、屹立在寒风中,在这灭绝的环境里,它带给了大地无限的生机与希望。宋儒程颢说得好："万物静观皆自得，四时佳兴与人同。"我们要观览自然美景，无须假借他物，只要寄心于自然，静观于万物，便能在自然的显现与变化间，体悟到其中的至理，而获得无限的启示。

一半儿·冬夜

胡祗遹

孤眠嫌煞月儿明。风力禁持酒力醒。窗上一枝梅弄影。被儿底梦难成，一半儿温和一半儿冷。

【注解】

1. 嫌煞：即憎煞，犹言十分讨厌。
2. 禁持：本来是捉弄或摆布之意，在这里，则作使得或弄得解。
3. 弄影：犹言有意在人前显示绰约的身影。
4. 被儿底：即被子里。

【说明】

此曲写出作者在冬夜里，从梦中醒来的情形；抬头一望，只见一枝梅花在窗前摇曳生姿，卖弄身影，不禁令人要责怪起明月及寒风来了，就是因为它们，害得自己在半夜里醒来，此时，身子竟是一半儿温和，一半儿寒冷。曲虽简短，而情意却无穷。

大德歌·冬景

关汉卿

雪粉华。舞梨花。再不见烟村四五家。密洒堪图画。看疏林噪晚鸦。黄芦掩映清江下。斜缆着钓鱼艖。

【注解】

1.粉华：即粉末。首二句是说雪在天空降下，既像粉末飘洒，又像梨花飞舞。

2.再不见句：是故意引用儿童诗"一去二三里，烟村四五家，亭台六七座，八九十枝花"中的句子而来。

3.掩映：即遮蔽。

4.艖：即小船。

【说明】

这首曲子只短短的八句，把荒村雪景，写得冷冷落落，凄凄凉凉。前半段描写大雪纷飞，把孤村中的几户人家掩盖住了；后半段以昏鸦、黄庐、渔舟来衬托出孤村寥落的景象。

寿阳曲·冬夜

马致远

人初静。月正明。纱窗外玉梅斜映。梅花笑人休弄影。月沉时一般孤另。

【注解】

1.玉梅：犹言洁白如玉的梅花。

2.斜映：由于月光的照射，梅花的影子，斜映到纱窗上。

3.梅花笑人二句：指梅花在风中摇曳，现出许多姿态的影子。孤另，即孤零。一般，犹同样。全句是说：对影成双的梅花，好像很得意，而笑我孤孤单单，只有一人。可是梅花你也不必太得意，当月亮西沉时，你的影子就没有了，还不是和我一样的孤零吗？

【说明】

这首曲很富有想象力，诚如龙潜庵的《元人散曲选》所说："作者把人与物、动与静，以及情与景之间的关系，交织在一起来写，别出新意。"此曲与宋代词人李清照《如梦令》有些相似，可互相参照。

折桂令·西山晴雪

鲜于必仁

玉嵯峨高耸神京。峭壁排银。叠石飞琼。地展雄藩。天开图画。户判围屏。分曙色流云有影。冻晴光老树无声。醉眼空惊。樵子归来。蓑笠青青。

【注解】

1.西山晴雪：是元代燕京八景之一，地点在今北京市西北。

2.地展雄藩：雄藩，雄伟的屏藩。全句是说，西山形势险要，展现为北京的屏障。

3.围屏：犹言屏风。

4.冻晴光句：是说在晴天时，树也被冰冻住了。

5.蓑笠青青：蓑，即蓑衣，用草或棕编成的雨衣。笠，斗笠，用竹叶做成，用以遮雨或遮太阳的帽子。全句是说：樵夫自山中归来，因为雪已停止了，故他身上穿的蓑衣及头上戴着的笠帽，仍旧是青色的。

【说明】

此首描写西山形势之险要与雄奇，只见满山尽为雪所覆盖着，呈现出一片银白色的世界，是如此的寂静，如此的幽美，只见"樵子归来，蓑笠青青"，真令人不禁要趁此晴天，到山上踏雪一番呢！

山坡羊·冬日写怀

乔　吉

朝三暮四。昨非今是。痴儿不解荣枯事。攒家私。宠花枝。黄金壮起荒淫志。千百锭买张招状纸。身。已至此。心。犹未死。

【注解】

1.朝三暮四句：是说世情像朝三暮四的变化，虚伪欺诈，反复无常。过去自己也曾为功为名而到处奔走，结果一无所成，受到当权派的愚弄。现在方才明白，以前追名逐利的行动，都是错误的。按"朝三暮四"，语出《庄子·齐物篇》，谓有一个养猴子的老公公，当他喂猴子吃栗子时，对群猴说道："我早上给你们三升，晚上给你们四升。"猴子听了很生气。他又说："那么，早上给你们四升，晚上给你们三升。"猴子听了，就都很高兴。

2.痴儿：指迷恋功名的人。

3.荣枯：指事物的盛衰，情理的得失而言。

4.攒家私：即积聚家产。

5.花枝：指美色。

6.千百锭句：古代无论黄金或白银，均以十两为一锭，此犹言数不清的钱。招状纸，本来是罪犯所写的供词，也即认罪书。这里的意思，是说花费了大量的金钱，结果落得一场空，只有惹人笑骂而已。

7.已至此：谓已陷于自甘堕落的境地。

【说明】

这首曲，是对那些沉溺在花月场中者，予以当头棒喝。作者以辛辣的笔调，警告那些"黄金壮起荒淫志"的人，其下场必定身败名裂。结处"身。已至此。心。犹未死"，真道尽了那些荒淫者的劣根性。

山坡羊·冬日写怀

乔 吉

离家一月。闲居客舍。孟尝君不费黄虀社。世情别。故交绝。床头金尽谁行借。今日又逢冬至节。酒，何处赊。梅，何处折。

【注解】

1.孟尝君：即战国时田文，是齐国的宰相，门下有食客三千人。

2.黄虀：虀（jī），即咸酸菜，是贫穷人吃的。全句是说，孟尝君虽有食客三千人之多，但也不会想到我这个吃黄虀菜的穷酸人。

3.别：有所区别，即另外。犹言世态炎凉，对人另眼相看之意。

4.谁行（háng）：犹言哪方面，或何处。

5.冬至节：在每年农历十二月二十二日前后。连同下句，是说既然到了冬至节，本来就应该有点雅兴，饮酒、赏梅，但自己囊空如洗，只好长叹了。

【说明】

这首曲，作者因客居异地，适逢冬至节，因而百感交集，于是写下了自己的感叹。作者把自己窘困的情形，以及世态的现实炎凉，描写得淋漓尽致。

山坡羊·冬日写怀
乔　吉

冬寒前后。雪晴时候。谁人相伴梅花瘦。钓鳌舟。缆汀洲。绿蓑不耐风霜透。投至有鱼来上钩。风。吹破头。霜。皴破手。

【注解】

1.冬寒三句：是说冬天雪晴，正是踏雪寻梅的好时光，可是为了衣食奔波，谁还有这个闲情逸致呢？

2.钓鳌舟：泛指钓鱼的船。

3.缆：系船的绳子。

4.汀州：即小洲。全句是说把渔船系在小洲边。

5.投至：等到。

6.皴（cūn）：指皮肤因受冻而干裂。

【说明】

这首曲，表面是写打鱼的人，为了衣食而辛勤工作，受到风霜的折磨；事实上则是作者写自己的身世，自己一生，穷困潦倒，为了生活不停地奔波，而经历了不少的艰难困苦。

水仙子·寻梅

乔 吉

冬前冬后几村庄。溪北溪南两履霜。树头树底孤山上。冷风来何处香。忽相逢缟袂绡裳。酒醒寒惊梦。笛凄春断肠。淡月昏黄。

【注解】

1.冬前冬后三句：冬前冬后，指的是深冬早春的时候，这段时间，正是梅花盛开的时节。这里是说：在冬前冬后之间，为了去寻梅，走遍了不少村庄，也踏着雪霜，走遍了溪水的南北两边，以及山上的树头树底，也都去仔细寻找。

2.孤山：在杭州西湖中，是北宋诗人林逋（和靖）隐居之处，那里种植的梅花很多。所谓"梅妻鹤子"即指林逋以梅为妻，以鹤为子。这里只是借用典故，并非真到孤山。

3.冷风三句：缟袂，是白色衣袖，绡裳，指薄绸做的下衣，都是形容梅花。全句是说：不知从哪里吹来一阵冷风，飘来香气，忽然见到一个穿着素衣淡妆的女郎——梅花仙子。这里是用柳宗元《龙城录》的故事。大意是说：隋代的赵师雄，在冬天路过府东罗浮山，日将暮，于林间茅舍，看见有一个素衣淡妆的美女出来迎接，而且还同他一齐到酒店中饮酒。师雄醉卧到天亮，醒来时，发现自己睡在梅花树下，树上有一只翠鸟，对着他吱吱喳喳地叫。他于是想起了醉卧时所梦见的"梅花仙子"来。唐殷尧藩的《友人山中梅花》诗云："好风吹醒罗浮梦，莫听空林翠羽声。"即指此而言。

4.笛凄春断肠：古笛曲有《落梅花》，李白题《北谢碑》诗，有"黄鹤楼中吹玉笛，江城五月落梅花"之句。意思是说听到凄凉的笛声，传出"落梅花"的调子，就使人联想到冬天快要过去，春天快要到来，再也见不到梅花了，所以令人断肠。

5.淡月昏黄：据云在黄昏月初上时，梅花显得特别好看。林逋咏梅诗，有"疏影横斜水清浅，暗香浮动月黄昏"之句。

【说明】

这首曲，主要在写冬天寻梅的乐趣，他以跌宕的笔调，写出一个"寻"字，他从村庄走到溪畔，又由溪畔走到山上，好像是无望了，忽然接着有一句"冷风来何处香"，读了真令人有"山穷水复疑无路，柳暗花明又一村"之喜悦心情。但一想到冬尽春来，梅花又要飘落，不免令人神伤。可见作者对梅花之爱好，真是到了如痴如醉的地步了。

水仙子·咏雪

乔 吉

冷无香柳絮扑将来。冻成片梨花拂不开。大灰泥漫了三千界。银稜了东大海。探梅的心噤难捱。面瓮儿里袁安舍。盐堆儿里党尉宅。粉缸儿里舞榭歌台。

【注解】

1.冷无香句：柳絮，喻雪而言，全句是说，雪花好像柳絮，但冰冷而无香气，迎面飞扑过来。

2.冻成片句：梨花，也是比喻雪。唐岑参《白雪歌送武判官归京》："忽如一夜春风来，千树万树梨花开。"全句是说，雪花像冻结成的梨花一样，用手挥拂也拂不开。

3.大灰泥句：大灰泥，即石灰粉。漫，即铺满。全句是说，雪像白石灰那样，铺满了整个的大地。三千界，是佛家语，即三千大千世界，此指整个的世界而言。

4.银稜句：稜（léng），即稜稜，犹言严寒的样子。全句是说，冰封了东边的大海。

5.探梅句：喋，是闭口不言。捱，是拖延。全句是说，想趁着大雪去欣赏梅花的人，心情十分迫切，实在不能再拖延了。

6.面瓮句：面瓮，即面缸。袁安，东汉人。他住在洛阳时，每逢天下大雪，别人都出去要饭吃，他却僵卧在家中不肯起来。全句是说，袁安的房子，就像在一个装面粉的大缸里。

7.盐堆句：党尉，即宋党太尉，名进。他是个粗人，不会赏雪，下雪天，只会在家里浅酌低唱。饮酒作乐。全句是说，党进的房子，就像在一个大盐堆中。

8.舞榭句：榭（xiè），是表演歌舞的楼台。全句是说，表演歌舞的楼台，像在一个粉缸里。

【说明】

这首曲，据龙潜庵的《元人散曲选》说："写得别开生面。用面瓮、盐堆、粉缸等词做比喻，造语新颖。'大灰泥漫了三千界'，更是雄奇之至。"又萧善因的《元散曲百首》说："咏雪是一个为人们常写的主题。但是作者在这首曲子里，通过打比喻和活用典故，写出了银白世界浩瀚奇丽景色，颇有新意。"

喜春来·泰定三年丙寅岁除夜玉山舟中赋

张 雨

江梅的的依茅舍。石濑溅溅漱玉沙。瓦瓯篷底送年华。问暮鸦。何处阿戎家。

【注解】

1.泰定三年：即公元1326年，也就是农历的丙寅年。

2.玉山：今江西省上饶市玉山县，在长江的北岸。

3.的的：犹言鲜明、清楚。

4.石濑句：是说滩上急流哗啦哗啦地响，吞吐着阵阵浪花。濑，是水滩。溅溅，是水声。漱，犹言吞吐。玉沙，指银白色的浪花。

5.瓦瓯篷底句：瓦瓯，是简陋的酒具。篷底，指船舱中而言。全句是说，在船舱中饮酒，而送走了这一年的时光。

6.阿戎：即徒弟，或称堂弟。据胡三省的《通鉴》注，晋宋间人，多呼徒弟为阿戎。这里是泛指亲戚。

【说明】

这首曲，用"的的"表鲜明洁白的梅花，用"溅溅"表阵阵的浪花，同时点明了时令与地点，描绘出一幅流动的图画来，尤其"问暮鸦"一句，把自己寂寥的心情抒发得淋漓尽致。

清江引·幽居

张可久

红尘是非不到我。茅屋秋风破。山村小过活。老砚闲工课。疏篱外，玉梅三四朵。

【注解】

1.红尘：指人世间。

2.茅屋句：唐杜甫有《茅屋为秋风所破歌》。

3.过活：即过生活。

4.工课：同"功课"，意思是说闲时所做的功课，只有笔砚，也就是以诗文自娱之意。

5.疏篱外句：以见他所处环境的优雅。这句是说，在篱笆外的梅花，已开了三四朵。

【说明】

这首曲，首二句是说住在深山中，人世间的一切是非烦恼都没有，如果还有的话，就只有和杜甫一样，茅屋被秋风吹坏而已。末句更以梅花来比喻自己的意志清高，生活淡雅。此曲不仅写景，亦兼写志。

水仙子·梅边即事

张可久

好花多向雨中开。佳客新从云外来。清诗未了年前债。相逢且放怀。曲阑干碾玉亭台。小树纷蝶翅。苍苔点鹿胎，踏碎青鞋。

【注解】

1.云外：犹言远方。

2.诗债：凡喜欢写诗的人，朋辈乞诗或唱和未答的，都叫诗债。

3.碾（niǎn）：磨也。全句是说，亭台积雪，曲折的栏杆像用琼玉磨成的。

4.蝶翅：犹言雪降在树上，像纷纷落下的白蝴蝶的翅膀一般。

5.鹿胎：比喻雪落在苍苔上，像梅花鹿身上的白点一样。

6.青鞋：指乡下人所穿的黑布鞋。

【说明】

这首曲，写远方朋友来访，引起诗兴，于是一同出游踏雪寻梅。其中亭台积雪是静景，蝶翅纷落是动景，两者交织在一起，让人惊觉晶莹洁白的雪花，仍不断地漫天飞舞着，并且也片片洒满了整个大地。

天净沙·鲁卿庵中

张可久

青苔古木萧萧。苍云秋水迢迢。红叶山斋小小。有谁曾到。探梅人过溪桥。

【注解】

1.萧萧：冷清之意。

2.迢迢：遥远的样子。

3.探梅句：陆游诗云"僧约溪桥共探梅"。这句是说，走过溪桥，来寻访梅花。

【说明】

当白云漂浮，红叶满山的秋天来临时，只见在古木青苔中，矗立着一座小小的庙宇。在此深山中，平时是没有人会来到的，只等到那梅花开放时，才有人过溪桥来探寻。全首以景来衬托出深山古刹中，充满着寂静的情境。

山坡羊·酒友

张可久

刘伶不戒。灵均休怪。沿村沽酒寻常债。看梅开。过桥来。青旗正在疏篱外。醉和古人安在哉。窄。不够酾。哎。我再买。

【注解】

1.刘伶：晋代竹林七贤之一，性嗜酒，他的夫人劝他戒酒，他假意答应，并嘱其办酒肉，以便在神前发誓告祭，永不再喝。到时，他却向天祝告道："天生刘伶，以酒为命，一饮一斛，五斗解酲。妇人之言，切不可听。"说罢，依旧饮酒食肉，竟至大醉。

2.灵均：为战国时楚三闾大夫屈原的字，他在《渔父》篇中说："举世皆浊我独清，众人皆醉我独醒。"

3.沿村句：犹言沿着村落有时去沽酒，有时去赊酒。杜甫诗："酒债寻常行处有。"

4.青旗：酒家悬在门口作为标志的黑布旗子。

5.醉和古人句：是说喝醉了酒，达到忘我的境界，因而这个"我"，就和古人一样不存在了。

6.窄：犹言不足。

7.酾（shī）：酌酒之意。

8.哎（ɑi）：感叹词，与"啊"同。

【说明】

这首曲，写出作者和朋友在一起开怀畅饮的情趣，十分亲切有味。末几句写得尤为活泼可爱，"我再买"三字，与李太白《将进酒》诗中"五花马，千金裘。呼儿将出唤美酒，与尔同销万古愁"一样豪放有力。

满庭芳·山中杂兴

张可久

风波几场。急疏利锁。顿解名缰。故园老树应无恙。梦绕沧浪。伴赤松归软子房。赋寒梅瘦却何郎。溪桥上。东风暗香。浮动月昏黄。

【注解】

1.梦绕沧浪：犹言向往隐居生活，宋苏舜卿曾隐居于苏州的沧浪亭。

2.伴赤松句：汉初三杰之一的开国功臣张良，字子房。后来他不愿再做官，表示愿与赤松子游。赤松子，是古代传说中的仙人。

3.赋寒梅句：何郎，指何逊，他是南朝梁诗人，性喜梅花，有《咏早梅》诗，非常著名。

4.东风二句：是从宋代林和靖的梅花诗"疏影横斜水清浅，暗香浮动月黄昏"句变化而来。

【说明】

这是一首言志的曲子，作者说明不再留恋功名，而要效法古人归隐故园，希望能过无拘无束、种梅自娱的平淡生活。

人月圆·雪中游虎丘
张可久

梅花浑似真真面。留我倚栏干。雪晴天气。松腰玉瘦。泉眼冰寒。兴亡遗恨。一丘黄土。千古青山。老僧同醉。残碑休打。宝剑羞看。

【注解】

1.虎丘：在今江苏省苏州市吴中区，为春秋时吴王阖闾（合奴）之墓，据说吴王葬后三天，有虎踞其上，故号虎丘。

2.浑似：犹言完全相似。

3.真真：书中的美人名。据杜荀鹤的《松窗杂记》说，唐赵颜，见到一张画里的美人，很喜爱，画工说："这个美人，名叫真真，叫她的名字一百天，她就会变为活人。"赵颜照他所说，对着书叫了一百天，真真果然从书中走出来。

4.雪晴二句：是说雪晴了，松树上的积雪渐渐融化。玉，指雪。

5.泉眼冰寒：泉眼，即井。此接上句，是说松树上的雪虽然融化了，但泉眼还是被冰封闭着。

6.兴亡三句：是说虎丘一带的青山，千百年还没有变化，但当年的吴王，却只剩一丘黄土。

7.残碑休打：凡拓碑上的字，是用布包裹着木槌去敲打，所以叫打碑，打碑即拓碑之意。这句是说对于记载兴之往事的残碑，不想多看的意思。

8.宝剑羞看：据《吴地记》，吴王阖闾时，铸有宝剑，名干将、莫邪。言外之意，是说吴王虽铸有宝剑，却不能保国，卒为勾践所灭，故曰羞看。

【说明】

这首曲，据龙潜庵的《元人散曲选》说"是作者雪中游虎丘的怀古之作。一方面写雪景的可爱，引起游兴；一方面用'黄土''青山'，写吴越的兴亡之恨，最后以'残碑''宝剑'，抒发作者对英雄往事的无限感怀"。

红绣鞋·雪

徐再思

白鹭交飞溪脚。玉龙横卧山腰。满乾坤无处不琼瑶。因风吹柳絮。和月点梅梢。想孤山鹤睡了。

【注解】

1.白鹭交飞：比喻雪片之多且大。

2.玉龙句：是说山岭为雪所覆盖，看起来就像横卧在山腰的玉龙一样。

3.因风句：是暗用谢道韫的故事。据《世说新语》，道韫为晋谢奕女、王凝之妻，聪识有才辩。家尝内集，值天雪，叔父谢安曰："何所似也？"安兄子朗曰："撒盐空中差可拟。"道韫曰："未若柳絮因风起。"

4.点梅梢：犹言轻轻地落在梅梢之上。

5.想孤山句：此据宋代林逋事。（参考本书第106页乔吉《水仙子·寻梅》注2）

【说明】

这首曲，完全是描写雪景，却无一个"雪"字，而以"白鹭""玉龙"来做比喻，造语奇特，别出新意。又作者见到梅花，因而"想孤山鹤睡了"，爱屋及乌之情，充分地流露了出来。此首笔调自然贴切，不假造作，是其高明之处。

水仙子·舟中

孙周卿

孤舟夜泊洞庭边。灯火青荧对客船。朔风吹老梅花片。推开篷雪满天。诗豪与风雪争先。雪片与风鏖战。诗和雪缴缠。一笑琅然。

【注解】

1.洞庭：即湖南洞庭湖。

2.鏖战：谓挣扎搏斗，犹言苦战。

3.缴缠：犹言纠缠在一起。

4.一笑琅然：指爽朗的笑声。琅，即琅玕，石名，质似玉，如果互相击打，会发出清脆的声音。

【说明】

此曲是写小舟停泊在洞庭湖边的情形。寒风不停地吹击着梅花，雪花也因风而满天地飞舞，作者引发诗兴而作诗，那一首首的诗，可与梅花比美，可与风雪争光，因此，作者不禁得意地笑起来了。

失宫调·咏雪

张鸣善

漫天坠。扑地飞。白占了许多田地。冻杀吴民都是你。难道是国家祥瑞。

【注解】

1.白：是双关语，一是说颜色之白，一是说"平白地""之白"。

2.吴民：指江浙一带的百姓。

3.难道是：否定语气，犹言哪里是。

4.国家祥瑞：俗谓冬天大雪，来年庄稼一定丰收。因为大雪后，一则可冻死田间的害虫，二则来年雪水消融，可以灌溉田地，所以说它是祥瑞。

【说明】

据《尧山堂外记》卷七十六的记载：张士诚盘踞在苏州时，他的弟弟士德，强夺民田以广园囿，侈肆宴乐。一日雪大作，士德设盛宴，张女乐，邀鸣善咏雪，鸣善倚笔题此曲，书毕，士德大愧，卒亦莫敢谁何。任讷的《曲谐》卷一说："此词锋利无匹，足令奸邪寒胆，自是快事，尤好在咏雪甚工，无一语蹈空也。"

水仙子·西湖探梅

杨朝英

雪晴天地一冰壶。竟往西湖探老逋。骑驴踏雪溪桥路。笑王维作画图。拣梅花多处提壶。对酒看花笑。无钱当剑沽。醉倒在西湖。

【注解】

1. 老逋：即林逋，这里却是以老逋代表梅花。
2. 骑驴句：本为唐孟浩然"踏雪寻梅"事，据云他在一雪天骑着一头驴子，出长安霸陵桥外赏梅。这里是指作者将要效法孟浩然骑驴寻梅。
3. 笑王维句：唐代王维有《山水冬雪图》，极为著名。

【说明】

这首曲，是描述在雪晴天气，欲往西湖探梅。西湖梅花已处处开放，作者赏梅饮酒，最后竟然醉倒了，可见作者对梅花的喜爱，已到了"如痴如醉"的地步了。

红绣鞋·郊行

周德清

雪意商量酒价。风光投奔诗家。准备骑驴探梅花。几声沙嘴雁。数点树头鸦。说江山憔悴煞。

【注解】

1.雪意句：商量，谓斟酌决定。全句是说：冬天下雪，酒价一定大涨，所以说"雪意商量酒价"。

2.沙嘴雁：指停息在沙洲尖端的大雁。

3.数点：犹言几只。

4.憔悴煞：犹言非常凄凉，或十分衰残。

【说明】

这首曲，前五句都是写景，唯独最后一句，始点明"江山憔悴"，不堪欣赏，言外之意，对当时的政治情况，有些不满，是景中寓情的笔法。冬天白雪纷飞，梅花开放的美好风光，但却逐渐憔悴了，令人因不能欣赏了，而产生哀婉感叹之情。

沉醉东风·归田

汪元亨

居山林清幽淡雅。远城市富贵奢华。酒杯倾鲸量宽。诗卷束牛腰大。灞陵桥探问梅花。村路骑驴慢慢踏。稳便似高车驷马。

【注解】

1.鲸量：犹言像长鲸引水那样大的酒量。

2.诗卷句：犹言把自己所写的诗卷束卷起来，就有牛的腰那样粗大。

3.灞陵桥：也作霸陵桥，指孟浩然"踏雪寻梅"事。（参考本书第118页杨朝英《水仙子·西湖探梅》注2）

4.稳便：即妥当。

5.高车驷马：高车，有盖的车子，用四匹马拉着，是大官乘的车子。

【说明】

这首曲，写他归田动向和村居的快乐，字里行间，以大诗人孟浩然自比。城市中的荣华富贵，远不如山居的清静悠闲，何况还可饮酒、赋诗、骑驴、探梅，这种生活，是多么的无拘无束，逍遥自在。

落梅风·江天暮雪

无名氏

彤云布。瑞雪飘。爱垂钓老翁堪笑。子猷冻将回去了。寒江怎生独钓。

【注解】

1.彤云二句：彤云，即红色的云。俗以天空布满红色的云，为欲雪之兆。

2.瑞雪：即大雪，有丰年之兆。因为雪一则能杀害虫，二则可为来春之灌溉用水，故曰瑞雪。

3.爱垂钓句：是说下着这样大的雪，而此老翁实在可笑，还不回去，仍然在这里垂钓。

4.子猷句：据《世说新语》："王子猷居山阴，夜大雪，眠觉，开室，命酌酒，四望皎然，因起彷徨。咏左思《招隐诗》，忽忆戴安道。时戴在剡，即便夜乘小船就之。经宿方至，造门不前而返。人问其故，王曰：'吾本乘兴而行，兴尽而返，何必见戴？'"王子猷即王徽之，为晋大书法家王羲之之子。此句反用其事，犹言虽王子猷，也受不了寒冷而回去了。

5.怎生：犹言如何；怎样。唐柳宗元《江雪》诗："千山鸟飞绝，万径人踪灭，孤舟蓑笠翁，独钓寒江雪。"

【说明】

这首曲，是描写在瑞雪纷飞的严寒天气里，人们因为忍受不了寒冷而回去了，只有一位老翁，仍在江边垂钓。"独"字，衬托出老翁的孤独和与众不同，也只有老翁，仍旧在和恶劣的天气搏斗着。

言　情

小　序

吴淑瑜

一、情感与文学

人为万物之灵,是一种有情感、有意识、有思想、有智慧的动物。所以,人们往往由于内在心理与外在环境的影响、刺激,产生一种以语言方式来表达内心感情世界的叹咏。诚如《诗·大序》所言:"情动于中而形于言",又如朱熹《诗集传》序所说:

人生而静,天之性也;感于物而动,性之欲也;夫既有欲矣,则不能无思;既有思矣,则不能无言。

中国的文学,即是在这样抒发情感的情景下,逐渐酝酿而成的。这种蕴涵丰富情感的文学,不但提供给我们品味人生的资料,也让我们体会到人物情感在人生情境中交会互动的美感。可见"情"之一字,是何其重要地左右着人类内在的心灵世界与外在的文学表现。

元好问《摸鱼儿》曾说："问世间、情为何物，直教生死相许。""情"究竟是什么呢？许慎《说文解字》说："情，人之阴气，有欲者。"又《礼记·礼运》篇说："何谓人情？喜、怒、哀、惧、爱、恶、欲，七者弗学而能。"两者对"情"的注脚都是指人心有所感而流露出来的情绪，是从个人内心的情感世界而言。如果将内心的情感显露并落实在具体的人际关系上，情的内涵与作用就呈现出多样化了。在日常生活中，人不能离群而居，所以难免要和他人或物接触，交接的时日一久，情感也就自然发生了。这种情感因人、物所扮演的角色不同而有差异，如与亲人相处，就会有父子之情、母女之情、手足之情；和朋友共处，就会有友情；对喜爱的异性，就会产生爱情……这就是人类内在的情愫与外在环境交互配合下所产生的情感，而这种情感产生的曲折情节，便是文人所最乐于歌咏的题材。因此，古今的艺文作品，上自《诗经》、《楚辞》、汉赋，乃至唐诗、宋词、元曲……关于抒发内在情感的作品特别多，也最能与人心契合。例如中国最早的诗歌总集《诗经》就有很多歌咏父母、子女、夫妇、朋友、男女之情的作品。然而在众多咏情的文学作品中，又以男女爱情的歌咏最为普遍，表现得也最成功。

男女爱情自古以来就是人类最强烈的一种情感，也是人类之间最密切的一种关系。诚如《孟子·告子篇·上》所云"食、色、性也"，又《礼记·礼运》篇所记"饮食、男女，人之大欲存焉"，男女情爱确实是人生最重要的主题。所以，许多伟大的文学作品都是透过这个主题来表现人生的。因为只有在这种最切身、最强烈的情欲关系中，才能表达人性最微妙深邃的本质，接触人性最隐秘潜伏的奥秘。而文学的有效机能就在于表现生命、探究人生、洞察世界、反映世相，所以透过生命最强烈深刻的爱情，自然更能引发出人性最深切、最真实的表现。如李后主的《菩萨蛮》："花明月暗笼轻雾，今朝好向郎边去。刬袜步香阶，手提金缕鞋。画堂南畔见，一向偎人颤。奴为出来难，教君恣意怜。"

自有人类以来，恋爱幽会，就像一出迷人的剧本，经常被热恋中的男女搬演着。其中多彩多姿的情节，因时、因地、因人而异，有些含蓄婉转，令人低回；有些大胆香艳，教人遐想。如《诗经·邶风》的《静女》："静女其姝，俟我于城隅。爱而不见，搔首踟蹰。"从字里行间可以看出，诗中男女幽会的心情是等待中有焦虑、焦虑中有促狭，所以不失为含蓄婉转。至于南朝文学的吴歌《碧玉歌》："碧玉破瓜时，相为情颠倒。感郎不羞郎，回身就郎抱。"表现的是浪漫熟络，其大胆香艳与《静女》迥然不同。李后主《菩萨蛮》里的恋情，介乎两者之间，既真且活。从这类作品中，我们可以感受到它们在情感上的诚挚活跃，也可以体会出人性的浪漫。可见爱情在文学中所占的伟大力量与崇高地位，它使文学的发展，慢慢地倾向于唯美与浪漫的纯粹艺术境界。这类描述爱情的浪漫文学发展到元代更是活络。因为，中国文学数千年来因受礼教的束缚，诗人、词人大都本着"怨而不怒、哀而不伤"的原则写诗作词，总是离不了用象征的手法，达到"含蓄蕴藉"的境地，所以楚辞、汉赋、唐诗、宋词，虽然都具有丰富的时代精神，但是对于一个"情"字，却都未曾有过更深湛的描写、更逼真的刻画，以及尽情的抒发与流露。元曲则恰好相反。元代时中国固有的传统礼法制度与精神文化几乎被彻底摧毁了，所以它能摆脱束缚，采取直说白描的写实手法，把男女间相悦的情爱，坦白地、大胆地、赤裸裸地表现出来，完全不以弦外之音为高，而是以情意无余为妙。曲的题材是雅的，文字也就雅；题材是俗的，文字也就俗。不像诗词总是离不开雅正庄重的原则，明明写男女偷情，而好以阳台、合欢、巫峡等香艳的字眼来掩饰；明明写娼妓，却以仙姬、神女等美丽的名词来代替。这就是元曲最具特色的地方。

二、言情曲作发展的原因

最足以代表元代文学的作品，莫过于元曲。元曲在体制上和作用上可分为散曲和杂剧。其中的散曲可说是元代文学的灵魂。它起于民间），传唱于妓女伶工之口。所包含的内容相当丰富，"上而时会盛衰、政治兴发；下而里巷琐故，帏闼秘闻。其间形形式式、或议或叙，举无不可于此体中挥发之者"，又"大而天日山河、细而米盐枣粟；美而名姝胜境、丑而恶疾畸形，殆无不足以为"（任讷《散曲概论》卷二），举凡意境所到、材料所收，不论古今上下、文质雅俗，都可成为散曲取用的题材，涵盖之广，是诗词所不能及的。在这内容多彩多姿的散曲作品中，言情类的分量可算是最多的。之所以如此，除了前文所述，情感是人类最重要、最深切的精神活动外，元代压抑汉人文士的社会背景也是极重要的因素，由于当时的政治黑暗、社会畸形，特权阶级的贪纵不法，使得有心之士对现实产生了一种厌恶恐怖与悲悯交织而成的苦闷。他们受不了这种苦闷，又无法纾解，于是放弃功名富贵，纵情歌舞场所，留恋烟花巷，形成一股颓废的文人气息，颓废的结果便是淫靡。在这种时代环境的影响下，言情作品快速地发展，并在元曲中扮演着重要的角色。

三、作品分类

我们都知道任何一种文学作品，都是一定社会环境的产物。曲是元代具有代表性的文学体裁，此时非但政治社会不清明、不健全，且是中国文化的衰落时期，而文人学士的心志也在这种环境的影响下变得颓废鄙陋，所以他们大多数都能放开面子、治世、功名抱负的束缚，大胆地、随心所欲地寻乐、写作。因此，他们所作所唱的情词都是在"以意兴之所至为之，以自娱娱人"的情景下写出来的。由于作者写作的态度既不是为了明道，也不是为了载道，使得元代的言情作品能打破诗教"温柔敦厚""含蓄蕴藉"的桎梏，对人们最真切的情感做最深湛的描绘、最逼真的刻画，运用柔情如绘、风流冶艳的佳词妙语，写尽了人间的儿女痴情，形成言情曲作特有的风格。

在元曲众多的言情作品中，由于作者抒发情感的角度不同、对象有异，所以可依内容的差异细分为：

1. 描写男女幽会

由于仍然处在传统礼教的阴影下，元代的男女表达爱意的方式并不开放、自由。他们不敢明目张胆地约会见面，只好偷偷地在花前月下幽会，传达彼此相悦之情。如无名氏《塞鸿秋》：

分分付付约定偷期话。冥冥悄悄款把门儿呀。潜潜等等立在花荫下。战战兢兢把不住心儿怕。转过海棠轩。映着荼蘼架。果然道色胆天来大。

这首作品是以白描写实的手法，用活泼又深刻的笔力，写出幽会男女的心理动态，表现得很活跃、成功，可算是绘声绘影，曲尽其妙了。

2. 描写闺情

元曲中，描写闺中之情的作品很多。作者常以隽美细腻的文字将闺中女子幽怨、思念的心理、情态描绘得非常深刻。如关汉卿《大德歌》：

俏冤家。在天涯。偏那里绿杨堪系马。困坐南窗下。数对清风想念他。蛾眉淡了教谁画。瘦严严羞戴石榴花。

又如姚燧《凭栏人》：

两处相思无计留。君上孤舟妾倚楼。这些小兰舟。怎装如许愁。

短短数语，就把闺中少妇怨愁、思念情人的情怀，悠悠地道出，非常感人。又如关汉卿《一半儿》：

碧纱窗外静无人。跪在床前忙要亲。骂了个负心回转身。虽是我话儿嗔。一半儿推辞一半儿肯。

同是描写闺情，但风格却和前者迥异。前例是形容思妇怀人的心情，笔法幽怨又含蓄；后者则是描写男女在闺中戏情的冶艳情状，笔调活泼又大胆。

3. 描写相思

纯粹描写相思之情的作品，元曲中很多，笔法皆娟秀可爱、细柔妥帖。如徐再思《折桂令》：

平生不会相思。才会相思。便害相思。身似浮云。心如飞絮。气若游丝。空一缕。余香在此……

4. 描写少女思春。

元曲言情作品中，也有不少是描写正当青春年少的女子，她们怀春的情思，如无名氏《沉醉东风》：

垂杨外低低粉墙。烛花前小小牙床。锁春寒翡翠屏。藏夜月芙蓉帐。几般儿不比寻常。回首桃源路渺茫。手抵着牙儿慢想。

从以上的分类举例中可知，这些作品，不论是描写幽会、闺怨、闺情或是相思、怀春，内容无非是在抒发男女之间的情和爱。若将这类言情作品和元以前的抒情文学做比较，它的范围似乎狭隘了许多。

四、作品评论

大致说来，元散曲中，每涉男女之情的作品，或写相思，或写幽会，或叙闺中艳情、深闺情思，所用的语言都很醒豁，唯恐达意不尽，甚至露骨。因此许多曲评家认为情本贵含蓄，教人耐于咀嚼，曲中言情之作则不够蕴藉隐藏，所以批评这类作品为"纤佻轻薄""体格卑降"。如郑骞先生在《词曲的特质》中评曰：

……纤佻则是淫靡风气的反映，是从抒写男女之情上生出来的毛病。古今中外的文学，没有不写男女之情的，这是正当而优美的人类情感，无可非议。但在写出来的时候，要写得蕴藉深厚。若写得太露太尽而流于纤佻轻薄，那就失去正当的美……

平心而论，若以诗教的温柔敦厚、含蓄隐藏来看，"纤佻轻薄"确实是曲的一弊病。但是，如果我们了解人们的情感是最赤裸、最显豁、最任性而发的，那么也就可以体谅这种弊病了。再者，如果我们拿元人这些"纤佻轻薄"的情词和晚期民间歌谣并看，便可发现它们同样是最能沁人肺腑、最多真声的作品。因为这些曲作家作曲时，未曾抱有卫道、传世的观念，也不曾考虑到"体格卑降"的问题。他们完全是因情之所感而为之，所以能用极轻松真挚的心情，写出最率性、热情、自然的作品。同时，在文字的运用上也能不避嫌地雅俗兼陈，使得作品更活泼奇妙，也使得歌唱文学更加多彩多姿，令人同悲喜、共感慨，使人忍俊不禁，会心而笑，真可说是百味杂陈，任人品尝。这也就是元曲所以特殊、成功之处。

一半儿·题情
王和卿

鸦翎般水鬓似刀裁。小颗颗芙蓉花额儿窄。待不梳妆怕娘左猜。不免插金钗。一半儿髩松一半儿歪。

【注解】

1. 鸦翎：指头发乌黑如鸦毛。
2. 水鬓：是说头发又长又有光泽，望之如流水。
3. 左猜：犹言误猜。
4. 髩松：发乱之貌。

【说明】

王和卿的《一半儿·题情》，一共有四首，这是第一首，将绽放春心的小儿女心态，用一种活泼不失羞怯的笔调描写出来。首二句是用来形容此女子的容貌装扮，后三句是描写这小女子害怕自己的心思被母亲洞悉，所以极力地想要掩饰，结果欲盖弥彰。

潘妃曲·无题

商 挺

冷冷清清人寂静。斜把鲛绡凭。和泪听。蓦听得门外地皮儿鸣。则道是多情。却原来翠竹把纱窗映。

【注解】

1.鲛绡：《述异记》载："南海中有鲛人室，水居如鱼，不废机织，其眼能泣则出珠。"又《文选》左思《吴都赋》："泉室潜织而卷绡。"注："俗传鲛人从水中出，曾寄寓人家，积日卖绡。"鲛绡是说鲛人所织的丝帕，言其美丽高贵。此处的鲛绡不是指丝帕，而是借着古代传说中龙宫的一种丝织品（据说入水不湿，穿上极为清凉，能避暑）来形容以薄纱织成的精美蚊帐。

2.蓦：猛然、忽然。

3.则道：以为。

4.多情：即情人。

5.翠竹句：此句是从《西厢记》中"待月西厢下，迎风户半开。拂墙花影动，疑是玉人来"的诗句转化而来的。即指：原以为是情人来看我，但定神一看，才知道只是映在纱窗上的竹影而已。

【说明】

商挺的曲，富有民间小调的风味。【潘妃曲】又名【步步娇】，商挺所作共十九首，内容大都是儿女情态的咏情之作，笔法活泼可爱。此曲是第七首，第八首的意境与此曲相同。

潘妃曲·闺情

商　挺

目断妆楼夕阳外，鬼病恹恹害。恨不该。止不过泪满旱莲腮。骂你个不良才。莫不少下你相思债。

【注解】

1.鬼病：即相思病。
2.恹恹：身体懒弱无力。
3.旱莲腮：莲花本生在水中，这里说"旱莲腮"，犹言女人的面孔，美丽如旱地之莲。

【说明】

这首曲子，描写一位傍楼远望，希望情人归来的女子，因不见情人回来而害相思，终日慵弱无力，以泪洗面。她口中不禁骂他薄情郎，恨他不来探望，但心中却又有止不尽的相思情。笔调中显露的是幽怨而又带几许无奈的真切情感。

梧叶儿·席间戏作

卢　挚

低攀语。娇唱歌。韵远更情多。筵席上。疑怪他。怎生呵。眼棱里频频地觑我。

【注解】

1.低攀语：轻声细语地相互交谈。

2.韵远更情多：韵，指和谐的歌声。连上两句的意思，是说席上的那位姑娘，除了低低私语外，还在欢乐和谐的歌声中含情脉脉。

3.怎生：犹言为什么。

4.眼槎：一作眼挫，即眼角，或眼梢。在《西厢记》第一本第二折【小梁州】曲中有"偷晴望，眼槎里抹张郎"句可证。

5.觑（qù）：偷看的意思。

【说明】

卢挚的《席间戏作》在隋树森的《全元散曲》中共收录了六首，这是第二首，是描写在宴桌上，男女相悦，并借着歌声、眼神传情的情状，写得灵活生动。尤其是连用了"怎生呵"三个字，使整首曲子更加传神。

一半儿·题情

关汉卿

云鬟雾鬓胜堆鸦。浅露金莲簌绛纱。不比等闲墙外花。骂你个俏冤家。一半儿难当一半儿耍。

【注解】

1.堆鸦：言头发蓬松。

2.金莲：据《南史·齐东昏侯记》"凿金为莲花以帖地，令潘妃行其上。曰：'此步步生莲花也。'"，后指女子的小脚。

3.簌绛纱：簌是指动摇之意。绛纱，指红色的裙子而言，亦即红罗裙也。

4.俏冤家：俏，即俏俐，犹言风流或浪漫。冤家，《剧说》卷六："《亦巢偶记》云，俗呼薰猪儿为俏冤家，不知何所取，里巷至今传之……按《苇航纪谈》云，阅烟花记，冤家之说有六。情深意浓，彼此牵萦，宁死无二，一也；两情相系，阻隔万端，心想魂飞，寝食俱废，二也；长亭短亭，临歧分袂，黯然销魂，悲泣良苦，三也；山遥水远，鱼雁无凭，梦寐相思，柔肠寸断，四也；怜新弃旧，孤恩负义，恨切惆怅，怨深刻骨，五也；触景悲伤，抱恨成疾，六也。余谓冤家，犹呼'奴家''衰家''咱家'，方言如是，非有义理可寻。此说最通；《纪谈》云云，亦不过就男女间痴迷景况，敷衍成说耳。"按，冤家，本来是指有仇之人，但反用其意，亦可指有情之人，此处便是对所欢之昵称。全句是说，你这个风流的家伙。

5.难当：犹言生气。

6.耍：戏也。

【说明】

此曲为关汉卿《一半儿·题情》四首中的第一首作品。这首曲是描写男女在闺中戏情的冶艳情状，将女子半推半就的心态表露无遗，笔法大胆又生动活泼。

一半儿·题情

关汉卿

碧纱窗外静无人。跪在床前忙要亲。骂了个负心回转身。虽是我话儿嗔。一半儿推辞一半儿肯。

【注解】

1.要亲：亲密示好。

2.嗔：怒也。即发娇嗔也。

【说明】

这首曲是关汉卿《一半儿·题情》四首中的第二首。此曲的意境和第一首完全相同。都是描述男欢女爱闺中艳冶的情状。

大德歌·夏

关汉卿

俏冤家。在天涯。偏那里绿杨堪系马。困坐南窗下。数对清风想念他。蛾眉淡了教谁画。瘦严严羞戴石榴花。

【注解】

1.俏冤家：俏冤家，虽是骂人的话，但在元曲中却是对自己所喜欢的人的昵称。

2.绿杨堪系马：堪，胜也，任也，可以。是说在外面另结新欢而不愿回家。

3.数（shuò）：屡次。

4.蛾眉句：汉代京兆尹张敞，婚后和妻子感情很好，每天早上为妻子画眉，当时传为佳话，后世便以画眉来形容夫妇的愉快生活。

5.瘦严严：犹言十分消瘦。比喻消瘦如岩石。

6.石榴花：植物名，落叶灌木，高丈许，叶长，椭圆形，有光泽，夏月开花，有红白两种颜色，其花甚艳，果肉甘美。因张骞出使西域，得安石榴国榴种以归，故亦名"安石榴"。朱熹诗："五月榴花照眼明。"

【说明】

关汉卿的《大德歌》，共有春、夏、秋、冬四首，这一首虽是咏夏，但，实际上写的是闺情。首三句以闺人推想之辞，写伊人冶游不归，怨望之情，溢于言表。"困坐南窗下"及以下两句，发自心底，吐在笔端，没有任何掩饰，真挚感人。最后两句，言情言景，极言相思之苦，读之令人为之低回不已。

得胜乐·无题

白 朴

红日晚。残霞在。秋水共长天一色。寒雁儿呀呀的天外。怎生不捎带个字儿来。

【注解】

1.红日：指火红的夕阳。

2.秋水：见王勃《滕王阁序》"秋水共长天一色"，即言秋水碧而连天，长天空而映水，不分天地也。意谓秋天碧水映着青天，天与水变成了一个颜色。水天一色，远远的无涯无岸，借以指怀念远去的朋友。

3.捎带：顺带。古人有鸿雁传书的说法，指汉苏武雁足系书的故事。

【说明】

这首曲写秋日对朋友的思忆。看到无边无岸的秋水，就怀念起远方的朋友；听到雁儿在空中的鸣叫声，就引起了希望得到远方朋友讯息的遐想。全篇娓娓道来，自然生动。

得胜乐·失题
白　朴

独自走。踏成道。空走了千遭万遭。肯不肯疾些儿通报。休直到教搁得天明了。

【注解】

1.千遭万遭：千次万次，或千回万回。
2.疾些儿：快一点。
3.休直教：不要教我一直……
4.耽阁：即耽搁，拖延逗留之意。

【说明】

此曲描写男女约会时，有一方还没来，使得在外头等待的人来来回回地踱步，焦急得不得了，心想通讯的人儿不知道肯不肯快点去通报，好让那可人儿快些儿出来，千万别教我等到大天明，或是空等待呵！作者用明朗活泼的笔调，娓娓道来，叫人读了，也不禁为等待的人心焦。

135

喜春来·题情
白　朴

轻拈斑管书心事。细折银笺写恨词。可怜不惯害相思。则被你个肯字儿。迤逗我许多时。

【注解】

1. 拈：用两个手指头取物。
2. 斑管：指用皮上有斑点的湘妃竹所制成的毛笔。
3. 迤逗：即引逗。

【说明】

白朴所作《题情》共有六首，这是第一首，描写初为相思所苦的心理活动过程。昔日，不曾为相思所困，而今却被你引逗得心慌意乱，不知如何是好。这种感觉如梦如幻、以假还真，真叫我手足无措又自怜啊！初为相思所困的复杂情绪，就在既短又白话的曲作中，明朗地展现出来了。

凭栏人·寄征衣
姚　燧

欲寄君衣君不还。不寄君衣君又寒。寄与不寄间。妾身千万难。

【注解】

征衣：凡旅居在外的人的衣服，都可称为征衣。征，指远行而言，征衣并非一定指作战时的军装。

【说明】

这首曲,描写一位妻子,当天气变冷时,想为她的丈夫寄衣服的心情。从寄征衣的矛盾心情中,可以看出这位妻子的思念之深,盼望之切,教人由衷地感动。全篇短短二十四个字,却极其情致缠绵,而所用的字句则平浅得跟说话一样,可以说是化绚烂为平淡。

凭栏人·无题
姚 燧

寄与多情王子高。今夜佳期休误了。等夫人熟睡着。悄声儿窗外敲。

【注解】

王子高:高,陈乃乾《元人小令集》作"乔",误。据《云麓漫抄》的记载,王子高名迥,宋人,相传与仙女周琼姬相爱,曾共游仙境芙蓉城百余日。另在《避暑录话》中也记载了王子高的事。但此处,只是借用典故来譬喻情人而已。

【说明】

此曲描写恋爱中的女子期待与情人暗中相会,又害怕他会忘了赴约的心态。希望他牢记佳期,暗中前来赴约,"不能叫我空等待"的心情,就在短短数语中表露无遗。笔调既明朗又生动俏皮。

寿阳曲·无题

马致远

云笼月。风弄铁。两般儿。助人凄切。剔银灯欲将心事写。长吁气。一声吹灭。

【注解】

1.笼：即笼罩。这句是说月亮给云笼罩着，一片黯淡，更增添了凄凉的情调。

2.弄铁：即铁马，或称风铃。是悬挂在屋檐前的铁片或铜铃，风吹时便发出叮叮当当的响声。孟昉诗："风弄虚檐铁马鸣。"《芸窗私志》："元帝时临池观竹，竹既枯，后每思其响，夜不能寐；帝为作薄玉龙数十枚，以缕线悬于檐外，夜中因风相击，听之与竹无异。民间效之，不敢用龙，以十骏代，今之铁马，是其遗制。"

3.剔（tì）：是挑起的意思。灯芯燃烧过久，则成黑炭，火光微弱，故需剔之。

4.银灯：即锡做的灯台，因为是白色的，所以叫银灯。

5.吁（xū）：吁气，即大声叹气。

【说明】

这一首曲时描写深夜时刻，一个多愁善感的人，听到檐前叮叮当当的风铃声，更加难过。刚刚打算要挑灯作书，想把心事告诉朋友，却因一声长叹息把灯都吹灭了。此曲也可看成是写闺中少妇闲愁幽恨之情。

山坡羊·闺思

王实甫

云松螺髻。香温鸳被。掩春闺一觉伤春睡。柳花飞。小琼姬。一声雪下呈祥瑞。团圆梦儿生唤起。谁。不做美。呸。却是你。

【注解】

1.云松螺髻：《古今注》中有"结发为螺髻，言其形似螺壳"。云，指头发。这句是说，螺旋形发髻上的头发松乱了。

2.鸳被：古诗中有"文采双鸳鸯，裁为合欢被"。

3.小琼姬：楼钥诗中有"泛商流羽看琼姬"。此处犹言小丫头。

4.雪下呈祥瑞：宗楚客诗中有"飘飘瑞雪下山川"。依中国民俗，大雪是丰年的前兆，故大雪又称瑞雪。由于下大雪，田间的害虫被冻死，故丰收可期。

【说明】

这首曲是描写一个小丫头因看到下大雪而高兴地跑去报喜，却没想到会把女主人的团圆梦惊散了，结果被女主人责骂："谁。不做美。呸。却是你。"写得极为活泼传神，不但有动作，而且还有声音。这首曲的意境和唐代金昌绪的《春怨》诗、宋人晏殊的《采桑子》词相似。王季思等人的《元散曲选·前言》说："同是怀念远人，同是好梦惊回；在诗则含情脉脉，留有余地；在词则低回婉转，情余言外；在曲则穷形尽相，刻露无余。"

红绣鞋·失题

贯云石

挨着靠着云窗同坐。偎着抱着月枕双歌。听着数着愁着怕着早四更过。四更过情未足。情未足夜如梭。天哪。更闰一更儿妨甚么。

【注解】

1.月枕双歌：言在月下互相枕靠而唱歌。

2.夜如梭：言夜里的时间逝去得很快，有如织布的梭子般。即言美好的时光似乎消逝得特别快。

3.更闰：更，即再。整句是说，既有闰年，那么，何妨再有个闰更呢！即延长一更之意。

【说明】

这首曲，俚俗明白如民歌，将儿女私情，描写得十分真切。两人紧紧地靠在一起，一同看天边的云彩，一同唱歌，是那么的快乐忘我，然而美好的时光过得特别快，情未叙完就已过四更了。唉！要是时间能过慢一点，或是能延长，那该有多好！笔法明朗又不失情韵。

塞鸿秋·代人作

贯云石

战西风几点宾鸿至。感起我南朝千古伤心事。展花笺欲写几句知心事。空教我停霜毫半晌无才思。往常得兴时。一扫无瑕疵。今日个病恹恹刚写下两个相思字。

【注解】

1.战西风：犹言迎战着寒冷的西风。

2.几点：形容飞鸿翱翔天际，远望成点。即变得很渺小。

3.宾鸿：即大雁，每年秋天从西伯利亚飞到中国中部地区过冬，到了春天，则又向北飞去。古有"鸿雁来宾"的说法，即形容它来去犹如宾客一样，所以叫宾鸿。

4.南朝句：南朝，我国南北朝时，宋齐梁陈各朝代的国都均在南方，所以称南朝。"千古伤心事"，原是前人词句，本指亡国之恨，但此处却是暗指失恋之痛。上文"南朝"乃是借用，是说"伤心事"而已，并非实指，犹言"过去"之意。这两句的大意是：见到飞鸿，觉得秋天来了，引起了对离人的忆念，想起往事，感到伤心。

5.知心事：与上句"伤心事"重韵。可能传抄有误，或疑应为"词"，如无名氏的《水仙子》："漫写下鸳鸯字，空吟就花月词。"

6.霜毫：指用白毛做成的笔而言。

7.瑕疵：原指玉石上的斑点，引申为有缺点、毛病之意。

8.病恹恹：犹言精神萎靡不振，或毫无气力的样子。

9.刚：才、只。整句是说只是在纸上写了"相思"这两个字，便伤感得什么也写不出来。

【说明】

这首曲是写秋日相思之情。题目标的是"代人作"，究竟代谁作？无法知道。曲中只是说因为看到了秋天南飞的大雁而引起过去的伤心情事，然而过去的伤心情事是什么？也没有交代清楚，仅是把主人翁写信时的内心活动用缠绵的笔调，曲曲折折地表达出来，文理气势，无一不佳，读来当然很动人。

不过，这首《塞鸿秋》的衬字似乎稍微多些，所以曾受到一些曲评家的批评，如郑骞云："酸斋此曲在当时甚有名，但周德清《中原音韵》颇议其衬字太多……"即使如此，此曲曲意酣畅，实得衬字的助长声情，无怪乎在当时能享有盛名。

寨儿令·题情

周文质

弹玉指。觑腰肢。想前生欠他憔悴死。锦帐琴瑟。罗帕胭脂。则落得害相思。曾约在桃李开时。到今日杨柳垂丝。假题情绝句诗。虚写恨断肠词。嗤。都扯作纸条儿。

【注解】

1.锦帐琴瑟句：是睹物思人，触景伤情之意。
2.假题情句：犹言假装诚实，题下表达爱情的诗句。
3.虚写恨句：犹言虚饰不实地写下表达相思之苦的词句。
4.嗤：是象声词，没有意义。

【说明】

周文质的《寨儿令》，共有十首，这是第二首，标题为"佳人送别"。此曲描写女主人与男友相约于桃花开时，但直到杨柳垂丝，仍不见人来，始知受骗，所以怨愤至极，于是便以果断的行动，撕毁情书，以泄心头之恨。

红绣鞋·书所见

乔 吉

脸儿嫩难藏酒晕。扇儿薄不隔歌尘。佯整金钗暗窥人。凉风醒醉眼。明月破诗魂。料今宵怎睡得稳。

【注解】

1.酒晕：苏轼诗"酒晕无端上玉肌"，即言因饮酒而脸上泛红。晕，是化开之意。

2.歌尘：即歌声。

3.佯（yáng）：即假装。

4.明月破诗魂：诗魂，犹言写诗的灵感。整句是说由于明月照耀，见月而思人，因此引发了写诗的灵感。

【说明】

这首曲是作者自述在筵席上，陶醉于歌女妩媚的姿态，心花怒放，思念不已，因而辗转反侧，不能成眠了。

清江引·有感

乔 吉

相思瘦因人间阻。只隔墙儿住。笔尖和露珠。花瓣题诗句。倩衔泥燕儿将过去。

【注解】

1.间阻：间隔，阻止。

2.倩（qìng）：请求。

3.将：携带。

【说明】

这首曲，写一对情人因某种原因的阻隔而无法往来，虽然只隔一道墙，却咫尺天涯，又不愿因此而罢休，只好设法仿效从前御"沟流红叶"故事中的方法，在花瓣上写诗句，请燕子传讯过去。明末清初阮大铖的《燕子笺》传奇就是受了这首曲的启示而写成的。

小桃红·离情

张可久

几场秋雨老黄花。不管离人怕。一曲哀弦泪双下。放琵琶。挑灯羞看围屏画。声悲玉马。愁新罗帕。恨不到天涯。

【注解】

1.黄花：即菊花。整句是说，由于几场秋雨的摧残，菊花都快凋落了。

2.挑灯句：因为围屏上的画都是描绘男女恋爱的故事，因怕触景伤情，所以不愿看。

3.玉马：类似铁马。铁马是用铁片制成的，玉马则是用石片做成的。整句是说，窗外的铁马，随风雨而摇动，声音是那么的凄怆，有如马之悲鸣。此时的闺怨已寓情于景了。

4.愁新罗帕：在罗帕上新沾了离愁泪。

【说明】

秋雨摧花的景象已够凄凉了，再加上琵琶弦上发出来的悲伤曲调、窗外铁马的悲鸣，都足以使人因离情而神伤，更哪堪再看围屏上男女相悦的图案呢？在这种触景伤情的情况下，只有暗自流泪、叹息、幽怨了。曲中主角情真意切的心态，就在作者寓情于景，即景触情的笔法下展露无遗。

沉醉东风·春情

徐再思

一自多才间阔。几时盼得成合。今日个猛见他。门前过。待唤着怕人瞧科。我这里高唱当时水调歌。要识得声音是我。

【注解】

1.一自多才间阔：多才，本指才气高的人，这里指女子所称所恋的情人。间阔，即长时间的分别。整句是说自从情人离别，已经过了很久。

2.成合：结合。

3.个：语词。

4.猛：忽然。

5.瞧科：瞧，即看见。科，是元曲中的术语，指舞台上的动作而言，这里只是借用，使文句更加活泼生动。

6.水调歌：本为古乐府曲名，隋炀帝时所制，声韵怨切。此处是指元代流行的民歌。

【说明】

这首曲是描写少女久别相思，猛然看见情郎的情景，写得非常质朴自然、纯洁天真，教人忍俊不禁。据龙潜庵的《元人散曲选》说："用白描的手法写作。朴素自然，把那位少女纯洁天真的情感与活动，活活地刻画出来。"

折桂令·春情

徐再思

平生不会相思。才会相思。便害相思。身似浮云。心如飞絮。气若游丝。空一缕余香在此。盼千金游子何之。证候来时。正是何时。灯半昏时。月半明时。

【注解】

1.空：只留下，只剩下。

2.一缕余香：指男女定情之物而言。此句是说，人已经走了，只留下身上的一缕芳香，徒然增加我的思念。

3.千金游子句：千金，古代称富贵人家的子弟为千金之子。游子，指旅游在外之人。何之，何往，犹言到哪里去。整句是说：那日夜盼望的王孙公子，你的行踪在何处呢？

4.证候：即症候。也就是病症。

【说明】

这是一首描写为相思所苦之情状的作品，曲境明畅易解。此曲用

"独木桥体"写成。所谓"独木桥体",即在整个曲中,只用同一个字做韵脚。本曲的韵脚为"思"和"诗",其他如"丝""此""之"三字,只可称之为"半独木桥体"了。顾佛影的《元明散曲》说:"此曲首尾数句用同韵,而自然浑成,曲折尽致,真神来之笔。"

水仙子·弹唱佳人

徐再思

玉纤流恨出冰丝。瓠齿和春吐怨辞。秋波送巧传心事。似邻船初听时。问江州司马何之。青衫泪。锦字诗。总是相思。

【注解】

1.玉纤:指手指。

2.冰丝:指琴弦。

3.瓠齿:瓠(hù),《诗经》中有"齿如瓠犀",瓠是瓜的一种,瓜中的种子整齐而洁白,所以用来形容美人的牙齿。

4.似邻船三句:据唐代白居易的《琵琶行》中"浔阳江头夜送客,枫叶荻花秋瑟瑟……忽闻水上琵琶声,主人忘归客不发。寻声暗问弹者谁?琵琶声停欲语迟。移船相近邀相见,添酒回灯重开宴……凄凄不似向前声,满座重闻皆掩泣。座中泣下谁最多,江州司马青衫湿",曲中三句之意境与此相近。

5.锦字诗:即情诗。但此处是说弹唱佳人的情意美如锦字之诗。按《晋书·列女传》:"窦滔妻苏氏,始平人也,名蕙,字若兰……滔……被徙流沙,苏氏思之,织锦为回文旋图诗以赠滔。宛转循环以读之,词甚凄惋。凡八百四十字。"此锦文诗可以循环往复地读出一千多首诗来。

【说明】

　　这首曲的文字、情调,深受白居易《琵琶行》的影响。首句点出题目中的"弹"字,写佳人的玉手轻轻拨弦,一派幽咽伤感的调子,就从指缝间流泻而出,仿佛带着无比的仇怨。第二句照应题中的"唱"字,写佳人轻启朱唇,展喉发声,歌声中带有明显的哀伤。第三句写佳人凄楚的神情,以烘托其满怀的心事。第四、五句用《琵琶行》的故事,借用当年白居易在浔阳江上循声移船而听的情景,暗示作者的心情也和白居易听罢琵琶一样,既同情对方的身世,又深深勾起了自身的感伤。"青衫泪"是作者自言受到感动,"锦字诗"暗喻弹唱佳人的款款情意。末句"总是相思"说明了前面所说的般般哀怨伤恨,都是肇因于一"情"字。

清江引·相思

徐再思

　　相思有如少债的。每日相催逼。常挑着一担愁。准不了三分利。这本钱见他时才算得。

【注解】

1.少债的:欠债的、要债的。

2.一担愁:即一肩愁,元时常以"担""担儿"形容沉重。

3.准:即折还欠款。

【说明】

　　任讷《曲谐》卷一谓此曲:"语质而喻工,亦复散词上乘。"我们读起它来，好像在说话，尤其作者能以"少债"喻"相思"，真是匠心独运。

喜春来·闺怨

徐再思

妾身悔作商人妇。妾命当逢薄幸夫。别时只说到东吴。三载余。却得广州书。

【注解】

1.妾身句：白居易诗："门前冷落车马稀，老大嫁作商人妇。"全句即因"商人重利轻别离"，故悔做商人的妻子的意思。这是据白居易《琵琶行》中的句意而来的。

2.薄幸夫：犹言负心不重情义的丈夫。

3.东吴：泛指江南一带。

4.广州：泛指现在的广东。

【说明】

此曲是写闺中妻子怨伤经商的丈夫，只顾做生意而不注重妻子情感。曲中主角既悔恨又认命的情愫，叫人看了，也会禁不住地怜悯她。

这首曲的意境和唐人刘采春的《啰唝曲》很像，刘曲云："那年离别日，只道住桐庐。桐庐人不见，今得广州书。"所以，本曲很可能是从这里变化而来的。

喜春来·失题
杨朝英

浮云薄处曈昽日。白鸟明边隐约山。妆楼倚遍泪空弹。凝望眼。君去几时还。

【注解】

曈昽：指太阳初升，由暗而明的景色。

【说明】

这首曲是描写深闺女子对远人的怀念。倚楼远望，希望能看到伊人回来，结果望穿秋水，仍盼不到他。究竟什么时候伊人才会归返呢？幽怨的情愫，令人为之心酸。

四块玉·风情
兰楚芳

我事事村。他般般丑。丑则丑村则村意相投。则为他丑心儿真。博得我村情儿厚。似这般丑眷属。村配偶。只除天上有。

【注解】

1.村：即村沙，一作村傻，即伧俗或粗鲁之意。
2.般般：即每一样，与前句"事事"意思相同。

【说明】

这是一首反讽的作品,用以讽刺当时世人讲求男才女貌、门当户对的不当。内容是说,因为做丈夫的"事事村",所以才对妻子"情儿厚",同时,也由于妻子的"般般丑",所以才对丈夫"心儿真"。

寄生草·失题
无名氏

有几句知心话。本待要诉与他。对神前剪下青丝发。背爷娘暗约在湖山下。冷清清湿透凌波袜。恰相逢和我意儿差。不剌。你不来时还我香罗帕。

【注解】

1.本待要:打算要、本来要。

2.对神前句:任中敏《曲谐》卷三说:"昔时女子示爱,有剪发、熟香、刺臂种种举动。"由此可见剪发是示爱的一种表现。

3.湿透:犹言为夜露所沾湿。

4.凌波袜:据曹植在《洛神赋》中说,他在洛水之上,遇到一位美女,名唤宓妃,也就是洛神。赋中形容她的体态轻盈时说:"凌波微步,罗袜生尘。"

5.恰相逢:犹言刚刚相逢。

6.不剌:犹言不然。

【说明】

这首曲是在描述一位痴情女子,为了情而在神前发誓示爱,背着爷娘和情人相会,并忍受夜露寒意的侵袭。不料却遇人不淑,只好负气地说:"把我送你的手绢儿还来!"表示要和情人分手。本曲笔法轻松,却暗藏着无限的幽怨。

寄生草·无题
无名氏

动不动人前骂。动不动脸上抓。一千般做小伏低下。但言便索和咱罢。提着罢字儿奚落的人来怕。你这忘恩失义俏冤家。不剌。你眉儿淡了教谁画!

【注解】

1.做小伏低下:屈服地向他求情。亦即低声下气地向人求情。

2.索:要求。

3.奚落:犹言讥讪辱骂。

4.俏冤家:俏,犹言风流。冤家本来是指仇人,这里反用其意,为对亲爱者、亲昵者的称呼。

5.不剌:亦作不徕。系一种衬字,为话搭头性质,犹如兀良或兀剌,此处可作"那么"解。

6.眉儿淡了教谁画:此处是借用"张敞画眉"的故事做比喻。言外之意是说,你不理我,还有谁爱你呢?

【说明】

这首曲是描绘闺中夫妻闹口角时所说的气话。曲中主角怨道：你动不动就打我、骂我，还拿和我分手的话来吓我，而我却对你百般隐忍，你真是个忘恩负义的人！你也不想看看，当你眉儿淡了的时候，是谁帮你画的。虽然是怨恨之词，但又夹藏着丰富的情爱。

塞鸿秋·无题
无名氏

分分付付约定偷期话。冥冥悄悄款把门儿呀。潜潜等等立在花荫下。战战兢兢把不住心儿怕。转过海棠轩。映着荼蘼架。果然道色胆天来大。

【注解】

1.冥冥悄悄：小心翼翼，暗暗地。

2.款：缓也。

3.潜潜等等：躲躲藏藏地等待。

4.荼蘼：落叶亚灌木，初夏开白花。

【说明】

这首曲是在描写男女私会时，偷偷摸摸，胆战心惊，害怕被人发现的心情。笔调生动活泼，使得读者也会为他们捏一把冷汗。

喜春来·梦回

无名氏

梦回酒醒初更过。月转南楼影渐没。玉人低唤粉郎呵。休睡波。良夜苦无多。

【注解】

1.鼓：古时夜间报更用鼓，故亦谓几更为几鼓。

2.波：语句中间之衬字，与用于语尾如呵字、罢字者不同。

【说明】

良宵苦短，应该好好地把握住相处的时光，可别让良辰虚度啊！这是此曲所要表达的意念，文字明白易懂。

小桃红·情

无名氏

断肠人寄断肠词。词写心间事。事到头来不由自。自寻思。思量往日真诚志。志诚是有。有情谁似。似俺那人儿。

【注解】

1.断肠：形容精神十分痛苦，犹如说心碎。

2.事到头来句：是语句俗谚，这里倒词作"不由自"，是为了协韵的缘故。

3.志诚是有：志诚，真心实意。是，虽也。此句犹言真心实意的人虽然有，但是还要有另外一人，也有如此诚意才能成就好姻缘。

4.俺那人儿：我那心上的人儿。

【说明】

这是一首题情之作。此曲用顶针格续麻体写的。即后句的第一字和前句的末字相同，亦称连珠格。据王锳的《元人小令二百首》说："这支曲以自述口气，写一个年轻妇女对爱情的忠贞不渝。由于在修辞上运用了'顶真'格，句与句之间连绵而下，也像这位女主人的情感，缠绵不断。"

红绣鞋·赠妓

无名氏

长江水流不尽心事。中条山隔不断情思。想着你。夜深沉。人静悄。自来时。来时节三两句话。去时节一篇词。记在你心窝儿里直到死。

【注解】

1.长江句：喻心事重重。

2.中条山句：喻相思之情连绵不尽。中条山，在今山西西南，山狭而长。

【说明】

此曲是描述佳人的情深意浓，如长江的水，流不尽；连高山也隔不断。尤其是在夜阑人静的时候，思念之情更是不由自主地产生。四、五句写相会时的情景，恩爱缠绵。全曲虽短短数语，却蕴藏着无穷无尽、缠绵悱恻的情意，相当感人。

红绣鞋·失题

无名氏

一两句别人闲话。三四日不把门踏。五六日不来呵在谁家。七八遍买龟儿卦。久已后见他么。十分的憔悴煞。

【注解】

1.龟儿卦：古时常用龟壳占卦，以占卜吉凶。
2.久：是九的谐音。
3.么：读如"吗"。
4.憔悴：犹言面容枯瘦。

【说明】

这一首曲在描写爱情的曲曲折折。曲中女主角因怕人家说闲话，所以不敢和情人往来。情人是没来看她了，结果她又怀疑他移情别恋，未免担心，所以卜卦问神，又变得一副憔悴的模样。这首曲的作法相当特别、少见，每句都是用数目字起首，以描述一个爱情故事，如同说话，毫无勉强之意。

十二月过尧民歌·无题

无名氏

看看的相思病成。怕见的是八扇帏屏。一扇儿双渐小卿。一扇儿君瑞莺莺。一扇儿越娘背灯。一扇儿煮海张生。一扇儿桃源仙子遇刘晨。一扇儿崔怀宝逢着薛琼琼。一扇儿谢天香改嫁耆卿。一扇儿刘盼盼昧杀八官人。哎。天公。天公。教他对对成。偏俺合孤另。

【注解】

1.双渐小卿：即指豫章城双渐和苏小卿的故事。书生双渐和苏小卿相恋，后来，双渐因事外出，鸨母贪财，乘机把小卿卖给茶商冯魁，把她送上茶船，要载到豫章城去。途中，小卿月夜弹琵琶怨别，舟过金山寺，题诗于壁，有"潇湘夜雨断愁肠，新诗写记金山寺，高挂云帆上豫章"的诗句。双渐后来知道了，就赶到金山寺，见诗后又赶到豫章。最后双渐成名，便设法复为夫妻。

2.越娘背灯：见《青琐高议·越娘记》。大意是说越地有一女子受辱后，自缢于松林，她的鬼魂与杨舜愈初会时，面壁背灯不语。元人有《凤凰坡·越娘碑灯》杂剧，但今已亡佚。

3.煮海张生：元人李好古有《沙门岛张生煮海》杂剧。是敷衍张生遇龙女的故事。

4.桃源句：元人王子一有《刘晨、阮肇误入桃源》杂剧，敷衍其事。其大意是说东汉人刘晨、阮肇在天台山采药时，误入桃源仙境，并与仙女结婚的故事。

5.崔怀宝句：故事见《岁时广记》及《丽情集》。大意是说一少女薛琼琼，在清明节踏青时，与书生崔怀宝相遇，两人情投意合，后经乐供奉杨羔介绍，两人得以结成佳偶。元人有《崔怀宝日夜闻筝》戏文，全文已佚，现只存十一支曲，见钱南扬《宋元戏文辑佚》一书。

6.谢天香句：元人关汉卿有《钱大尹智宠谢天香》杂剧，敷衍其事。其大意是说才子柳耆卿与妓女谢天香热恋而无意进取功名，于是柳耆卿的朋友钱大尹就故意将谢天香娶回家中，逼迫柳耆卿上京应试。等到柳耆卿及第后，钱大尹才让他们结为夫妻。

7.刘盼盼句：元人有《刘盼盼》杂剧，敷衍其事，今不传。内容大意是说妓女刘盼盼沦落风尘，后与八官人结为夫妇。

8.孤另：即孤零。

【说明】

这一首曲，写出了闺中少女对婚姻不能自由的感叹。当她看到家中八扇帏屏上所画的恋爱故事时，触景伤情，但又十分地无奈，只有怨恨天公不作美了。全曲的用意造句，和无名氏的《塞鸿秋》中"一对紫燕儿雕梁上肩相并，一对粉蝶儿花丛上偏相趁……"性质有些相似。

沉醉东风·无题

无名氏

垂杨外低低粉墙。烛花前小小银床。锁春寒翡翠屏。藏夜月芙蓉帐。几般儿不比寻常。回首桃源路渺茫。手抵着牙儿慢想。

【注解】

1.锁春寒句：此句为倒装句，即"翡翠屏锁春寒"，是说春寒料峭，然而因为有翡翠屏的掩障，所以寒气才不会漫淫在闺房中。

2.藏夜月句：亦是倒装句，当为"芙蓉帐藏夜月"。是说因芙蓉帐的遮掩，所以看不到夜晚的月亮。

3.桃源：指刘晨、阮肇误入桃源的故事。

【说明】

这首曲根据顾佛影的《元明散曲》，谓见于《雍熙乐府》。隋树森的《全元散曲》及陈乃乾的《元人小令集》均不载。此曲描写女主角，在这春意尚寒的月夜里，虽有翡翠屏、芙蓉帐的屏蔽遮掩而不至于感到凉意，却按捺不住心头的春情，于是手托着腮帮子，慢慢地思量。然而，那个人在何方呢？何时才能和他长相厮守呢？唉！佳期渺茫难待呀！

梧叶儿·闺情
无名氏

秋来了。渐渐凉。寒雁儿往南翔。梧桐树。叶又黄。好凄凉。绣被儿空闲了半张。

【注解】

绣被句：无名氏词有"夜夜空留半被，待君梦魂来归"。

【说明】

此曲写的是，春去秋来，雁儿随着季节的更替而往南飞，梧桐叶绿了又黄，一切景物是那么凄凉，倍增了闺中少妇独守空闺、孤枕难眠的悲凉感叹。

伤　别

小　序

谢美龄

一、前言

中国的文学作品，不论是发展到何种形式、何种体裁，其内容的种类之中，"言情"之作总是占很大的比例。言情之作，或歌咏男女间的爱情，或颂叹朋友、同事间的高谊，或纯为描写父子、兄弟、夫妇间平凡的人伦大爱，甚至于对国家社会的情怀、对苍生万物的期待。只要是"情"真意挚，落笔为文，便是佳作。《诗经》如此，《楚辞》如此，汉魏六朝诗如此，乃至于唐诗、宋词、元曲，均莫不如此。大凡自古以来，为后人传颂的作品，不仅有情，而且情真。所以白居易在《与元九书》中才说："感人心者，莫先乎情。"

而情性的抒发，由于不同的诉求对象与表现方式，大而论民胞物兴、国家之爱，小至于男女之思、夫妇之情，虽同为"言情"，意趣、风格却大不相同。历来的文人为加以区别，于创作时，便冠以不同的题目：如闺情、题情、道情、别情、闲情、春情……使读者一看便能知作品的内容大要。元曲是一种俚俗语言文学，创作元曲的作家，上至达官显要、文人士子，下至升斗小民、青楼歌妓，几乎遍及全国各阶层。所以，元曲中"言情"的作品，便也呈现出多重的面貌、丰富的内涵。其中，男女间的爱情，由于是人类最自然、最深切的情感，所以，和历代的文学作品一样，在"言情"作品中占最大的比例，因此，罗锦堂老师列出"言情"一类，共选注了三十七首作品。而在选辑"言情"作品的同时，发现其中题为"别情""送别""饮别""离情""忆别""叙别""别思""别意""别恨"等等的作品数目也不少，似乎可从"言情"作品群中另外辑录出来，列为一类。所以选了二十一首，更列"伤别"一组。

二、选辑原则及内容之归类

我们在选辑"伤别"一类作品时，主要是以作品的题意为标准，例如"别情""别意""别怀""离情""离愁""忆别""话别"等明显地以"伤别"为内容的作品，予以编入；其次，某些作品的题目，虽不题着"别"或"离"，但是看它的内容，实为别情离思，而且辞、意俱佳的作品，也一并选录进来（虽然有些作品根本是没有题目，即"失题"），这类作品，共辑注了五首。

例如郑光祖的《蟾宫曲》，题为《梦中作》，但观其设词立意，盖为与佳人一别，始有所思、有所梦，字里行间，透露出别后无尽的相思情怀，读来使人十分感动，所以列入选注中。又如汤式的《湘妃引》，题为《有所思》，但遣词造句及内容请调，均为眷怀离人而兴，所以有"雁去鱼来传恨词""昏迷着无明无夜""凄凉得半生半死""团圆是何日何时"等曲句，读者一望而知当属"别情"一类的作品，不过设题另立名目而已，所以此曲也予选注。此外，无名氏作品中有一首《小桃红》，遍体单为一"情"字，而观其内容，"断肠人寄断肠词，词写心间事。事到头来不自由。自寻思，思量往日真诚志。诚志是有，有情谁似，似俺那人儿"，分明是别愁离恨，所以也列入选作中。据《全元散曲》所附的校勘注说：

《雍熙乐府》题作"别忆"，《雍熙词》写作"词诉"。（见《全元散曲》）

元曲的题目，某些并非原作者自署，而是后人所加，则姑不论其题为"情"、为"别忆"、为"词诉"，辞意确为别情，观其曲文可知，是以也列入选注作品中。

我们依据《全元散曲》一书，查阅曲文之题目明确与"别情"内容符合者，散曲百余首，套数约二十余套。[①]归纳元曲"别情"一类作品的标题形式，可分为下列六大类，各举例如下：

（一）"别"字型：

如：

1. 别情、别意、别思、别怀、别恨等。

2. 怨别、赠别、寄别、叙别、送别等。

（二）"离"字型：

如：离情、离愁、离思、离恨等。

（三）"咏"字型及"思"字型：

如：

1. 咏柳忆别、咏别等。

2. 思忆、思情等。

（四）标出送别对象及前往的地点型：

如：

1. 别楚仪、别会稽胡使君、别沙宰、别友人等。

[①]《全元散曲》隋树森之自序云："元人曲书大部分刊刻不精，脱字脱句，误字衍文，所在多有。同一首曲子，在不同的选本里，文字上常有很大的出入，题目和作者也往往不一致。"虽云不一致，则一依《全元散曲》所刊订者。

2.送友归吴、送人回镇淮安、送丁起东回陕、送人迁居金陵等。

（五）标出送别的地点型：

如：闺庭恨别、秋江忆别、湖上送别、燕山话别等。

（六）标出送别的时序型：

如：晚春送别、春日伤别。

由上述，可知虽同以"别情"为主题，而其情实依送别之对象、送别之时序、地点，乃至于送别前、送别当时及别后的心情，可细分成许多种类，虽彼此常有重复，但轻重有异、风情则殊。轻淡者如与普通友人、同事（官场上之朋友）、乡寅之别，离情虽无奈惆怅，但终究较易挥洒得开，有的甚至略言恭贺、祝福之语；而且语气中，对将来的重逢也往往持较乐观之希望，例如：

青山远远天台，白云隐隐萧台。回首江南倦客，西湖诗债，梅花等我归来。（徐再思《天净沙·别高宰》）

紫云宫殿拥蓬莱，黄道星辰拱泰阶。清时雨露沾蛮貊，乾坤春似海。拜龙颜一笑天开，官厨酒分银瓮，御筵花袅翠牌，带天香两袖归来。（汤式《湘妃引·送友人应聘》）

由上引两首曲文，可看出它们的内容情调，与一般抒写别情离恨的作品常呈现的缠绵悱恻、依依难舍的风格迥然不同，令人觉得虽终须一别，而相逢可期；并且"别情"亦非浓烈得化不开。但这些作品毕竟只占以"别情"为主题者之一小部分而已，大部分作品所呈现的情致，诚如江淹于其《别赋》所云"黯然销魂者，惟别而已矣"。绝大多数作者，总是极尽其写愁叙怨之能事，将自己淹没于痛苦、哀怨的别离情思之中，读来感人肺腑，直教人觉得是"此情深处，红笺为无色"（宋晏几道《思远人》），所以然者，观其曲情，大都为男女相思之情，写来往往情难自禁、曲折真切、感慨深邃而韵致缠绵。此类作品，其实正为别情作品的典型风貌。正因其情深，发而为文，才成锦绣。我们于选注作品时，绝大多数以这种作品为主，这并不表示只关心男女私情，实因情感真挚深沉,佳作良多,且最易感动人心的缘故。

《全元散曲》共收小令三千八百五十三首、套数四百五十七套,而"别情"内容与题意直接相关者,只一百四十之数(含套数),仅占元曲之百分之三,不可谓多矣!而我们则仅择其中之二十一首为选注之作品,更属凤毛麟角,所以然者,除上述所云之以内容为主、情感真挚恳切等之大原则外,下述情形之一者,辄往往舍之:

1. 遣词造句太过露骨而鄙俗者。

虽云元曲为俚言文学,且它的本色有异于传统唐诗、宋词以凝练含蓄为美的风格,讲究"满心而发,肆口而成",但情感的抒发——尤其男女之情太过扬露,描写得过于鄙俗,终非传统文学一般之常情,若加以选注,私心则唯恐有伤于敦厚也。姑列举数句为例:

但合眼鸳鸯帐中,急温存云雨无踪。

鸳鸯共栖,鸾凤相配。夜放同衾,朝朝同乐。

云悭雨涩欢娱俭,雁杳鱼沉郁闷添。

诸如此类,因嫌其写男女欢会之辞过于鄙陋,所以不取。元曲中除题目明标为与"别情"有关之作品一百四十首(套)外,另有些诸如题情、闺怨、寄情、相思、思情、忆旧等题目之作品,视其内容,亦往往与别情有关,但许多曲文往往过于白描、露骨,恐落于淫鄙,故不列入选注作品内,否则,与之加前列一百四十之数,则三百以上矣。

2. 行文之中,用典繁复,雕琢修饰太过者。

文学作品之中,虽然用典可丰厚其意境,予人以更无尽的想象,并造就作品富丽的格调,但用得太过,便给人以卖弄文采、专事堆砌之讥,反而使作品枯槁乏味,了无情趣。而且元曲原本迥异于唐诗、宋词等以含蓄为美之文学,若用典太过则易遭人诟病;且言情作品,贵在情真,雕饰文藻更忌斫丧真情,例如张可久《折桂令·西湖送别》:

饯东君西子湖滨,恨写兰心,香瘦梅魂,玉筯偷垂。雕鞍慢整,锦带轻分。长亭柳短亭酒留连去人，南山云北山雨狼藉残春。蝶妒莺嗔，草怨花颦；今夜歌尘，明日啼痕。

读后，虽觉此曲作者精于用典，曲文工整雅丽，但却少了写深刻的真情，倒令人觉得迷惑于锦字丽句中。张可久为有元一代散曲之大家，作品之多，为全元之冠，他的"别情"之作共有三十一首之多，也不乏佳作，然若如上录引用典故过于繁复者，也不予选辑。其他作者亦同。

三、元曲"别情"一类作品的特色

元曲"别情"一类作品，其特色有下列几点：

（一）男女的相思情怀多

虽说"别情"的内容涵盖最为丰富，因世间人人总有此经验，而所别对象或为家国庭园，或为相亲友好，或为父子兄弟，乃至于夫妇、情人等，但详观元曲"别情"一类作品，视其种类，不难发现大多数仍属男女相思情怀之描写，其他种类的情感对象则占极小数而已，而且描述相思之情的作品也较脍炙人口，所以所选注之作品以此为多。这些作品，多半为流连情思、遗情遗恨之作，低回婉曲、相思至极、钟情至深，且无论写悲感、写欢情，都真挚深沉、感人肺腑。

（二）撰写之笔法

别情作品的笔法特色，于元曲中最常用的有下述三种：

1. 寓情于景、情景交融。

王国维于其《人间词话》云："一切景语，皆情语也。"王夫之于其《姜斋诗话》亦云："情景名为二，而实不可离。神于诗者，妙合无垠。"

情景交融的笔法，本来即为历代各文人所广用，元曲中写别情之作者，亦大部分用此写法以寄寓情感。或先景后情，或先情后景，或将一片依依惜别之情，寓于景物之中。例如卢挚《寿阳曲·别珠帘秀》中的"画船儿载将春去也，空留下半江明月"，作者不直接把与佳人别离的情感倾吐出来，诉说自己是如何之空虚与孤独，反把笔锋一转，说"空留下半江明月"，此"半江明月"，是实指，指江中明月为送别时之景；亦是虚指，暗喻作者的寂寞、空虚。

先景后情者，如张可久《折桂令·湖上饮别》：

傍垂杨画舫徜徉，一片秋怀，万顷晴光。细草闲鸥、长云小雁，乱苇寒螀。难兄难弟俱白发相逢异乡，无风无雨未黄花不似重阳。歌罢沧浪，更引壶觞，送别河梁。

先情后景者，如贯云石《清江引·惜别》：

玉人泣别声渐杳，无语伤怀抱。寂寞武陵源，细雨连芳草，都被他带将春去了。

当然，"情"与"景"的区分并非刻板，往往是客观之景触引起人们的主观情感，或因心中情感澎湃汹涌，不欲直接言情，乃纯从景物下笔，而其实则情寓景中也。例如上引《清江引》"寂寞武陵源"就是一例。因作者自心之寂寞，反射于景物之上，以主观影响了客观，竟说"武陵源"也"寂寞"了。真所谓"良辰美景奈何天，赏心乐事谁家院"（明汤显祖《牡丹亭·游园》）。元曲"别情"的笔法，运用情景交融铺叙离思，巧妙各见。

2. 回忆、追述。

前文已提及"别情"绝大多数为浓烈的相思情怀，而此情，古今中外皆同，是"直教生死相许"的，是"衣带渐宽终不悔，为伊消得人憔悴"的。虽也有故作潇洒，如"此情若是久长时，又岂在朝朝暮暮"，然终须一别、乍尝初别滋味，或久别经年而重逢难期之时，于朝思暮想之下，于搦笔抒发满腔别情离恨之际，便往往不自觉而掉入往昔欢聚的美好时光之中。行文时，自然而然于时、空交错中，忽而往日，忽而当下，衬托得相思之情益发缠绵有致，例如张可久《折桂令·别怀》：

人生最苦别离。柳系柔肠，山敛愁眉；金缕歌残，青衫泪湿，锦字来迟。留客醉鱼肥酒美，送春行莺老花飞。此恨谁知，今夜相思，何日归期。

他以"人生最苦别离"领起全篇。先叙说自己如何之愁闷、孤独，怪对方的书信杳然。接着，便笔锋一转，追忆起往日两人欢聚之情景"留客醉鱼肥酒美"，仅此一句，回笔再写当下惆怅之情，结语则以期待归期而终。令人读后不胜唏嘘。又贯云石《红绣鞋》：

返旧约十年心事，动新愁半夜相思。常记得小窗人静夜深时。正西风闲时水，秋兴浅不禁诗。凋零了红叶儿。

此曲也用回忆、追述的笔法，以衬托今日"半夜相思"之苦。韵味雅淡，细腻感人，余情犹在，动人心魄。

3. 多用叠字、叠句。

元曲中，叠字的运用非常普遍，罗老师锦堂先生于《锦堂论曲》中"散曲的特质"部分已有详论。"别情"类作品中，运用叠字、叠句手法的曲句例如：

自别后遥山隐隐，更那堪远水粼粼。见杨柳飞绵滚滚，对桃花醉脸醺醺。透内阁香风阵阵，掩重门暮雨纷纷。（王实甫《十二月过尧民歌》）

此曲共用了隐隐、粼粼、滚滚、醺醺、阵阵、纷纷等六组叠字，使声情缠绵悱恻，若断若续，将别情离思形容得更感人。其他例句，诸如：

……几度征鸿，引逗凄凉，滴溜溜叶落秋风。（卢挚《蟾宫曲·咏别》）

……花骢嘶断留侬住，满酌酒劝据鞍父。柳青青万里初程，点染阳关朝雨。（冯子振《鹦鹉曲·别意》）

……急煎煎抹泪揉眵，意迟迟揉腮撅耳。（刘庭信《折桂令·忆别》）

等等，曲例甚多，运用普遍。或状声响，或状颜色，或加强语气，使旨意突出，很能发挥特色。描写别情，运用此技巧，尤见恰当，恰可形容绵绵不断的相思情怀。

（三）作品之风格情调

"别情"作品的风格情调，约可分为两种，一为"隐"，也就是讲究含蓄凝练、风流蕴藉；一为"显"，亦即满心而发，肆口而成，白描直叙。前者为历来传统文学所重，延及元曲，作品之中也不乏这种风格，"别情"因属言情作品，为使"叶叶心心，舒卷有余情"（李清照《添字采桑子》），使曲中之感情深杳内蕴、隐隐流露，便在行文中运用典故，或双关语，以侧写、旁写之方式使作品之韵味深远、意脉不露，令读者自行去领会、去想象，使人读后但觉余情无限，令人遐思。例如贯云石《清江引·惜别》：

> 湘云楚雨归路杳，总是伤怀抱。江声搅暮涛，树影留残照，兰舟都把愁载了。

此曲不正面描写别情离思如何令人难耐，只轻说归路缥杳，使人伤怀，又叙辞两句描写景物，最后更反用李清照《武陵春》词"只恐双溪舴艋舟，载不动许多愁"语，竟云"兰舟都把愁载了"。全曲不言及"别"字，但满腔相思深情，浮漾纸面。令人神驰意远、回甘寻味。此种情调含蓄雅致的"别情"作品，在元曲中颇为多见。为省篇幅计，仅引以上数例以作说明。

另一种白描直叙的风格，更可成为作品的特色。因元曲是发展于民间的口头通俗文学，所以呈现出了传统诗、词文学中前所未有的活泼生机，也由于元曲作者遍及全国各阶层，因此打破了历来言情作品不敢大胆白描直叙的传统，往往落笔直书、务求淋漓尽致，使得曲情清晰生动、韵律顺口自然。"别情"作品中，这种也不少，例如贯云石《清江引·惜别》：

> 若还与他相见时，道个真传示。不是不修书，不是无才思，绕清江买不得天样纸。

读后，此曲令人不觉莞尔。作者用的是浅近通俗又率真质朴的笔法，口吻轻佾，却不浅俗；令人一目了然，又不失其韵味，可谓白而不俚、浅而不俗。

又刘庭信《折桂令·忆别》：

想人生最苦是离别，唱到阳关，休唱三叠。急煎煎抹泪揉眵，意迟迟揉腮撅耳，呆答孩闭口藏舌。情儿分儿你心里记着，病儿痛儿我身上添些。家儿活儿既是抛撒，书儿信儿是必休绝，花儿草儿打听得风声，车儿马儿我亲自来也。

此曲也用白描口吻叙写，曲中连用了十个"儿"字为语尾，衬托得全曲声情新鲜生动、俏皮活泼。于半是体贴温柔、半是高声恫吓之中，将妇人临别依依不舍的心情及明快泼辣的个性描写得绘声绘影，活灵活现。以此手法言别情，真别有一番佳味！

艺术的风格是多样的，"别情"类作品，风流蕴藉也好，情趣天然也好，都各有其分量，也各具其优点。含蓄若不限于艰深晦涩，白描若不落于鄙俗冶荡，则均属佳作，所以我们对这两种风格的作品，都各有选注。

（四）"别情"作品中常见的名物

1.景物。

曲文中最常见之景物有柳（杨柳）、月、山、水、雨、船儿、酒、信、雁等。

这些常用的景物，或确为送别当时的景物；或非实指，在"别情"类作品中出现十分频繁。其中，尤以"柳"为最。因"柳"谐音"留"，"柳丝"的"丝"谐音"思"，汉代士大夫于送别朋友时，每在长安东灞桥折柳相赠，以示"慰留""留别""相思"的深意。后人沿用此典故，于叙写别情离思时常常袭用，元曲也是如此，曲例比比皆是，不胜枚举。

其次，"月"亦颇常见，曲中见"月"，除实指之外，因人有悲欢离合，月有阴晴圆缺；月不能常圆，人也不能常聚，因此"月"见于曲中，既添曲境的高旷空远，也加重旨意的繁复深沉，所以也使用频繁。其他，如"酒"为饯行所必备，同时可暗喻别情像酒般浓烈，有的更借酒消愁，姑且一醉。而山、水、江、船，是景，也为寓情之设。至于"书信"，则为离人最殷切盼望收到的。古有鱼雁传书之说，所以"雁"也常见于曲文。上述别情中常见的景物，例句俯拾即是，此不赘举。

2. 常用的典故。

用典故可以使作品意象丰腴、曲境繁复。"别情"中最常用的典故莫过于折柳赠别及阳关三叠。折柳赠别上文已述，阳关三叠原为唐王维《送元二使安西》诗，其辞老幼皆知、雅俗共赏，也脍炙人口、含意隽永。尤其后两句"劝君更尽一杯酒，西出阳关无故人"，慷慨激昂、深情无限，所以后人常在叙写别情离思的作品中引用。因此诗于唐时即可入乐而唱，据云为"三叠"唱法，依《东坡志林》卷七所说，"三叠"法，其最后一句，即所谓之"第四声"，唱完"第四声"，便是曲终人散，挥手告别之时，所以后人往往沿用之。例如刘致《雁儿落带得胜令·送别》中"愁听，阳关第四声"；又刘庭信《折桂令·忆别》中"唱到阳关，休唱三叠"；又冯子振《鹦鹉曲·别意》中"点染阳关朝雨"；又张可久《普天乐·赠别》中"酒尽阳关令"及《寨儿令·送别》中"玉娉婷一曲阳关"；赵显宏《刮地风·别思》中"莫唱阳关且住着，怕听三叠"；等等。曲例非常繁多，无法一一枚举。可见"阳关"这个典故十分为文人所喜用。

此外，宋玉《高唐赋》所咏神女荐枕的情节及其文中地名、用语，也是"别情"类作品中常见的典故。这是因为"别情"的内容大多数以男女之情为主，所以行文中，常用此典故以示彼此的欢会，因用此典故，即可达意，又不失于淫鄙。其设辞，则如：

赋罢高唐。（郑光祖《蟾宫曲》）

梦游高唐。（汤式《蟾宫曲》）

想着雨和云，朝和暮。（关汉卿《梧叶儿》）

一自巫娥去后，云平楚岫，玉箫声断南楼。（王和卿《醉扶归》）

红粘绿惹泥风流，雨念云思何日休。（乔吉《水仙子》）

这类曲例为数不少，无法一一列举。

其他"别情"中常用的典故，诸如河梁送别、重阳团聚、鱼雁传书、天样纸、《西厢记》之情节、曲文、人称，及对宋欧阳修《蝶恋花》词语"衣带渐宽终不悔，为伊消得人憔悴"的引申，也颇常见。为行文简约计，今姑举出，不一一详述其来源及曲例。（上所举典故于本序后的选注作品中有注解，可参阅之。）

3. 其他常用字。

列举完"别情"中常见、常用的景物、典故之后，曲中有一些字非常普遍，我们也略谈一谈。其中，尤以"春"字于叙写别情之中，有它特殊的意义。"春"用于写别情，约有两种含意：

（1）实指：即代表送别之时序为春天。由作品之中可发现春天常为送别的时序，例如：

钓锦鳞，棹红云，西湖画舫三月春。（张可久《迎仙客·湖上送别》）

和风闹燕莺，丽日明桃杏。（刘致《雁儿落带得胜令·送别》）

一尊别酒，一声杜宇，寂寞又春残。（刘燕歌《太常引·失题》）

上引这些曲例，或明指时序为春天，或描写春景的明丽，曲中的"春"字，都有实指的意义。

（2）虚指：代表所别之人。

元曲中用"春"代表所别之人，运用普遍，且"春"字行于文中，妥帖自然，往往具有双关语意，使得曲境更耐人寻味。例如：

留客醉鱼肥酒美，送春行莺老花飞。（张可久《折桂令·别怀》）

上引曲例，由字面上看，只说春天已逝，美景不再，但细细品味，不难觉出其言外之意,"春"正暗指所别之人,正因春天般美好的人别离,所以才"莺老花飞"才"寂寞",设辞巧妙,引人无限遐想。

除"春"字最特别与普遍之外,以下是我们列举出的"别情"内容中也算常见之用字(凡于上文已论及之常见的景物、典故中已提及者不再重复):"残""恨""怨""离""别""忆""情""思""泣""泪""惜""愁""闷""送""伤""雕鞍""缕带""憔悴""宽""瘦"等等。这些字,多半为句中属"述语"之成分,主要用来形容、描写情状,因"别情"使人"黯然销魂"(江淹《别赋》中语),所以常用"怨恨""愁闷""憔悴"等字。

四、结语

佛家有所谓之"四苦",其中之一即"爱别离",正因此,才产生了众多以"别情"为主题的佳作!诚如元曲中语——"想人生最苦是离别",此经验人人俱有,而其中的滋味,只有"如人饮水,冷暖自知"了。

寿阳曲·别珠帘秀

卢 挚

才欢悦。早间别。痛煞煞好难割舍。画船儿载将春去也。空留下半江明月。

【注解】

1.珠帘秀:又作"朱帘秀",是元初著名杂剧演员,也是有名的歌女,与当时的文人学士,如关汉卿、胡祗遹、冯子振、卢挚等人均有往来。"秀"，元朝歌妓的名字，往往均有"秀"字，像"顺时秀""赛帘秀"等。又近代发现于山西省洪洞县赵城镇之元代壁画，画中主角亦名"忠都秀"，可见"秀"字乃指某些特殊职业如演员、歌妓等专用名词。珠帘秀其人其事，参元黄雪蓑《青楼集》。

2.早间别：早，就要，犹言很快地。间（jiàn）别，即分别。

3.痛煞煞：犹言十分悲痛。

4.画船儿句：将，是语助词，有"着""了"等义。其中以"春"喻珠帘秀。

5.空留下：犹言只留下。

6.明月：作者以江中的明月比喻自己别离了珠帘秀以后的孤单心情。

【说明】

这首曲，写画船儿载着伊人远去，留下的，只有照在江面上的月光与满怀空虚惆怅的自己。此曲造句白描，意境深刻。王锳于其《元人小令二百首》中说："作者吸取口语入曲，在寥寥数语中，把别情表现得既直率真切，又含蓄有致，是一篇雅和俗结合得较好的作品。"

四块玉·别情

关汉卿

自送别。心难舍。一点相思几时绝。凭栏袖拂杨花雪。溪又斜。山又遮。人去也。

【注解】

1.绝：断绝。

2.凭（píng）：此处指凭靠着栏杆。

3.杨花雪：杨花，即柳絮，言其洁白如雪。这句是说杨花飘落如雪飞纷纷，有碍远望那渐行渐远的友人，所以用衣袖拂开。

4.溪又斜：斜，犹言溪流曲曲折折，友人乘舟而去，看不见了。

【说明】

这首小令写送别后的相思情怀。难以别离，却仍须别离，故相思难绝，心上难"舍"，因此，原本均属自然之近水、远山及纷纷飘落似雪的杨花，均成了碍人心、眼的外物，因而忍不住用衣袖拂开柳絮，只为再多望一眼那已乘舟远去的人；然而人已远去，无法见到了。此曲写得怅婉幽怨，细腻感人。虽短短数言，却极其痴情之境。

沉醉东风·送别

关汉卿

咫尺的天南地北。霎时间月缺花飞。手执着饯行杯。眼阁着别离泪。刚道得声保重将息。痛煞煞教人舍不得。好去者望前程万里。

【注解】

1.咫（zhǐ）尺：古量词，约八寸长。咫尺，比喻距离很近。

2.霎时间：言很短的时间。

3.月缺花飞：这里以月不能常圆、花不能常开，比喻人也要分散，不能常聚在一起。

4.阁：通"搁"，停留，犹言"含着"的意思。

5.保重将息：言好好注意身体的休息与调养。是一种关心人的客套语。

6.痛煞煞：一作"痛杀杀"，形容悲痛得很厉害。

7.好去者：犹言好好走，慢慢走，是送别时祝福的话。"者"及"着"，语尾助词。

【说明】

这一首送别的小令，虽题为"送别"，然由关汉卿这位元代杂剧第一大家写来，则呈现一种清丽潇洒的风格。曲中二、三句虽言"手执着践行杯""眼搁着别离泪"，然那种别离难舍的痛苦情绪却能"柳暗花明又一村"，即在第五句语气一转，叮咛离人得"保重将息"，且祝福他"前程万里"，用语自然平易，情意却匪浅淡，娓娓道来，细腻感人。

普天乐·别友

姚 燧

浙江秋。吴山夜。愁随潮去。恨与山叠。塞雁来。芙蓉谢。冷雨青灯读书舍。待离别怎忍离别。今宵醉也。明朝去也。宁奈些些。

【注解】

1.浙江秋、吴山夜二句：此二句为互文。吴山在杭州西湖畔。意指浙、杭一带的秋夜。

2.寒雁：即俗称之"候鸟"之一种，属水鸟。其飞行，秋分之后飞到南方，春分后再飞回北方，故称"寒雁"。

3.芙蓉：荷花的别名。

4.待离别：即将离别。

5.宁奈些些：即忍耐一些儿罢。

【说明】

　　姚燧乃元代古文大家，元史称其文"豪而不岩，刚而不厉"。今观此首别友小曲，则情思绵远，与文章异趣。首二句即点明离别之时与地，接着便在架构起来的"浙江秋、吴山夜"的时空中，渐续借景写情，说愁如潮涌、恨若山叠；再说寒雁自北而南来，加强了外在环境的凄冷，亦即譬喻离人心中的伤情——秋既已至，则绚烂的芙蓉早已谢了，美景总是如此不易常住，人与人之间，又哪能常相聚首呢？铺叙至此，感慨深邃，再言"冷雨""青灯"，把个离别的情绪渲染上强烈的感官与视觉效果。然，终究仍须离别，故而只好借酒来麻醉自己，结语一反自首句即渐次加重的缠绵苍凉。倒说"今宵醉也，明朝去也"，"宁耐些些"，语气虽轻，含情却深。全曲明白如话而声情真切，为曲中极致。

十二月过尧民歌·别情

王实甫

　　自别后遥山隐隐。更那堪远水粼粼。见杨柳飞绵滚滚。对桃花醉脸醺醺。透内阁香风阵阵。掩重门暮雨纷纷。怕黄昏忽地又黄昏。不销魂怎地不销魂。新啼痕压旧啼痕。断肠人忆断肠人。今春。香肌瘦几分。缕带宽三寸。

【注解】

1.遥山隐隐：形容远山隐隐约约，看不分明的样子。全句是说故人远去，为山峰所遮断，已看不到了。

2.粼粼：细微的水波。

3.飞绵：指杨柳絮像白绵似的飞舞。

4.对桃花句：是说看到桃花盛开，姹紫嫣红，像喝醉了酒一般。这里写柳和桃，当为暗指折柳赠别，和"桃花依旧，人面已非"之意。

5.内阁：指闺阁。全句是说思念情人的女子，在暮雨纷纷下时，独自闭门坐在屋里，一阵阵的香风，吹送入室来。

6.怕黄昏二句：是形容因悲伤愁苦而失神的状态。销魂，犹言极度悲伤，致使魂魄（精神）失散似的。怎地，犹言怎的、怎么会。

7.啼痕：即泪痕。全句是说新的泪痕重叠着旧的泪痕。极言相思哭泣之苦。

8.断肠人句：是作者设想对方也因思念自己而悲伤。

9.缕带宽三寸：缕带，即束腰的衣带。宽三寸，极言相思的愁苦，致使人一日日消瘦下去，束腰的衣带竟比过去多出三寸来了。

【说明】

这首曲，据王季思等人的《元人散曲选注》说："言妇女别情，缠绵幽怨，与《西厢》风格近似。前曲句句用叠字，后曲使用连环句法，妥帖美妙，表现出作者技巧的纯熟。"王锳的《元人小令二白首》也说："这首曲，……全曲与《西厢记》的《送别》等出中写别情的曲辞相比，其旖旎富丽的风格是很相近的。"

王季思及王锳言此曲与《西厢记》之风格近似，所言甚是。此曲无论遣词造句、内容情调，在在均可看出《西厢记》的影子。

《西厢记》旖旎感人,而此曲则写景凄美,寄意遥深,使人读了觉得余味无穷。

红绣鞋·失题
贯云石

返旧约十年心事。动新愁半夜相思。常记得小窗人静夜深时。正西风闲时水。秋兴浅不禁诗。凋零了红叶儿。

【注解】

1.旧约:即旧时密约。

2.正西风:是说此时正是西风不吹,而水波平静,所以说闲时水。

3.秋兴浅句:是说虽然已至秋末,但诗兴还浓,仍想写诗,所以说"不禁诗"。

4.凋零了红叶儿:说的是秋末冬初的景象。

【说明】

这首曲,写别后对情人的怀念。虽不言别,而别意充满于字里行间。首句云彼此有"旧约",则两人之情分必深厚,却碍于久别,故说"十年心事";第二句"动新愁半夜相思",于是"字到曲成",自然流露出刻骨的别情了。接着说"常记得小窗人静夜深时",乃回忆往日美好时光,即用以形容其别后绵绵不绝的相思。最后,描写眼前当下的时序与景物,遣词造句凄怆感伤。结语云"凋零了红叶儿",虽说是形容风景,不也正是影射作者心中挥之不去的惆怅与寂寞萧条?

清江引·惜别

贯云石

玉人泣别声渐杳。无语伤怀抱。寂寞武陵源。细雨连芳草。都被他带将春去了。

【注解】

1.泣别：是说为离别而哭泣。

2.杳（yǎo）：即渺茫、深远之意。

3.武陵源：晋时人陶渊明作《桃花源记》，云曾有渔人到桃花源，然出而复返，却失去踪迹。桃花源，相传其地位于今湖南省常德市桃源县境，其地尚有"秦人古洞""遇仙桥"等古迹。

4.带将春句：春，指所别之人。

【说明】

贯云石此首《惜别》第四句云"细雨连芳草"中的"芳草"，及最后一句的"春"，均喻所别之人，与王维《送别诗》"春草明年绿，王孙归不归"的意境有异曲同工之妙。事实上，四时之行，年年如是；细雨芳草，岁岁随春。只是因与所爱的人别离，因而整个春天（景物上的春天与生命中的春天）俱已消逝，此即所谓"境随心转"，正是"以乐景写哀，以哀景写乐，倍增其哀乐"（语见《姜斋诗话》）。宋人柳永《雨霖铃》词云："此去经年，应是、良辰好景虚设，便纵有、千种风情，更与何人说？"写的乃同样心情，可谓此曲的注脚。

清江引·惜别

贯云石

湘云楚雨归路杳。总是伤怀抱。江声搅暮涛。树影留残照。兰舟把愁都载了。

【注解】

1.湘云楚雨：泛指湖南湖北一带，全句是说云雨阻隔，使得人不能团聚。
2.杳（yǎo或miǎo）：即渺茫、遥远之意。
3.江声搅暮涛：也就是说暮涛搅动江声。搅，即卷起之意。
4.兰舟句：见宋李清照《武陵春》词："只恐双溪舴艋舟，载不动许多愁。"这里是反话，说兰舟把愁都载走了。

【说明】

这首曲写惜别情思，重点在"惜"字上，故而怨归路渺杳、伤心满怀。开头便点破别情之苦；接着描述身外之景物：耳听的是暮涛声声拍岸，眼观的是独留残照的树影，更衬托得孤单的自己寂寞萧条，所以不禁要想：这心中偌多愁闷，如果兰舟都能满满载走了，该有多好？整曲之情调意深语痴，含蓄典雅，凄清感人。

清江引·惜别

贯云石

若还与他相见时。道个真传示。不是不修书。不是无才思。绕清江买不得天样纸。

【注解】

1.若还：犹言如果。

2.真传示：即真实话、真讯息，或云口信。

3.修书：即写信。

4.才思：即文思。

5.清江：水名，在今江西省中部，由于江水清澈，故名。古代这一带居民，多以造纸为业，据《考槃余事·纸笺》云："有白箓纸、观音纸、清江纸，皆出江西。"这里是借用。

6.天样纸：天一般大的纸。犹言相思之情，难以写尽。《董西厢》卷五亦云："除非天样纸，写不尽这相思。"

【说明】

这首《清江引》，同前首《清江引》，不仅曲牌相同，连题意亦同为"惜别"。然两相比较，便可发现：虽同一作者、同一曲牌及题意，却呈现极不相同的格调与情趣。大致上而言，前一首含蓄典雅、情致缠绵；这一首却浅近通俗而率真质朴。实各有千秋，难分优劣。这首《清江引》虽然用的是浅近白描的手法，然令人读了之后却仍受极大的感动，这是因为其中完全没有华而不实的陈腔滥调，它的语言纯粹是作者个人所创造的，表达的是真实不虚的感情。作者写"惜别"，不正面说相思如何、情长如何，却说自己久不修书，是因为"绕清江买不得天样纸"，结语这一句口吻虽轻倩，骨子里所含的意味却隽永无比，显得作者情深意痴。而相思之苦又何等绵长，这一首犹如民间俚语的散曲，正是元曲本色，可谓浅而不俗，白而不俚；鲜活生动而韵味潇洒。

寿阳曲·送别

贯云石

新秋至。人乍别。顺长江水流残月。悠悠画船东去也。这思量起头儿一夜。

【注解】

1. 乍别：犹言忽然别离。
2. 残月：暗喻人的不得团圆。
3. 悠悠：长远之意。
4. 画船：画有彩绘的船。
5. 起头儿一夜：即第一夜。

【说明】

据龙潜庵的《元人散曲选》说："这首曲写江边送别。这样的题材，本来是很普通的，但作者却写得很技巧。他除了用'新秋''残月'点出环境之外，主要是写上'这思量起头儿一夜'，就思念着他的朋友。这样，他们的深厚情谊，就可想而知了。分别的时间愈长，思念也自然就越厉害，这也不用说了，只这一句，省却了许多笔墨。"

贯云石此首送别散曲，虽同前首亦用白描手法，但却雅致深韵，余味无穷，简练一如五言绝句。

蟾宫曲·梦中作

郑光祖

半窗幽梦微茫。歌罢钱塘。赋罢高唐。风入罗帏。爽入疏棂。月照纱窗。缥缈见梨花淡汝。依稀闻兰麝余香。唤起思量。待不思量。怎不思量。

【注解】

1.钱塘：即今浙江省杭州市，自古即为歌舞繁华之地。

2.高唐：战国时楚人宋玉，著有《高唐赋》，叙述楚王梦游高唐（台名）与神女欢合之事。以上三句是写微茫模糊的梦境，在梦中见到了情人，在一起歌舞欢娱，但是，终归是梦，午夜梦回，一切都成空。

3.疏棂：棂（líng），窗上雕穿的方格子。疏棂，指疏落的窗格子。自"风入"句至"月照纱窗"句，指梦醒后，凉风入帏，寒意袭入，只有一轮明月透入纱窗，而情人已远去。

4.缥缈（piāo miǎo）：犹言隐隐约约，看不分明。

5.梨花淡汝：是比喻情人所着服色洁白淡雅如梨花一般。

6.麝（shè）：一种像鹿的野兽，脐下有囊，可取麝香。以上两句是说月照在纱窗上，好像隐隐约约见到素衣淡妆的情人，而且还有兰麝的香气从窗棂中透进来。

7.唤起三句：是说以上梦醒后所见的情景，犹如梦中一般，引起了无限的思量，本来想压抑着不再去思量，但，又怎能不去思量？

【说明】

这首题为"梦中作"的作品，造境缥缈迷离，似梦似醒，似真似假之中，反复叙写与伊人有关的一切，结尾更连用三个"思量"句，通首焕发出强烈的别情离思，竟使夜不成寐，思量难止，写得很有技巧而细腻感人。盖日有所思，因而夜有所梦。其题为"梦中作"，正见其感情之真挚深沉。

折桂令·湖上饮别

张可久

傍垂杨画舫徜徉。一片秋怀。万顷晴光。细草闲鸥。长云小雁。乱苇寒螀。难兄难弟俱白发相逢异乡。无风无雨未黄花不似重阳。歌罢沧浪。更引壶觞。送别河梁。

【注解】

1.画舫（fǎng）：犹言画船，指画有彩绘的船。

2.徜徉：即嬉戏游荡。

3.寒螀（jiāng）：即寒蝉。蝉在夏天，叫声高亮，但到了秋日天寒，则叫声幽抑，甚至根本听不到声音，所以，俗谚云"噤若寒蝉"，即为此意。

4.难兄难弟：语出《世说新语·德行》篇："陈元方子长文，有英才，与季方子孝先，各论其父功德，争之不能决。咨于太丘，太丘曰：'元方难为兄，季方难为弟。'"今因此称人兄弟各有长短，难分高下曰"难兄难弟"。

5.无风无雨句：黄花，即菊花。九月始开放。因宋人潘大临有"满城风雨近重阳"之句，所以说"无风无雨未黄花，不似重阳"。

6.沧浪：即沧浪歌。谓以沧浪之水为歌。《孟子·离娄》篇上引孔子于楚所闻之《孺子歌》，歌云："沧浪之水清兮，可以濯我缨；沧浪之水浊兮，可以濯我足。"

7.觞（shāng）：即酒杯。

8.河梁：即桥。汉李陵与苏武诗中说"携手上河梁，游子暮何之"，后人便把河梁作为送别之地的代称。

【说明】

这首曲子是描写在湖上送别朋友的情景。首二句即点明送别的地点与时序。"秋怀"，除指时序之外，亦为譬喻离人的愁情。接着，便写到湖水周围的风景，云"细草闲鸥，长云小雁，乱苇寒螿"，声情萧瑟，景致疏爽。其次，慨叹异地相逢之不易，相逢如此不易，更何况彼此俱已白发，而且分手在即？既终须一别，不如高歌一曲，畅饮几杯，宣泄宣泄愁肠吧！最后一句说"送别河梁"，落于题意"湖上饮别"上，结构相当谨严，堪称佳作。

迎仙客·湖上送别
张可久

钓锦鳞。棹红云。西湖画舫三月春。正思家。还送人。绿满前村。烟雨江南恨。

【注解】

1.锦鳞：犹言文鱼，指有斑彩之鱼。

2.棹红云：棹当动词用，以桨划动之意。红云，形容湖波映日的样子。

【说明】

此曲题目亦为"湖上送别",然题目虽同,两首曲子所描写的时序则不同,景观殊异,所表现出来的情调自然各有千秋。同为送人,其中的感情似乎不相同。前一首,恨别之意情真语切;而这一首,离思虽有,自伤漂泊异乡的感怀成分却较浓厚。正满怀归思,却还来送人,除慨叹有家归不得外,对人情的悲欢离合,更平添无数情愁,尤其正是这杂花生树、群莺乱飞的暮春三月呵!故末句乃以"恨"字作结。

折桂令·别怀

张可久

人生最苦别离。柳系柔肠。山敛愁眉。金缕歌残。青衫泪湿。锦字来迟。留客醉鱼肥酒美。送春行莺老花飞。此恨谁知。今夜相思。何日归期。

【注解】

1.柔肠句:古人常折柳赠别,这里是写杨柳丝丝,像系着柔肠一样,牵连不断。

2.愁眉句:古人常以远山比喻美女的眉黛。敛愁眉,是说皱起眉毛,表示忧愁的意思。

3.金缕:曲名,唐杜秋娘《金缕曲》:"劝君莫惜金缕衣,劝君惜取少年时。"合下句"青衫泪湿",是说金缕曲也无心欣赏了,听了反而会引起伤感而泪下。白居易《琵琶行》有"江州司马青衫湿"的诗句。

4.锦字：指书信。

5.留客醉两句：留客醉鱼肥酒美，是写欢聚之乐。送春行莺老花飞，是写别离之苦。

【说明】

这首曲以"人生最苦别离"一句，领起全篇。先说自己因离别而愁眉不展，相思萦回柔肠。更说盼望对方的音讯，嫌他"锦字来迟"，由于情意是如此之真切，乃不禁回忆起往日彼此欢聚之快乐，然眼前却是人分两地，相逢不易，于是，不免感叹"送春行莺老花飞"了，其中的"春"字指的应是远去的离人，作者是用此含蓄的语句暗示对方之离去，一如春光之消逝，即良辰美景不再，了无生趣。最后，以盼望彼此再度重逢为结语。句句相思情重、寓意弥深。

雁儿落带得胜令·送别

刘 致

和风闹燕莺。丽日明桃杏。长江一线平。暮雨千山静。载酒送君行。折柳系离情。梦里思梁苑。花时别渭城。长亭。咫尺人孤另。愁听。阳关第四声。

【注解】

1.和风闹燕莺：和风，即春风。全句是说雨后春风送暖，到处听得见燕声和莺声的噪闹。

2.丽日明桃杏：是说灿烂的日光，照在桃花和杏花之上，特别鲜明美丽。以上两句是写近景。

3.折柳句：汉代士大夫送别朋友时，每在长安东灞水上的灞桥折柳丝相赠。盖以"柳"音谐"留"；以"丝"音谐"思"，表示惜别之意。

4.梁苑：又叫兔园，汉梁孝王刘武所建，故址在今河南省商丘市东南三里外。梁王好客，经常在此园中招待文士。这里是以梁苑，比喻家乡之美好而令人怀念。

5.渭城：在陕西省西安市西北，即今咸阳市。唐代王维有《送元二使安西》诗云："渭城朝雨浥轻尘，客舍青青柳色新。劝君更尽一杯酒，西出阳关无故人。"这首诗，被人谱为《阳关曲》，又称《阳关三叠》，每于送别时吟唱。

6.长亭：古时五里一短亭，十里一长亭。本来为送信者的驿站，后又为饯别行人之处。李白《菩萨蛮》："何处是归程，长亭更短亭。"

7.咫尺：本言距离，约八寸长。这里是指很短的时间而言。

8.阳关第四声：阳关，故关名。在今甘肃省敦煌市西南，位居玉门关南，故称阳关。第四声，唐白居易《对酒》诗云："相逢且莫推辞醉，听唱阳关第四声。"据《东坡志林》云："旧传阳关三叠，然今歌者，每句再叠而已，通一首言之，又是四叠。皆非是。或每句三唱，以应三叠之说，则丛然无复节奏。有文勋者，得古本《阳关》，每句皆再唱，而第一句不叠，乃知唐本三叠如此。乐天诗云：'相逢且莫推辞醉，听唱阳关第四声。'第四声者，'劝君更尽一杯酒'也。以此验之，若一句再叠，则此句为第五声，今为第四声，则一句不叠，审矣。"

另，白居易《对酒》诗自注云："第四声，劝君更尽一杯酒，西出阳关无故人。"

第四声者究为何句？姑且引以上二说以资参考。由于文献不足，无法确下断语，只能说"虽不中，亦不远矣"。

【说明】

　　这首送别的散曲，前四句写别离时序及所处情景，正是风和日丽、桃杏争春的江南风光。后八句写别离时惆怅难舍的情绪及假想往后的思念。作者连用了几个典故来表达即将别离的怀念之情。像"折柳"，"柳"谐音"留"，意指不忍朋友离去，希望他能留下长相为伴。此后一别，相见不知何时了。故结语说："愁听阳关第四声！"因为唱到第四声，便得"曲终人散"，虽不愿别，终须一别。轻点一"愁"字，未明言情之难舍，却意在言外，益见不尽之情！

太常引·失题

刘燕歌

　　故人别我出阳关。无计锁雕鞍。今古别离难。蹙损了蛾眉远山。一尊别酒。一声杜宇。寂寞又春残。明月小楼间。第一夜相思泪弹。

【注解】

　　1.阳关：故关名，在今甘肃省敦煌市西南，位于玉门关南，故称阳关，是古代番汉交界之地。唐王维《送元二使安西》诗云："劝君更尽一杯酒，西出阳关无故人。"后人便以"阳关"为送别之地的代称。

　　2.雕鞍：指雕有花纹的马鞍。宋柳永词云："悔当初，不把雕鞍锁。"

　　3.蹙（cù）：缩皱的意思。

　　4.蛾眉远山：蛾眉和远山，均指美人的眉毛。《西京杂记》卷二：

"（卓）文君姣好，眉色如望远山，脸际常如芙蓉。"又王实甫《西厢记》第三本第二折【耍孩儿·二煞】："望穿他盈盈秋水，蹙损他淡淡春山。"

5.尊：同樽，即酒杯。

6.杜宇：即杜鹃，又名子规。啼时多在春末夏初。宋人王逢原《送春诗》："三月残花落更开，小檐日日燕飞来；子规夜半犹啼血，不信东风唤不回。"

【说明】

作者刘燕歌为元代名妓，所写的散曲，现存者仅此一首。此曲用语含蓄淡雅，虽云出自歌妓之手，并不逊于文人雅士之作。曲中用"春"代表即将别离的人，所以说"寂寞又春残"，而之所以如此，乃因"无计锁雕鞍"。语气无奈，却哀而不怨。最后的"明月小楼间，第一夜相思泪弹"，说"第一夜"，而其实何止第一夜？往后恐得夜夜相思泪弹！造句警练，含寓深情无限。云"第一夜"，则表示今日所别之人乃心目中最为倚重者，否则，自来所别之人，岂仅一个而已？特为怀念眷爱，所以才"相思泪弹"啊！

折桂令·忆别

刘庭信

想人生最苦是离别。唱到阳关。休唱三叠。急煎煎抹泪揉眵。意迟迟揉腮撧耳。呆答孩闭口藏舌。情儿分儿你心里记着。病儿痛儿我身上添些。家儿活儿既是抛撇。书儿信儿是必休绝。花儿草儿打听的风声。车儿马儿我亲自来也。

【注解】

1. 阳关：（参考本书第188页刘致《雁儿落带得胜令·送别》注8）
2. 眵（chī）：眼汁凝成的疙瘩，即眼屎。
3. 揉腮撅耳：即搔腮抓耳，表示不耐烦。撅（juē），折断。
4. 呆答孩：指发呆的样子。形容作者自己。
5. 花儿草儿：犹言拈花拈草，或指另寻新欢而言。

【说明】

刘庭信的《折桂令·忆别》，据隋树森的《全元散曲》所辑，共有十二首。其中十一首的开头，都以"想人生最苦是离别"为第一句，破题醒目；其共有十一首，盖刘庭信于"别情"之题材特有所感，故开头均用同一语句，以自成一体例。这首曲，以妇人的立场与口吻道出，白描直言，明快泼辣，与一般言别情的作品总带着些凄凉寂寞的情调迥然不同，另成特殊的风格。其造句用字亦异于常态，连用了十个"儿"字为结尾，使得声情趋见活泼、俏皮。整首曲意，一边是体贴温柔、难分难舍；一边却是款款叮咛兼高声恫吓，软硬兼施的语气中，更透露出心中情之深、意之坚。刘庭信此曲模拟妇人心态，不可不谓妙手矣！

蟾宫曲·无题

汤　式

冷清清人在西厢。叫一声张郎。骂一声张郎。乱纷纷花落东墙。问一会红娘。絮一会红娘。枕儿余。衾儿剩。温一半绣床。闲一半绣床。月儿斜。风儿细。开一扇纱窗。掩一扇纱窗。荡悠悠、梦游高唐。萦一寸柔肠。断一寸柔肠。

【注解】

1.张郎：即《西厢记》中男主角张君瑞。此曲借张生以为情郎之代称，故曰"张郎"。

2.枕儿余句：表示孤单寂寞。

【说明】

这首曲，完全援用《西厢记》的故事情调，写与爱人别后的思念之情。作者连用了五组重言叠句，使得语调腾挪回旋、若断若续，正足以表达一份挥之不去，"才下眉头、却上心头"的深刻思念。虽用的是较为白描的手法，然流贯于字里行间的，则有一股缠绵的韵致，因而曲情仍不失其含蓄。

湘妃引·有所思

汤　式

莺煎燕聒惹相思。雁去鱼来传恨词。蜂喧蝶闹关心事。俺风流的偏惯此。三般儿寄语娇姿。昏迷着无明无夜。凄凉得半生半死。团圆是何日何时。

【注解】

1.莺煎燕聒：一作莺间燕聒。间聒，指闲谈，或闲叙。

2.雁去鱼来：古有所谓"鱼雁传书"。此指书信往来。

3.三般儿：指下面所云的"无名无夜""半生半死"及"何日何

时"句。

【说明】

此曲由"莺煎燕聒"惹起别后相思开头,说莺声燕语,听它们是何等自在地相聚相叙,而自己却为着与朋友分别,相思情深到"昏迷着无明无夜","凄凉得半生半死"!难怪说"雁去鱼来"传的是"恨词"了!用一"恨"字,堪为警眼之处,正言其情之深与思念,想团圆之不可得。最后三句用的是相同的句法,使得声情连绵婉转,然情意却表达殆尽。则此重复回旋的笔法,非为累赘,反为全曲重点了。

水仙子·记别
无名氏

常记的离筵饮泣饯行时。折尽青青杨柳枝。欲拈斑管书心事。无那可乾坤天样般纸。意悬悬诉不尽相思。谩写下鸳鸯字。空吟就花月词。凭何人付与娇姿。

【注解】

1.折尽句:在唐代,对离人常折柳相赠。此由来说法不一,一说因其柳丝柔长,"丝"谐音"思",表示离别之依依不舍;一说"柳"谐音"留",折柳表示挽留不要走;一说柳树之枝,随地扦插,即能发芽生长,以示行人,到处可以安身。(参考褚人获《坚瓠广集》卷四。)

2.斑管:本指用湘妃竹管所制成的毛笔,这里却是泛指写字的笔而言。

3.无那句：可，即相当。全句是说没有那种像天地一样大的纸。言外之意，是说心事之多，再大的纸也写不完。贯云石《清江引》亦云："不是不修书；不是无才思，绕清江买不得天样纸。"

4.意悬悬：犹言心神不宁。

5.谩：犹言空。

6.花月词：本指吟风弄月之辞章，但在此曲中指的是情诗而言。

7.凭：靠、托等意。

8.娇姿：即佳人、美人。

【说明】

这首曲，写对一位女子的思念。先回忆当初离别的情景；次写别后的怀念；最后写情诗的无人寄达。层次分明，确属佳作。

小桃红·别忆

无名氏

断肠人寄断肠词。词写心间事。事到头来不由自。自寻思。思量往日真诚志。志诚是有。有情谁似。似俺那人儿。

【注解】

1.断肠：形容精神十分痛苦，犹如说心碎。

2.事到头来不由自：是一句俗谚，原作"事到头来不自由"，这里倒词作"不由自"，是为了协韵的缘故。

3.志诚是有：是，即虽。犹如说志诚的人虽然有。

4.俺那人儿：即心上的那个人，指情人而言。

【说明】

这首曲的句法，是用"顶真（针）续麻"体写成的，即各句首尾相接，累累如贯珠，故又称为"联珠格"，属修辞学上一种特殊的笔法。王锳的《元人小令二百首》说："这支曲以自述口吻，写一个年轻妇女对爱情的忠贞不渝。由于在修辞上运用了'顶真'格，句与句之间，连绵而下，也像这位女主人公的感情，缠绵不断。"可见"顶真"格虽是文字游戏的一体，但写得好而情意真挚，则感人亦深。这首《小桃红》即为一例。

感　　时

小　序

黄彩勤

一、前言

诗词曲中以散曲的内容最是无所不包。

曾永义及王安祈两位先生在《元人散曲选详注》中提到：

文体不同，所能表现的内容就有很大的差别……而曲之好处则在写景之美，状物之精，描写人生动态、社会情事，能尽态极妍，形容毕俏。也就是说，曲是唯一能自由自在地表现各色各样内容的韵文学。

此处选注之作品，是以小令中感时之作品为对象。唯因元人小令作品甚多，无法一一列举，只择部分以供欣赏。再者，文学作品本就难以有明确的内容分类，因此虽归为感时一类，亦可能含有其他内容，如关汉卿《四块玉・闲适》一作，虽是表现对当代政治混乱之感慨，却又含有归隐山林之恬淡情怀。因此所选列之作品，其归类并不具有绝对性，只依作品中情感表现之强者为依据。

二、"感时"作品的内容特色

感时的作品所抒发的情感，大约有两种较为明确的主题内容，一为感慨当时政治、社会上之种种现象，一为感伤岁月的流逝。后者与时局无关，只是对时过境迁，或时光不再、年华易老所发出的感伤情绪，这是任何时代都有的作品；至于感慨当时政治、社会上之种种现象，则是具有特定的环境，作者的情感便是针对此一特定环境所发的。这个特定的环境，指的就是衰乱的世局，因为在太平盛世中，大多数的人民生活安定，知识分子表现在文学作品中的情感，自然有祥和之气；唯有在衰乱世局之中，人民生活艰困，社会秩序大乱，知识分子见此情况，自然不能毫无感叹，感慨时势之作品便相继出现了。虽然感叹政局，与感伤岁月流逝二者有不同之主题内容，但因皆与时间发生关系，乃将之同归于感时一类；又因前者之主题内容较能呈现元代政治、社会之面貌，致所收作品较后者为多，如此则不但能欣赏作品，更能将作品与当时之局势相结合，使所欣赏之作品更具有文学生命力。

感时的作品与时局之密切关系，已从上述可知，所以在研读作品之前，必须先对元代之政治、社会环境有一全面性的认识。元朝是由蒙古人所建立的大帝国。基于蒙古人本为边疆游牧之少数民族，虽然拥有强大的兵力、勇猛的将领，但在文化发展的质与量上都相当贫乏，所以当蒙古人统治中国之后，仍一本其掠夺财物、强占土地之侵略目的，不但无心于国家的治乱安危，对于精神文化的建设与发扬，更是不感兴趣。在这种情形之下，高压政治，便成为其掠夺财物、强占土地的唯一手段。除此之外，种族歧视政策，更使全部的汉人，变成蒙古铁蹄下的奴隶。废止科举考试，断绝知识分子的生路；朝中大臣几乎皆有蒙古人担任，政事全在蒙古人掌握之中。汉人的处境之艰困可想而知。在此种族歧视的政策下，不但汉人地位低下，知识分子的地位更是一落千丈。唐宋以来，知识分子之政治、社会地位一向高于其他行业之百姓，而居于领导时局之地位；至元朝，则一降而为仅高于娼、丐之贱民。这种打击于文人而言，不可谓不大，难怪在元曲作品中，时时有不满政局、绝望功名之感慨。

再就经济上而言，蒙古人由于把强取豪夺看作生存的手段，所以在征服中国之后，仍不断地向外侵略扩张，致军费浩繁，国用不足，乃转而搜刮民间财物。发行交钞，便是官府欺诈民间财物的主要方法。官府发行交钞，规定百姓只能以交钞进行买卖，百姓只得以收藏之金银向官府换取交钞使用。但是交钞不断贬值，钞法更是不时更改，终导致民不聊生、社会秩序紊乱之局面。人民失去维持生存的基本条件，基于人类求生的本能，自然被迫叛乱，或入草为寇，或聚众起事，于是经济上之变化，乃转成政治上之种种问题。此时，知识分子有见于百姓受苦、社会秩序混乱、国家政治动荡不安，乃将之寄托于文学作品中，以对为政者提出抗议，所以呈现整个政治、社会的面貌，以及为百姓发出不平之鸣的作品，在元曲作品中是占有重要地位的。

政治、经济问题的交互影响，造成世局的混乱。在混乱的政局下，受害最直接、也最严重的便是百姓，于是知识分子在抒发自身遭遇的困顿及对政治、社会种种不正常现象的不满外，也成为百姓的最佳代言人。他们将百姓受苦的情形呈现在文学作品中，成为残暴政治的有力见证，也将政治上之迫害揭露出来，对不公平之政治提出强烈的控诉。不过，这些作品大都是以暗喻的手法来表现的，目的则在避免政治上的迫害。由此可知，历来衰乱之世中，感时作品的数量总是比太平盛世多，而元朝以一大帝国之势，而有此混乱的局面，也无怪乎会有大量感时作品产生了。

感时之作，凡是遭遇乱世，数量必定大增，这是文学史上不变的规律。所以元曲虽历来皆被置于俗文学之列，但是在反映政治、社会的面貌上，却具有相当大的成就，而这些成就，大多是透过感时作品呈现出来的。所以感时作品虽然主题相同，其内容却是多样化的，有的是直接呈现政治、社会上之各种面貌；有的是宣泄对政治、社会混乱局面的种种不满；有的则在经过一番痛苦挣扎之后，以恬淡、出世的胸怀自我排遣；亦有感慨生不逢时、怀才不遇之作。内容是多样而不呆板的，虽然这些作品不如史书所记载的史实那般客观详尽，但在历史的批判上，也是不可忽略的鲜明佐证。

首先就直接表现政治、社会上之各种面貌而言，元朝政局是混乱而不公平的，贤愚不分、是非不明乃是当时相当普遍的现象，甚至有曾为政府基层官员者，后亦入叛军之群，陈友谅便是个例子。所以在这种混乱的时局下，贼做官、官做贼的不正常现象，是到处可见的。而在政治场中，为了自身的权益，而展开利害关系的斗争、倾轧，也是屡见不鲜的。于是小人逢迎谄媚，到处钻营，不凭学识、才干，便可以任大官，享尽荣华富贵；相反的，正直不阿、有才干、有抱负的君子，反而不得其门而入，只有屈居于下了。在这君子道消、小人道长的情况下，人民生活艰苦，知识分子进退无凭。种种政治、社会上的黑暗面及不正常的现象，出现在感时的作品中，不但反映了社会的现状，亦直言不讳地谈论政治，是相当难得的作品。

在面对种种现实上之黑暗与不公平时，散曲作者乃产生不满的情绪，于是在呈现真实情况之外，更进一步地表现出心中的不满。但为了避免遭到政治上之迫害，这些不满的情绪，都是借暗喻或讽刺的手法来表现，如感慨何以不识字、不读书的人反而有权、有钱，而凭自身本事的人反而落得被人轻视、取笑，却不明指政治措施之不当，或官府之腐败无能；不明言社会之不公平，而指桑骂槐地埋怨老天不公平，使善人被欺负、贫人被取笑。既然对政局无可奈何，唯一可发泄的渠道就只有通过创作文学作品了。这些不满的情绪在元杂剧中描写得最深刻，如关汉卿的《窦娥冤》杂剧中，时时表露出对现实政治的不满，而借对老天的埋怨传达出来。又如张可久的《醉太平》：

  人皆嫌命窘，谁不见钱亲，水晶环入面糊盆，才沾粘便滚，文章糊了盛钱囤，门庭改做迷魂阵，清廉贬入睡馄饨，葫芦提倒稳。

及姚燧的《喜春来》：

  笔头风月时时过，眼底儿曹渐渐多，有人问我事如何，人海阔，无日不风波。

都在无可奈何中表现出心中的不满。

  对政局的不满情绪，随着时间的流逝，在心中慢慢升华为出世、恬淡的情感，于是不再有豪情壮志，只愿退隐山林，自在地生活。然而在升华的过程中，心里自然会有痛苦的挣扎，虽不甘于放弃理想抱负，却又无力于拨乱反正，自我排遣乃成为解除痛苦的最佳药剂。因此，退隐山林之生活，便跃然纸上，感叹富贵功名之虚幻无常者，更是时而可见。其实这种升华实在是相当勉强的。他们之所以感叹，是因为无可奈何；他们之所以选择恬淡，也是因为无可奈何。所以此时之元人散曲，虽多有恬淡之作，但是在作品中却少见和平、祥静之心境，足证创作此种作品只是感慨时事的一种自我排解之道，而借恬淡之笔表达，只是多了种无力感罢了。如张养浩的《朝天曲》：

  挂冠、弃官、偷走下连云栈，湖山佳处屋两间，掩映垂杨岸，满地白云，东风吹散，却遮了一半山，严子陵钓滩，韩元帅将坛，那一个无忧患。

又如汪元亨的《沉醉东风》：

  二十载江湖落魄，三千程路途奔波，虎狼丛辨是非，风波海分人我，到如今做哑妆矬，着意来寻安乐窝，摆脱了名缰利锁。

他们皆在进退的矛盾中，选择归隐山林，全身于远害一途。

  能由不满的情绪中挣扎出来的，便选择隐姓埋名之生活；而不能由矛盾中得到排遣的，自然就感叹自己生不逢时，怀才不遇了。于是在作品中，散曲作者不断表现出对古代君臣相遇之羡慕及渴望，如刘邦之拜韩信为大将，刘备之三顾茅庐请孔明，殷高宗武丁之拔擢傅说为相，文王遇姜太公吕尚于渭水之滨；由这些事典之中，乃间接表现出自己生不逢时、怀才不遇的感慨，怎奈天公挫折英雄，越有才干反而越不得意。如乔吉《绿么遍·自述》：

不占龙头选，不入名贤传，时时酒圣，处处诗禅，烟霞状元，江湖醉仙，笑谈便是编修院，留连，批风抹月四十年。

又如马致远的《金字经》：

担挑山头月，斧磨石上苔，且做樵夫隐去来，柴，买臣安在哉，空岩外，老了栋梁材。

皆借题抒发其怀才不遇之感慨。

一般而言，越是在衰乱之世中，平民文学越容易发展，文学作品亦较见真性情，所以在新旧时代交替之际，必定有感时之作产生，以记录当时社会、政治之实况。虽然诗、词作品中亦有此种主题内容，但因体裁之限制，且文人地位之差异，致展现出的风格、写作的数量皆与元曲有别。唐宋时之文人多未亲历种族歧视之高压政策，所以能深入了解社会。受到政治迫害者毕竟有限，能为民众发不平之鸣，并揭发政治、社会之黑暗面者，更是不多。大都只为自己的怀才不遇大发感慨。倒是在元朝，因为知识分子地位一落千丈，乃得以亲历居下位而遭迫害之生活，再加以科举制度的废除，仕途之发展自然是希望渺茫，乃寄情于俗文学之散曲创作，借散曲来抒发心中之感情。社会、政治的种种问题，既然与知识分子有切身之关系，散曲便成为作者一种自然流露的情感的载体，所以作品不但能反映时代、抒发作者心中的感慨，更能自然而不矫情。

感时作品虽然不是元朝散曲作品所独具之内容主题，然在元曲中所见到的此类作品，不论在深度还是广度上，皆非其他朝代或其他文学形式所能及。盖因元曲中此类作品所关心的问题，是全面而且多样的；所关心的对象，亦由作者本身扩展到全体百姓。此亦正是元曲这一俗文学形式所展现出来的特殊风格，不但内容丰富，表现手法更是淳朴、自然，且更具生命力。

至于感时作品，则表达了人类所共有之情感，只是文人之敏感度更高，所以一旦触及代表时光流逝、年华不再之事物，如落叶之飘零、花草之凋萎、燕子之去来、杜鹃之凄凉叫声、流水之东去等等，都会引起人内心之感伤，尤其是不得志的文人，眼见年华消失，而理想抱负仍实现无望，因恐慌自己在白发苍苍、年迈体衰之时仍一事无成，乃感叹更深。此种作品所抒发之情感较为狭隘，大多是感叹自身之成败得失，是以选注之作品亦较少，只要能一窥其貌即可。

小桃红·采莲女

杨　果

采莲人和采莲歌。柳外兰舟过。不管鸳鸯梦惊破。夜如何。有人独上江楼卧。伤心莫唱。南朝旧曲。司马泪痕多。

【注解】

1.采莲歌：本是梁元帝所作乐府《江南弄》七曲之一，后人常常仿效，并沿用原名。此处乃泛指江南地区妇女们采莲时对唱的歌曲。

2.兰舟：以兰木所做之舟，此乃泛指装饰华美之小船。

3.鸳鸯梦：指在莲花下休憩之鸳鸯鸟。此句乃以景寓情。

4.南朝旧曲：指南朝陈后主所作《玉树后庭花》曲而言，因其荒于酒色，不恤政事，以致此曲一向被视为亡国之音。唐朝杜牧有《泊秦淮》诗云："烟笼寒水月笼沙，夜泊秦淮近酒家。商女不知亡国恨，隔江犹唱后庭花。"与此意正同。又如吴激的《人月圆》："南朝千古伤心事，犹唱后庭花。"亦是。

5.司马泪痕多：唐朝白居易于元和年间，被贬谪为江州司马，一日送客至湓浦口，忽闻船中有夜弹琵琶者，音调悲凉动人，于是移船拜访，始知原是长安城中颇负盛名之歌伎，因年长色衰，委身为商人妇，晚年漂沦憔悴，转徙于江湖之间。白居易同情她，并慨叹自己亦为江湖沦落之人，于是作长歌《琵琶行》以赠之，结句云："凄凄不似向前声，满座重闻皆掩泣，座中泣下谁最多，江州司马青衫湿。"

【说明】

杨果《采莲女》共有十一首，前八首见《阳春白雪》，不标题目，后三首见《太平乐府》，题作《采莲女》，此处乃选其中第三首，为悲叹金亡之作。南朝是指与北朝对立的宋、齐、梁、陈而言，这些王朝的末代皇帝大都以荒淫导致亡国，作者闻见南朝旧曲，乃勾起了对金朝覆灭的感慨。

小桃红·采莲女

杨 果

碧湖湖上柳阴阴。人影澄波浸。常记年时对花饮。到如今。西风吹断回文锦。羡他一对。鸳鸯飞去。残梦蓼花深。

【注解】

1.年时：指去年或过去的时间。

2.西风吹断回文锦：所谓回文，是诗的体裁之一，无论上下前后回环往复读之，皆可成句。此种诗体，相传始于晋代的傅咸和温峤，然所作皆已失传，现今所存之最早资料乃是《名媛诗归》中苏蕙所作之《璇玑图诗》。苏蕙乃东晋前秦时之女诗人。《晋书·烈女传》云："窦滔妻苏氏，字若兰，善属文；滔，苻坚时为秦州刺史，被徙流沙，苏氏思之，织锦为《回文璇玑图诗》以赠滔，婉转循环以读之，词甚凄惋。"此处乃以回文锦为西风吹断，暗喻夫妇之离散。

3.蓼花：一年生之草本植物，或生水中，或生原野，种类不一。生水中者名水蓼，开红花。残梦蓼花深，言鸳鸯飞去，空留下残梦在蓼花丛中。

【说明】

此作是杨果《采莲女》十一首之第四首，由眼前景物，回想起从前夫妇在湖上游赏之欢乐，恰与今日之离散成强烈对比，感伤之情乃油然而生，此时见鸳鸯双飞，更添凄凉。

山坡羊·无题

陈草庵

伏低伏弱。装呆装落。是非犹自来着莫。任从他。待如何。天公尚有妨农过。蚕怕雨寒苗怕火。阴。也是错。晴。也是错。

【注解】

1.伏低伏弱：言自己甘伏于下，不与人争强斗胜。

2.装呆装落：犹言装聋作哑。落与呆同义。

3.着莫：即招惹。

4.妨农过：妨害农事的过错。

5.苗怕火：是说刚出土的苗最怕大太阳晒。

【说明】

这首曲子,作者以无奈的口吻,表达出在黑暗的政治下,一般人民动辄得咎的痛苦处境。

四块玉·闲适

关汉卿

意马收。心猿锁。跳出红尘恶风波。槐荫午梦谁惊破。离了利名场。钻入安乐窝。闲快活。

【注解】

1.意马收,心猿锁:意马心猿皆为道家语,谓人之思想浮动,如马奔腾,如猿跳跃,无法把握。原见《参同契》:"心猿不定,意马四驰,神气散乱于外。"

2.红尘:佛家语,指人世间。

3.槐荫句:唐李公佐有小说《南柯太守传》,载淳于棼酒醉后睡卧南方槐树下,梦中游历槐安国,被召为驸马,任南柯太守二十年,享尽荣华富贵,醒时方知是梦,只见槐树下有一蚁穴,即梦中之槐安国,后世乃以南柯一梦喻虚幻不实。

4.安乐窝:宋代邵雍,字尧夫,时人屡荐为官,皆辞而不受,且名其居为"安乐窝",自号安乐先生。后人常以此称村舍。

【说明】

此作乃作者表达其恬淡的怀抱。他认为红尘中的荣华富贵,有如梦幻，不可常得，而宁可选择逍遥自在的生活。

四块玉·闲适
关汉卿

南亩耕。东山卧。世态人情经历多。闲将往事思量过。贤的是他。愚的是我。争什么。

【注解】

1.南亩耕：诸葛亮《出师表》云"臣本布衣，躬耕南阳"。此谓隐居而不出仕。

2.东山卧：东山，在今浙江上虞，晋代谢安曾隐居于此，政府征召不赴，当时有"东山不出，其奈苍生何"之语，此亦指隐居不出仕。

【说明】

此曲乃作者对官场上的争名夺利感到心灰意冷，因而感叹地说出"愚的是我"，并借着诸葛亮和谢安事抒发不得志的情怀。

醉高歌·感怀
姚 燧

十年燕月歌声。几点吴霜鬓影。西风吹起鲈鱼兴。已在桑榆暮景。

【注解】

1.十年燕月二句：自述其半生之游宦生活。燕月歌声指出任大都（今北京，古为燕国地）翰林学士时寻欢安乐之生活。吴霜鬓影，指大德五年（1301）以后，出任江东（今江苏一带，古为吴国地）廉访使之生活。此时作者已近晚年，两鬓已逐渐为吴霜所染白，盖游宦半生，今已垂垂老矣。

2.西风句：据《晋书·张翰传》所载，张翰，吴郡人，曾任官于洛阳，因见秋风吹起，想起此时正是故乡鲈鱼最鲜美的时候，乃心生感叹云："人生贵适志，何能羁宦数千里以要名爵乎？"于是立即辞官归乡。作者乃借此事以表明自己已有辞官回乡之念头。

3.桑榆暮景：景，与影同。乃以落日余晖反照在桑榆树上，比喻此时自己已是迟暮之年，不应再浮沉于官场。

【说明】

作者借着张翰之事，点出自己思归的心志，希望在垂老之年，能辞官回乡，不愿再为世俗名利所羁绊。

清江引·述怀

贯云石

弃微名去来心快哉。一笑白云外。知音三五人。痛饮何妨碍。醉袍袖舞嫌天地窄。

【注解】

1. 微名：指功名。
2. 去来：来，语气词。指辞官归引。
3. 一笑白云外：白云，指隐居的山林。全句言笑声之高，可以响彻云霄，比喻笑傲于现实之外。
4. 何妨碍：又作"妨何碍"，犹言没有什么妨碍，意即不要紧。
5. 醉袍句：喝醉酒后挥起袍袖，自由自在地歌舞，而觉得天地窄小不够盘旋。

【说明】

这首曲子写出作者将两淮万户达鲁花赤官职让与其弟后，所发出的愉快心声，并展现其脱却名缰利锁后的自在生活。萧善因《元散曲一百首》云："这支曲子，写他弃官归隐后，和知心朋友痛饮得手舞足蹈，连天地都嫌狭窄了，就是他的生活写照。在这旷达的背后，隐藏着对黑暗现实的疾愤。"可谓中肯之语。

清江饮·抒怀

贯云石

竞功名有如车下坡。惊险谁参破。昨日玉堂臣。今日遭残祸。争如我避风波走在安乐窝。

【注解】

1. 参破：佛家语，即看破、看透，或看清楚。

2.玉堂臣：指中央政府之高官。玉堂乃官署之名。汉时有玉堂署，又宋太宗于淳化年间（990—994）曾赐翰林院"玉堂之署"四字，后世乃称翰林院为玉堂。

3.争如：即怎知。

【说明】

这首曲，主旨在说明官场的险恶及翻云覆雨之政治情况。从"昨日玉堂臣，今日遭残祸"二句，正可看出元代贵族及权臣之间的相互倾轧，此亦贯云石辞官归隐的主因。

朱履曲·无题

张养浩

才上马齐声儿喝道。只这的便送了人的根苗。直引到深坑里恰心焦。祸来也何处躲。天怒也怎生饶。把旧来时威风不见了。

【注解】

1.喝道：古代官员出行时，有差役在前高声吆喝，要行人回避，不得挡路。

2.这的：这个，这样。

3.送了：断送了。

4.根苗：根由，原因。以上二句乃表明官宦生活之变化无常，富贵荣禄无法常得。

5.引到：落到。

6.恰心焦：才心急。

【说明】

这首曲子是对当时显赫人物的嘲讽,盖功名利禄虚幻无常,并不足以傲人。由此曲,我们也可以看出作者对官场生活之厌恶。

叨叨令·自叹
周文质

筑墙的曾入高宗梦。钓鱼的也应飞熊梦。受贫的是个凄凉梦。做官的是个荣华梦。笑煞人也么哥。笑煞人也么哥。梦中又说人间梦。

【注解】

1.筑墙句:指殷高宗武丁,把傅说从筑墙工人拔擢为相之事。

2.钓鱼句:指姜太公吕尚遇文王之事。太公隐居渭滨,一日周文王出猎,行前占卜,卜辞云:"非龙非螭,非熊非罴,所获霸主之辅。"后果遇吕尚。

3.梦中句:是说人生本是一场大梦,但在这场大梦中,人们又做着各式各样的小梦。

【说明】

这首曲子,表面上看似作者淡然地陈述人间百态,实则隐喻着自己未受重用的不满,自认颇具才力,却无傅说和吕尚之际遇,故题名作"自叹"。

山坡羊·寓兴

乔 吉

鹏抟九万。腰缠十万。扬州鹤背骑来惯。事间关。景阑珊。黄金不富英雄汉。一片世情天地间。白。也是眼。青。也是眼。

【注解】

1.寓兴：是说将个人情感寄托于曲中，而不作直接说明。

2.鹏抟（tuán）九万：《庄子·逍遥游》中载，大鹏鸟欲由北海飞至南海，乘风而上，一飞就是九万里，后人乃以此比喻人之志向远大。鹏抟九万原文为"抟扶摇而上者九万里"。

3.腰缠十万二句：据南北朝梁殷芸《小说》所载，有客数人，各言其志，一愿任刺史，一愿多赀财，一愿骑鹤上升，另一人则欲兼而有之，乃述其志云："腰缠十万贯，骑鹤下扬州。"此借以表示春风得意，超凡出尘，傲睨万物。

4.事间关：犹言宦途艰险难行。

5.景阑珊：犹言景象萧条。

6.世情：指事态之炎凉。盖大丈夫并不志在财富，只求现实理想，一展抱负，却饱尝事态之炎凉。

7.青眼白眼二句：据《晋书·阮籍传》所载，阮籍因恶当世门阀制度之不合理，而能为青白眼。青眼即以黑眼珠看人，表示尊重或喜爱；白眼即以白眼球看人，表示轻视或憎恶。言不理会他人对自己的评价。

【说明】

此曲主旨在讥讽人情之单薄、事态之炎凉，虽胸怀大志，却因政治环境之险恶、人情事态之无常而历尽艰辛，其理想抱负亦尽成泡影。

卖花声·悟世

乔 吉

肝肠百炼炉间铁。富贵三更枕上蝶。功名两字酒中蛇。尖风薄雪。残杯冷炙。掩清灯竹篱茅舍。

【注解】

1.肝肠句：极言饱尝生活上之各种折磨，犹如经多次锻炼之铁。

2.富贵句：庄子曾夜梦己身化为蝴蝶，醒时不知道是己身化为蝴蝶，或蝴蝶化为庄周。作者用以表明富贵功名皆如庄周梦蝶般虚幻不实。

3.酒中蛇：《晋书·乐广传》云：尝有亲客久阔不复来，广问其故，答曰："前在坐，蒙赐酒，方欲饮，见杯中有蛇，意甚恶之，既饮而疾。"当时河南听事壁上有角弓，漆画作蛇，广意杯中蛇即角弓也，后置酒于前处，谓客曰："酒中复有所见不？"答曰："所见如初。"广乃告其所以，客豁然意解，沉疴顿愈。后世乃以之喻虚幻事物。

4.残杯冷炙：犹言残酒冷菜。杜甫诗云："残杯与冷炙，到处潜悲辛。"《颜氏家训·杂艺》云："见役勋贵，处之下座，以取残杯冷炙之辱。"

【说明】

这首曲子，写出作者因当时所遭遇的苦况，进而体悟到富贵功名的虚幻不实。全曲用字用语惊心动魄，却分外贴切，足见作者的才思。

朝天子·邸万户席上

刘 致

虎韬。豹韬。一览胸中了。时时拂拭旧弓刀。却恨封侯早。夜月铙歌。春风牙纛。看团花锦战袍。鬓毛。未雕。谁便道冯唐老。

【注解】

1.邸万户：不详。万户为元代官名，为管军官，分上、中、下三等，上万户管军七千以上，中万户五千以上，下万户三千以上。官皆可世袭。

2.虎韬、豹韬：乃古代兵书《六韬》中之二卷。以上三句意在赞美邸万户有大将之才略。

3.铙歌：铙，是古代乐器。铙歌则是古代军乐的一种。

4.牙纛（dào）：军中主帅所用大旗，竿头以象牙为饰。

5.团花：衣服上的大圆花纹。

6.谁便句：冯唐，汉时安陵人，至头发发白方见用，时匈奴犯境，文帝召论国事，颇得赏识，官任车骑都尉，景帝时免。武帝立，求贤良，时人推荐之，此时已九十余岁。全句乃借冯唐之事，赞美邸万户虽年岁已高，却仍具有经国济事之能力。

【说明】

刘致的《朝天子》共有两首，此作乃第二首，主旨在称颂邸万户具有大将才略，今虽是高龄之人，仍能为国效力。

殿前欢·道情

刘 致

醉颜酡。水边林下且婆娑。醉时拍手随腔和。一曲狂歌。除渔樵那两个无灾祸。此一着谁参破。南柯梦绕。梦绕南柯。

【注解】

1.醉颜酡：谓喝醉酒后，脸色泛红。
2.婆娑：本指美好的舞姿，此处则有往来盘桓之意。
3.参破：看透。
4.南柯梦绕：借唐朝李公佐的小说《南柯太守传》之事，以暗喻时间功名富贵皆虚幻如梦。

【说明】

这首曲子，文字表面呈现的是寄情山水诗酒之自在生活，以及对功名利禄的淡泊；然而，字里行间却隐藏着对当世政治黑暗之不满。

寿阳曲·无题

阿鲁威

千年调。一旦空。惟有纸钱灰晚风吹送。尽蜀鹃啼血烟树中。唤不回一场春梦。

【注解】

1.千年调：唐初王梵志诗："世无百年人，强作千年调，打铁作门限，鬼见拍手笑。"千年调即是为子孙后代作长远的打算。

2.尽：尽管。

3.蜀鹃啼血：据《华阳国志·蜀志》所载，蜀帝杜宇命其相治水，事后禅位其相，自居西山，得道上升，时适二月，子鹃啼，蜀人闻之悲思曰："吾望帝也。"因以子鹃为望帝魂魄所化，乃呼子鹃为杜鹃。盖杜鹃每于春末夏初时啼，声音悲凉，似欲唤回春光，传闻每至喉破血流仍不歇止。宋人王逢原《送春》诗云："子规（即杜鹃）夜半犹啼血，不信东风唤不回。"

【说明】

此作主旨在抒发迟暮之年时，感慨岁月流逝、无法重得的复杂情绪。全曲用字凄美，尤其是末二句，读之使人有哀惋悱恻之感。

塞鸿秋·无题

薛昂夫

功名万里忙如燕。斯文一脉微如线。光阴寸隙流如电。风霜两鬓白如练。尽道便休官。林下何曾见。至今寂寞彭泽县。

【注解】

1.斯文句：指散曲的创作后继无人而言。据《南曲九宫正始序》云："昂夫词句潇洒，自命千古一人，深忧斯道不传，乃广求继己业者，至祷祀天地，遍历百郡，卒不可得。"

2.练：白色的丝绸。

3.尽道便休官：前人诗云"相逢尽道休官去，林下何曾见一人"。

4.彭泽县：指东晋陶渊明而言。因陶渊明曾任彭泽县令，未三月即辞官归隐。全句是说嘴里嚷着要辞官归隐的人很多，然而能如陶渊明般毅然抛却世俗名利者却极少。

【说明】

此曲主旨在讽刺自命清高，却热衷名利之人。曲中首四句对仗及其工整，对比亦分明。

沉醉东风·自悟

马谦斋

取富贵青蝇竞血。进功名白蚁争穴。虎狼丛甚日休。是非海何时彻。人我场慢争优劣。免使旁人做话说。咫尺韶华去也。

【注解】

1.青蝇：又叫金蝇，是苍蝇的一种。
2.竞血：争先恐后地舔血。
3.白蚁争穴句：云众人为求取功名而互相攻击，犹如白蚁争穴一样。
4.彻：完结。
5.人我场：指人我是非的场所。
6.咫尺：原指距离很近，此乃比喻时间短暂，且易流失。
7.韶华：犹言美好的时光。

【说明】

这首曲子，据卢润祥《元人小令选》云："题作自悟，提醒自己之意。写有见于功名富贵之龌龊、虚幻与危险，因而主张与世无争，反映了作者的消极思想。"

水仙子·归兴
张可久

淡文章不到紫微郎。小根脚难登白玉堂。远功名却怕黄茅瘴。老来也思故乡。想途中梦感魂伤。云莽莽冯公岭。浪滔滔扬子江。水远天长。

【注解】

1.淡文章：指兴味淡泊之文，与讲究辞藻华丽的台阁体迥然不同，此乃谦称自己文章不佳。

2.紫微郎：唐人称中书省之属官为紫微郎，白居易诗云："独坐黄昏谁是伴，紫薇花对紫微郎。"此指官居高位。

3.小根脚：犹言出身卑微，乃作者自称。

4.白玉堂：汉有白玉堂署，后称翰林院。

5.黄茅瘴：《投荒记》云："南方六、七月，芒茅黄枯时，瘴大发，土人呼为黄茅瘴。"又《番禺杂编》："岭外二、三月为青草瘴，四、五月为黄梅瘴，六、七月为新水瘴，八、九月为黄茅瘴。"前者说六、七月，后者说八、九月，又据苏东坡诗云："障云冷压黄茅瘴，羽扇斜挥白葛巾。"斜挥羽扇，似是六、七月时。

6.冯公岭：即石人岭，在杭州西湖。

【说明】

此曲乃作者感伤仕途失意，因而兴起倦游思归之意，而归乡路却又山长水远，乃更添心中的惆怅。

卖花声·客况

张可久

十年落魄江滨客。几度雷轰荐福碑。男儿未遇暗伤怀。忆淮阴年少。灭楚为帅。气昂昂汉坛三拜。

【注解】

1.落魄：犹言穷困失意。

2.几度句：江西饶州有荐福山，其处有唐欧阳询所写之《荐福寺碑》，拓本非常昂贵。据《冷斋夜话》说，宋代范仲淹欲拓千本赠书生张镐，作为应试路费，然碑文却在拓印前夕被雷击碎，作者乃以此比喻自己际遇之坎坷，元马致远有杂剧《半夜雷轰荐福碑》即敷衍此事。

3.淮阴年少：汉代韩信乃淮阴人（即今江苏淮安市淮阴区），是以称之为淮阴年少。

4.灭楚为帅二句：秦亡后，刘邦为汉王，筑坛拜韩信为大将。后韩信与刘邦会合，败楚霸王项羽于垓下。

【说明】

这首曲子，写出了读书人困苦的际遇，以及仕宦之徒的坎坷，而希望能和韩信一般，得到君王的赏识。

水仙子·幽居

任昱

小堂不闭野云封。隔水时闻涧水春。比邻分得山田种。宦情薄归兴浓。想从前错怨天公。食禄黄齑瓮，忘忧绿酒钟，未必全穷。

【注解】

1.涧水舂：水碓舂米之声。水碓，乃借水力舂米的器具。

2.比邻句：比邻即紧连之邻居。全句云从邻居处分得些田地来耕种。

3.食禄句：黄齑（jī）即干盐菜。瓮，盆也。全句云盆里面的干盐菜虽不精美，却可算是自己的俸禄。

4.忘忧句：绿酒，即普通的清酒。钟，酒器。全句云酒虽不好，却能解除愁闷。

5.未必全穷：穷，即没办法或不得志。此三句云生活虽然清苦，却能自得其乐，并不觉得穷困难熬。

【说明】

这首曲子，乃作者有感于当时政治之腐败，因而不再留恋官场生涯而归隐，虽然归隐后生活清苦，却颇能自得其乐。

清江引·刺伯颜（一）
曹　德

长门柳丝千万结。风起花如雪。离别复离别。攀折更攀折。苦无多旧时枝叶也。

【注解】

1.伯颜：元代末期之大臣，以迎立顺帝有功，官拜右丞相。

2.长门：本是汉代宫殿名，乃汉武帝陈皇后失宠后所居之地，此指元代宫廷。

3.千万结：比喻人愁肠万结。

4.花：即柳絮，柳絮被风吹落，有如雪花般飘零。

5.离别二句：古代送别之时，皆好折杨柳相赠，盖以"柳"与"留"谐音，暗寓"挽留"之意。此言人间离别越多，则柳条被攀折得越多，乃暗喻旧臣遭迫害。

6.苦无：即全无。

7.旧时枝叶：比喻朝廷旧臣。

【说明】

据元末陶九臣《辍耕录》"岷江绿"条所载：顺帝时，右丞相伯颜把持朝政，剡（shàn）王彻彻都、高昌王帖木儿不花皆无辜被杀。时曹德任山东宪吏，正好在大都（北京），乃作《清江引》两首以讽刺之，并大揭于午门上。伯颜闻之大怒，命人肖形通缉，曹德出避至苏州僧舍，至伯颜事败后方再入京。此作即讽刺伯颜残害朝中旧臣。

清江引·刺伯颜（二）

曹 德

长门柳丝千万缕。总是伤心树。行人折嫩条。燕子衔轻絮。都不由凤城春做主。

【注解】

1.行人、燕子：用以比喻伯颜之爪牙。

2.凤城春：凤城即京城。春则暗指元顺帝。全句言柳树本是京城春天之象征，如今却被"行人"与"燕子"横加摧残，就连春天也无力做主，此即暗喻伯颜专权，迫害异己，就连君王也无力干涉。

【说明】

这是一首讽刺时政的曲子，作者以外在景物的描写，暗喻奸臣当道，而皇帝只是个无实权的傀儡。

解三酲·无题
真 氏

奴本是明珠擎掌。怎生的流落平康。对人前乔作娇模样。背地里泪千行。三春南国怜飘荡。一事东风没主张。添悲怆。那里有珍珠十斛。来赎云娘。

【注解】

1.奴：古代女子的自称。

2.明珠擎掌：犹言掌上明珠，是说小时极受父母宠爱。

3.怎生的：即怎么。

4.平康：唐代长安妓女，皆聚居在平康巷。后世乃以此泛指妓院。

5.乔：假装，或扭捏作态。

6.三春：农历称正月为孟春，二月为仲春，三月为季春，合称三春。全句云由南方流落到北方（大都），孤身无依无靠，飘忽不定。

7.一事句：东风，即春风，是说自己好比春天的花草，却得不到春天的吹拂。

8.珍珠十斛（hú）：古代以十斗为一斛，珍珠十斛，犹言极多的财物。

9.云娘：乃作者自称，或为其小名。另据王锳的《元人小令二百首》，"娘"乃当时一般妇女之称呼；"云"则有漂泊无定之含义。

【说明】

【解三酲】，本是南吕宫之曲牌，收在隋树森之《全元散曲》中。按真氏又称真真，据陶九成《辍耕录》卷二十二所载，谓真真乃建宁人（今福建瓯市），是真德秀之后裔，父司笾库在北方任职，官卑禄薄，不能养家，乃挪用公款，后无力还债，遂把真真买入娼门，幸与翰林学士姚燧在宴席上相遇，姚燧怜其身世，乃为之脱籍，并嫁与翰林属官王林。

寿阳曲·厌纷

李爱山

离京邑。出凤城。山林中隐名埋姓。乱纷纷世事不欲听。倒大来耳根清静。

【注解】

1.京邑：即京都。

2.凤城：即皇城。

3.倒大来：犹言多么的。

【说明】

这首曲子，写的是作者对纷乱世局感到厌烦，而决心归隐。全曲短短数言，读来顺口浅白，而主旨鲜明地呈现在读者眼前。

水仙子·讥时

张鸣善

铺眉苫眼早三公。裸袖揎拳享万钟。胡言乱语成时用。大纲来都是烘。说英雄谁是英雄。五眼鸡岐山鸣凤。两头蛇南阳卧龙。三脚猫渭水非熊。

【注解】

1.铺眉苫眼：铺、苫皆有动的意思，铺眉苫眼意即挤眉弄眼、装腔作势，指非正派之人物。三公者，大司马、大司徒、大司空，乃古代中央政府之高级官员。此句乃感慨无才学而好装腔作势、钻营奔走的人却早已居高官。

2.裸袖揎（xuān）拳句：裸袖揎拳即捋起袖子，露出拳肘，准备打架的样子。古制六斛四斗为一钟，一斛等于十斗，万钟，极言俸禄之多。全句则感慨行动粗鲁如流氓之人，反而享受万钟之俸禄。

3.胡言句：犹言谄媚逢迎之人反而被任用。

4.大纲句：大纲来，犹言总而言之。来，为语气词。烘，即胡闹。全句言朝中大臣多是无才学、粗野之人。

5.五眼句：五眼鸡，一作乌眼鸡，乃鸡的种类之一，性凶猛好斗。岐山，今陕西岐山县东北，据《太平寰宇记》，周朝将兴时，有凤凰鸣于岐山之上。全句言凶猛好斗之五眼鸡，竟被当作祥瑞的岐山凤凰，暗喻恶棍被视为圣贤之感叹。

6.两头蛇句：两头蛇，性凶猛，有剧毒。南阳卧龙，指诸葛亮，据

《三国志·蜀志·诸葛亮传》所载,徐庶谓先主曰:"诸葛孔明,卧龙也。"全句言残暴凶猛的两头蛇,竟被当作睿智的南阳卧龙。

7.三脚猫句:三脚猫,即跛脚猫,喻败事之人。渭水非熊,指姜太公吕尚。传说周文王曾于出猎前占卜,卜辞云:"非龙非螭,非熊非罴,所获霸主之辅。"后果在渭水之阳遇见吕尚,得以辅助朝政,大兴周室。"非"字,一般误作"飞",并以飞熊入梦喻君臣相遇。全句是说将不中用之三脚猫,当作有才干的渭水非熊。

【说明】

此曲主旨在揭发政治上黑白不分、贤愚莫辨之丑恶局面。当世所称之英雄,竟都是残暴愚昧之人。王锳之《元人小令二百首》云:"本曲主题正如标题所揭示的,是讽刺现实。前半篇作者用了许多口语词汇,鲜明地刻画出那些官高禄厚的人,实际全是些无赖之徒。后半篇巧妙地把一些怪物和影射当代高官的古代贤臣相提并论,深刻地揭示了那是个人妖颠倒、是非混淆的时代。"

朝天子·归隐

汪元亨

任薰莸不分。尽玉石共焚。由人海鱼龙混。长歌楚些吊湘魂。谁待看匡时论。身重千金。舌缄三寸。坐时安行处稳。醉看山倒樽。醒读书闭门。无半点尘俗闷。

【注解】

1.薰莸:薰,香草;莸(yóu),臭草。《左传》僖公四年:"一薰一蕤,十年尚有臭。"

2.玉石共焚:言善恶同受苦。《尚书·胤征》云:"火炎昆冈,玉石俱焚。"

3.长歌句:高唱着《楚辞》以凭吊屈原。"些""兮"是《楚辞》中常见之语气词,是以称《楚辞》为"楚些"。又屈原自沉汨罗江在湖南,经洞庭湖可通湘水,后人乃以"湘魂"称屈原。《渔父》篇中云:"举世皆浊我独清,众人皆醉我独醒。"作者乃借以感叹世情之混浊。

4.匡时论:即挽救当时国家社会危急之文章、言论。

5.身重二句:是说重千金之身,缄三寸之舌,意即明哲保身,不随便说话。缄(jiān),封闭也。

6.倒樽:即倒酒。此句云虽然已经喝醉,却仍旧不停地倒酒。

【说明】

此曲意在感叹世局的黑暗,是非善恶混淆不清,纵使有匡正时势的抱负,亦属枉然,只能归隐以独善其身。

醉太平·警世

汪元亨

憎苍蝇竞血。恶黑蚁争穴。急流中勇退是豪杰。不因循苟且。叹乌衣一旦非王谢。怕青山两岸分吴越。厌红尘万丈混龙蛇。老先生去也。

【注解】

1.不因循苟且:谓不再马马虎虎,犹豫不决。

2.叹乌衣句：乌衣巷在今南京东南，秦淮河南岸，与朱雀桥相近，晋时王导、谢安两大家族皆居于此，其子弟世称为乌衣郎，并称其所居之地为乌衣巷。唐刘禹锡金陵怀古诗《乌衣巷》云："朱雀桥边野草花，乌衣巷口夕阳斜。旧时王谢堂前燕，飞入寻常百姓家。"全句乃感叹世事多变，富贵功名之不可常得。

3.分吴越：春秋时吴越两国为世仇，长年攻占不休，此乃借以比喻战乱不时，世局随时会改变。

4.红尘：佛教称现实的污浊社会为红尘。

5.龙蛇：指人的贤愚或好坏言。此句云现实社会里，贤愚善恶皆已混淆不清。

【说明】

此曲主旨在感叹现实社会里，人人争权夺利，以致贤愚不分、善恶相混、战乱不休，作者乃劝人抛却名利，远离是非之地。

朝天子·志感
无名氏

不读书有权。不识字有钱。不晓事倒有人夸荐。老天只恁忒心偏。贤和愚无分辨。折挫英雄。消磨良善。越聪明越运蹇。志高如鲁连。德过如闵骞。依本分只落的人轻贱。

【注解】

1.恁：如此，这样。

2.消磨：折磨。

3.运蹇：蹇（jiǎn），本为跛足之意，引申为困顿不通，即命运不好的意思。

4.鲁连：即义不帝秦之鲁仲连，战国时齐人，有高行而不仕。据《史记》卷八十三所载，其游历赵国时，适逢秦兵围赵，魏使新垣衍入赵，商议尊秦为帝，以求罢兵。鲁仲连闻之，力谏平原君，大论帝秦之弊。后秦撤兵，平原君赠之千金，鲁仲连却笑而不受，云："所贵乎天下之士也者，为人排患、释难，介纷乱而无所取也，而有取者，是商贾之事也。"

5.闵骞：即闵子骞，春秋时鲁国人，性至孝，乃孔子之学生。

【说明】

这首曲子，是当时一位怀才不遇的文人所作。主旨乃嘲讽时政的是非不明、善恶不分。关汉卿《窦娥冤》第三折【滚绣球】云："天地也，只合把清浊分辨，可怎生胡涂了盗跖颜渊？为善的受贫穷更命短，造恶的享福贵又寿延。"此即元代社会之最佳写照。

朝天子·志感

无名氏

不读书最高。不识字最好。不晓事倒有人夸俏。老天不肯辨清浊。好和歹没条道。善的人欺。贫的人笑。读书人都累倒。立身则小学。修身则大学。智和能都不及鸦青钞。

【注解】

1.夸俏：犹言夸赞人之好。

2.没条道：即没什么道理。

3.小学：是宋代朱熹及刘子澄所编之少年教育课本，全套共六卷，皆讲为人处事之道。

4.大学：原是《礼记》中之一篇，宋代以后将之单独分出，与《中庸》《孟子》《论语》合称四书，为儒家重要的经典。

5.鸦青钞：是元代的一种纸币，因颜色黑青，故称之为鸦青钞。

【说明】

此作主旨在呈现异族统治下的社会，清浊不辨，善恶不分，并谴责当世政治社会上的种种不公平。

醉太平·感时
无名氏

堂堂大元。奸佞当权。开河变钞祸根源。惹红巾万千。官法滥。刑法重。黎民怨。人吃人。钞买钞。何曾见。贼做官。官做贼。混贤愚。哀哉可怜。

【注解】

1.奸佞当权：犹言坏人当政，独揽大权。

2.开河：指开浚黄河。元顺帝至正四年（1344）五、六月间，连日暴雨，黄河崩堤，两岸受灾地区共十九郡县，百姓皆流离失所。顺帝至正十一年（1351）四月，发民夫十五万，戍军二万，以贾鲁为宣抚首领官，主持治河，并以重兵监督。官员却乘机搜刮，人民苦不堪言，此时白莲教首领韩山童、刘福通均在治河民夫中，乃乘机策动起义。

3.变钞：钞，又叫交钞，即纸币。元代政府为骗取百姓收藏之金银，乃滥发纸币，最先在元世祖中统六年（1260）发行中统钞，此后五十年间共三次更变钞法，因纸币不断贬值，致百姓吃亏甚大。

4.红巾：元末韩山童、刘福通领导之起义军，皆以红巾包头为标志，乃称之为红巾。

5.钞买钞：即以小钞票买回大钞票，因元代钞票发行泛滥，贬值厉害，致民间往往拒绝使用票面在一贯以上之大钞，官府只得以票额七百以下之小钞收回大钞。

6.官做贼：盖在红巾中有原为旧官吏者，如陈友谅曾任县吏。

7.可怜：犹言可叹。

【说明】

这首曲子真实地反映出了元末社会的黑暗面。王锳《元人小令二百首》云："这是一篇声讨元朝统治者的檄文。"又陶九成《辍耕录》卷二十三云："右太平令小令一阕，不知谁所造，自京师以至江南，人人能道之。"可见此作在当时颇受重视。

醉太平·讥贪小利者

无名氏

夺泥燕口。削铁针头。刮金佛面细搜求。无中觅有。鹌鹑嗉里寻豌豆。鹭鸶腿上劈精肉。蚊子腹内刳脂油。亏老先生下得手。

【注解】

1.刮金佛面：即在佛面刮金，盖有些佛像是以金粉镀于表层。

2.鹌鹑：是一种头小尾短的鸟类。

3.嗉：喉际受食处。

4.劈精肉：劈，用刀割；精肉，即瘦肉。

5.剜：挖割。

【说明】

这首曲，初录于李开先之《词谑》。曲中以一连串巧妙生动的比喻，及夸张的手法，将"贪小利"之老人，刻画得入木三分，乃元曲中不易见的佳作。

叹　世

小　序

吴宇娟

元散曲中的叹世作品，大都隐含着时代的呼声，透露出无法力挽狂澜的无奈，也蕴含浓厚的隐退思想。以下将针对叹世内容产生的时代背景、作品的特色、作家的介绍等三方面，加以探讨。期使元散曲中叹世作品的内涵意义得以更清晰地呈现其本来的面貌，且能使人更深入地掌握其产生原因。

一、叹世作品的时代背景

自从蒙古族入主中国，开创元朝以后，蒙古人始终对汉人采取极度不平等的待遇，既有血腥的镇压政策，又持种族歧视的态度。强悍的蒙古人以武力征服中原，以武力作为掠夺财物、扩充土地的后盾，因此，元朝立国以来，更是迷信武力、轻视礼乐，谈不上任何的文化建设，中国的传统文化、制度，几乎被破坏殆尽，更造成政治的腐败、社会的黑暗混乱、国库的空虚、经济的凋敝及民生的困苦。

元代在蒙古人的统治下，剥夺了汉民族应有的政治权利，《新元史·百官志》就记载着：

上自中书省，下逮郡县亲民之吏，必以蒙古人为之长，汉人、南人贰之。终元之世，奸臣恣睢于上，贪吏掊克于下，庶民蠹国，卒为召乱之阶。

不论中央或地方政府，所有的高级行政官员，全部是由蒙古人、色目人担任，而汉人最多只能做到副贰——这也是太宗九年（1237）唯一举行的科举考试分为两榜的目的。（一榜为蒙古人与色目人，另一榜为汉人与南人。）种族歧视的不平等态度，在日常生活中举目可见，对待汉人尤其苛刻。元朝把各民族区分为四等：一为蒙古人；二为色目人，包括西域各部族，共三十余族；三为汉人，即受辽金统治的黄河流域的中国人；最后为南人，也就是受南宋统治的长江流域及其以南的中国人。不同等级的人不仅在生活上有贵贱的差别待遇，在法律上更是不平等。法律明文规定："蒙古人与汉人争，汉人勿还报。"汉人即使受尽蒙古人的欺凌、压迫，甚至生命受到威胁，都不得还手抵抗。如果汉人杀了蒙古人，定被处以死刑；相反的，蒙古人杀了汉人，充其量只罚出征及征收烧埋银而已。这种视汉人如草芥的态度，几乎使汉民族沦为奴隶，更增长了蒙古人、色目人的嚣张气焰。

政府中奸臣充斥，贪官污吏到处压榨百姓、聚敛财物、蹂躏妇女，人民的生活境遇，实在是惨烈而痛苦不堪。但统治者却无视民情，更加苛征重税，以满足他们的欲望；又因军费浩繁、国用不足，赶印了许多交钞，发行渐滥，造成钞法大乱，贬值日盛，因此，"仓廪府库，无斗粟尺帛"，民生日益困苦。

元代是中国历史上，最鄙视知识分子的时代，统治者把知识分子贬列在"八娼九儒十丐"的贱民之列。至于读书人所关心的科举考试，在太宗九年（1237）举行一次之后，竟被废除长达七十八年之久。此举断绝了读书人晋身的希望，一般知识分子几乎没有任何的出路。而元朝政府，对有民族气节的正直读书人，更是不择手段地加以迫害。读书人既然不能借科举踏入仕进之途，对于古文诗词的创作，难免忽略且搁置，转而把他们的才华，借着当时民间流行的曲，用来抒发平日的不满、感慨与抱负，于是传世已久的正统文学，便逐渐为民间文学所取代。

政治的腐败、社会的黑暗、民生的困苦，以及读书人的失意，形成叹世作品产生的最佳温床。不论是小部分在朝为官的知识分子，或是大部分在野为民的读书人，都对当时残酷的现状，产生极大的不满和感叹，他们的叹世作品，正是不平之鸣的呼声。也只有在黑暗的元代，才得以产生成功、杰出的叹世之作，那字字句句都是时代的悲剧、牵动着生活的血泪、浸透着大众的感情。元朝散曲中的叹世作品，正如汉朝乐府《战城南》《孤儿行》等作品，忠实地反映出民间的疾苦、社会的不平及政治的颓废。

二、叹世作品的特色

对于叹世作品的外围问题——即产生的背景有概念性的了解之后，本文接着将针对叹世作品的特色，也就是叹世作品的内涵问题，做一系统的探讨。

元散曲中的叹世作品，有着浓厚的时代影子和一定的社会价值，或写明哲保身的思想，或写官场的险恶，或写人世奔忙的不值，或写岁月的匆忙，甚至是为民喉舌，发出不平之鸣的作品，都紧密地和现实社会结合，也有着特殊的写作特色，那就是：

1.透露着退隐思想。

关于退隐思想的作品，与感叹时事的内容有些相似，因为元代的政治社会是混浊的、污秽的、紊乱的，一般的读书人固然无法施展自己的理想和抱负，即使得以在元朝统治者的手下做官，偶尔提出为民谋利的主张也常被杯葛①,甚至终日担心遭到排斥和迫害。作品中常写出"伴君如伴虎"的心情,正因为作者意识到随时有杀身之祸,进而萌生明哲保身的退隐思想,以为官场只是"一场噩梦"(马致远的《拨不断》),或是"功名意懒"(张养浩的《沉醉东风·隐居叹》),或是"高竿上再不看人弄险"(贯云石《清江引·知足》),抑或是表明"急急的隐山阿"(马谦斋《塞儿令·叹世》),都或隐或显地道出了退隐的心声,这是叹世作品的内容特色之一。

2.常有吊古伤今的感怀和怀才不遇的感叹。

元朝以武力来镇压百姓,也企图借着高压政策钳制人民的反抗思想,于是下令禁止人民集会、结社。文人虽然不敢正面批评元政府,却用吊古伤今的方法,来发泄心中的不满,这是元代作家在蒙古人的高压政策下所发出的无声抗议。至于怀才不遇的感叹,在叹世类及感时类作品中,也是常见的内容。元代废科举将近八十年,文人即使有满腔的抱负,也是毫无用处的,于是生不逢时的感慨,就充斥在作品之中。所谓的"空岩外,老了栋梁材"(马致远《金字经》),已明确说出怀才不遇之悲。而"三国鼎分牛继马"(陈草庵《山坡羊·叹世》)、"姜太公贱卖了磻溪岸,韩元帅命博得拜将坛"(查德卿《寄生草·感叹》)等等,都含有吊古伤今的感慨,虽然文字表面没有说明元代暴政必亡,却在隐喻中寄寓着"得道多助,失道寡助"的深意。

3.应用对比的手法。

元散曲中的叹世作品,最常应用的是对比手法。对比通常是指将相反的两件事或两位人物前后排列,让读者很明显地比较出优劣好坏,用以提高作品主题的说服力。例如"严子陵钓滩,韩元帅将坛,那一个无忧患"(张养浩《朝天曲》)以做官者的危险,来反衬隐居者的快乐。又如"今日少年明日老"(陈草庵《山坡羊·叹世》)以及"妻儿胖了

---

① "杯葛"是英文boycott的音译,来自人名"boycott",集体抵制之意。

咱消瘦"（马致远《四块玉·叹世》），都是单句对比手法的应用。至于宋方壶《水仙子·叹世》，则是把官场的险恶和退隐的安乐，全部安排在整支曲中，做了明显的对比。

4. 人生如梦的思想表达。

元朝的统治者，虽然信奉喇嘛教，但对其他的宗教也任其存在。因此，在乱世中，"人生如梦"的宗教思想便深植人心。或许现今世界种种的不如意，借着人生如梦的说法，才能减轻创痛的苦楚，期盼早日脱离今世的苦海。于是在叹世作品中，表达人生如梦的思想比比皆是，如"项废东吴，刘兴西蜀，梦说南柯"（马致远《折桂令·叹世》）、"浮生梦一场，世事云千变"（邓玉宾《雁儿落带得胜令·闲适》）、"唤不回一场春梦"（阿鲁威《落梅风》）等，都是用人生如梦来否定功名利禄、否定荣华富贵，道出了人对现实世界的极度失望，以及对当前的功名、事业毫不留恋的想法，以为功名、事业都不过是南柯一梦罢了。

5. 经常使用历史典故及传说。

叹世作品由于大量地应用借古讽今的写作技巧，所以历史典故也连带着被经常使用。在所选的二十三首叹世作品中，有十四首应用了历史典故或传说，从使用一个典故，到全曲都使用历史故事或传说的都有。其中三国的故事，韩信、萧何的成败，严子陵钓滩的传说，六代的兴衰，甚至于李斯、张华、姜太公、朱买臣、蒯通等等历史人物，都一一出现在叹世作品之中。由此可见，历史典故与传说的使用，可说是叹世作品的另一大特色。

三、叹世作品的作家介绍

元散曲中写作叹世作品的作家，大都属于豪放派。如马致远、张养浩、邓玉宾、贯云石、钟嗣成等都是豪放派的大家；另外如陈草庵所传世的《山坡羊》二十六首，都是叹世之作。至于马谦斋、宋方壶等人，也有许多感慨人生的遁隐之作。此外，白朴、倪瓒虽是清丽派的作家，但也都偶有叹世之作。以下将针对叹世作品的大家——马致远、张养浩做比较深入的介绍，希望以此二人为代表，对写作叹世作品的曲家，整理出他们的共同点。

马致远在年轻时，曾经热衷功名，但由于怀才不遇，加上环境的限制与压迫，半世蹉跎之后，决定脱离宦海，隐居林下，作为一个不拘世俗、寄情山水、放浪于声色之中的隐逸之士。他的散曲有不少叹世之作，大概与他的生活遭遇有密切的关系。对于一个有志难伸的小官吏，既无捷径后门，更无有利的关系，处处受限、处处碰壁，他看尽官场的险恶、尝尽人世的冷暖，以过来人的身份，描绘出元代政治的腐败和怀才不遇的感叹。他的曲中，反映了对当世功名富贵的否定。他藐视英雄事业，以"一场噩梦"总结宦海的沉浮和所谓的千秋霸业。马东篱的曲，实在是具有一定的现实意义。（马致远的详细生平，请参考本书的附录一"作者简介"部分。）

张养浩曾任官职，为人相当正直，清廉自守，曾经力图改革黑暗政治，为人民解除痛苦。然因宦海风波，后又遭受统治者迫害，从此弃官归隐，屡征不起。他著有《云庄休居自适小乐府》，大多是其归隐时的作品。张养浩最大的特点，在于其胸襟气象的广阔，并非一般的民间文士所能比拟。他是个有抱负、有革新理想的官员，但他的主张终不能为统治者所采纳。他的散曲作品中，有不少关心民间疾苦之作，也有对现状不满的内容，更有对仕途艰险的感叹，以及对短促人生、一场春梦的慨然。对于官场上的逢迎拍马、险恶不堪，正如他在《乐金经·乐隐》中所说，"说着功名事，满怀都是愁"，因此他才会产生"功名意懒"的感叹。基本上，张养浩的作品都是经历宦海浮沉之后，所发出对元代官场的沉痛否定之声。

由马致远与张养浩的际遇及反映在作品上的感怀看来，对于叹世作品的作家，我们也大概可以勾勒出普遍的特性，那就是他们都是关心社会、关心百姓疾苦的性情中人，但由于能力的限制、环境的逼迫，他们从救世思想，一转而为避世的观念。所谓的退隐，只是想借逃避以达到眼不见为净的消极目的，这正是在元代蒙古人的铁蹄之下，汉民族所发出的无声怒吼。

四、结论

在元代残酷、黑暗、腐败的统治下，元曲的叹世作品，可说是最佳的时代见证物。叹世作品的作家们，处处否定历史的功名富贵，作品中又时时采用吊古伤今的隐喻写法，并蕴涵着浓厚消极的退隐思想，这些都表现出他们对元朝政治的绝望与无奈。也由于在那种敢怒不敢言的时代氛围之下，元曲的叹世作品，绽放出美丽的花朵，几乎曲曲都是佳作。他们所写的，正是万千百姓深沉的痛苦和不平的呐喊，作品中的字句正是民怨洪流的化身，所以说，元曲的叹世作品，是最具时代性的。正如张养浩在《山坡羊·潼关》中所说——"兴，百姓苦。亡，百姓苦"，无奈中却又饱含着悲壮沉痛的悲吟，正诉说了在元代统治下，人民永无止境的灾难。元曲叹世类作品，正表现出这股看不见、摸不到，却又强大的反抗呼声。

山坡羊·叹世

陈草庵

晨鸡初叫。昏鸦争噪。那个不去红尘闹。路遥遥。水迢迢。功名尽在长安道。今日少年明日老。山。依旧好。人。憔悴了。

【注解】

1.红尘：本指飞扬的尘土，这里是形容都市生活的繁荣与热闹。

2.长安：本来是唐代的国都，是一般求取功名者聚集的中心。后来借指为功名奔走的人所到之处。

【说明】

这首曲，以鸡鸦的争鸣，比喻人们对功名的争夺亦是如此，但经过几十年后，又是如何呢？可见作者否定功名，认为其只是短暂的假象而已。

山坡羊·叹世
陈草庵

江山如画。茅檐低凹。妻蚕女织儿耕稼。务桑麻。捕鱼虾。渔樵见了无别话。三国鼎分牛继马。兴。也任他。亡。也任他。

【注解】

1.三国鼎分：是说在东汉末年，由于国内发生动乱，于是造成政治上魏、蜀、吴三国分立。

2.牛继马：据《晋书·元帝纪》载，司马氏建立的西晋王朝于公元316年覆亡后，在南方建立东晋王朝的元帝（司马懿的曾孙司马睿），是元帝的母亲私通牛姓小吏所生的。

【说明】

这首曲的题目虽然是叹世，但主要内容是在说明乡村生活的快乐，以及对政治上翻云覆雨的朝代变迁，表达认为其无足轻重的藐视，这在元代蒙古人高压的统治下，是寓涵着深意的。

山坡羊·叹世

陈草庵

风波实怕。唇舌休挂。鹤长凫短天下生。劝渔家。共樵家。从今莫讲贤愚话。得道多助失道寡。贤。也在他。愚。也在他。

【注解】

1. 唇舌休挂：犹言少费唇舌，或少说闲话。
2. 鹤长凫短：鹤，脚长；凫，野鸭，脚短。《庄子·骈拇》篇云"是故凫胫虽短，续之则忧；鹤胫虽长，断之则悲"，按庄子说的鹤胫长而凫脚短，是天性使然，不可横加干涉。以损其本性。
3. 得道句：道，犹言治国之道。全句是说，行仁政者，帮助的人多；行暴政者，帮助的人少。
4. 贤、愚四句：是说一个人的贤与愚、好与坏，都是他自己的事，别人不需去乱加评论，自然有得道者多助、失道者寡助的结果。

【说明】

这首曲子，表面上是以超然物外的淡笔表现出清淡之意；实质上则讽喻着元代高压统治下，知识分子没有文字表达的自由。故曲中言"从今莫讲贤愚话"，表面上虽为"莫讲"，实则不能讲也。

庆东原·无题

白　朴

忘忧草。含笑花。劝君闻早冠宜挂。那里也能言陆贾。那里也良谋子牙。那里也豪气张华。千古是非心。一夕渔樵话。

【注解】

1.忘忧草：即萱草，俗称金针菜，北方很多人家的院子里都有种植。初夏开黄花，嫩苗可做蔬食。据《本草纲目》说："食之动气，令人昏然为醉。"所以又称忘忧草。

2.含笑花：木本植物，高一二丈，花如兰色紫，有香气，开时常不满，像含笑的样子，因名含笑花。

3.闻早：及早。

4.冠宜挂：据《后汉书·逢萌传》记载，王莽杀了逢萌的儿子王宇，逢萌对友人说："三纲绝矣，不去，祸将及人。"于是解冠，挂于东都城门，带着家眷，泛海到辽东去了。后人便以挂冠指辞职不干。

5.能言陆贾：陆贾，汉初楚人，从高祖定天下，曾出使南越，劝降南越尉赵陀。回朝，拜为中大夫。后诸吕用事，病免家居；孝文帝时，赵陀反叛称帝，复拜陆贾为太中大夫，再度出使南越，说服赵陀去帝制，比之于诸侯，任务都能完满达成，所以说他"能言"。

6.良谋子牙：子牙，原名姜尚，周东海人，后从封地改姓吕。辅佐周文王，被尊为尚父。武王伐纣时，以他为军师，一切谋略，都由他策划，见《史记·齐太公世家》。

7.豪气张华：张华，晋方城人，字茂先，博学能文，著有《博物志》。晋武帝时，拜为中书令。他力劝武帝伐吴，吴灭后，出为持节都督幽州诸军事，加强对东北地区的统治。他喜欢交接人物、奖掖后进，曾权盛一时，因此言豪气张华。

【说明】

这首曲，作者分别指出历史上的人物，在当时虽为一世之雄，而今安在？借以点染其遁世归隐的心志。此曲和陈与义《临江仙》词"古今多少事，渔唱起三更"是同一情调。白朴为金朝遗民，金灭后，深怀故国衰亡之感，作品也呈现出吊古伤今的叹世感慨。

折桂令·叹世

马致远

咸阳百二山河。两字功名。几阵干戈。项废东吴，刘兴西蜀。梦说南柯。韩信功兀的般证果。蒯通言那里是风魔。成也萧何。败也萧何。醉了由他。

【注解】

1.咸阳：今陕西咸阳市，是秦代的国都。

2.百二山河：《史记·高祖本纪》云"秦形胜之国，带河山之险，县隔千里。持戟百万，秦得百二焉"，意思是说秦国的山河险要，能以二敌百。也就是说别人用百万军队攻打秦国，秦国只用两万军队，就足以抵抗了。

3.两字功名：指功业和名位，连同下句是说，从前在咸阳这个地方，为了争功业、争名位，引起过不少的战争，这里是指楚汉之争。

4.项废东吴：项，指楚霸王项羽。秦末，他和刘邦争天下，最后失败，在乌江自刎而亡。乌江即今安徽和县东北，古属东吴之地。

5.刘兴西蜀：刘，指刘邦。在楚汉相争时，他曾退居陕西西南部和四川一带，后来终于打败项羽，统一天下。

6.梦说南柯：唐人李公佐所写的小说《南柯太守传》，说到淳于梦有一次醉卧，梦见自己到了大槐安国，娶了公主，做了二十年的南柯太守之后，生育五男二女，享尽荣华富贵。后来因敌国入侵，他带兵打仗，战败，公主死了，自己也被免职，一觉醒来，才知是梦。在他家有一株古槐，南边枝下有一个蚁穴，他才想起梦中所谓的大槐安国和南柯，原来就是这些蚁穴。这几句话合起来，是说历史上的刘、项兴败，仅像一场南柯梦境罢了！

7.兀的般：方言，即这样的、如此的。

8.证果：佛家语，指修持的人有所领悟，也就是说修道有了成就。但在这里，指结果、下场的意思。

9.韩信：韩信是汉高祖的功臣，与张良、萧何并称汉兴三杰。他灭了项羽，屡建大功，但由于他兵权太重，皇室不安，吕后用萧何的计谋，把他骗到长安未央宫中杀掉了。

10.蒯通：本名彻，史家为避武帝讳，遂改为通。他是汉初辩士。曾劝说韩信反汉自立，后韩信被杀，临死时自言："悔不听蒯通之言，死于女子之手。"于是吕后下令捉拿蒯通，他只好装疯魔以避祸。元杂剧中有《赚蒯通》，即演此事。全句是说，蒯通之言是有其见识的，并不是真疯。风魔，"风"通"疯"。

11.成也萧何，败也萧何：是说韩信之所以受到高祖的重用，拜为大将军，是萧何建议的，元杂剧中有《萧何月下追韩信》，即演此事。后来吕后杀掉韩信，也是萧何出的主意，故云。

12.醉了由他：他，读"拖"。作者此句"醉了由他！"是总结的语气，突出了叹世的主题。

【说明】

据王季思等人的《元散曲选注》说这首曲的语言："为飞流注涧，一泻无余，表现豪放派曲家的风格。"这话很中肯。此曲先举历史上刘、项的兴亡不过南柯一梦；中间引述韩信那样为汉朝建立了大功之臣，最后仍不免一死，其他的人就更不用说了；最后道出作者的感叹——由此看来，当前的功名及事业，还有什么值得留恋？这是元代作家在蒙古人的高压政策下所发出的反抗呼声。

拨不断·无题

马致远

布衣中。问英雄。王图霸业成何用。禾黍高低六代宫。楸梧远近千官冢。一场恶梦。

【注解】

1.布衣：即老百姓，指无官位的人而言。

2.王图霸业成何用：是说建功立业又有何用。

3.禾黍及楸梧二句：唐代许浑的《金陵怀古》诗云"楸梧远近千官冢，禾黍高低六代宫"。全句是说六代豪华的宫殿，如今都变成了废墟，而那些达官贵族们的坟墓上，都长满了楸梧。《诗经》有《黍离》章，写周朝东迁后，有士大夫途经此处，见原来的宗庙宫室，都长满了谷子和高梁，彷徨而不忍离去，有亡国之悲，因赋此诗。六代，指吴、东晋、宋、齐、梁、陈，这六个朝代，都是以建康（今南京）为都城，史称六朝。这里是泛指许多朝代而言。

4.一场恶梦：是对以上"王图霸业成何用"的答复，作者故意用"恶梦"二字，是藐视那些英雄事业的不足为贵。

【说明】

在中国古代，政治上的英雄人物，大都出身于布衣，但由于元代久废科举，知识分子没有出路，因此他们对那些王图霸业不再眷恋，而走上高蹈的道路。

四块玉·叹世

马致远

戴月行。披星走。孤馆寒食故乡秋。妻儿胖了咱消瘦。枕上忧。马上愁。死后休。

【注解】

1.戴月行、披星走二句：是从成语"披星戴月"而来，犹言奔波劳苦，日夜不休。

2.孤馆：即旅店。

3.寒食：古时清明前二日为寒食节。《荆楚岁时记》："去冬节一百五日，即有疾风甚雨，谓之寒食，禁火三日，造饧、大麦粥，斗鸡、镂鸡子、打球、秋千、施钩之战。"

4.故乡秋：犹言寒食节清冷凄凉的情况，好像故乡的秋天一样。

5.枕上忧、马上愁、死后休三句：即说不管梦中还是旅途中，都为家中的生活而担忧、发愁。而这种忧愁，直到死后才会休止。

【说明】

这首曲子，作者以淡淡的无奈，吐露出人的一生，始终都背着一个家庭的包袱，虽然享受到家庭的温暖，却也失去了自我，终其一生都为家中的生活奔波担忧，道尽了人生无奈、消极的一面。

金字经·无题

马致远

担挑山头月。斧磨石上苔。且做樵夫隐去来。柴。买臣安在哉。空岩外。老了栋梁材。

【注解】

1.担挑山头月：是说早上出去打柴，直到晚上月出时才回家。

2.斧磨石上苔：是说拿着斧头在石上打磨，连石上的青苔也磨光了。言外之意，有些消磨岁月的感叹。

3.且做：此二字有些不得已而暂时为此之意。

4.来：语助词，有"了""呀"等义。

5.买臣：即汉武帝时的朱买臣，他早年很穷苦，靠卖柴度日，后来竟然做了会稽太守。作者在这里，显然是以买臣自比。

6.安在哉：犹言哪里去了。

7.空岩外、老了栋梁材二句：是说自己生来是个栋梁之材，可以大用，但不幸受到环境的限制，犹如大树老死于空谷山岩之外一样。

【说明】

这首曲子，作者以简朴鲜明的笔调，道出自己怀才不遇的感慨。这种感慨，不仅是马致远的心声，也是元代许多知识分子的心声。

雁儿落带得胜令·闲适

邓玉宾

乾坤一转丸。日月双飞箭。浮生梦一场。世事云千变。万里玉门关。七里钓鱼滩。晓日长安近。秋风蜀道难。休干。误杀英雄汉。看看。星星两鬓斑。

【注解】

1.乾坤句：乾坤，即天地。全句是说天地的运行，就像一个会转动的圆丸子，循环变化得非常快。

2.浮生梦句：浮生，犹言虚浮的人生。李白《春夜宴桃李园序》云"浮生若梦，为欢几何"。全句是说，人的一生就好像做梦，刹那间就没有了。

3.万里句：玉门关，在今甘肃省敦煌市西，是通往西域各国的要道。东汉班超平西域有功，封为定远侯。年老思归，上书云："臣不敢望到酒泉郡，但愿生入玉门关。"这句是借班超的故事，比喻追求功名、万里封侯的意思。

4.七里钓鱼滩：是东汉严子陵，为了逃避光武帝的征召，隐居时钓鱼的地方，在今浙江桐庐富春江附近。

5.晓日长安近：据《世说新语·宿慧》篇说："晋明帝年数岁，坐元帝膝上。有人从长安来……因问明帝：'汝意谓长安何如日远？'答曰：'日远，不闻人从日边来，居然可知。'元帝异之。明日，集群臣宴会，告以此意，更重问之，乃答曰：'日近。'元帝失色，曰：'尔何故异昨日之言邪？'答曰：'举目见日，不见长安。'"曲中借用此典故，事实上说的是日近长安远，表示追求功名之不易。全句是说一般人还是热衷于功名，以为日远长安近，因为长安是追逐功名利禄的场所。

6.秋风蜀道难：李白《蜀道难》诗云"蜀道之难，难于上青天"。这句是说，为了追求功名，不辞秋风秋雨之苦，在艰险如蜀道的世路上奔波。

7.休干：干，即求。休干是说不必再求它了。

8.误杀英雄汉：是说为了追求功名利禄，不知耽误死了多少英雄人物。

9.看看：估量时间之词，犹言转瞬之间。

10.星星两鬓斑：星星，犹言花白，全句是说额头两边的头发，因年老而花白了。

【说明】

这首曲，题目虽然写的是"闲适"，事实上则是叹世之作。它的好处，是全篇不用一个衬字，句法都是两两作对，极为工整，是一首难得的好作品。前四句写人生世事千变万化，如一场春梦；中间四句，引用典故，烘托出各种追求功名利禄者；末四句语意一转，以悲切的语调道出"星星两鬓斑"，余意哀痛，令人深省不已。

叨叨令·道情

邓玉宾

一个空皮囊包裹着千重气。一个干骷髅顶戴着十分罪。为儿女使尽了拖刀计。为家私费尽些担山力。您省的也么哥。您省的也么哥。这一个长生道理何人会。

【注解】

1.空皮囊：比喻人的身体。

2.干骷髅：指人的头骨及骨架。

3.顶戴着十分罪：犹言承受着各种折磨。

4.拖刀计：本指在作战时，假装失败，拖刀而逃，诱敌追来，然后再回身扑杀。这里犹言使尽了各种机谋。

5.省：即省悟、懂得之意。

6.也么哥：歌唱时带有感叹性的语尾助词，并无实意。

7.长生道理：指出家修道以求长生。

【说明】

这首曲，满纸牢骚，全曲描写一个人为了儿女，为了家业，吃尽千辛万苦，既受罪，又受气，但还不能省悟，这正是当时知识分子为生活而奔走，负担之沉重的最好写照。

清江引·知足
贯云石

烧香扫地门半掩。几册闲书卷。识破幻泡身。绝却功名念。高竿上再不看人弄险。

【注解】

1.烧香扫地：指礼拜佛陀而言。

2.门半掩：是说不与闲人来往。

3.闲书卷：犹言清闲时读的书，指佛教经典而言。

4.识破幻泡身：佛教《金刚金》云"一切有为法，为梦幻泡影，如露亦如电，应作如是观"。本句是说看透了如梦幻泡影一般虚有的人生。

5.高竿弄险：指做官而言。

【说明】

这首曲，作者以淡雅高远的笔调，写出远离尘俗，不再为功名所累的心愿，寓意深远，发人深省。

红绣鞋·无题
张养浩

弄世界机关识破。叩天门意气消磨。人潦倒青山慢嵯峨。前面有千古远。后头有万年多。量半炊时成得甚么。

【注解】

1.弄世界句：弄，即作弄，或欺骗。机关，即机窍关键，犹言方法或手段。识破，犹言看透。全句是说，对尘世上捉弄人、欺骗人的手段，都已经看透了。

2.天门：即皇宫的大门。叩天门指求官而言。

3.人潦倒句：慢，即莫，不要。嵯峨，指山的高峻。全句是从辛弃疾《贺新郎》词中化出，原词云："我见青山多妩媚，料青山见我应如是。情与貌，略相似。"犹言人既潦倒失意，青山也就不必神气嵯峨了，这是作者强作达观的话。

4.量半炊时句：半炊犹言极短的时间。唐人沈既济的《枕中记》里说，有卢生客居邯郸旅店中，遇一道士吕翁，给了他一个磁枕，卢生梦入枕中，原来别有一天地。他在那里娶崔氏女，并举进士，做了大官，又平虏有功,为相十年,至八十岁时才去世。醒来,方知是梦,而旅店主人黄粱饭还尚未熟。于是吕翁对他说:"人生之事亦犹是矣。"言下大悟,便随吕翁出家修道去了。

【说明】

此曲作者以弃世的语调,感叹人生的短促,并且否定做官的价值。和无穷的今古相比,人生实在如枕中一梦,对于功名利禄、荣华富贵,还有什么好争的呢?

山坡羊·无题

张养浩

休学谄佞。休学奔竞。休学说谎言无信。貌相迎。不实诚。纵然富贵皆侥幸。神恶鬼嫌人又憎。官,待怎生。钱,待怎生。

【注解】

1.谄佞:犹言巴结人。
2.奔竞:指好钻营奔走的人。
3.貌相迎:指皮笑肉不笑的人。
4.待怎生:犹言能够怎么样。

【说明】

据萧散因的《元曲一百首》说:"这首曲子,以真率的语言,藐视的态度,揭露了封建官场中的吹牛拍马、两面三刀等等丑态恶相。"首三句以恳切率直的语气,劝导世人莫学吹牛拍马等谄媚行为;后四句则以轻蔑口语，唾弃钻营奔走的小人；末二句，作者以看破富贵名利作结，全曲一气呵成。

朝天曲·无题
张养浩

挂冠。弃官。偷走下连云栈。湖山佳处屋两间。掩映垂杨岸。满地白云。东风吹散。却遮了一半山。严子陵钓滩。韩元帅将坛。那一个无忧患。

【注解】

1.挂冠：把帽子挂起来，不再穿官服了，犹言辞官不做。指逢萌挂东都城的故事。（参考本书第240页白朴《庆东原·无题》注4）

2.连云栈：在陕西南部褒斜谷，古为入蜀的栈道。连云，犹言连天接云，是说很高峻危险的意思。全句是说离开了危险的环境。

3.湖山以下五句：都是些辞官后村居生活的快乐。

4.严子陵：即汉严光，字子陵。幼时与汉光武帝刘秀是同窗好友。光武帝继位后，他坚拒做官，耕钓于现在浙江省桐庐西的富春山。今富春江畔，仍有他钓鱼时常去的钓滩。

5.韩元帅：汉韩信，初从项羽，后来又投汉。萧何极力推荐他，刘邦就筑了一个将坛，拜他为大将。他帮助刘邦灭了项羽，建立汉室，后来坐谋反之罪，为吕后所杀。

【说明】

这首曲，作者举出了历史上两个著名人物，比较说明做官者的危险和归隐者的快乐。末句"那一个无忧患"，作者虽没有明白地指出是归隐者无忧无患，但从首三句以及"湖山"五句的描写，读者就不难了解作者的旨意何在了。

沉醉东风·隐居叹

张养浩

班定远飘零玉关。楚灵均憔悴江干。李斯有黄犬悲。陆机有华亭叹。张柬之老来遭难。把个苏子瞻长流了四五番。因此上功名意懒。

【注解】

1.班定远句：班定远即班超，东汉名将，明帝和章帝时，官西域都护，使西域各族人与汉朝联系，被封为定远侯。他在西域生活共有三十一年之久。晚年思家，上疏求归，其中有"臣不敢望到酒泉郡，但愿生入玉门关"的话。曲中"飘零玉关"，即是指此而言。按玉关在今甘肃省敦煌市西，为古时通往西域各国的要道。

2.楚灵均句：灵均是屈原的字。他在楚怀王时官三闾大夫，主张连齐抵抗秦国，但被亲秦派的贵族郑袖、令尹子兰所陷害，遭放逐。据《渔父篇》说："屈原既放，游于江潭，引唫泽畔，颜色憔悴，形容枯槁。"江干，即江边或江畔。

3.李斯句：李斯，楚国上蔡人（今河南上蔡县），秦始皇时，治理天下有功，官至丞相。二世立，宦官赵高诬斯谋反，遂被腰斩于咸阳市。他临死时，对儿子说："吾欲与若复牵黄犬，俱出上蔡门，逐狡兔，岂可得乎！"言下表示对做官的悔恨。

4.陆机句：陆机，松江华亭人，在西晋时以诗闻名当世。他曾为成都王司马颖带兵，和长沙王司马乂作战，兵败被杀。他临刑前叹道：

"华亭鹤唳，可复得乎？"

5.张柬之句：张柬之，唐武则天时的宰相，后佐唐中宗复位有功，被封为汉阳郡王。八十岁时，被武三思所构陷，贬为新州（今广东新兴县）司马，遂忧愤而死。

6.苏子瞻：子瞻名轼，是北宋的大诗人，但他在政治上与当时的宰相王安石意见不合。因王安石提倡变法，属于新党，而司马光等人，反对变法，属于旧党，那时新旧两党斗争得很厉害，自从神宗熙宁时代（1068—1077），一直到苏轼逝世的那一年（1101），都没有停止过，不断地彼此排挤。由于苏轼被王安石认为是旧党人物，在神宗元丰和哲宗绍圣年间，曾一再遭贬，最后被流放到海南岛。

【说明】

这首曲，作者从历史上找出证据，一一说明仕宦之途的凄凉下场，因而使他"功名意懒"，由此，即可明了作者厌世而遁隐山林的感叹的原因，故题目名为"隐居叹"，此曲正反映出元代政情的紊乱与不安。

落梅风·无题

阿鲁威

千年调。一旦空。惟有纸钱灰晚风吹送。尽蜀鹃血啼烟树中。唤不回一场春梦。

【注解】

1.千年调：据《云溪友议》载唐初王梵志诗："世无百年人。强作千年调。打铁作门限，鬼见拍手笑。"

2.纸钱：为死人所烧的纸币。

3.尽蜀鹃句：尽，尽管，或纵使。蜀鹃，相传蜀帝杜宇，死后魂化为鸟，名曰杜鹃，每啼，声极凄苦，直至喉破出血方止。烟树，指烟雾缭绕的树枝。

4.唤不回句：春梦，喻富贵之无常，及人生的短暂。《侯鲭录》卷七说："东坡老人在昌化，尝负大瓢，行歌于田间。有老妇年七十。谓坡云：'内翰昔日富贵，一场春梦。'坡然之，里中呼此媪为春梦婆。"

【说明】

这首曲子情意幽邈、苍凉，写出对人生命短暂的叹息。末句的"唤不回一场春梦"，正是作者对人生所下的注解。

寨儿令·叹世

马谦斋

手自搓。剑频磨。古来丈夫天下多。青镜摩挲。白首蹉跎。失志困衡窝。有声名谁识廉颇。广才学不用萧何。忙忙的逃海滨。急急的隐山阿。今日个。平地起风波。

【注解】

1.青镜：用青铜造的镜。

2.摩挲：谓以手抚搓。

3.蹉跎：犹言光阴虚度。

4.衡窝：古称以横木为门的为衡门，其屋为"衡庐"，乃言其简陋。窝，即住处。《诗·陈风·衡门》云："衡门之下，可以栖迟。"

5.廉颇：战国时赵国的良将，曾被人诬陷而逃至魏国，很久不被重用。见《史记·廉颇蔺相如列传》。

6.萧何：汉高祖时的丞相。

【说明】

这首曲中，作者以沉重的笔调写出当时知识分子不得志的苦闷，并且更进一步地指出，不但不被重用，还会遭遇到危险，所以不得不急急忙忙，隐居山林以避祸。曲中那种哀痛之声，溢于言表。

寄生草·感叹

查德卿

姜太公贱卖了磻溪岸。韩元帅命博得拜将坛。羡傅说守定岩前版。叹灵辄吃了桑间饭。劝豫让吐出喉中炭。如今凌烟阁一层一个鬼门关。长安道一步一个连云栈。

【注解】

1.姜太公句：姜太公，即吕尚，曾辅佐周文王及周武王，灭殷商。磻溪，一名璜河，在今陕西宝鸡市东南，北流入渭河，相传溪上有兹泉，即姜太公垂钓遇文王之处。全句是说姜太公不应该因功名，而轻易放弃在磻溪的隐居生涯。

2.韩元帅句：韩元帅，即韩信，原为楚将，楚汉相争，韩信背楚归汉。由于丞相萧何的极力推荐，韩信受到刘邦的重用，刘邦筑坛拜其为元帅。后来韩信灭了楚霸王，传因谋反而被杀。全句是说，韩信用生命博得了拜将坛，也大可不必。

3.美傅说句：傅说为殷高宗武丁的贤相，傅说曾隐居傅岩（今山西平陆县），由于高宗的一个梦，他才从筑墙的苦役中被选拔出来。版，即筑墙用的夹板。全句是说，如果傅说始终坚持筑墙而不去做官的话，那就真正值得人羡慕了。

4.叹灵辄句：灵辄，春秋时的晋人，据《左传》宣公二年的记载，当晋灵公的大夫赵盾到首阳山打猎，在桑树下休息的时候，遇到灵辄卧在树下。见灵辄饿得无法行走，赵盾便给他东西吃。他吃了一半，又留了一半要去奉养母亲，赵盾便多给了他一些饭和肉。后来晋灵公要杀赵盾，派灵辄作伏兵，他却倒戈救了赵盾。全句是说，灵辄在桑间吃了赵盾的饭，就要用性命来报答，太不值得了。

5.劝豫让句：豫让，是战国末年大夫知伯的家臣，后知伯为赵襄子所灭，豫让为了替知伯报仇，便改装毁容，吞炭为哑，使人认不出面孔，听不出声音来。后事败，为襄子所杀。全句是说，劝豫让快把喉中的炭吐出，何必一定要为知伯卖命。

6.凌烟阁：是唐代宫中的阁名。唐太宗曾画了二十四位功臣的像，悬挂其中。后来便用以指称仕途功名。全句是说，凡是在凌烟阁中的人，都是为功名而走到死路上去了。

7.长安道句：长安，是唐代的首都。长安道指仕途，因一般人为了做官而来往奔走在长安道上。栈，即栈道，是在悬崖绝壁上凿孔架木、铺板而成的走道。连云栈，在褒谷与斜谷（今陕西勉县褒城一带）之间，是由陕入蜀的必经之路，以曲折险峻著称。这里以连云栈的陡峭难行，暗喻做官的危险。

【说明】

这首曲子从头到尾，肯定了做官的不当。王锳的《元人小令二百首》评此曲说："本篇采用借古喻今的手法，一口气举出五个古人来做翻案文章，痛快淋漓地揭露了元代仕途的艰难和官场的险恶。不是深有感受的人，绝对发不出这种强烈的呼喊。"他的评语一针见血，切中了此曲的主旨。

雁儿落带得胜令·叹世

吴西逸

春花闻杜鹃。秋月看归雁。人情薄似云。风景疾如箭。留下买花钱。趱入种桑园。茅苫三间夏。秧肥数顷田。床边，放一册冷淡渊明传。窗前，抄几联清新杜甫篇。

【注解】

1.趱（zǎn）：急走。

2.茅苫三间夏：这是倒装句法，应该说"苫三间茅夏"。苫（shān），遮盖之意。茅苫，是说编茅盖屋。

3.秧肥数顷田：也是倒装句法，应该说"肥数顷秧田"。

4.冷淡：是说陶潜的诗风，清冷淡远而有高雅之趣。

5.清新：是说杜甫的诗风，清新俊逸而有无穷之味。

【说明】

【雁儿落】和【得胜令】经常相连在一起，为带过曲的形式，但仅【得胜令】可以单独使用，而【雁儿落】则不能。这一首曲的对法，就整篇而言，极为工整，字句安排得非常妥帖，足见作者的匠心了。这首曲子不仅字句对仗工整，结构亦严密，首二句起兴；三四句转入主题，写叹世之因；五句以下则写自己的心志，"冷淡""清新"二词，既点明作者淡泊名利之志，也对元代政治社会发出了不平之鸣。

水仙子·叹世

宋方壶

时人个个望高官。位至三公不若闲。老妻顽子无忧患。一家儿得自安。破柴门对绿水青山。沽村酒三杯醉。理瑶琴数曲弹。都回避了胆战心寒。

【注解】

1.三公：唐宋时，太尉、司徒、司空为三公。这里泛指高官。
2.顽子：犹言呆钝的儿子。
3.破：即打开。

【说明】

这首曲作者以清新、浅白的笔调，将官场的险恶及退隐的安乐做了个对比。曲中描写隐逸之居，安详和乐，令人为之向往；而对官场的描写虽不多，但末尾"胆战心寒"四字，则贴切地表达出仕宦之险恶，使人读了，亦觉心惊。

水仙子·无题

钟嗣成

灯前抚剑听鸡声。月下吹箫引凤鸣。功名两字原无命。学神仙又不成。叹吴侬何处归耕。日月闲中过。风波梦里惊。造物无情。

【注解】

1.灯前句：谓自己天不亮就起来舞剑了，表示勤奋努力。《晋书·祖逖传》，说祖逖与刘琨"情好绸缪，共被同寝，半夜闻鸡鸣，即起舞"。

2.月下句：犹言自得其乐之意。传说秦穆公女弄玉，爱吹箫。有萧史者，善吹箫，其声似凤凰之鸣，秦穆公筑凤台，将弄玉嫁给他。后箫史吹箫，引凤鸟至，弄玉乃乘凤，箫史乘龙，升天而去。

3.吴侬：本指吴地的人，这里是指"我"而言。

4.造物：谓主宰宇宙者，犹言上帝。

【说明】

这首曲，据卢润祥的《元人小令选》说："闻鸡起舞，月下吹箫，以示对功名的厌弃，和归田的心曲；'风波梦里惊''造物无情'，写生活上的曲折与风险，带来精神上的巨大压力，怨天尤人，反映出对现实社会的不满。"

醉太平·警世

汪元亨

辞龙楼凤阙。纳象简乌靴。栋梁材取次尽摧折。况竹头木屑。结知心朋友着疼热。遇忘怀诗酒追欢悦。见伤情光景放痴呆。老先生醉也。

【注解】

1.龙楼凤阙：指做官时常去的帝王宫殿。

2.象简：用象牙雕饰成的手板，为古代大臣上朝时所持，以为写备忘之用。

3.乌靴：古代官员所穿的黑色长筒靴。

4.栋梁材：犹言能担当大任的人。

5.取次：逐渐，或渐次。

6.竹头木屑：犹言用处不大的芝麻微官。

7.着疼热：即感到十分亲切。

8.伤情光景：犹言世上不平之事。

9.放痴呆：假装痴呆，不问世事。

【说明】

这是一首讽喻时世的曲子，作者一方面在告诉读者，须警悟到世俗上的名利、是非之险恶；另一方面写出自己逃名避祸以诗酒自娱的无奈。

折桂令·拟张鸣善

倪　瓒

草茫茫秦汉陵阙。世代兴亡。却便以月影圆缺。山人家堆案图书。当窗松桂。满地薇蕨。侯门深何须刺谒。白云间自可怡悦。到如今世事难说。天地间不见一个英雄。不见一个豪杰。

【注解】

1.拟张鸣善：即仿张鸣善的风格而写成的曲子。拟，即仿效、模拟。张鸣善，是元代后期的散曲作家，《太和正音谱》称他为"一代之作手"。《录鬼簿》续编说杨廉夫等名作家，对他"拱手服其才"。倪瓒的这首小令，据萧善因说，可能是模拟张鸣善的《水仙子·讥时》。

2.草茫茫：形容荒芜的景象。

3.陵阙：阙，本是皇宫前对峙的门楼，这里是指陵墓前的石楼台。

4.山人：作者自称。

5.堆案图书：犹言藏书丰富。倪瓒家有清闷阁，收藏古籍数千卷、三代钟鼎、历代著名书画、名琴古玩等。

6.当窗二句：松桂、薇蕨，一方面言树木花草之多，一方面也象征他人格的高尚。尤其薇蕨，是暗用伯夷、叔齐采薇的故事。薇，一名野豌豆，种子可食。蕨，嫩芽可食，地下茎可制成粉。周武王伐纣时，伯夷、叔齐苦谏不听。后来武王伐纣成功，统一天下，二人耻食周粟，隐居于首阳山，采薇而食，故后人遂以薇蕨为隐者所食。

7.侯门：大官显要人家。

8.深：犹言森严深广。

9.刺谒：刺，犹言今人所用名片。谒，是拜访。

10.白云句：陶弘景隐居山中不出，梁武帝诏问他山中何所有，他赋诗答道："山中何所有？岭上多白云，只可自怡悦，不堪持赠君。"

【说明】

据萧善因《散曲一百首》说："倪瓒虽然家资豪富，但他看透了元末的黑暗社会，从不侍奉阿谀权贵，一直追求山林乐趣。这首小令，真实地描写了他在隐居湖山前的这种生活态度，毫无隐讳地表达了对当时社会的极度失望。"

折桂令·无题
无名氏

叹世间多少痴人。多是忙人。少是闲人。酒色迷人。财气昏人。缠定活人。钹儿鼓儿终日送人。车儿马儿常时迎人。精细的瞒人。本分的饶人。不识时人。枉只为人。

【注解】

1.痴人：即无知之人，犹言不悟世事者。

2.缠定活人：是承上两句而言，是说酒、色、财、气，把活人缠定而不能解脱。

3.钹儿鼓儿：送葬时敲打的乐器。

4.精细：精明细心。

5.本分：安分守己。

6.饶人：即让人，犹言不去捉弄人或陷害人。

7.不识时人：是说不懂得人情世故的人。

【说明】

这首曲，据卢润祥的《元人小令选》说："写世态人情。反映元代社会世风之日下，各类市侩的形象，被勾画得淋漓尽致，为元统治下病态社会的缩影。"

遣　兴

小　序

赵芳艺

一、元曲中"遣兴"类作品的写作背景

大凡一种文体的兴起，莫不与当时的社会背景以及时代思潮有着密切的关系。如果没有春秋战国的混乱，没有楚怀王的昏庸，屈原的《离骚》也就无法创生而传于后世；史迁如果没有遭受腐刑，今天的《史记》必是另一番面貌。所以谈论到元曲，不能不先说明元朝的时代背景。

元朝是中国历史上第一个完全由异族统治的朝代。蒙古人恃其武力强大入主中原，以其边疆民族尚武轻文的方式来统治中国，中原文化陡然掀起了巨大的变革：在政治上，元朝时期的中国是一个横跨欧亚两洲的大帝国，在蒙古人的统治下有许多不同的种族共存，基于崇尚武力的传统而产生的种族偏见，元政府把它所统治的人民分为四等：一、蒙古人，二、色目人（包括西域、欧洲各藩属人），三、汉人（辽人、金人，及原受辽、金统治的华北人），四、南人（南宋统治下的南方汉人）。在政治及社会上严守阶级之分，依次由尊贵而鄙贱。汉人在中国历史上第一次沦落到最卑下的地位。而元朝对汉人的压迫，更可由当时的法令证明，据《元史》卷七《世祖纪四》云：

至元九年（1272）五月，禁汉人聚众与蒙古人斗殴。

《元史》卷一〇五《刑法志四》云：

诸蒙古人与汉人争，殴汉人，汉人勿还报，许诉于有司。

《刑法志四》又规定"诸杀人者死，仍于家属征烧埋银五十两给苦主"，但如果是"诸蒙古人因争及醉，殴汉人死者"，却只有"断罚出征"及"全征烧埋银"。汉人在社会上没有法令的保障，在政治上更无权参与实政，据《新元史·百官志》说：

上自中书省、下逮郡县亲民之吏，必以蒙古人为之长，汉人、南人贰之。终元之世，奸臣恣睢于上，贪吏掊克于下，痡民蠹国，卒为召乱之阶。甚矣！王天下者，不可以有所私也。

汉人在蒙元一代，真是受尽了极致的屈辱。

蒙古人崇尚好勇斗狠，所谓"衽金革，死而不厌"更是蒙古族传统遗留下的影响，所以元朝统治者对文化学术的鄙夷可见一斑。宋子贞《中书令耶律公神道碑》中说道：

自太祖西征之后，仓廪府库，无斗粟尺帛。而中使别迭等佥言："虽得汉人，亦无所用；不若尽去之，使草木畅茂，以为牧地。"公即前曰："夫以天下之广，四海之富，何求而不得，但不为耳，何名无用哉？"

别迭等人之言虽然没有实行，但是由此可预知元朝文人学士的命运如何。根据郑四肖《大义略》序中说：

鞑法：一官，二吏，三僧，四道，五医，六工，七猎，八娼，九儒，十丐。各有统辖。

又据谢枋得《送方伯载归三山》序，其中亦说：

> 滑稽之雄，以儒为戏者，曰："我大元制典，人有十等：一官，二吏，先之者，贵之也；七匠，八娼，九儒，十丐，后之者，贱之也。吾人品岂在娼之下，丐之上者乎？"

此两种说法虽略有不同，但是表达儒生遭受轻视的事实则是相同的。元朝文士社会地位既是如此低落，而元又废科举近八十年之久，使士人无法晋身于朝廷之中，被迫流寓民间、散居乡野；纵使有少数人能跻身于官场中，也只能屈居下僚，厕身于稗官末吏之列。据焦循《剧说》引胡侍《真珠船》说：

> 当时台省元臣，郡邑正官，及雄要之职，中州人多不得为之；每沉抑下僚，志不得伸。如关汉卿乃太医院尹、马致远行省务官、宫大用钓台山长、郑德辉杭州路吏、张小山首领官。其他屈在簿书，老于布素者，尚多有之；于是以其有用之才，而一寓之乎声歌之末，以抒其怫郁感慨之怀，盖所谓"不得其平而鸣焉"者也。

元曲这一新兴的文体，便是在此文人学士受尽压迫摧残的情况下产生的。

一个时代有一个时代的情感，为便于贴切地表达元代时汉民族的特殊遭遇与情感，于是便造就了新的文学形式。所以，王国维的《人间词话》中就说：

> 盖文体通行既久，染指遂多，自成习套。豪杰之士，亦难于其中自出新意，故遁而作他体，以自解脱。

王世贞在《曲藻》中亦说：

> 三百篇亡而后有骚赋，骚赋难入乐而后有古乐府，古乐府不入俗，而后以唐绝句为乐府，绝少婉转而后有词，词不快北耳而后有北曲，北曲不谐南耳而后有南曲。

词到了南宋已经失去其表情达意的功能，填词成为一种专门的学问，其一味讲求外在形式的整齐，而使词的内容出现了晦涩与支离的情况；元代的儒生已无法适切地运用词体来表达异于前朝的内心情感，而当时民间又出现了曲的传唱，这些沦落在乡野民间的文士，便起而从事创作，一则用以适应民间风尚，一则借以抒发内心抑郁难解的情绪。

二、"遣兴"类的元曲作品内容

现在流传下来的元人散曲，据《全元散曲》所收，总计有名氏作家二百一十二人，连同无名氏作品，共辑得小令三千八百五十三首，套数四百五十七套，残曲在外。这些作品的题材甚为广泛，或抒情，或怀古，或咏物，或叙事……内容琳琅满目，展现了元人感情生活的多样性。此处所选"遣兴"一类，乃是指元朝文人在面临政治的压迫以及生活的困顿之后，所表现出来的情感反应，其中又可以分为三类：一为自嗟自叹，二为淡泊名利，三为纯粹写田园之乐。就此三类，分别论述于下：

（一）自嗟自叹

一般人在遭受困顿磨难时，大多会有"生不逢时，时不我与"的慨叹。元朝的知识分子，在面对异族的压迫时，他们既无力抵抗，又心有不甘。这种民族的沉沦与个人的摧残之下所造出来的作家，并不是呼天抢地地宣泄他们心中的不满，而是在绝望之后淡淡地发出几声慨叹，或是感叹自己年华老大而一事无成，或是慨叹世事烦杂，另有平铺直叙生活所需的不满足，甚至以乞儿的身份陈述自己的身世，等等。

读此类作品，可以使人了解元朝文人的嗟叹；而深读此类作品，才可能见到元曲作家们内心真正的伤痛。如姚燧《喜春来·遣怀》：

笔头风月时时过，眼底儿曹渐渐多。有人问我事如何。人海阔。无日不风波。

虽然这首曲是在感叹自己年纪老大，而文坛后进渐多；但是深究其意，主要还是在说"人海阔，无日不风波"。因为世事的繁杂而艰难，任何时刻都可能惹起风波，所以隐遁到习文弄墨的生活中；然而在这种以写作为主的生活里，真正令人挂心的还是那些可能为自己惹出风波的世事，而现实状况又令人无法置身于其中，这种两难的情结是需要读者细细去体味的。

以下所选注的曲作中，自姚燧《喜春来》至无名氏的《水仙子》等九首皆属此类内容。

（二）淡泊名利

中国的知识分子，一向以"出仕"为其终极的目标以及唯一的出路，只要能够到达仕宦之途，其间的过程即使再艰辛也是值得的。然而，一旦不为人主所赏识，或者无法跻身于宦场之中，这些知识分子便失去了他们一辈子所奉行的圭臬，而显得不知所措、流离失所。直到陶渊明的一篇《归去来兮辞》，才替中国的读书人在仕宦一途以外，另外找到一个可以安身立命的地方。从此以后，读书人只要在追求功名利禄的路上受到挫折，不管是真正地通透看开，还是其实仍心有未甘，总是会提出"不为五斗米折腰"的说辞，以保存其为知识分子的面子及自尊心，这种心态实在值得玩味。

元朝自从灭金以后，只有在太宗九年（1237）举行过一次科举考试，一直到仁宗延佑二年（1315）才又恢复，其间七十八年未曾有过科举考试。即使在科举恢复之后，对应试汉人的刁难，以及对政治实权的限制，都使得汉人的文人学士难以以仕宦为其唯一出路；因此，这种中国知识分子既有的价值标准完全破败，迫使这些读书人必须另寻一个安身的场所。元人散曲中，有一类正是这一情况下的产物：其中不乏真正淡泊名利、不计功名的作家，但是也有"假撇清，满心功名富贵，满口山林泉石"的人。所以在阅读此类作品时，由正面观之，可以视之为淡然洒脱；由反面观之，则难脱"酸葡萄"心理之嫌。如白朴的《寄生草·劝饮》：

长醉后方何碍，不醒时有甚思。糟腌两个功名字，醅淹千古兴亡事。曲埋万丈虹霓志。不达时皆笑屈原非，但知音尽说陶潜是。

这首曲，从正面来看，可以说它是放浪不羁、豁达洒脱，在饮酒赋诗中，忘却了人间的功名利禄与千古兴亡事，以陶潜为唯一的知音，真是淡泊名利、与世无争。从反面来看，处处皆是牢骚、时时可见不平，正因为功名不能求，所以必须饮酒借以忘怀；更是因为现实中在政治上无法施展其才，所以才笑屈原不识时务，而以陶潜为其知音。这两种看法正是一体的两面，任由读者从各个角度来读它。此处提出，目的在提醒读者：以多样性的眼光去欣赏文学作品，可以使人更深刻地了解作品内在的意义。

此类作品如以下选曲中自白朴《寄生草・劝饮》至汪元亨《沉醉东风・归田》等十二首。

（三）田园之乐

自陶渊明以田园生活为写作题材，为中国文学开创新内容新领域之后，以山水田园寄托情怀的文学作品，历代未曾间断，甚至成了一种流派。

元朝的散曲作者，因为政治上的不顺利，许多都隐逸于乡野田园之中，借闲适的自然景色以及纯朴的民情，来慰藉他们内心的痛苦，同时，他们也以这些田园的乐趣为其主要的写作素材。

这一类作品，主要是在呈现隐居生活的乐事，所以对现实社会不满的牢骚较少，使人读起来有恬淡爽朗、不慕荣利的出尘之想。如马致远的《清江引・野兴》：

樵夫觉来山月低，钓叟来寻觅。你把柴斧抛，我把渔船弃，寻取个稳便处闲坐地。

樵夫和钓叟徜徉在山水之间，不计较今日的工作成果，顺其兴致，休憩且陶醉在山林水色之中，这种生活是多么令人向往而心求之！在这种生活里，没有世俗的纷争，也没有对功名利禄的追求，只有一种淡雅安闲的气氛，真的可以称之为淡泊名利。

此类作品请参见候选之作中，自卢挚《殿前欢・酒兴》至杨朝英

《水仙子·无题》等十三首曲作。

以上三类"遣兴"内容的曲选，取名各类中较具有代表性者，选注于后，则依作者年代先后编排。

白居易曾经说过："文章合为时而著，歌诗合为事而作。"尽管郑骞在《诗词曲的特质》一文中，批评元曲有颓废、鄙陋、荒唐、纤佻四弊，但不可讳言的是：元曲作家透过语言文字，真真切切地表露出了他们内心的情感和当代的思想。所以吴梅在《南北戏曲概言》中说："文人以本色见长。"此处所选"遣兴"一类，正是元代文人的心声，不仅反映出当代文人的困顿，更呈现出他们在面临逆境时的自处之道；细读之，有助于了解有元一代文士的思想状况，更能提供读者在传统诗文以外，新的文学情趣。

喜春来·遣怀

姚 燧

笔头风月时时过，眼底儿曹渐渐多。有人问我事如何。人海阔。无日不风波。

【注解】

1. 笔头风月：指写作生活。
2. 眼底儿曹：儿曹，本来是儿女，但在此是指文坛上的后进。
3. 人海阔：谓人事繁杂。
4. 风波：比喻人世上的各种摩擦。

【说明】

作者写他一生的时光,都消磨在舞文弄墨方面,眼前的后进又一天一天地多起来,而自己年纪老大,又无法安定下来,仍然在辽阔的人海中浮沉,不免有无限的伤感。

落梅风·无题

姚燧

红颜换。绿鬓凋。酒席上渐疏了欢笑。风流近来都忘了。谁信道也曾年少。

【注解】

1.绿鬓:即黑鬓。
2.风流:这里是指游冶之事。

【说明】

这首曲,作者自叹年华老逝,而不复年少风流。

山坡羊·自叹

曾瑞

南山空灿。白石空烂。星移物换愁无限。隔重关。困尘寰。几番眉锁空长叹。百事不成羞又赧。闲。一梦残。干。两鬓斑。

【注解】

1.南山空灿、白石空烂：是借用春秋时代宁戚的故事。宁戚想得齐桓公的任用，于是扮作商人，晚上在城门外歇宿。等到齐桓公开城门迎接宾客时，宁戚就在车下喂牛，并且敲着牛角唱道："南山灿，白石烂，生不逢尧与舜禅。短褐单衣适至骭，从昏饭牛至夜半。长夜漫漫何时旦。"齐桓公听到了，认为他非等闲之辈，就请他同车回去，授以官职。这里是借用宁戚饭牛歌的头两句，以抒发政治上不遇的感叹。

2.星移物换：王勃《滕王阁序》有"物换星移几度秋"的句子，以表示岁月流逝之意。

3.赧：由于内心感到惭愧而脸红的样子。

【说明】

这首曲，是作者感叹在政治上的不遇而且年华已老去，说他自己与朝廷之间，有重重关口的阻隔，而困守尘寰。

庆东原·次马致远先辈韵

张可久

诗情放。剑气豪。英雄不把穷通较。江中斩蛟。云间射雕。席上挥毫。他得志笑闲人。他失脚闲人笑。

【注解】

1.穷通：是说穷困与显达。也就是本曲最后两句的失脚与得志。

2.江中斩蛟：《水经注》云"澹台子羽，赍千金之璧渡河，河伯欲之。阳侯波起，两蛟挟舟，子羽曰：'吾可以义求，不可以威劫。'操剑斩蛟"。又周处事，见《世说新语》，大意说周处少年时，不学无术，为害乡里，人人都讨厌他，把他与山中的老虎和江中的蛟龙，合称为三大害。有人劝说周处去山中杀老虎，又在江中斩蛟龙。而他听说自己是第三害，非常悔恨，于是跑去向当时的贤人陆机、陆云学习，以后竟然做了大官。

3.云间射雕：雕为疾飞之大鸟，不易射中，因此古代每以射雕为能。《北齐书·斛律光传》，说光曾追随世宗在洹桥地方校猎，见一大鸟于云表飞翔，他引弓射之，正中其颈，此鸟形如车轮，旋转而下，至地，乃一大雕。丞相属邢子高见而赞叹说："此射雕手也。"当时传号落雕都督。

4.挥毫：即运笔。杜甫《饮中八仙歌》："挥毫落纸如云烟。"又李白诗："挥毫赠新诗，高价掩山东。"以上三句，都是指得志而言。

【说明】

张可久和马致远的《庆东原》，共有九首，这是第五首，写得豪放有力，与马致远的作风相近。其他各首的结句，都是"他得志笑闲人，他失脚闲人笑"，而马致远的原作，则已散佚了。但在陈乃乾编的《元人小令集》中，收录马致远的《庆东原》六首，题名《叹世》，每首的结句都是"不如醉还醒，醒而醉"。

折桂令·自嗟

钟嗣成

倚蓬窗无语嗟呀。七件儿全无，做什么人家。柴似灵芝。油如甘露。米若丹砂。酱瓮儿恰才梦撒。盐瓶儿又告消乏。茶也无多。醋也无多。七件事尚且艰难。怎生教我折柳攀花。

【注解】

1.蓬窗：犹言陋室。

2.七件儿：指每日生活的七种必需品，即柴、米、油、盐、醋、酱、茶。

3.灵芝：仙草。

4.甘露：又名天酒，是神灵之精。

5.丹砂：即朱砂，为贵重药物，可以提炼水银。

6.梦撒：即没有了。

7.消乏：是说消耗而缺乏。

8.折柳攀花：指寻花问柳之意。

【说明】

这首曲，一开始语气就非常沉重，接着数说他生活的艰难，结句突然一转，以反问而又诙谐的字句出之，不免令人失笑。

醉太平·乞儿自述（一）

钟嗣成

绕前街后街。进大院深宅。怕有那慈悲好善小裙钗。请乞儿一顿饱斋。与乞儿绣副合欢带。与乞儿换副新铺盖。将乞儿携手上阳台。设贫咱波奶奶。

【注解】

1.裙钗：本是古代妇女的服饰，这里是借指小女子。

2.饱斋：斋，是施舍给和尚、道士的食物。饱斋，犹言饱吃一顿。

3.合欢带：表示夫妇和好之带。一般在上面绣有鸳鸯或并蒂莲之类的图案。

4.将乞儿句：将，带领。阳台，《昭明文选》宋玉《高唐赋》序中说，有一次，楚襄王与宋玉游于云梦之台，看到高唐之观，其上独有云气。王于是就问宋玉，这是什么气。宋玉回答道，这是朝云。王又问什么是朝云，宋玉便说，从前楚国的先王，曾经在高唐游览，当他疲倦睡觉时，梦见一妇人自称巫山之女，愿荐枕席，临别之际说道："妾在巫山之阳，高丘之阻。旦为行云，暮为行雨。朝朝暮暮，阳台之下。"阳台，山名，在今四川省巫山县境。后俗谓男女欢会之所曰阳台。

5.设贫咱波：据卢润祥的《元人小令选》中注解说，设，食馔酒食。《晋书·羊曼传》中"客来早者，并得佳设；日晏渐罄，不复及精"可证。贫咱，即贫人。设贫咱，也就是施舍些酒食给贫人。波，语气词，即"罢"。

6.奶奶：奶奶二字，是宋元时对妇女的尊称，犹如现在我们称"太太"一样。

【说明】

这是写乞儿自己的幻想，希望能够得到一个多情女郎的赏识，而生活得愉快一些。

醉太平·乞儿自述（二）

钟嗣成

俺是悲田院下司。俺是刘九儿宗枝。郑元和俺当日拜为师。传留下莲花落稿子。搠竹杖绕遍莺花市。提灰笔写遍鸳鸯字。打爻槌唱会鹧鸪词。穷不了俺风流敬思。

【注解】

1.悲田院下司：悲田院，是宋元时代的乞丐收容所。下司，即所属人员。

2.刘九儿宗枝：刘九儿，是元人杂剧中常见的乞丐头子。宗枝，即本家。

3.郑元和：是宋人话本《一枝花》话中的人物。《一枝花》改编自唐代白行简所写的传奇《李娃传》，故事内容是写郑元和在上京应考时，与妓女亚仙相爱，后因财尽囊空，被鸨母设计驱逐出门。继又受到父亲的毒打，几乎死去。于是沦落为乞丐，或替人在丧葬时唱歌，或沿门唱歌乞讨。不料又巧遇亚仙，亚仙乃供他读书，终于功成名就，父子、夫妇重新团圆。元人石君宝的《曲江池》杂剧，即是写这个故事。

4.莲花落：从前乞丐行乞时所唱的曲词。

5.搠：即拄着。

6.莺花市：指繁华而妓女众多的街道。

7.提灰笔句：遍，或作就。谓提起蘸着灰浆的笔，写了些表现男女风情的曲辞来向人乞讨。

8.打爻槌：打爻槌，是一种乞丐玩的技艺，用三根鼓槌，交叉着上下抛接，因此也叫三棒鼓。表演时边抛、边打，同时也唱歌。

9.鹧鸪词：是词牌名，即鹧鸪天，是宋元时流行的小曲。

10.穷不了：即困不住、难不了。

11.俺风流敬思：犹言我这个风流浪子。王锳的《元人小令二百首》说，敬思，是元代俗语，指放浪不羁的人。例如王实甫《西厢记》第三本第一折【后庭花】："忒聪明、忒敬思、忒风流、忒浪子。"就是用此俗语。

【说明】

这首曲分别说明乞儿的身世和本领。

醉太平·乞儿自述（三）
钟嗣成

风流贫最好。村沙富难交。拾灰泥补砌了旧砖窑。开一个教乞儿市学。裹一顶半新不旧乌纱帽。穿一领半长不短黄麻罩。系一条半联不断皂环绦。做一个穷风月训导。

【注解】

1.风流贫最好：风流是指有才学而品格随便潇洒的人。好，喜爱的意思。全句是说我最喜欢结交的是那些虽然贫穷，但品格潇洒的人。

2.村沙富难交：村沙，即村俗。沙，同傻。难交，即难以交结。也就是说，如果他是一个村俗不堪的人，就是有钱我也不喜欢和他们做朋友。

3.砖窑：用砖头搭修成得窑洞，是穷人所住的地方。

4.市学：即公学。

5.黄麻罩：是用麻布缝的袍子，是穷人家穿的。

6.皂环绦：即黑色腰带。皂，黑色。绦，指带子。

7.做一个句：穷风月，指自己一无所有，唯"一肩明月，两袖清风"而已。训导，即从前的学官，负责州县学政，教谕所属生员。这里是指老师而言。全句是说做一个穷光蛋老师。又穷风月，是说穷风流，或穷开心，亦可。

【说明】

这首曲，写乞儿虽然过的是穷困潦倒的生活，但性情却潇洒旷达，不受拘束。

另外，在《全元散曲》中，有无名氏的《醉太平》，题名《叹子弟》，与钟嗣成之作大抵相似。

总观以上三首《醉太平》，诚如王季思等的《元散曲选注》所说："以玩世不恭的态度，表现突兀不平的气概。"元代有所谓"七匠、八娼、九儒、十丐"的说法。知识分子的地位，列在第九等，和妓女、乞丐相差无几，这完全是一种政治上的歧视。《醉太平》曲中的主人公，正是这样的人物之一，他虽身处逆境，但仍显得有些傲岸不羁。

水仙子·遣怀

无名氏

百年三万六千场。风雨忧愁一半妨。眼儿里觑。心儿上想。教我鬓边丝怎地当。把流年仔细推详。一日一个浅斟低唱。一夜一个花烛洞房。能有得多少时光。

【注解】

1.三万六千场：即三万六千日。

2.浅斟低唱：犹言歌舞场中的快乐。柳永《鹤冲天》词有"忍把浮名，换了浅斟低唱"句。

【说明】

元代卢挚的《双调折桂令》可与这首曲子相参看。另外，明代的诗人兼画家唐寅，便依卢曲写成了一首打油诗："人生七十古来稀，我年七十为奇。前十年幼小，后十年衰老。中间只有五十年，一半又在夜里过了。算来只有二十五年在世，受尽多少奔波烦恼。"

寄生草·劝饮

白　朴

长醉后何妨碍，不醒时有甚思。糟腌两个功名字。醅淹千古兴亡事。曲埋万丈虹霓志。不达时皆笑屈原非，但知音尽说陶潜是。

【注解】

1.方：将也。

2.糟腌两个句：糟，即酒渣。腌，一作淹。全句是说喝醉了酒，可以什么都不管，忘掉一切世上的功名富贵。

3.醅淹：一作培掩。醅，尚未滤过的酒为醅。淹，浸没。

4.曲：酿酒用的酵母。

5.虹霓志：犹言远大的抱负。全句意思是说，在当前环境下，无可奈何地把自己的大志压抑下去，沉湎在酒中。霓，一作蜺。

6.不达时：即不识时务。战国时的屈原，本忠君爱国，后来由于受小人排挤，被楚怀王放逐到江南。渔父问他为什么被放逐，他说："众人皆浊我独清,众人皆醉我独醒,是以见放。"终于自投汨罗江而死。全句是说屈原不随众人共醉,是不达时务,是错了,他应该同流合污呀。这是一种愤慨的话。

7.但知音句:但,只要。晋代的陶潜,由于看出社会的黑暗,不愿为五斗米折腰而辞去彭泽令,只以饮酒赋诗为消遣,因此作者说:我也和陶潜一样,以为退隐醉酒是对的。

【说明】

这首曲的作者,有人以为是写《竹叶舟》杂剧的范康,但据《尧山堂外纪》,以为是白朴之作,兹从之。曲中以长醉不醒,忘掉世界上的功名利禄,反映出一种洒脱不俗的态度。龙潜庵的《元人散曲选》说:"作者以劝饮为题,用豪放的笔调,写出他旷达的情怀。"

沉醉东风·渔父

白　朴

黄芦岸白苹渡口。绿杨堤红蓼滩头。虽无刎颈交,却有忘机友。点秋江白鹭沙鸥。傲杀人间万户侯。不识字烟波钓叟。

【注解】

1.黄芦岸二句:写渔父周围的景物。

2.刎颈交:刎颈是指肯以性命相许,而可以共生共死的好朋友。春秋时赵国有两名大臣,一是廉颇,一是蔺相如。前者以武功为将,后者以机智为上卿。初时,廉颇不甘于蔺相如之下,后来由于蔺相如的宽厚,两个人终于成为非常要好的朋友。《史记·廉颇蔺相如列传》："卒相与欢，为刎颈之交。"《索隐》："崔浩云：要齐生死而刎颈无悔也。"

3.忘机友：言心胸恬淡，与世无争，彼此没有什么利害冲突的朋友。以上"虽无刎颈交，却有忘机友"二句，是指渔父所接触的人事。

4.点秋江句：是以鸥鹭比喻自由自在的生活。

5.万户侯：汉代初年，封有功之臣为侯，食邑万户，世称万户侯。但这里是泛指做大官而言。

6.不识字句：连上文，是说当朝做大官算不了什么，而那个不识字的渔父，比起他们来可要显得骄傲多了。

【说明】

这首曲，主要在反映作者喜爱山水、不慕荣利的心志。所谓烟波钓叟，事实上就是作者的化身。在范子安（或云赵明道）的《范蠡归湖》杂剧第四折中，就引用了这首曲。我们根据明代蒋一葵的《尧山堂外纪》，以此曲为白朴所作。

拨不断·归隐

马致远

菊花开。正归来。伴虎溪僧。鹤林友。龙山客。似杜工部。陶渊明。李太白。有洞庭柑。东阳酒。西湖蟹。哎。楚三闾休怪。

【注解】

1.菊花开二句：是说在秋天九月菊花开放的时候，作者便已归隐林泉了。

2.虎溪僧：虎溪，在江西庐山下东林寺前。晋代高僧慧远住在东林寺。据说慧远平常送客例不过溪，过溪则虎啸，故名虎溪。有一次他送陶潜和陆静修，三人共话，不觉过溪，虎叫方知，于是三人大笑而别。画中有《虎溪三笑图》，即传此事。

3.鹤林友：鹤林寺，在江苏镇江市黄鹤山下。鹤林友，系指僧人而言。又卢前的《元明散曲选》说，鹤林寺在润州，见《续仙传》，苏东坡居之甚久。另外，佛教《涅槃经》中说，释迦牟尼佛在拘尸那城婆罗树林中涅槃，当时林色变白，如鹤之群栖，故称鹤林。后乃传以称佛寺。

4.龙山客：据《晋书·孟嘉传》说，晋桓温，九月九日在龙山宴客（今湖北江陵县），忽然有一阵风把客人孟嘉的帽子吹落了，但嘉态度从容，毫不在乎，以示潇洒。温命孙盛作文嘲嘉，嘉亦为文答之，其文甚美。杜甫《九日蓝田崔氏庄》诗："老去悲秋强自宽，兴来今日尽君欢。羞将短发还落帽，笑倩旁人为正冠。"即用此事。

5.似杜工部句：指的都是中国历史上的大诗人。杜甫，曾官工部员外郎，故云。陶渊明，不为五斗米折腰。李白和杜甫，也不向权贵低头。这是作者借他们以表示自己的清高。

6.洞庭柑：是产于江苏太湖东西二洞庭山的柑，以产量丰富而著名。按《橘录》："洞庭柑，皮细而味美，比之他柑，韵稍不及。熟最早，藏之至来岁之春，其色如丹。"杨万里诗有"味含霜气洞庭柑"一句。

7.东阳酒：东阳，今浙江金华地区，当时以产酒著名。

8.西湖蟹：杭州西湖中的螃蟹。

9.楚三闾：战国时的屈原，曾官楚国的三闾大夫。他本忠君爱国，但因谗言被楚王流放到江南，后自沉汨罗江而死。作者的本意是要隐居林泉、不问世事，这与屈原的忧国忧民的思想完全不合，所以说"休怪"。

【说明】

据龙潜庵的《元人散曲选》说:"这首曲,作者写自己隐居的情趣。曲中首先用'菊花'点出时令,跟着围绕着秋日的景致,写与他做伴的朋友,仰慕的古人,接触的事物。在形式上,近于罗列,但由于作者在艺术处理上的技巧,读起来却不觉得堆叠和重复。"

叨叨令·道情

邓玉宾

白云深处青山下。茅庵草舍无冬夏。闲来几句渔樵话。困来一枕葫芦架。您省的也么哥。您省的也么哥。煞强如风波千丈担惊怕。

【注解】

1.道情:即修道的心情或修道的情况。

2.渔樵话:是指有关钓鱼、砍柴的山野闲谈。

3.困来一枕句:言疲倦的时候,便在葫芦架下睡觉。

4.您:即你们。

5.煞强如:犹言真实好过,或比……好得多。

6.风波千丈:犹言仕途的危险,时时恐惧,时时担心。

【说明】

这首曲,写作者宁愿过山林野居的生活,也不愿意在官场上过提心吊胆的日子。

绿幺遍·自述

乔 吉

不占龙头选。不入名贤传。时时酒圣。处处诗禅。烟霞状元。江湖醉仙。笑谈便是编修院。留连。批风抹月四十年。

【注解】

1.龙头：以前科举时代，考中了头名状元，号称龙头。

2.名贤：有才名而以贤德著称的人。

3.酒圣：李白赠孟浩然诗"醉月频中圣"，中圣即醉酒，典出《三国志·魏志·徐邈传》，言魏武禁酒，徐邈私饮，至于沉醉，武帝问状，对曰："中圣人。"武帝不解，乃曰："酒清者为圣人，浊者为贤人。"这里是说时常以饮酒为荣。

4.诗禅：指诗句中带有禅味者，也就是说以诗谈禅。

5.烟霞：犹言山水。

6.编修：指古时朝廷中掌理编写国史的官员，全句是说在谈笑中评论今古，就像在编修院做了官一样。

7.批风抹月：犹言吟风弄月。批，即削减，或剪裁。抹，一作切。

【说明】

这首曲，是作者的自传。他一生怀才不遇，只好走上吟风弄月、寄情诗酒的生活，以求自我解脱。

折桂令·自述

乔 吉

华阳巾鹤氅蹁跹。铁笛吹云。竹杖撑天。伴柳怪花妖。麟祥凤瑞。酒圣诗禅。不应举江湖状元。不思凡风月神仙。断简残编。翰墨云烟。香满山川。

【注解】

1.华阳巾：一种道士戴的头巾，肖华山之形，上下平均。始于梁武帝时的陶弘景。

2.鹤氅：用羽毛做成的袍子。王禹偁的《黄州竹楼记》说："公退之暇，被鹤氅衣，戴华阳巾，手执《周易》一卷。"

3.蹁跹：盘旋往来的样子。

4.伴柳怪花妖三句：意指自己与歌伶舞伎、名儒硕彦、高人隐士都有来往。

5.不应举二句：是说不去参加科举考试，而要做一个浪荡江湖的才子。不追求世俗功名，而混迹于歌楼舞榭的神仙。

6.断简残编：即零章断句，指自己所作的诗歌。

7.翰墨云烟：即杜甫《饮酒八仙歌》所说"挥毫落纸为云烟"，指自己写的字。

8.香满山川：谓自己的诗文及书法，到处流传，受到大家的赞赏。

【说明】

据王锳《元人小令二百首》说："这里所描绘的，是诗人自己的形象。这是一个才华出众，不满现实的潦倒文人，也是一个玩世不恭、放浪形骸的风流浪子。"

山坡羊·述怀

张养浩

无官何患。无钱何惮。休叫无德人轻慢。你便列朝班。铸铜山。止不过只为衣和饭。腹内不饥身上暖。官。君莫想。钱。君莫想。

【注解】

1.患：犹言忧患。

2.惮：即怕。

3.列朝班：指做大官而言。

4.铸铜山：汉文帝时，掌管船只行驶的官吏邓通得宠，官上大夫。相者谓其当贫饿死，帝欲富之，乃赐蜀都岩道的铜山，得自铸钱，由是大富。但到了景帝时，因事被人告发，便没其钱入官，后竟至贫饿而死。

【说明】

张养浩《山坡羊·述怀》，原有十首，这是第四首，乃劝世之作，主要在说明宁可"无官""无钱"，却不可"无德"的处世思想，与平常我们所说的"良田万顷，日食究竟几何？大厦千间，夜眠不过八尺"的人生观，是一致的。曲中最后两个叠句所用的韵是"想"，可能传抄有误，依韵应改为"羡"。这样妄改古人作品，本不足为训，但为了音上的方便，谨于此特予说明。

庆东原·西皋亭适兴

薛昂夫

兴为催租败。欢因送酒来。酒酣时诗兴依然在。黄花又开。朱颜未衰。正好忘怀。管甚有监州，不可无螃蟹。

【注解】

1.西皋亭：浙江杭州市北有皋亭山，其处或有西皋亭。

2.兴为催租败：据《佩文韵府》引《冷斋夜话》说，宋时潘大临写信给谢无逸，信上道："夜来景物，件件是佳句，昨日雨卧，听搅林风雨声，欣然起，题壁曰：满城风雨近重阳。忽催租人至。遂败兴，止此一句奉寄。"

3.欢因送酒来：指九月九日有白衣人为陶渊明送酒之事。据《续晋阳秋》九卷五十九载，陶潜九日无酒，于篱边怅然久之，见白衣人至，乃王弘送酒使也。即使就酌，醉而后归。

4.黄花：即菊花。

5.管甚有监州两句：宋代各州置通判，称为监州，每与知州争权。有钱昆少卿，家世杭州，喜食蟹，求补外郡官，人问所欲，他说：但得有螃蟹、无通判处足矣。又苏轼"金门寺中见李西台与二钱唱和四绝句，残用其韵跋之"的《九日独不预府宴》诗云"但爱无蟹有监州。"因为在嘉祐年间，陈希亮知凤翔府，东坡初擢制科，签书判官事。陈严遇之，东坡不堪其位，故云。

【说明】

这首曲，以一种乐观豪放的笔调，写出作者的抱负，大有陶渊明"不为五斗米折腰"的气概。有人认为这首曲是马九皋所作，今依《全元散曲》定其作者为薛昂夫。

殿前欢·次酸斋韵

张可久

钓鱼台。十年不上野鸥猜。白云来往青山在。对酒开怀。欠伊周济世才。犯刘阮贪杯戒。还李杜吟诗债。酸斋笑我。我笑酸斋。

【注解】

1.酸斋：是贯云石的号。

2.钓鱼台：即东汉严子陵的钓鱼台，在浙江桐庐县富春山上。张小山曾在桐庐做过典史。

3.野鸥猜：即野鸥猜疑，暗用孔稚珪《北山移文》的典故。在《北山移文》中有"蕙帐空兮夜鹤怨，山人去兮晓猿惊"的话，意思是说原来隐居在钟山（今江苏南京江宁区北）的周颙，受不了名利的引诱而居然去做官，他自离开钟山以后，蕙帐空了，使得夜鹤悲鸣；山人去了，使得晨猿惊惧。鸥，一本作鹤。

4.伊周：伊尹、周公。伊尹是商汤的贤相，周公是周武王之弟，成王之叔，曾佐成王摄政，颇有功。

5.刘阮：刘伶、阮籍，都是晋代竹林七贤中人，他们都以贪杯好酒而著名。

6.李杜：李白、杜甫，均为唐代大诗人，一为诗仙，一为诗圣。

【说明】

这首曲的主题，写出作者不愿做官，要学严子陵，归隐江湖，以诗酒自娱的心声。因为贯酸斋也是一位辞官归隐的人，所以相顾而笑，引以为知己。

水仙子·次韵

张可久

蝇头老子五千言。鹤背扬州十万钱。白云两袖吟魂健。赋庄生秋水篇。布袍宽风月无边。名不上琼林殿。梦不到金谷园。海上神仙。

【注解】

1.蝇头老子句：蝇头，指书写工整的小字。老子，指老子的《道德经》，全书共有五千余字。

2.鹤背扬州句：据殷芸《小说》："腰缠十万贯，骑鹤下扬州。"

3.庄生秋水篇：秋水，是《庄子》一书中的一个篇名。

4.名不上句：犹言不愿去考进士。琼林，宋代苑名，在汴京（今河南开封）城西，北宋时常在此宴请及第的进士。

5.梦不到句：金谷园，为晋代巨富石崇所建，在今河南省洛阳市西北。全句是说做梦也不会梦到金谷园。犹言不羡慕富贵。

6.海上神仙：犹言逍遥自在。

【说明】

这首曲，次谁的韵，今已不可考。曲中全是道家的气味，讲求散淡逍遥，不慕荣利，在无边风月中，寻求自己的乐趣。

山坡羊·道情

宋方壶

青山相待。白云相爱。梦不到紫罗袍共黄金带。一茅斋。野花开。

管甚谁家兴废谁成败。陋巷箪瓢亦乐哉。贫。气不改。达，志不改。

【注解】

1.紫罗袍句：紫罗袍和黄金带，都是官服。《北齐书·杨愔传》："愔自尚公主后，衣紫罗袍，金缕大带。"犹言做起大官了。

2.陋巷箪瓢：箪，竹制的小筐；瓢，用葫芦或木头制成的舀水用具。《论语·雍也》篇中孔子称赞颜回的安贫乐道时说："一箪食，一瓢饮，在陋巷，人不堪其忧，回也不改其乐，贤哉回也！"

【说明】

这首曲表达了作者品格的清高，发挥孟子所说的"贫贱不能移，富贵不能淫"的大丈夫气概。

沉醉东风·归田

汪元亨

远城市人稠物穰。近村居水色山光。熏陶成野叟情，铲削去时官样。演习会牧歌樵唱。老瓦盆边醉几场。不撞入天罗地网。

【注解】

1.人稠物穰：犹言人多物丰。这里是说人多纷杂而吵闹不休。

2.野叟：山林野外的老人。

3.老瓦盆：元曲中，每称村夫所用的饮酒器具为老瓦盆。

4.天罗地网：是说不但为俗物缠绕，不得脱身，而且有种种危险。

【说明】

汪元亨的《沉醉东风·归田》，原有二十首，今选其一。此曲描写田居生活的安逸，纵酒高歌，其乐融融。而那些钻营功名利禄者，终身被俗物缠身，难脱险恶的罗网。

殿前欢·酒兴

卢　挚

酒杯浓。一葫芦春色醉山翁。一葫芦酒压花梢重。随我奚童。葫芦干。兴不穷。谁人共。一带青山送。乘风列子。列子乘风。

【注解】

1.山翁：即山简，晋人，曾做过襄阳太守，性好酒。李白《襄阳歌》中"笑煞山翁醉似泥"，即指他而言。这里是作者自比为爱饮酒的山简。

2.酒压花梢重：言满满一葫芦的酒，挂在树上，重重地压着花枝。

3.奚童：古代称奴仆叫奚奴，奚童就是供役使的小孩。

4.一带青山送：盖言自己酒醉了，感觉青山摇动，犹如向他送行。

5.列子：列御寇，战国时人，与庄周同时。据《庄子·逍遥游》说他能"御风而行"；又《列子·黄帝》篇中说"列子师老商氏，友伯高子，进二子之道，乘风而归"。这里是说喝过了酒，全身有点飘飘然的感觉，就像列子乘风那样轻快地走回家去了。

【说明】

这首曲，是借山简的故事，写出作者饮酒游春的豪兴，句调轻快流畅，是一首不可多得的好作品。卢前的《论曲绝句》，说他是"自写胸臆，旷放豪迈"。读之，可想见其人。

沉醉东风·闲居

卢 挚

恰离了绿水青山那答。早来到竹篱茅舍人家。野花路畔开，村酒槽头榨。直吃的欠欠答答。醉了山童不劝咱。白发上黄花乱插。

【注解】

1.恰：即刚刚。
2.那答：犹言那边。
3.槽：一作曹，酿酒用的器具。
4.欠欠答答：是形容喝醉了酒的动态。

【说明】

这一首曲，写闲居的自由生活，有青山、绿水、竹篱、茅舍、野花、村酒，再加上劝酒的山童，多么令人向往，尤其结句"白头上黄花乱插"，更显得潇洒不羁，洒脱极了。

四块玉·恬退

马致远

酒旋沽。鱼新买。满眼云山画图开。清风明月还诗债。本是个懒散人。又无甚经济才。归去来。

【注解】

1.旋：即时，现在。

2.还诗债：犹言写诗。

3.经济才：经邦济世之才，也就是救国救民的本领。

4.来：语尾助词，相当于了、呀等。

【说明】

这首曲写退隐后的生活，无论是物质方面的酒和鱼，或精神方面的云山、清风以及明月等，都是写作的好材料。把一个高才硕学而不为世用者的心情，完全反映在字里行间了。

清江引·野兴

马致远

樵夫觉来山月低。钓叟来寻觅。你把柴斧抛。我把渔船弃。寻取个稳便处闲坐地。

【注解】

1.樵夫觉来句：是说樵夫因打柴倦了而睡觉。一觉醒来，山边的月亮业已西沉。

2.钓叟：即老渔翁。

3.稳便处：即方便处，妥当处。

4.坐地：即坐下。

【说明】

这首曲写山林逸兴，极为清雅，令人向往。全曲主要在表达樵夫钓叟，那种"偷得浮生半日闲"的逸兴，写得清新可爱。

清江引·野兴

马致远

西村日长人事少。一个新蝉噪。恰待葵花开。又早蜂儿闹。高枕上梦随蝶去了。

【注解】

梦随蝶去了：《庄子·齐物论》中说，庄周梦见自己变成了一只蝴蝶，翩翩飞舞，飘然自在的到处翱翔。那时候，他根本不知道自己原来是庄周。

【说明】

作者在这首曲中，有意美化乡村生活的情趣，读来自觉为羲皇上人。曲中作者以细微景物，如"蝉噪""葵花开""蜂儿闹"来展现乡村逸趣，尤见手法细腻。

鹦鹉曲·山亭逸兴

冯子振

嵯峨峰顶移家住。是个不唧嘟樵父。烂柯时树老无花。叶叶枝枝风雨。故人曾唤我归来。却道不如休去。指门前万叠云山。是不费青蚨买处。

【注解】

1. 嵯峨：指山势突兀险峻而言。
2. 不唧嘟：元俗语，犹言不精细、不伶俐。
3. 烂柯：据《述异记》说，晋人王质入山砍柴，见二童子下棋。童子给他一粒像枣核大的东西，并且说吃了可以不饿。等到一局棋下完的时候，他砍柴的斧柄（柯）已经腐烂，当他回到家时，人说他已离家百年之久了。
4. 青蚨：本为水虫名，也是钱的代称；《淮南子·万毕术》中有"青蚨还钱"的传说。据《搜神记》卷十三的记载，青蚨"生子必依草叶，大如蚕子。取其子，母即飞来，不以远近。虽潜取其子，母必知处。以母血涂钱八十一文，以子血涂钱八十一文，每市物，或先用母钱，或先用子钱，皆复飞归，轮转无已"。

【说明】

这首《鹦鹉曲》，是冯子振和白无咎之作。子振为人博学强记，文思敏捷，一共和了四十二首之多，都是即景述怀之作。据冯氏的序说："余壬寅岁（元成宗大德六年，1302）留上京（即大都，今北京），有北京伶妇御园秀之属，相从风雪中，恨此曲无续之者，且谓前后多亲炙士大夫。拘于韵度，如第一个'父'字，便难下语；又'甚也有安排我处'，'甚'字必须去声，'我'字必须上声字，音律始谐。不然。不可歌。此一节又难下语。诸公举酒，索余和之，以汴、吴、上都、天京风景试续之。"读了这段序文，对于本调的作法，大致就明白了。

鹦鹉曲·渔父
白　贲

侬家鹦鹉洲边住。是个不识字渔父。浪花中一叶扁舟。睡煞江南烟雨。觉来时满眼青山。抖擞绿蓑归去。算从前错怨天公。甚也有安排我处。

【注解】

1.鹦鹉洲：是长江中的一座沙洲，位于今湖北武汉附近。唐崔颢《黄鹤楼》诗："晴川历历汉阳树，芳草萋萋鹦鹉洲。"但在这里却是泛指一般的沙洲。

2.睡煞江南烟雨：是说在江南微茫的烟雨中，可以尽情地睡觉。

3.抖擞：即摇晃之意。

4.绿蓑：指用绿草编成的雨衣。

5.甚：竟然、不料，是一种反问语气。

【说明】

这首曲，写渔翁自得其乐的情况，在当时相当有名，因而和作者甚众，最有名的是冯子振，他一口气和了四十二首。【鹦鹉曲】本来只有四句，但通常写作的人，都喜欢用"么"篇，却不标明"么"篇字样。此曲末二句"算从前错怨天公，甚也有安排我处"，表面上是作者在安慰自己；但从反面看，正好曲折地透露出对现实环境的不满。

金字经·无题

吴弘道

这家村醪尽。那家醅瓮开。卖了肩头一担柴。咍。酒钱怀内揣。葫芦在。大家提去来。

【注解】

1. 村醪（láo）：犹言当地的土酒。
2. 醅瓮（pēi wèng）：即酒坛子。醅，本指尚未过滤的浊酒。
3. 咍（hāi）：叹辞，表示打招呼。
4. 揣：藏、放之意。
5. 葫芦：盛酒的器具。
6. 来：语尾助词，犹言了、呀。

【说明】

这首曲写乡村樵夫们的快乐生活，极为逼真。全曲中，作者就"酒"的角度来铺写樵夫，取材颇见匠心，因为酒象征着活泼开朗的热力，读此曲，让人感染了樵夫们的快乐气氛。

清江引·幽居

张可久

红尘是非不到我。茅屋秋风破。山村小过活。老砚闲工课。疏篱外玉梅三四朵。

【注解】

1.红尘两句:是说幽居在山村,尘世上的一切烦恼都没有了,如果真有的话,那就是和杜甫一样,只不过茅屋为秋风吹破罢了。杜甫有《茅屋为秋风所破歌》:"八月秋高风怒号,卷我屋上三重茅。茅飞渡江洒江郊,高者挂罥长林梢,下者飘转沉塘坳。南村群童欺我老无力,忍能对面为盗贼。公然抱茅入竹去,唇焦口燥呼不得,归来倚仗自叹息。俄顷风定云墨色,秋天漠漠向昏黑。布衾多年冷似铁,娇儿恶卧踏里裂。床头屋漏无干处,雨脚如麻未断绝。自经丧乱少睡眠,长夜沾湿何由彻?安得广厦千万间,大庇天下寒士俱欢颜。风雨不动安如山!呜呼!何时眼前突兀见此屋?吾庐独破受冻死亦足!"

2.小过活:过活,即过日子。小过活,犹言清贫度日。

3.工课:即功课。全句是说,闲时便和旧有的笔砚打交道,以诗文自娱。

4.疏篱外句:是形容在山中生活环境的清幽淡雅。

【说明】

就这样轻描淡写的五句话,却把山居的好处,写得入木三分。

水仙子·山居自乐

孙周卿

西风篱菊灿秋花。落日枫林噪晚鸦。数椽茅屋青山下。是山中宰相家。教儿孙自种桑麻。亲眷至煨香芋。宾朋来煮嫩茶。富贵休夸。

【注解】

山中宰相：指六朝梁朝时的陶弘景。据《南史·陶弘景传》，说他隐居句曲山中，梁武帝礼聘不出，每有国家大事，武帝都到山中去和他商量，时人称他为山中宰相。这里是借用，为作者自称。

【说明】

孙周卿的《山居自乐》，一共有四首，这是第一首。他以浅显的句子，表达了山中隐居的乐趣，读来痛快淋漓，尤其"亲眷至煨香芋。宾朋来煮嫩茶"二语，把山居自乐的特色，和盘托出。

沉醉东风·村居

曹　德

茅舍宽如钓舟。老夫闲似沙鸥。江清白发明。霜早黄花瘦。但开樽沉醉方休。江糯吹香满穗秋。又打够重阳酿酒。

【注解】

1.黄花瘦：宋代李清照《醉花阴》词："莫道不消魂，帘卷西风，人比黄花瘦。"黄花，即菊花。

2.江糯：是江南地区特产的一种糯谷，又称江米。

【说明】

这首曲据王季思等人的《元散曲选注》说："写村居闲适之乐。起处比喻生动恰切，结处写出丰收景象，颇见豪情。"曹德的曲，风格多华丽自然，钟嗣成的《录鬼簿》说他"不在张小山之下"。

水仙子·自足
杨朝英

杏花村里旧生涯。瘦竹疏梅处士家。深耕浅种收成罢。酒新篘。鱼旋打。有鸡豚竹笋藤花。客到家常饭。僧来谷雨茶。闲时节自炼丹砂。

【注解】

1.处士：即隐居山林的人。

2.酒新篘（chú）：是说酒刚刚滤出。

3.谷雨茶：指在谷雨时节采的嫩茶。谷雨，二十四节气之一，每年农历四月二十或二十一日为谷雨。

【说明】

这首曲，是作者写他自己隐居生活的情趣。

水仙子·无题
杨朝英

六神和会自安然。一日清闲自在仙。浮云富贵无心恋。盖茅庵近水边。有梅兰竹石萧然。趁村叟鸡豚社。随牛儿沽酒钱。直吃得月坠西边。

【注解】

1.六神和会：六神，道家谓心、肺、肝、肾、脾、胆都有神，所以叫六神。通常只是指精神状态。和会，指调和会合。全句是说，调摄心神，除去欲念，精神就自然愉快而心安理得了。

2.自在仙：像神仙那样自由自在。

3.浮云富贵：是说富贵如浮云那样，一转眼就飘散了。《论语·述而》篇："不义而富且贵，于我如浮云。"

4.萧然：犹言清幽寂静。

5.趁村叟鸡豚社：趁，犹言追随。全句是说村叟拿着鸡豚（猪）来聚会饮宴，我也追随着一起去。

6.随牛儿句：是说有时带着酒钱，跟牧童一道去买酒。

【说明】

这首曲，写隐居生活的悠闲自足。作者一方面表达出自己弃世归隐的心志；同时，也写出了村居生活的细节，赏花、喂鸡、放牛、买酒等，是何等的逍遥自得。

怀 古

小 序

吴玉惠

一、元代的社会概况

元朝是汉人遭受外族侵略最彻底的朝代，在此之前，汉人并非不曾受过外族的欺压，像两晋、南北朝与辽金，都曾出现过这种情形，但是汉人往往能保存一部分实力，与外族形成对峙，所以在文化、政治及民族自尊上，都还保有余地，这一次却不然，中国全面地为蒙古人所统治了。

蒙古人本是马上得天下，入关后仍在马上治天下。作为游牧民族，他们文明发展程度不高，对中国传统的文化并不懂得尊重和发展，反而是大力地摧残，因此造成了空前的文化浩劫。

在政治方面，因为蒙古人的文化水准不高，因此根本谈不上所谓的政治理想，他们的政治目标既短视且实际，大抵不外是征财敛赋及防止反动。为了达到这两种目标，所采取的手段当然是高压政策，因此他们歧视汉人，将全国人民分成四个阶级：一为蒙古人，二为色目人，三为汉人，四为南人。这四个阶级在政治上所受的待遇极不平等。汉人在异族统治下，受尽压迫和歧视，在政治上根本没有出路，虽然可以参加科举考试，但是榜分为二，蒙古色目为一榜，汉人南人则另立一榜，而且考试科目亦不同，汉人的考试内容远比蒙古人要来得难，因此想要在此种政治环境下求取做官的出路，根本是不可能的。

在社会方面，以往都是"万般皆下品，唯有读书高"，但是元人并不重文采，而重实际利益，因此轻视读书人，如谢枋得《送方伯载归三山序》云：

滑稽之雄，以儒为戏者曰：我大元制典，人有十等，一官，二吏，先之者，贵之也。七匠，八娼，九儒，十丐，后之者，贱之也。吾人品岂在娼之下丐之上者乎？

同时在郑思肖《大义略序》及清魏源《元史新编·选举志》中亦有此记载。

由此可见士人地位的低落。这种现象和以往以士人为社会重心的传统完全不同，这样一来必然造成人心的不安、社会的动荡，士人完全没有出路，而变成社会上的无用之人，因此他们生活的困厄是可想而知的。再加上元人重视工艺而促使商业发达，所以在现实社会里，工与商的地位自然高于士农，种种传统价值观乃遭遇了前所未有的考验，在这种转换时期，社会人心自然无法适应并且充满不安的情绪。

在经济方面，元自太祖起，就开始奖励手工艺，如果在战争中俘获工匠，一定予以优惠；到了世祖仍然很重视工艺的发展，所以当时工部的组织庞大，设官特多，也由此可以想见当时手工业兴盛的景况了。

手工艺的兴盛，直接促使商业的发达，再加上蒙古人把欧亚打通，海运发达，扩大了国际贸易。这种高度的商业化，造成贵族官吏生活的奢侈，同时也造就了繁荣的大都市。在《马可·波罗游记》中就记载了当时大都商业发达、富庶的景象,光是大都一地的妓女就有两万人之多,其繁荣的盛况可想而知,如此的变动也促使元代社会呈现出异于前代的面貌。

物品之数,更非世界上任何城市可比……商品交易亦至繁多。当日商业繁荣的景象由此可见,而如此的商业活动,也会促使社会变动,因此使得元代社会呈现出另一番面貌。

以上这种种的因素造成了读书人不得不在心灵及现实中寻求另一条出路,以抒发其胸中的抑郁之情。明胡濚溪在《真珠船》云:"盖当时台省元臣,都邑正官,及雄要之职,中州人多不得为之,每抑沉下僚,志不得伸,如关汉卿太医院尹,马致远行省务官,宫大用钓台山长,郑德辉杭州路吏,张小山首领官,其他屈在簿书,老于布素者,尚多有之,于是以其有用之才,而一寓于歌声之末,以抒其怫郁感慨之怀,所谓'不得其平而鸣'者也。"

由此可知元代读书人的处境,虽然他们能当官,但这大抵只是蒙古人的怀柔手段之一,因此对于真正有抱负的读书人而言,仍然无法伸展其壮志,所以只能将其抑扼之思,书之于文学之作。当然其中也有因鄙夷胡元之士,而将其才华展现于文学者。但是不论什么原因,这些在当世不得志的文人,正好促使了元曲的蓬勃发展,而在当时不能直言其事的政治环境下,文人就很容易借着怀古、咏古的手法来说出心里想说而不能说的话,所以怀古也就成为元代散曲的题材之一。

二、怀古意识的产生

人类真真实实地存在于这个世界当中,因此会对自己所生存的空间和时间有所关怀,而文学作品之所以会引起人类的共鸣,在于它具有普遍性,它表达了人类普遍存在却又难以抒发的情感,它代表了亿万心灵的声音,只有这样的文学作品才足以感动人,足以不朽。而怀古这个题材,虽然在屈原的《哀郢》中已有出现,但却不是普遍的,而是部分的；一直到汉魏，这个主题的作品仍然没有普遍地出现。虽然感叹生命的无常和咏叹古人古事的题材，已经分别出现在诗赋当中，但却未完整地结合成一种怀古的意识形态，直到魏晋南北朝，这种意识形态才完整地出现在文学作品中。而隋唐之后，以怀古为题材的文学作品已普遍地存在于各种文体当中，因此在元代散曲中才有为数不少的怀古之作。

人类所关怀的问题，无非是生命的本身和生存的处境，而怀古意识的产生，乃是人类心灵反省的结果。这种心灵反省的核心在于人性，它并非全然依凭知觉活动所感应的外在经验世界，而大抵是以心灵的感觉去塑造内在经验的景象，因此这种反省，可说是一种对内在生活及情感的描绘。人类这种心灵的反省，所关怀的对象不仅是个人生命的存在，同时更是众人共同的命运，是社会的、具时代性的。

怀古的作者，通常都会透过作品对人类的历史，做一番前瞻和回顾；往往都会因为自然的不可超越以及往事不可追的情怀，还有对生命的无常和无望的孤绝而感到痛苦。唐陈子昂的《登幽州台歌》"前不见古人，后不见来者，念天地之悠悠，独怆然而涕下"，就是这种情怀的展现。所以怀古题材的写作者往往会悲悯人类共同的命运，因此在他们的作品中，通常会努力地为人类寻求另一种出路，其实也就是为自己寻找另一种归属。

人类之所以会有这些痛苦的情怀，主要是因为我们往往在历史的过程里，将一切人为的创作、一切事物当作生命的促进因素，以此来反抗死亡，向时间挑战，努力于使人生朝向不朽和永恒，然而这一切的努力及创建都会在时间的洪流里遭到改变和破坏。例如历代的兴亡事迹，不论是谁胜谁败，都会随着时间而消失，谁都无法抗拒自然的一切，即使是明君名臣，到头来依然只是荒冢一片。这种现象引发了人类无常的感伤情绪，感伤于人类的毁灭性多于创建性，以及自然规律的不可改变和不可抗拒。因此人们就会以为自己存在于一种孤绝的境地，自觉疏离于时间和真实之外，而那些历史上记载的朝向不朽努力的事迹和人物，便成为他们心灵的归依，所以才有怀古意识的产生。

历史带给人的悲痛感，在于它汇集了死亡的不可逃避、人类创建遭受毁坏的事实，也因此引发了人类普遍的疏离感和孤独感，而元代的社会环境特殊，引发了更强烈的怀古情绪，一般读书人自觉孤立于社会当中，同时又感怀着自然的不可抗拒，生老病死依然不断地发生，所以散曲的作者们将这种情绪投向历史中的古人古事身上，以寻求心灵上的解脱。这种解脱哪怕只是情感上的，也并不具有实质的效用，但这也是元代散曲作家为这个时代的人们尤其是他们自己寻求永恒存在的一种努力，不论成功与否，他们都提供了一条解脱困顿的线索，因此我们可以说怀古的意识正是对数百年动乱不安的关注及回顾、反省的结果。

三、元代散曲怀古之作的特色

元人散曲的怀古之作，所表现的主题不外是感叹人生的无常，其中包括国家兴亡、个人死生的不可抗拒，以及人生富贵荣华的不能长保，如果能了解元代的社会背景，便会明白元曲作家产生这样的感慨是再自然不过的事了。

在这些感怀作品中，有很多并非单纯的怀古，而是有其借古讽今的用心，例如马致远以【四块玉】写的马嵬坡就是借着唐明皇因宠爱杨贵妃而引起安禄山之乱，来讽刺当权者因重美色而荒于政事的情形；再者如薛昂夫以【朝天子】写的咏史，虽然写的是汉朝董卓，但是那些骂董卓的话，何尝不也是骂当代为官者的呢？那种榨取民脂民膏的贪吏嘴脸跃然纸上，可知它并非纯粹的怀古。

政治的黑暗、社会的动乱、生活的不安，往往使得道家思想抬头，所以在元散曲中有很多表达隐逸思想的作品，而表现在怀古作品中的，则是歌咏历史上的这类人物及其事迹，如歌咏陶渊明、严子陵、刘伶等，因为他们都能无视于眼前的功名富贵，毅然地放弃一切荣华享受，甘心过平淡自如的生活，而为有隐逸思想的元曲作家所钦羡。如卢挚的《折桂令·箕山怀古》及鲜于必仁的《寨儿令》写隐逸一曲中，都有明显的出世倾向；值得注意的是，这两人都是当世的显宦，由此更可看出这种情怀的普遍性。大抵因时代的不清明，所以散曲中的怀古之作，都把历史中的兴亡及功成名就看淡了。因此，争什么呢？最后还不都是北邙山下尘吗？

以上所谈的大抵是社会中的普遍现象，而在怀古作品中当然也有写个人际遇较明显的作品，例如张可久的几首怀古之作，大都有怀才不遇的感慨，他虽然写的是历史人物如廉颇、李广等，但事实上写的是自己怀才而不为世用的感伤。他因为怀才不遇，乃浪迹江湖，他的写兴亡之作如《水仙子·次韵金陵怀古》及以《卖花声》写的怀古，大都是借古讽今，于此表现出作者对当时社会种种弊病的不满，同样此类内容也出现在稍后的查德卿的《折桂令·怀古》中，也是写己之怀才不遇明主之思，由此可见这类作品也表现出当时一般读书人的心灵感受。

在元代后期的散曲怀古之作中，很明显地表现了故国今昔的感慨。这些作家大都是元末明初人，因此以己身经历书之于曲，写来真挚动人，如倪瓒以【人月圆】写的《越王台》，及汤式以【折桂令】写的《西湖感旧》，都含着一股对故国深深的怀念以及今昔不同的唏嘘之感，由此更可看出文学作品反映时代的功能。

元代散曲的怀古作品，虽然所咏所怀都是古人古事，但又何尝不是对今人今事的反映呢？这种上有古人的心理，正是作者希望的寄托，这些怀古的主题往往都与时代有紧密的结合，因此我们说怀古意识是全面反映时代的，是极具社会性的，它所呈现的内容正是那个时代人们的心声。

折桂令·萧娥

卢 挚

晋王宫深锁娇娥。一曲离笳。百二山河。炀帝荒淫。乐陶陶凤舞鸾歌。琼花绽春生画舸。锦帆飞兵动干戈。社稷消磨。汴水东流。千丈洪波。

【注解】

1.萧娥：指隋炀帝的皇后萧氏。据王季思等人的注解，萧后本是梁明帝的女儿，炀帝为晋王时，被选为妃子，炀帝即帝位，立为皇后。大业末年（617）她随炀帝游幸江都，隋亡后，辗转进入突厥。直到唐贞观四年（630），破突厥，才被迎归京师。

2.一曲离笳：暗指萧后在隋亡后流落突厥。

3.百二山河：形容战国时秦国形势的险要，盖谓秦国的两万兵力，借着形势的险要，可抵其他诸侯一百万的兵力，说见《史记·高祖本纪》。此连上句，是说炀帝靠着山河的巩固，不理政事，过着荒淫的生活，终于国破家亡。连他所喜爱的皇后也流落异域。

4.琼花绽句：琼花，即美丽的花。绽，指花开。相传炀帝为了欣赏扬州的琼花，乘大龙舟沿运河南下，船上用绸缎作帆，装潢瑰丽，举世无与伦比。

5.锦帆飞句：是说炀帝驾着用绸缎做成的帆船，引起人民的不满，终于爆发大乱。

6.社稷消磨：犹言国家灭亡。按社指土神，稷指谷神，合起来称社稷，引申为国家的代名词。

7.汴水：一称汴河，自河南经山东，流入江苏省境，注入淮水。

8.洪波：即大波。

【说明】

按卢挚共写了八首《折桂令》，分别题咏历史传说中的八位美女，第二首咏的是萧娥，其他分别咏丽华、杨妃、西施、绿珠、小卿、巫娥及商女（杜牧的《泊秦淮》诗），王季思等人的《元曲选注》说："此曲的结尾三句与'大江东去，浪淘尽，千古风流人物'同一感慨。"

折桂令·箕山怀古

卢　挚

巢由后隐者谁何。试屈指高人。却也无多。渔父严陵。农夫陶令。尽会婆娑。五柳庄瓷瓯瓦钵。七里滩雨笠烟蓑。好处如何。三径秋香。万古苍波。

【注解】

1.箕山：在今河南登封市东南，相传是尧时巢父、许由隐居的地方。

2.严陵：即严光，字子陵。

3.陶令：即陶潜，字渊明，曾为彭泽县令。

4.婆娑：犹言逍遥自在。

5.五柳庄：指陶渊明隐居的地方。他因宅边有五棵柳树，遂自号为五柳先生，并作《五柳先生传》，因此称其住处为五柳庄。

6.瓷瓯瓦钵：指饮酒的器具。

7.七里滩：在富春江上游，相传为严子陵垂钓处。

8.雨笠烟蓑：指钓鱼的器具。

【说明】

用【折桂令】【北宫】所作的怀古之作特别多,卢挚一口气共写了十六首。这首《箕山怀古》借许由、巢父来歌颂历史上的著名隐士,如严子陵、陶渊明等。王季思等人的《元散曲选注》说:"词句组织工丽,而格调自然,表现了初期散曲作家中清丽派的特色。"

四块玉·天台路

马致远

采药童。乘鸾客。怨感刘郎下天台。春风再到人何在。桃花又不见开。命薄的穷秀才。谁教你回去来。

【注解】

1.天台:即天台山,在今浙江天台县北,是佛教的胜地。

2.乘鸾客:泛指仙人。

3.怨感句:据《列仙传》《太平广记》及《绿窗新话》等的记载,刘晨、阮肇二人,赴天台山采药,迷失道路,看到山上有桃共取食之,又见二女容颜绝妙,留住半年,因为思家而求归,及到家乡,无人认识,据云已七代子孙了,于是二人重返天台,已失原路所在。

【说明】

这支【四块玉】,马致远一共写了十首,计:《天台路》《紫芝路》《浔阳路》《马嵬坡》《凤凰坡》《蓝桥驿》《洞庭湖》《临笻市》《巫山庙》《海神庙》,都是怀古之作。此曲乃叹人生之无常,这种感叹世事无常的心声，是元代知识分子普遍存有的心理。人生的富贵、幸运都如云烟一般，犹如南柯一梦。

四块玉·马嵬坡

马致远

睡海棠。春将晚。恨不得明皇掌中看。霓裳便是中原患。不因这玉环。引起那禄山。怎知蜀道难。

【注解】

1.掌中看：指唐明皇对杨贵妃的宠爱程度。杜牧诗："楚腰纤细掌中轻。"

2.霓裳句：是说由于唐明皇爱看杨贵妃的霓裳羽衣舞，而疏失政事，引起安禄山造反的祸乱。

3.不因三句：是说杨贵妃自从收了安禄山为义子后，禄山出入后宫不禁，而与贵妃有了私情，安禄山之所以造反，就是要抢夺贵妃。

【说明】

这首曲子借着唐明皇因宠爱杨贵妃，而引起安禄山之乱，来暗喻当时当官者之为美色所误。此曲乃借古讽今，表为怀古，实则讽刺当时为政者之荒淫无道。

殿前欢·吊屈原

贯云石

楚怀王。忠臣跳入汨罗江。离骚读罢空惆怅。日月同光。伤心来笑一场。笑你个三闾强。为甚不身心放。沧浪污你。你污沧浪。

【注解】

1.忠臣句：指屈原因楚怀王听信小人的谗言，遂被放逐，后自投汨罗江而死。

2.离骚两句：《史记·屈原贾生列传》中，曾赞美屈原所作的《离骚》，说其文可以"与日月争光"。

3.伤心来笑一场：是由于极度伤心而破涕为笑。

4.三闾：指屈原，因为他曾官三闾大夫，掌理屈、昭、景三姓。

5.强：即强项，犹言秉性刚直，至死不低首下人。

6.沧浪二句：在《孟子·离娄》篇中有"孺子歌"曰："沧浪之水清兮，可以濯吾缨，沧浪之水浊兮，可以濯吾足。"沧浪在汉水的下游，这里泛指江水，亦即指汨罗江而言。

【说明】

此曲题咏屈原，也是一首借古喻今的作品。最后两句"沧浪污你，你污沧浪"并不是真正地斥责屈原，而是说屈原处在那个污浊之世，就是跳入江中，也是洗不清的，所谓"众人皆浊，而我独清"恐怕是不可能的了。

寨儿令·隐逸

鲜于必仁

汉子陵。晋渊明。二人到今香汗青。钓叟谁称。农父谁名。去就一般轻。五柳庄月朗风清。七里滩浪稳潮平。折腰时心已愧。伸脚处梦先惊。听。千万古圣贤评。

【注解】

1. 汉子陵：即后汉时的严光，字子陵。

2. 晋渊明：即晋代陶潜，字渊明。

3. 香汗青：汗青，即指史书。全句是说留香名于史籍。

4. 五柳庄：陶渊明隐居处，因此他自号为五柳先生。

5. 七里滩：在富春江上游，相传是严子陵垂钓处。

6. 折腰句：因陶渊明自谓"不为五斗米折腰"而辞官归隐。

7. 伸脚句：相传东汉光武帝刘秀，少时与严子陵同游。后来他做了皇帝，子陵便隐居不仕。光武帝把他找来，曾与之同榻共眠，他把脚伸在光武帝的肚皮上。此处即是活用这个故事，说明在帝王旁边睡觉，都要心惊肉跳，唯恐获罪。

【说明】

据王季思等人的《元散曲选注》说："赞美严子陵、陶渊明的隐居生活，是元散曲里常见的，这首曲采取史家合传的手法，双题并举，斤两悉称，艺术上有创造性。"此曲之用字用语及结构甚佳，确实是一首好作品。

山坡羊·北邙山怀古

张养浩

悲风成阵。荒烟埋恨。碑铭残缺应难认。知他是汉朝君。晋朝臣。把风云庆会消磨尽。都做了北邙山下尘。便是君。也唤不应。便是臣。也唤不应。

【注解】

1.北邙山：在河南洛阳市北，自汉都东迁以来，王公大臣的坟墓，多葬于此。

2.风雨庆会：《易·乾》云"云从龙，风从虎"。全句是说君臣如云之从龙、风之从虎，各逞其能，而消磨了一生。

【说明】

此曲颇有江淹《恨赋》之慨："自古皆有死，莫不饮恨吞声。"不论是君是臣，到头来都不免一死，因此作者说"都做了北邙山下尘"。

山坡羊·潼关怀古

张养浩

峰峦如聚。波涛如怒。山河表里潼关路。望西都。意踌躇。伤心秦汉经行处。宫阙万间都做了土。兴。百姓苦。亡。百姓苦。

【注解】

1.峰峦：指崤山。

2.波涛：指黄河。

3.表里：即内外。

4.潼关：即今陕西潼关县东南部，界连山西及河南，是古代的军事要地，古称桃林塞，东汉置潼关，地当黄河之曲，据崤山之固，关城雄踞山腰。下临黄河，素称险要。

5.西都：即长安。

6.意踌躇：踌躇（chóu chú），内心不安的样子。此句连下句大意是说，一路上看到秦汉以来的历史遗迹，内心有很多感触，而惆怅不安。

7.宫阙：泛指古代帝王的宫殿。阙，是皇宫门前两边的小楼。

【说明】

这首曲，大概是作者调任陕西行台中丞时，在路途上所写的感触之作。潼关地势，雄踞山腰，下临黄河，扼秦晋豫三省之要冲，为古来兵家必争之地。此曲首二句即以"聚""怒"二字描绘出"峰峦"和"波涛"的情状，写得雄伟异常，把潼关内外的险要形势，凸显在我们的面前。但历代的政治家及军事家为了争夺地盘而发动战争，最后不管谁是胜利者或失败者，首当其冲的，却是那可怜的老百姓啊！

山坡羊·洛阳怀古

张养浩

天津桥上。凭栏遥望。春陵王气都凋丧。树苍苍。水茫茫。云台不见中兴将。千古转头归灭亡。功。也不长久。名。也不长久。

【注解】

1.天津桥：在洛阳西南的洛水上。

2.舂陵：即东汉光武帝刘秀举兵之处。

3.云台：在汉洛阳南宫，因其台高可干云，因以名云台。

4.转头句：比喻短时间之内。

【说明】

此曲借用汉光武帝起兵以及衰亡之事，言不论是功，是名，都会随着时间的流转而消失。此曲扣题严谨，感慨无限。

塞鸿秋·无题

郑光祖

金谷园那得三生富。铁门限枉作千年妒。汨罗江空把三闾污。北邙山谁是千钟禄。想应陶令杯。不到刘伶墓。怎相逢不饮空归去。

【注解】

1.金谷园句：是说富贵不可长保。晋石崇，字季伦，南皮（今河北沧州南皮县）人，累官荆州刺史，以使客航海致富。在今河南洛阳市西北筑金谷园，家有美妾，名绿珠，孙秀欲得之而崇不肯，旋绿珠坠楼死，秀怒，谮于越王伦，矫诏杀崇，一门皆死。

2.铁门限句：据《法书录要》谓，南朝陈时的智永禅师，住吴兴永欣寺，善书，人来求书者若市，户限为之穿穴，使用铁叶裹之，号称铁门限。又唐王梵志诗："世无百年人，强作千年调，打铁作门限，鬼见拍手笑。"全句是说，人有了声誉，便会招来旁人的嫉妒。

3.汨罗江句：战国时候的楚人屈原，曾官三闾大夫，忠君爱国，而为朝中小人所害，遭楚怀王及襄王两度放逐，最后投汨罗江而死。

4.千钟禄：一钟等于六斛四斗，禄有千钟，极言其多。全句是说人生不免要死亡，即是千钟之禄，亦难长保。

5.陶令杯：即陶渊明的酒杯。渊明曾官彭泽令，不久即辞官归隐，有饮酒诗数十首。

6.刘伶：晋代竹林七贤之一，沛国人，曾任建威参军，放情好酒，经常推酒乘鹿车外出，车中放荷锸，谓人曰："死便埋我。"

【说明】

这首曲主要是表达不论是富贵显达，都不可能长保，因为不管当时如何叱咤风云，最后终归尘土。由此曲我们可看出作者对富贵生死的看法。

水仙子·游越福王府

乔 吉

笙歌梦断蒺藜沙。罗绮香余野菜花。乱云老树夕阳下。燕休寻王谢家。恨兴亡怒煞鸣蛙。铺锦池埋荒甃。流杯亭堆破瓦。何处也繁华。

【注解】

1.福王府：即南宋宗室赵与芮的官邸。

2.断：尽的意思。

3.蒺藜：生长在沙土中的有刺植物。全句是说昔日歌舞之地，现在却到处长满了刺人的蒺藜。

4.罗绮句：犹言昔日的绮罗香泽，现在见到的却是野菜野花。

5.王谢：指晋代的豪门王导、谢安。唐刘禹锡诗："旧时王谢堂前燕，飞入寻常百姓家。"

6.怒蛙：一种鼓腹而鸣的青蛙。

7.铺锦池：可能是当时福王府的名胜之一。

8.甃（zhòu）：井池的壁。

9.流杯亭：可能也是当时福王府的名胜之一，以为曲水流觞之戏。

10.何处也：犹言哪里去了。

【说明】

这一首曲子，写福王府昔日的繁华与目前的凋零，引起作者的无限感慨。此曲音律悠扬流畅，遣词造句极其工整，同时扣题贴切，是一首好作品。

塞鸿秋·凌歊台怀古

薛昂夫

凌歊台畔黄山铺。是三千歌舞亡家处。望夫山下乌江渡。是八千子弟思乡去。江东日暮云。渭北春天树。青山太白坟如故。

【注解】

1.凌歊（xiāo）台：在安徽黄山，南朝宋刘裕，曾建离宫于此。

2.是三千歌舞亡家处：据说刘裕在凌歊台的离宫中，有三千宫女，朝欢暮乐，因而弄得国破家亡。

3.望夫山下二句：望夫山在安徽当涂县西北四十里。乌江渡在安徽和县东北。《方舆览胜》言："昔人往楚，累岁不还，其妻登此山望夫，化为石。"据《史记·项羽本纪》，项羽在垓下（今安徽灵璧县东南）失败，退到乌江，乌江亭长请他渡江，他说，我和江东子弟八千人，渡江而西，现在没有一个回来，我有何面见江东父老。遂自刎而死。

4.江东二句：见杜甫《春日忆李白》诗"渭北春天树，江东日暮云"，是说二人分离，杜甫在渭（指长安）李白在江东。这里又是借用杜甫原有诗句，表示对李白的思念。

5.青山太白坟如故：陆游《入蜀记》："姑孰溪东南，数峰如黛，盖青山也……（李太白祠堂在青山之西北……墓在祠后。"曲中之意言诗人李太白的坟墓，虽青山如故，但荒烟蔓草，至今什么也没有了。

【说明】

这首曲虽然是怀古之作，但也暗示着对现实环境的不满。作者借用许多历史传说中的人物事件，表达出他对世事兴衰无常的感慨。

朝天子·咏史

薛昂夫

董卓。巨饕。为恶天须报。一脐燃出万民膏。谁把逃亡照。谋位藏金。贪心无道。谁知没下梢。好教。火烧。谁买棺材料。

【注解】

1.董卓数句：董卓为东汉甘肃临洮人，灵帝崩，他带兵进入洛阳，诛杀宦官，后又杀少帝及何太后，立献帝，进位为相国。董卓为人性情残暴，经常残杀大臣及百姓。袁绍等起兵反对他，他便挟献帝迁都长安，自为太师，筑郿坞，在里面收藏了无数的金银珠宝，有篡位自立之意。后来大司徒王允，利用吕布杀了他，把尸体放在大街上示众。他的躯体肥大，守尸的人，晚上在他肚脐中插入木材以点灯，光明达旦。

2.巨饕（tāo）：本指贪食的人，亦可指贪财的人。

3.没下梢：即没有好结果。

【说明】

这首曲子虽然是骂董卓，但也是斥责当时那些残暴的权臣。作者借用董卓的贪婪无道，讽刺元代那些奸淫的官吏，比拟贴切。曲中用字用语浅白，结尾三句尤其生动。

寨儿令·楚汉遗事

马谦斋

楚霸王。汉高皇。龙争虎斗几战场。争弱争强。天丧天亡。成败岂寻常。一个福相催先到咸阳。一个命将衰自刎乌江。江山空寂寞。宫殿久荒凉。君试详。都一枕梦黄粱。

【注解】

1.楚霸王句：据《史记·项羽本纪》："项王自立为西楚霸王。"又云："樊哙曰：夫秦有虎狼之心……天下皆叛之，怀王与诸将约曰：'先破秦入咸阳者，王之。'今沛公先破秦，入咸阳。"

2.都一枕梦黄粱：据唐沈既济《枕中记》，谓有卢生者于邯郸逆旅，遇道士吕翁，自叹困穷，翁取囊中枕授之曰："枕此当令子荣适如意。"时主人蒸黄粱饭，生梦入枕中，娶崔氏女，举进士，官至节度使，大破戎虏，为相十年，子五人皆仕宦，孙十余人，其姻媾皆天下望族，年逾八十而卒，及醒黄粱尚未熟，怪曰："此岂梦寐耶？"翁笑曰："人生之适亦如是矣。"生怃然良久，稽首再拜而去。

【说明】

此曲题名"楚汉遗事"，顾名思义，即以汉高祖和项羽的成败为比，写出无论谁胜谁败，最后都是黄粱一梦，江山寂寞，因此争什么呢？

水仙子·次韵金陵怀古

张可久

朝朝琼树后庭花。步步金莲潘丽华。龙蟠虎踞山如画。伤心诗句多。危城落日寒鸦。凤不至空台上。燕飞来百姓家。恨满天涯。

【注解】

1. 朝朝句：指南朝陈后主事。后主荒于酒色，每日与妃嫔狎臣游宴赋诗，不恤政事，隋兵到来，他还饮酒行乐，不以为意，直至隋将韩擒虎攻入朱雀门，才和张孔两妃，躲入宫内的景阳井，后被俘。琼树后庭花即玉树后庭花。为陈后主所造，歌词绮艳轻薄，宫中常唱以取乐。

2. 步步句：指南朝齐东昏侯事。东昏侯宠爱贵妃潘丽华，曾以金莲花铺于地，使妃行其上，名为"步步生莲"。后梁武帝攻入南京，东昏侯被杀，潘妃也自缢而死。

3. 龙蟠虎踞句：犹言南京形势的雄壮险要。据《六朝事迹类编》，谓诸葛亮论南京形势说:"钟阜龙蟠,石城虎踞,真帝王之宅。"

4.凤不至空台上:指凤凰台言,是台在南京城西南隅,据《六朝事迹类编》说,南朝宋元嘉中,有凤凰飞到这里的山上,于是在山脚筑台,以表祥瑞。李白《登金陵凤凰台》诗有"凤凰台上凤凰游,凤去台空江自流"之句。

5.燕飞来百姓家:唐刘禹锡《乌衣巷》诗:"朱雀桥边野草花,乌衣巷口夕阳斜。旧时王谢堂前燕,飞入寻常百姓家。"诗中指出原来东晋王、谢两大贵族的豪华住宅,已变成平常老百姓的住家了。

【说明】

这首曲的题目是"次韵金陵怀古",但次谁的韵,已不可考了。首二句对仗工整,且以陈后主与齐东昏侯事起兴,表达出作者对世事兴亡无常的感慨。

水仙子·怀古

张可久

秋风远塞皂雕旗。明月高台金凤杯。红妆肯为苍生计。女妖娆能有几。两蛾眉千古光辉。汉和番昭君去。越吞吴西子归。战马空肥。

【注解】

1.皂雕旗:绣着黑色大鹰的军旗。是说王昭君出塞和番的情景。
2.高台:指姑苏台,在今苏州市西南。吴王夫差为西施所建造。
3.金凤杯:刻镂着凤凰的金杯。指西施与吴王夫差在姑苏台饮宴事。
4.红妆:即美人。与下面的"女妖娆""蛾眉"等一样。

5.越吞吴西子归：相传西子是越国人，当越国灭掉吴国后，西施又回到越国，随越国大夫范蠡泛舟五湖而去。

6.战马空肥：这句是讽刺当政者，不肯用军队保卫疆土，而依靠美色以求和。

【说明】

这首曲，主要是讽刺当政者，在战场上不以军事计谋取胜，而靠美色来求和的情形。

卖花声·怀古

张可久

美人自刎乌江岸。战火曾烧赤壁山。将军空老玉门关。伤心秦汉。生民涂炭。读书人一声长叹。

【注解】

1.美人句：指秦代末年，楚汉相争，楚霸王项羽，为汉刘邦所败，逃到乌江（今安徽和县东北）与美人虞姬自刎而死。

2.战火句：指三国时，孙权与刘备合兵火烧赤壁（今湖北蒲圻县境）大破曹操。

3.将军句：指汉班超，曾通西域（今新疆一带），封定远侯，在外三十一年，年老上书请归，书中有"臣不敢望到酒泉郡，但愿生入玉门关"之句。玉门关在今甘肃敦煌市之西。

4.涂炭：犹言百姓的苦难像陷进泥涂，坠入炭火之中一样。《尚书·仲虺之诰》："有夏昏德，民坠涂炭。"

【说明】

这首曲说出了秦汉及三国时代的英雄，只知道争地盘、夺政权，连年战祸，但受苦的却是老百姓，使读历史的人，感而发出哀悼长叹之声。

卖花声·客况

张可久

登楼北望思王粲。高卧东山忆谢安。闷来长铗为谁弹。当年射虎。将军何在。冷凄凄霜陵古岸。

【注解】

1.登楼句：指王粲。粲字仲宣，汉山阳高平人，为建安七子之一。他年轻时在刘表属下做官，曾登当阳（今湖北当阳市）城楼北望，写了一首有名的《登楼赋》，抒发怀念故乡的情绪。

2.高卧句：指谢安。安，东晋人，少有重名，隐居会稽东山，朝廷征辟不就。

3.长铗句：战国时人冯谖，在孟尝君门下作客，因不满意他所得到的待遇，曾弹着剑把唱道："长铗归来乎？食无鱼……"孟尝君听到了，于是特别善待他。

4.当年射虎：汉李广善射，少年时曾射虎，后为将军与匈奴战，屡建奇功。有一次夜晚骑马至田间与人饮酒，回到灞陵（今陕西西安市东）驿亭，为灞陵尉所喝止，只好宿于亭下。

【说明】

这是一首借题比况自身的曲子。此曲表面上是为当年那位射虎的将军李广发出不平之鸣，事实上则是作者的自况。

折桂令·读史有感

张可久

剑空弹月下高歌。说到知音。自古无多。白发萧疏。青灯寂寞。老子婆娑。故纸上前贤坎坷。醉乡中壮士磨跎。富贵由他。谩想廉颇。谁效常何。

【注解】

1.萧疏：即稀稀落落。

2.老子婆娑：老子犹言本人，乃倨傲自负的话。婆娑即放浪自得的样子。

3.故纸上前贤坎坷：故纸犹言古书。坎坷即不得志。全句是说古书上记载着前贤不得志的事。

4.醉乡中壮士磨跎：壮士指马周。磨跎，言消磨时间。据《新唐书·马周传》载，马周少家穷，曾赴长安求官，住在长安附近的新丰旅店，旅店主人看他穷，不太理他，他要了一斗八升的酒，独自喝起来以消磨时光。

5.廉颇：战国时赵国的大将，先后曾破齐、扼秦、败燕，立了许多功劳，被封为信平君，并任相国。赵悼襄王即位，使乐乘代廉颇为相，颇怒，攻走乐乘，廉颇逃至魏国。后赵国屡为秦所困，赵王想再用廉颇，使者得到廉颇仇人郭开的贿赂，说廉颇年老。廉颇遂不被召回，后卒于楚。

6.常何：唐太宗时的中郎将。太宗曾下令百官论朝政得失，马周此时住在常何家中，代其条陈二十余事。因常何本为武人，太宗对其才能有所怀疑。常何不敢隐瞒，便把实情说出来，太宗立刻召见马周，拜为监察御史。全句言外之意，是说现在没有像常何那样的人了，所以高才如马周者，也就无法一展怀抱了。

【说明】

这是一首循题抒怀的曲子。张可久是个怀才不遇的人，所以曲中借用廉颇和马周的遭遇，写出自己内心的不平和感慨。

金字经·感兴

张可久

野唱敲牛角。大功悬虎头。一剑能成万户侯。愁。黄沙白骷髅。成名后。五湖寻钓舟。

【注释】

1.野唱句：用宁戚饭牛事。屈原《离骚》有"宁戚之讴歌兮"，王逸注："宁戚卫人……修不用，退而商贾，宿齐东门外，桓公夜出，宁戚方饭牛，叩角而商歌，桓公闻之，知其贤，举用为客卿，备辅佐也。"

2.大功句：言勋业之大，能成杀虎悬头之功。《西京杂记》卷五："李广与兄弟共猎于冥山之北。见卧虎焉，射之，一矢即毙，断其髑髅以为枕，示服猛也。"

3.黄沙句：黄沙指战地上沙土为黄色，一称沙场。白骷髅，即死人骨头。曹松《己亥》诗："凭君莫话封侯事，一将功成万骨枯。"

4.五湖句：指春秋时越国大夫范蠡助越王勾践灭吴后，与西施泛五湖（涌、洮、射、贵、太五湖，即今江苏苏州、无锡一带）而去，后退隐在陶，改名陶朱公，以商贾积财致富。

【说明】

这首曲主要说一个人在建功立业后，要能急流勇退。由此曲，我们可看出作者对功成名就的冷淡，以及隐居山林的心志。

清江引·钱塘怀古
任 昱

吴山越山山下水。总是凄凉意。江流今古愁。山雨兴亡泪。沙鸥笑人闲未得。

【注解】

1.吴山：今杭州西湖东南，有名胜飞来峰。这里是泛指钱塘江北岸一带的山。

2.越山：指钱塘江南岸一带的山，古时分属吴国和越国。

3.沙鸥句：谓沙鸥安闲自在，笑世人何以终日奔波忙碌。

【说明】

此曲借怀古以写家国兴亡之感。全曲短短数言，而情景交融，寄情于景，以景寓情，是一首精美的小令。

折桂令·怀古

查德卿

问从来谁是英雄。一个农夫。一个渔翁。晦迹南阳。栖身东海。一举成功。八阵图名成卧龙。六韬书功在非熊。霸业成空。遗恨无穷。蜀道寒云。渭水秋风。

【注解】

1.一个农夫：指三国时的诸葛亮，他在《出师表》中说："臣本布衣，躬耕南阳。"

2.一个渔翁：指周文王时的姜太公吕尚，他原本在渭水垂钓，文王出猎时遇到了他，尊为尚父。后佐武王伐纣，封于齐。

3.晦迹南阳：南阳在今湖北襄阳，有卧龙岗，即诸葛亮隐居处。

4.栖身东海：是说姜太公在渭水之东垂钓。

5.八阵图：是说诸葛亮所排演的兵法阵势，计有天、地、风、云、龙、虎、鸟、蛇。据《东坡志林》，谓八阵图是在平沙上垒石为八行，相去二丈，自山上俯视，八行为六十四蔟（即聚），呈圆形。不见凹凸，就视则卵石漫漫不可辨。遗迹在今重庆市奉节县南。

6.六韬书：是兵书，相传是姜太公所写。

7.非熊：相传周文王在出猎前，曾占卜，卜辞曰："非龙非螭、非熊非罴，所获霸主之辅。"果然在渭水之阳得遇太公。

8.霸业成空：指姜太公。

9.遗恨无穷：指诸葛亮。杜甫《八阵图》诗："功盖三分国，名成八阵图。江流石不转，遗恨失吞吴。"

【说明】

这首曲子，全篇歌颂历史上的两位伟人，但结尾则说，如今蜀道上只有滚滚寒云，渭水上只有阵阵秋风。言外之意，是说现在再也看不到如姜太公、诸葛亮那样的英雄人物了。

小桃红·题写韵轩

杨朝英

当年相遇月明中。一见情缘重。谁想仙凡隔春梦。杳无踪。凌风跨虎归仙洞。今人不见。天孙标致。依旧笑春风。

【注解】

1.写韵轩：传说仙女吴彩鸾，与书生文萧相恋，结为夫妇。吴每日写孙缅的唐韵一部，由文持出售之于市，以维持生计。过了十年后，他们一起乘虎仙去。

2.情缘：感情及因缘。

3.杳：幽远。

4.凌风：犹言乘风。

5.天孙标致：天孙即织女星。标致，犹言美貌。

6.依旧笑春风：据孟棨《本事诗》，谓唐代诗人崔护，清明节独自游长安城南，于桃花绕宅处，因口渴而觅水，一敲门，有一女与之水，含笑而别。明年再去时，见门已深锁，于是就在门上题诗一首而去，诗云："去年今日此门中，人面桃花相映红。人面不知何处去，桃花依旧笑春风。"

【说明】

这首曲，虽然写的是彩鸾和文萧的故事，但是很可能作者别有寄托。

人月圆·越王台

倪瓒

伤心莫问前朝事。重上越王台。鹧鸪啼处。东风草绿。残照花开。怅然孤啸。青山故国。乔木苍苔。当时明月。依依素影。何处飞来。

【注解】

1.越王台：在今广东越秀山上，为汉代南越王赵佗所建。
2.鹧鸪啼处：指鹧鸪啼叫的时候，也就是春二三月之际。
3.孤啸：即独啸。啸是放开嗓子，拖长声音喊叫，是古代抒发情感的一种方式。如王维《竹里馆》诗："独坐幽篁里，弹琴复长啸。"

【说明】

王锳的《元人小令二百首》说："这实际是一篇登临怀古的作品。作者用典雅工丽的语言，委婉含蓄地表达了一种淡淡的今昔之感，和故国之思。"作者本是元代末年的诗人和画家，所以在他的曲中，往往把诗情、画意融为一体。

折桂令·西湖感旧

汤式

问西湖昔日如何。朝也笙歌。暮也笙歌。问西湖今日如何。朝也干戈。暮也干戈。昔日也。二十里沽酒楼。香风绮罗。今日个。两三个打鱼船。落日沧波。光景蹉跎。人物消磨。昔日西湖。今日南柯。

【注解】

1.西湖：即浙江杭州的西湖，为南宋偏安之都，当时极为繁华，是歌舞的胜地。

2.笙歌：由笙所伴奏而唱歌，犹言太平景象。

3.干戈：指战争。

4.绮罗：指繁华的景象。

5.光景蹉跎：犹言光阴虚度。

6.消磨：犹言消沉、凋零。

7.南柯：即南柯一梦。

【说明】

这首曲，写出西湖的今昔之感，是一首以景讽寓时政的作品。作者汤式是元末明初之人，所以对当时政治环境的转变，发出新旧不同的感叹。

咏 物

小 序

廖慧美

一、咏物曲的义界

咏物曲乃后出的咏物体,故其义界当承"咏物"传统的解释。而传统的咏物义界,以咏物诗行之最久,评论最多。就现存的咏物诗集,有元代谢宗可的《咏物诗》,明代瞿佑的《咏物诗集》,清代张廷玉奉敕编纂的《佩文斋咏物诗选》,清代俞琰辑的《历代咏物诗选》。从这些集子收录的内容来看,仍未对"咏物"一体予以明晰的界说,如谢宗可《咏物诗》中收入了《醉乡》《尘世》《半日闲》;俞琰辑的选集中,收有《岁时部》一百二十二首,《附录》十二首。观此,对"咏物"的厘定,并非一件容易的事,常会有事、物未分,景、物同写的情形。

近代学者洪顺隆先生在其《六朝咏物诗》一文中,对咏物诗的定

义,有明确的解说,他说:

> 我们以为一篇之中,主旨在吟咏物的个体(包括自然界和人造的)的,也即作者因感于物,而力求工切地"体物""状物"以及"穷物之情""尽物之态",且出之以诗体的,才是咏物诗。所以题名咏物,实以写景、抒情为主的篇什,如曹毗的《霖雨》……谢道韫的《拟嵇中散咏松》……都不能把它当作咏物看。

兹再举王次澄女士对咏物诗的说明,必能更加清晰明了,她说:

> 1.采物之狭义概念,即人类及其个别器官外,凡人为或自然界可见、可识,而非抽象之名物者。
> 2.诗之主题为单一之物,不同于由众物组合之山水或景致者。
> 3.写作方式侧重于点之刻画,而非面之铺设者。
> 4.诗之内容,须为体物、状物或穷物之情者。题名咏物,实为抒情篇什,不在选之列。(见《南朝诗研究》)

故本文对咏物曲的厘定,亦依王次澄女士的界说,即就命题而言,以物(大自然界中可见、可识,以及人为的)为标题者;就命意而言,主于刻画一物,或状物,或体物,而从体物之中,寄有作者之情,或比况,或感怀,或寄托;就文体而言,出之以散曲者。

二、元人咏物曲的数量与分类

元人散曲流传下来的数量,比起唐诗、宋词,自然少得太多。其原因或许是它起于民间,传唱于青楼茶馆伶人之口,故多被摈弃于正统诗文门外,人们甚至鄙弃它是壮夫不为的雕虫小技;或许是元代作家多为穷途潦倒的文人,以及名不见经传的士子,因此作品也易于散失。隋树森在《全元散曲》序言中更说得明白,他说:

> 元人散曲流传下来的数量,相形之下远比唐诗、宋词少。这可能有三种原因:一、词和曲最初都是民间文学,在早期不为正统文人所承认。……宋、元人的诗文集,毕竟还有把词编成卷次,附在诗文之后

的，而元代诗文集里附成卷散曲的，那就一种也没有。至于民间的作者，在当时的社会地位不高，他们所作的曲子，更难编成集子。二、元代当时编刻的散曲选本是有一些的，现在流传下来的就有四种。至于散曲别集，也许根本就不多。……三、元代立国仅九十余年，而唐代却有二百九十年，两宋共三百二十年。

因此，在探讨元人咏物曲的问题上，就难以全面地统计数量，得到客观确切的答案。就《全元散曲》四千三百多首作品中，依本文咏物定义而得到的数量，小令约七十四首，散套约九首。

元人咏物曲的数量约八十首。此八十首又可细分为天象、地理、动物、植物、器物、人身上之物、饮食等七类。

1. 以天象为题材者，共七首，如徐再思的《蟾宫曲·咏月》等。

2. 以地理为题材者，共四首，如乔吉的《水仙子·乐清》《白鹤寺瀑布》等。

3. 以动物为题材者，共九首，如王和卿的《醉中天·咏大蝴蝶》等。

4. 以植物为题材者，共三十四首，如刘秉忠的《干荷叶》等。

5. 以器物为题材者，共十八首，如卢挚的《蟾宫曲·橙杯》等。

6. 以人身上之物为题材者，共八首，如关汉卿的《醉扶归·秃指甲》等。

7. 以饮食为题材者，共三首，如乔吉的《卖花声·香茶》等。

总观元人咏物散曲的数量，仅占《全元散曲》的百分之一点九。若将咏物定义加以放宽——只要一物命题，或篇中仅一二句及题者，则元人咏物曲的书目，也只不过百首左右。若将以建筑为题材者，也一起并入咏物曲中，则《全元散曲》中的咏物曲也只不过百二三十首，占百分之三罢了。所以，咏物曲的书目相当少。《元人散曲选》的前言说：

现在流传下来的元人散曲，据《全元散曲》所收，小令有三千八百多，套曲有四百多。这些作品的题材是甚为广泛的，抒情、怀古、写

333

景、咏物、叙事、投赠以至谈禅、嘲谑都有。但较多的则是歌咏闲适隐逸或描写男女风情的作品。

这一段话说明元人散曲仍偏向"言情写志"的道路。这是什么原因呢？最主要的原因乃元代曲家，生逢极不幸的时代，"在异族统治下，抑郁悲愤，他们菲薄功名，蔑视礼教，在作品中发泄他们对统治的不满，这是一个方面；但另一方面，却表现了逃避现实，消极颓废的情趣"（《元人散曲选》前言）。

三、元人咏物曲的内容表现

元人咏物散曲，在题材上约可分成七小类（见上文）；在内容的表现上，则可分成两类：一是体物，另一是寄兴。分别叙述如下：

（一）体物的表现

所谓体物，就马宝莲在《两宋咏物词研究》一文（见《师大国文研究所集刊》第二十八期）中说："体物，简言之即为对所咏之物作客观的描述、铺写，以期写物图貌，蔚似实物。"故体物的表现法，在于力求客观描绘。王骥德《曲律》"论咏物"第二十六开头便说："咏物毋得骂题，却要开口便见是何物。"就是体物的客观表现法。

然而，物者，各有其不同的形、质、色、味、性的展现，因此在体物或状物时，必与人的视觉、听觉、味觉、触觉，甚至心灵感觉等作用，发生关联反应，文人在吟咏物象时，就摆脱不了主观的意识范畴。因此，在客观的体物表现上，仍存有作者的主观意识。根据作者意识的强弱，体物类的表现法，又可分为两种：一种是通篇白描或铺写物象者，另一种是将物予以人格化。

1. 通篇白描或铺写物象者。如张养浩的双调《殿前欢·玉香毬花》：

玉香毬，花中无物比风流。芳姿夺尽人间秀，冰雪堪羞。翠微中分外幽。开时候，把风月都熏透。神仙在此，何必扬州。

及另外一首双调《折桂令·咏胡琴》：

八音中最妙惟弦。塞上新声，字字清圆。锦树啼莺，朝阳鸣凤。空谷流泉，引玉杖轻拢慢捻。赛歌喉倾倒宾筵。常记当年，一曲春生，四海名传。

以上二首，皆就物的形状、气味、用途、本质，以及相关之时、地、事等做客观的描写。

2.将物予以人格化者。如马谦斋的双调《水仙子·咏竹》：

贞姿不受雪霜侵，直节亭亭易见心。渭川风雨清吟枕，花开时有凤寻。文湖州是个知音。春日临风醉，秋宵对月吟，舞闲阶碎影筛金。

张可久的双调《折桂令·红梅次疏斋学士韵》：

寿阳妆何似环儿，快传语花神，换却南枝。血点冰梢，丹涂玉脸，酒晕琼姿。拼花下何郎醉死，误庄前崔护题诗。倚树多时，长笛声中，万点胭脂。

第一首将竹之特性予以人格化，谓竹有坚贞空明之心性；第二首将花比拟美人，即用杨玉环比拟红梅。

（二）寄兴的表现

寄兴的咏物曲，命意虽主于刻画单一物象，但因物起兴，或抒情，或说理，或感怀，或自况，或讽喻，亦是包含在咏物体中。并且历代评论咏物诗，皆以有所寄托的咏物作品为上等。刘熙载《艺概》中说：

昔人词咏古、咏物，隐然只是咏怀，盖其中有我在也。然人亦孰不有我，惟"耿吾得此正中"者尚耳。

咏物曲的寄兴类中，又可细分成四种：一是因物感怀；二是咏物寓理；三是托物讽喻；四是叙物言情。

1.因物感怀者。如刘秉忠的南吕《干荷叶》：

干荷叶，色苍苍。老柄风摇荡。减了清香，越添黄，都因昨夜一场霜。寂寞在秋江上。

这首《干荷叶》，据《乐府群珠》上题作《即名漫兴》，共有八首。可知，刘秉忠作《干荷叶》，虽无明言咏物，实是一首因物感怀的作品。"寂寞"二字即作者内心的感触，因此见到荷叶干枯了，香味退了，恰好与自己的心情相似。因此，物我之间有着紧密的关联，是构成寄兴类的重要原因。

2.咏物寓理者。如张可久的双调《折桂令·金华山看瀑泉》：

碧桃花流出人间，一派冰泉，飞下仙山。银阙峨峨，琼田漠漠，玉珮珊珊。朝素月鸾鹤夜阑，拱香云龙虎秋坛。人倚高寒，字字珠玑，点点琅玕。

这首曲写瀑布的形状、声势，并由观瀑布泉中寄寓一番的道理。末尾三句即是寓理所在，有此三句，整首曲子的气势更加高峻深远。

3.托物讽喻者。如张鸣善的《咏雪》（失宫调牌名）：

漫天坠，扑地飞，白占许多田地，冻杀吴民都是你。难道是国家祥瑞？

这首曲据《尧山堂外纪》中说："张士诚据苏府，其弟士德攘夺民地以广园囿……鸣善作此曲讥之。"（引自《全元散曲》）由此可知，这应是一首讽喻的咏物曲。全曲用字浅显，却铿锵有力，尤其末句用反问语，更见讽刺。

除此二首之外，尚有朱庭玉的仙吕《点绛唇·咏梅》，借梅花写元人千金争买梅子的奢靡。无名氏的（失宫调牌名）《月蚀》，写民间的疾苦，如月之蚀，故末句言"黑洞洞几时是了"。"黑洞洞"即讽喻元代人民生活的黑暗，不见天日。无名氏的《大雨》（失宫调牌名）亦是一首写民间生活困苦的曲子，借下大雨，写人民屋子倒塌，出门溅泥的凄惨，讽喻时政。故末二句言"问天工还有几时晴，天也道阴晴难保"。

4.叙物言情者。如乔吉的双调《卖花声·香茶》及张可久的中吕《满庭芳·野梅》：

细研片脑梅花粉，新剥珍珠豆蔻仁，依方修合凤团春。醉魂清爽，舌尖香嫩。这孩儿那些风韵。

风姿澹然，琼酥点点，翠羽翩翩。罗浮旧日春风面，邂逅神仙。花自老青山路边，梦不到白玉堂前。

这一类的寓情，大多是写男女之间的情怀。

四、元人咏物曲的写作特色

咏物体以物命题、命意，故最常见的作品是通篇描写物象。元人咏物曲亦以体物类的作品最多。以文字语言图写物象的形、质、色、味、性，以及相关的时、地等变化，不仅需要文人灵敏的观察力，更需要修辞上的技巧。同时，从体物、状物到叙物言情、寓理、咏怀、讽喻等，皆需要文人丰富的想象力、创新的描写手法、深沉细致的情思，以及民胞物与的同情心。本节即就元人咏物曲中常用的写作特色，分项叙述如下：

（一）多用视觉的铺写

例如："根摧折，柄欹斜，翠减清香谢。……红鸳白鹭"（刘秉忠的《干荷叶》）、"玉纤弹泪血痕封，丹髓调酥鹤顶浓。金炉拨火香云动。……捻胭脂娇晕重重。……托香腮数点残红"（张可久的《红指甲》）、"秀靥凝脂，明妆晕酒，暖信烘霞，浑未许墙头杏花，是偷尝鼎内丹砂"（张可久《开元馆石上红梅》）、"落花飞上笋牙尖，宫叶犹将冰箸粘，抵牙关越显得樱唇艳，怕伤春不卷帘。捧菱花香印妆奁。雪藕丝霞十缕，镂枣斑血半点"（徐再思的《红指甲》）

（二）比喻连用的精、奇、巧、妙

元人咏物曲中以比喻技巧用得多。其中有的比得相当诙谐有趣，有的比得典雅有味，皆用得贴切、精妙。例如王和卿《咏长毛小狗》"丑如驴，小如猪……咬人的笤帚"；卢挚以"耶溪越女"比白莲（《蟾宫曲·白莲》），以"嫦娥""如来""维摩"比丹桂（《蟾宫曲·丹桂》）；关汉卿以"枯笋"比十指（《醉扶归·秃指甲》）；张养浩以"神仙"比玉香球花（《殿前欢·玉香球花》），以"太真妃初睡起"比秋日海棠（《清江引·咏秋日海棠》），以"锦树啼莺，朝阳鸣凤，空谷流泉"比喻胡琴的琴声（《折桂令·咏胡琴，》）；曾瑞以"玉盘""皓月""冰盆"比古镜（哨遍·古镜）；乔吉以"观音"比拟花瓶（《水仙子·花箭儿》），以"冰丝带雨""白虹饮涧""玉龙下山""晴雪飞滩"数个形状比拟瀑布奔流而下的气势，比之又比，更见修辞上的功力深厚；徐再思以"落花""宫叶""雪藕丝霞十缕""镂枣斑血半点"形容红色指甲，以比喻手法写色彩，更见修辞的精巧细致。

（三）叠字连用生动活泼

叠字的使用，远在诗三百篇中就大量采用，《文心雕龙·物色篇》中说："故灼灼状桃花之鲜；依依尽杨柳之貌；杲杲为出日之容；……喈喈逐黄鸟之声……"故叠字的连用，不仅造成听觉上的动人，更能使所写物象生动活泼。例：

不忍轻轻折。溪桥淡淡烟。茅舍澄澄月……（贯云石《咏梅》）

花柳些些，霞绡点点，锦翠弓弓。（周文质《折桂令·二色鞋儿》）

帮儿瘦弓弓地娇小，底儿尖恰恰地妖娆。（刘时中《红绣鞋·鞋杯》）

语喃喃。忙劫劫。（赵善庆《山坡羊·燕子》）

银阙峨峨，琼田漠漠，玉珮珊珊……字字珠玑，点点琅玕。（张可久《折桂令·金华山看瀑泉》）

他生得脸儿媚脉脉盈盈，长得腰儿瘦风风韵韵，立的个影儿孤袅袅婷婷……（吕天用【南吕】《一枝花·白莲》）

想得到行得到，一逢春一遇着，蕊疏疏花密密蓓蕾葳蕤，干盘盘枝挺挺槎枒夭矫。……厌桃杏灼灼夭夭，伴松篁洒洒潇潇……（汤舜民【南吕】《一枝花·题白海棠深处》）

（四）俗字俚语的融合运用

一般的正统文人皆排斥俗字俚语入诗句中，认为俗字俚语不雅，而且鄙陋。但是在元曲中，俗字的大量入曲，则能使曲文更加生动活泼，并且常有画龙点睛之妙。尤其，咏物既必须铺写物象，又不能写得无味，或硬在物象中打转。因此，俗字俚语的运用，往往促成咏物的趣味洋溢。例：

卖卦的先生把你脊骨飐，十长生里伴定个仙鹤走。白大夫的行头。（王和卿《拨不断·绿毛龟》）

挡杀银筝字不真，揉痒天生钝，纵有相思泪痕，索把拳头揾。（关汉卿【仙吕】《醉扶归·秃指甲》）

咚咚的打得我难存济，紧紧的棚扒的我没奈何……把我似救月般响起来打蝗虫似哄不合，不信那看官每不耳喧邻家每不恼聒。从早晨间直点到斋时剉，子被这淡厮全家擂煞我。（睢玄明【般涉调】《耍孩儿·咏鼓》）

由以上这些俗字俚语的运用来看，元人散曲中的衬字法，大多是增添俗字俚语，为的是使文句更加富于变化而生动，使文辞更加生动或活泼。这一点，在元人咏物曲中相当明显。

以上几点，乃元人咏物曲中常见的写作特色。至于用典、对仗、类比等技巧，亦是元人咏物的技巧，但以咏植物类的，以及咏地理类的散曲最多，而这两类的曲子亦最工整典雅。

五、结语

元人咏物曲的数量，固然只占《全元散曲》作品总数的百分之三，但在风格上，仍有豪放与清丽之分别；在内容上有咏天象、地理、动物、植物、人身上之物、器物、饮食之分；在表现上则有体物与寄兴之分。体物又可分为客观白描或铺写物象者，以及将物予以人格化者。寄兴类又可分叙物言情、咏物讽喻、因物感怀、托物寓理。每一小类皆有其形式、风格、题材等特色。

统观《全元散曲》中的咏物作品，在技巧上，不论是豪放率真的，或是典雅细腻的，无不以使用"比喻"及"衬托"为主：有的甚至通篇用比拟的方式，如徐再思的《水仙子·咏红指甲》、无名氏的《折桂令·微雪》。比的技巧，远在诗三百篇中即有运用，自此以后，文人无不承继采用。但诗词中的用"比"，最多三四个，如苏东坡的《百步洪》，连用三个比喻，形容洪泉的气势。以东坡的才力，亦不见通篇连用比喻的作品，更遑论其余。但到了元曲中，比体的连用，如雨后春笋。咏物曲中，少有不用比的技巧，故比喻的运用，是元人咏物的第一特色。

元人咏物曲的研究有一难，即选择材料的原则。曲中以"言情写志"的作品占大多数。元代曲家往往将物、景、情、时、地等因素，结合填词，故吟咏建筑之物者，则天、地、山水、风月花鸟都纳入曲中，如此，则由咏物变成写景。因此，本文将建筑一类删除，乃因不合"主于刻画一物"的原则。

然而，题目标明咏建筑者，而内容则描写建筑四周景致者，该归哪一类？例赵禹圭的《折桂令·题金山寺》，此类作品为数不少，至于如何归并，则尚待深入探讨。本人乃初次研析元人咏物曲，资料收集不易，亦不全，内容恐疏漏甚多，尚祈贤学能士，不吝批评指正。

清江引·托咏

宋方壶

剗秃圞一轮天外月。拜了低低说。是必常团圆。休着些儿缺。愿天下有情底都似你者。

【注解】

1.剔秃圞：谓月亮又圆又亮。圞（luán），圆形的意思。
2.者：语助词，有命令的语气。

【说明】

这是一首托月言情的咏物曲，全篇借着月亮的又圆又亮，暗喻人类对团圆的渴望。作者以浅近的文字语言，写出了人们普遍的心愿。

宋方壶另有一首《居庸关中秋对月》与此曲意境相似。

水仙子·居庸关中秋对月

宋方壶

一天蟾影映婆娑。万古谁将此镜磨。年年到今宵不缺些儿个。广寒宫好快活。碧天遥难问姮娥。我独对清光坐。闲将白雪歌。月儿你团圆我却如何。

【注解】

1.居庸关：在今北京市昌平区西北，因在居庸山中，故名。居庸山形势雄伟，乃燕京八景之一，名为居庸叠翠。
2.蟾影：即月影。月中有黑点，古人乃传说月中住有千年三足蟾蜍，故名之。
3.婆娑：曼妙起舞的样子。这里指居庸关的树木，在月下被风吹动，像女子般摇曳摆动。
4.万古句：以镜比喻月亮。

5.广寒宫：古时相传月中有宫殿，乃嫦娥所居之处。月宫即名广寒宫。

6.姮娥：即嫦娥。传说后羿的妻子嫦娥，偷吃后羿自西王母处求来的灵药，而飞奔入月宫成了仙人。李商隐的《嫦娥》诗云："嫦娥应悔偷灵药，碧海青天夜夜心。"

7.白雪歌：指最动听的歌曲。白雪，即"阳春白雪"的简称，指高雅的曲子而言。

【说明】

这是一首对月感怀的作品。描写月的明亮团圆以及嫦娥故事，借以寄托当时的处境，有些儿不满的情绪。全曲以幽雅淡远的语气描写，读来别有一番余味。

失曲牌名·大雨

无名氏

城中黑潦。村中黄潦。人都道天瓢翻了。出门溅我一身泥。这污秽如何可扫。东家壁倒。西家壁倒。窥见室家之好。问天工还有几时晴。天也道阴晴难保。

【注解】

1.这首曲的牌名已佚，但在格律句法上，与词中的鹊桥仙相似。

2.城中二句：潦（liáo），是指积聚在路上的雨水。黑潦和黄潦，是指积水的颜色不同，有的因污秽而发黄，有的因污秽而变黑。

3.天瓢：形容天像盛满水的瓢子，故天下雨，即言天瓢翻了。

4.窥见句：窥，偷视。指因下雨，屋壁倒塌，可以看见室内全部的情况。《诗经·周南·桃夭》："之子于归，宜其家室。"这里作者故意引经据典来自嘲。

5.天工：误，应作"天公"。

【说明】

这是一首咏物讽喻的曲子。王锳的《元人小令二百首》评此曲："以活泼幽默的笔调，写大雨成灾的景况，很像某些写得较好的打油诗。其中'污秽如何可扫'及'阴晴难保'二句，很可能还有弦外之音。"

折桂令·微雪

无名氏

朔风寒吹下银沙。蠹砌穿帘。拂柳惊鸦。轻若鹅毛。娇如柳絮。瘦似梨花。多应是怜贫困天教少洒。止不过庆丰年众与农家。数片琼葩。点缀槎丫。孟浩然容易寻梅。陶学士不彀烹茶。

【注解】

1.银沙：比喻雪花。

2.蠹砌穿帘：蠹（dù），蛀虫，这里（此处用蠹虫比喻雪）引申指销蚀或侵蚀，意思是说雪把阶砌都冻坏了。穿帘，谓雪珠穿透帘子。

3.瘦似梨花：比喻雪花像梨花瓣一样的轻柔雪白。

4.琼葩：葩（pā），指花朵。琼葩，即白色的花朵，用以比喻雪花之美。

5.孟浩然句：谓唐代孟浩然，隐居鹿门山，喜欢在大雪天骑驴寻梅。

6.陶学士句：毂，同够。据潘永因《宋稗类钞》卷四中："陶学士毂，买得党太尉故妓，取雪水烹团茶，谓妓曰：'党家应不识此。'妓曰：'彼粗人，安得有此！但彼销金帐下，浅酌低唱，饮羊羔美酒尔。'"

【说明】

这是一首托物感怀的咏物曲，全篇运用"鹅毛""梨花""琼花""柳絮""蠹""沙"数个精巧的比喻形容雪花，足见此作者之才思敏捷，断非是民间的作品，应是文人的作品。

末尾二句，从咏物中引申出无限的感怀，想到贫困人家的生活疾苦，可见作者大有仁人之心。从美丽的雪花与贫困的人民对比中，曲中的深意更加强烈。

水仙子·重观瀑布

乔 吉

天机织罢月梭闲。石壁高垂雪练寒。冰丝带雨悬霄汉。几千年晒未干。露华凉人怯衣单。似白虹饮涧。玉龙下山。晴雪飞滩。

【注解】

1.天机：指天上织女织布的机杼。

2.月梭闲：月梭，指像月亮形状的织布梭子。闲，即停止了。全句是指瀑布滔滔地奔下，像一匹布，使得织女们不敢再织布，怕织不出那么好看的布来,这句是夸张的描述法。

3.石壁句:形容瀑布从山顶流下来,好像一条寒冷的白练。练,即白色的绢绸。

4.冰丝句:形容瀑布像带着细微雨点的冰丝,悬挂在半空。霄汉,即天空。冰丝,典故出自《琅嬛记》,传说梁代沈约有次在书房里,有一个女子携着织丝的工具进来,那女子进来后就不停地把风吹进来的雨丝像真丝一样绕织,织好几匹之后,就送给沈约说:"这叫冰丝,可以把它织成冰纨(细绢)。"接着就不见了。沈约用它织纨制扇,夏天,不摇自凉。

5.露华凉句:露华,指露水,这里指瀑布飞奔而下,溅起的水花。全句是说,由于面对着瀑布,水花飞溅,寒气逼人,观者觉得寒冷起来,怕穿的衣服太单薄了。

6.白虹:形容瀑布像白色的长虹一样。

7.玉龙:犹言瀑布像一条白色的玉龙。元好问《黄华谷》诗句:"谁着天瓢洒飞雨,半空翻转玉龙腰。"

8.晴雪:形容瀑布飞溅的水珠,像晴空的雪花一样。

【说明】

这首曲,通过作者瑰奇美妙的想象力,勾画出一幅清新壮丽的飞瀑图。造句奇特,用典贴切。前四句写壮丽的瀑布,第五句写观瀑之人,扣住题目的"观"字,后三句又回写瀑布,结构分明严谨。

作者用夸张法写瀑布飞奔而下的非凡气势,并在结尾连用二个比喻,进一步形容瀑布由高向下贯注的壮丽景象。明代王骥德在《曲律》中,把乔吉比作唐代诗人李贺,从此曲的想象奇特来看,这话是有道理的。

折桂令·金华山看瀑泉

张可久

碧桃花流出人间。一派冰泉。飞下仙山。银阙峨峨。琼田漠漠。玉珮珊珊。朝素月鸾鹤夜阑。拱香云龙虎秋坛。人倚高寒。字字珠玑。点点琅玕。

【注解】

1.金华山：在今浙江金华市北方，又名长山或常山。山有两崖对峙，登其上，可眺望城郭，相传为汉赤松子得道处。

2.碧桃花句：言清澈的泉水从山间流出。碧桃花，形容瀑泉的水质。"碧桃花"为仙境之花，形容瀑泉之水来自仙境，故云"流出人间"。

3.派：大水的支流叫派，这里指瀑布。

4.冰泉：形容泉水的晶莹。

5.仙山：指金华山。因汉代赤松子在山中得道飞升，故称为仙山。

6.银阙峨峨：阙（quē），城门。银阙，比喻瀑泉从山顶飞奔而下，像一座银色的城墙一样。峨峨，本指山势高峻，这里指瀑布奔流而下的盛大气势。

7.琼田漠漠：这里指从山顶留下的瀑布，到了平地即称泉水，而泉水是那样的冰晶洁白，像玉做的田地一般，流得又远又广。漠漠，指泉水分布又远又广。

8.玉珮珊珊：形容瀑布流下的声音，以及泉水缓缓流去的声音，有高有低，有远有近，铮铮琮琮地响着，像玉珮发出的声响，极其悦耳动听。

9.朝素月二句：此二句皆金华山的景致，乃回写瀑泉的山头，作者以第三人称的语气道出。

10.珠玑：珠与玑皆是贵重之物，这里用以形容金华山景致的宜人。字字，指每一处，或泛指因景而得到道理。

11.琅玕：像玉的石头。《山海经》："昆仑山有琅玕树"。又《尔雅·释地》："西北之美者，有昆仑虚之璆琳、琅玕焉。"注云："琅玕，状似珠也。"在这里，用以形容金华山的瀑布、景致，皆宝贵而令人流连不去。

【说明】

这首曲子，共有三个主题，一是瀑泉，一是仙山，一是作者。三者间原本各自独立，但在曲的背后，则三者紧密联结。通篇是白描的手法，或用比拟、或用衬托，或用对比，或用寓理的技巧，将主题层次揭开来，由点到面，到整个时空，带领读者的思绪变化至无穷处。

水仙子·惠山泉

徐再思

自天飞下九龙涎。走地流为一股泉。带风吹作千寻练。问山僧。不记年。任松梢鹤避青烟。湿云亭上。涵碧洞前。白采茶煎。

【注解】

1.惠山：在江苏无锡西门外，以泉水著名，有"天下第二泉""龙眼泉"之美称。

2.九龙涎：惠山又称"九龙山"，乃九座山峰连绵，山峰蜿蜒起伏，望去像九条龙，故名。涎，指泉水。

3.寻：古代以八尺为一寻。千寻，相当长的意思。

4.练：白色的绸带。这里用以形容泉水。

5.湿云亭：惠山上的名胜地区。

6.涵碧洞：惠山上的名胜地区。

【说明】

这首曲，写山泉的流动，极为精巧贴切，使人读了忘尘。这首曲保有徐再思善用比喻的技巧，精彩动人。

醉中天·咏大蝴蝶
王和卿

弹破庄周梦。两翅驾东风。三百座名园一采一个空。谁道风流孽种。唬杀寻芳的蜜蜂。轻轻的飞动。把卖花人扇过桥东。

【注解】

1.弹破：一作"挣破"，不对。据《庄子·齐物论》说，庄周曾经梦见自己变成了一只大蝴蝶，逍遥自在地在空中飞翔着，觉得很得意。及至猛醒过来，仍然是庄周。因此他便弄不清楚，究竟是梦里变成了蝴蝶，还是蝴蝶在梦里变成了庄周。这里只是引用庄周梦蝶的故事，别无深意。全句意思是说，这只大蝴蝶居然大得在庄周的梦里都收不下，弹破而飞出来了。

2.东风：春天吹的风叫东风。

3.三百：形容数目很多之意，非真指三百。

4.谁道：料不到的意思。这句话是反问语。

5.风流：本指才华出众，举止潇洒的人。这里则是引申为迷恋女色的恶徒。

6.唬：同吓。唬杀，吓得很厉害。

7.孽种：咒骂人家的话，指做坏事、造罪孽的人。因为大蝴蝶把花园中的花蕊都采光了，连四处采花蜜的蜜蜂都被吓"杀"了，所以骂大蝴蝶为风流孽种。

8.扇过桥东：摇动扇子之类的东西，使产生风。这里指大蝴蝶摇动它的大翅膀。据《陔余丛考》卷二十四的记载，宋谢无逸曾写了咏蝶诗三百多首，其中有"江天春暖晚风细，相逐卖花人过桥"之句。而这里却说"把卖花人扇过桥东"，足见此蝴蝶之大及作者夸张的程度了。

【说明】

这是一首咏物曲的代表作，王和卿运用夸张的手法和奇妙的想象力，造就风趣而豪放的作品。王骥德《曲律》评说："元人王和卿咏大蝴蝶：'挣破……把卖花人扇过桥东。'只起一句，便知是大蝴蝶。下文势如破竹，却无一句不是俊语。"

拨不断·大鱼

王和卿

胜神鳌。夯风涛。脊梁上轻负着蓬莱岛。万里夕阳锦背高。翻身犹恨东洋小。太公怎钓。

【注解】

1.神鳌：鳌（áo），海中大龟。神鳌，《列子·汤问》篇说，古代渤海东边，有五座大山，随波潮上下动荡，天帝就命他的臣子禺强，用十五只大鳌顶着它，五座大山才屹立在海上不动。后来，龙伯国有巨人垂钓，一次就钓了六只鳌，背着走了。因此，其中两座仙山就漂流而去，沉在大海里。这句是说，那条大鱼，比顶着大山的神鳌还厉害。

2.夯（hāng）：以肩举物为夯，这里是说用力顶着。

3.蓬莱岛：古代传说中的海上三座仙岛之一，其他两个为方丈、瀛洲。据说这三座仙岛，都是由大鱼的背托起而浮在海上的。

4.万里句：夕阳照在又高又大的鱼背上，美如锦绣。

5.犹：只也，尚也。

6.东洋：即东海。

7.太公怎钓：太公，即周代吕尚，姓姜氏，字子牙，隐居渭水钓鱼，周文王出猎时见到他，跟他谈起来，很高兴地说："吾太公望子久矣！"因号太公望，后佐武王伐纣，定天下。这句话是说：姜太公怎么能像龙伯国的巨人钓鳌那样，把这么大的鱼钓上来呢！

【说明】

王和卿这首咏大鱼的曲子，运用夸张和比拟的技巧，把读者的思维推引到浩瀚的海洋，仿佛真有这么一条奇大无比的神鱼。隋树森《全元散曲简编》导言中说："王和卿的【醉中天】小令咏大蝴蝶，【拨不断】小令咏大鱼、长毛小狗等，用本色当行之笔，描绘眼前常见事物，使人读之如闻如见，充分显示出作者想象力之丰富，比喻形容之新巧，确是散曲佳作，诗词中比较罕见。"

拨不断·长毛小狗

王和卿

丑如驴。小如猪。山海经检遍了无寻处。遍体浑身都是毛。我道你有似个成精物。咬人的召箒。

【注解】

1.山海经：书名，共十八篇，是中国第一部有关神话的资料，书中记载许多奇异的人、事、物，包括的范围很广，充满了神话色彩。

2.检遍：查遍。

3.无寻处：没有出处，即没有记载。

4.精物：物老为精；精物，即妖精怪物。

5.召箒：召，读如条；箒，即帚。召箒，清除地面污秽的工具。

【说明】

这是一首诙谐的咏物小令，充分地表现了元人造曲填词不避俗字俚语的特色，用本色笔调描绘常见的物象，使人读了有如见如现之感。

王和卿是一位风流人物，性情滑稽，喜爱戏谑，他的数首咏物曲，如咏大蝴蝶、大鱼、绿毛龟，以及这首长毛小狗，皆以滑稽、风趣的语气来写，达到了令人意想不到的惊奇效果，这是诗、词咏物体作品中所没有的。

山坡羊·燕子

赵善庆

来时春社。去时秋社。年年来去搬寒热。语喃喃。忙劫劫。春风堂上寻王谢。巷陌乌衣夕照斜。兴。多见些,亡。都尽说。

【注解】

1. 燕子:因春社来,秋社去,或又称社燕,见《格物总论》中之记载。

2. 春社:时令的名称,即立春五戊为春社。王驾《社日》诗:"桑柘影斜春社散,家家得醉人扶归。"这里用以泛指春天时节。

3. 秋社:时令名称,立秋后五戊为秋社。韩偓《不见》诗:"此身愿作君家燕,秋社归时也不归。"这里用以泛指秋天时候。

4. 搬寒热:这里是虚指而非实言。燕子乃季节性的候鸟,秋冬时,北方严寒,燕子就往南飞;春天时,北方温暖了,就回去。这种随着季节变化的特色,作者特用"搬"字,以加强燕子春来秋去的习性。

5. 喃喃:又可作谝谝,或讽讽,形容多话的意思。这里用以形容燕子们有很多话要说,为底下兴亡事埋伏笔。

6. 劫劫(jié jié):犹汲汲也。韩愈《贞曜先生墓志铭》:"人皆劫劫,我独有余。"这里指燕子春来秋去,非常忙碌;亦暗示兴亡交替的迅速。

7. 王谢:指晋朝的贵族王导、谢安。

8. 巷陌句:这里用了刘禹锡《金陵五题》第二首《乌衣巷》的典故。乌衣,即乌衣巷,在现在南京市东南,秦淮河南方,古与朱雀桥相近,晋王导、谢安等贵族世居于此,其子弟世称为乌衣郎。刘禹锡《乌衣巷》诗云:"朱雀桥边野草花,乌衣巷口夕阳斜。旧时王谢堂前燕,飞入寻常百姓家。"乌衣巷，原本是吴时乌衣营所在地，营中兵士皆穿乌衣，因此而得名。从东晋以来，王、谢两大世族都住在这里。如今，原本是贵族宅地，却变成了寻常百姓的街巷。作者用"乌衣巷"的典故，表现兴亡交替的感慨，故紧逼而来的是"兴。多见些，亡。都尽说"。

【说明】

这首咏物曲，全篇用白描的手法、紧密的结构，表现深沉的感怀。全首曲子借着燕子随季节变化而改变行程的习性，点染出"乌衣巷"的故事，让典故自行呈现主题，最后才道出寄托之意。全篇结构层次分明，层层递进，直到最末四句，才将感情宣泄出来，颇有使读者感到久压之后而得到发泄的快感，但继之而来的，却是一股令人窒闷的愁绪，由远而近的迫近，令人又再度陷入主题中。

这首曲子，全篇没有精巧华丽的文辞，但细读之后，余味无穷。《莲坡诗话》中说："咏物有二种，一种刻画，……一种写意……"这首曲子就是写意的咏物曲，咏物而有寄托者，才是上品的作品。

红绣鞋·咏虼蚤

杨 讷

小则小偏能走跳。咬一口一似针挑。领儿上走到裤儿腰。眼睁睁拿不住。身材儿怎生捞。翻个筋斗不见了。

【注解】

1.虼（gè）蚤：即跳蚤。
2.领儿：衣领子。

3.眼睁睁：形容睁着大眼。

4.身材句：谓跳蚤既小又能跳，没办法抓住。捞（lāo），从水中取出东西。

5.筋斗：倒翻身体叫筋斗。

【说明】

这是一首咏物小令，以白描的手法写跳蚤的特性，虽是刻画物象而已，却不会令人觉得无味，这是因为文辞非常口白，故能使人读了而觉得亲切贴味。这也是元人散曲超出诗词的地方。

干荷叶·有感

刘秉忠

干荷叶。色苍苍。老柄风摇荡。减了清香。越添黄。都因昨夜一场霜。寂寞在秋江上。

【注解】

1.有感：一般曲选本皆没有标明题目，《全元散曲》中亦无题，而据《乐府群珠》则题作《即名漫兴》，今本文拟为"有感"，因此曲乃是托物感怀的作品。

2.苍苍：苍色，即黑色。苍苍，指暗绿的颜色。

3.秋江：指秋天时候的池水。

【说明】

【干荷叶】的曲调，是刘秉忠的自创，《尧山堂外纪》中说：

"此秉忠自度曲。曲名干荷叶，即咏干荷叶，犹是唐词之意。"在短短二十九字之中，渲染出秋天池塘上萧衰清冷的景况。

殿前欢·无题

卢 挚

寿阳人。玉溪先占一枝春。红尘驿使传芳信。深雪前村。冰梢上月一痕。云初褪。瘦影向纱窗上印。香来梦里。寂寞黄昏。

【注解】

1.寿阳人：引用南朝时，寿阳公主梅花落在额上的故事。这里借以点出所题咏的是梅花，亦用拟人法写梅，将梅花比成寿阳公主。

2.玉溪：泛指水边。古人常以梅花作为春天到来的信息，如隋代侯夫人《看梅》诗："庭梅对我有怜意，先露枝头一点春。"唐殷尧藩《咏梅》诗有"临水一枝春占早"，故古人亦常用"一枝"形容梅的独特神韵。

3.红尘驿使：驿，古代供传送公文的人途中休息的驿站。红尘驿使，指骑着快马，扬起尘土，传送公文的公人，这里借以比喻梅花，传送春天信息。南朝时，陆凯从江南寄一枝梅花到长安给范晔，赠诗有"择梅逢驿使""聊寄一枝春"的句子。

4.深雪前村：化自唐齐己《早梅》诗中"前村深雪里，昨夜一枝开"一句。

5.冰梢：树枝上挂着雪。

6.一痕：指一弯新月。

7.褪（tuì）：脱离。

8.瘦影句：指梅花及梅枝因月光照射，而投影在窗纱上。

9.香来二句：这是从林逋咏梅的名句变化而来的——林逋《梅花》诗句："疏影横斜水清浅，暗香浮动月黄昏。"

【说明】

这是一首咏梅的作品，通篇没有提到一个梅字，却处处有梅的身影。作者融会前人咏梅的名句，并通过景象的渲染，巧妙地把梅花独具的疏秀、洁白、暗香等优美形象给呈现出来。

元人咏物曲的风格有两种，一种是极具本色语的豪放率真；另一种是擅化典故，讲究对仗、对偶，极注意修饰的典雅派。这首曲子，即是后者中的名作。

殿前欢·玉香毬花

张养浩

玉香毬。花中无物比风流。芳姿夺尽人间秀。冰雪堪羞。翠微中分外幽。开时候。把风月都熏透。神仙在此，何必扬州。

【注解】

1.玉香毬：毬，与球同。玉香毬，又名雪球花，据《广群芳谱》引《药圃回春》："雪球、玉团，俱在三月开，雪球色白喜阴，常浇以脲，鲜秀异常，花大如斗，近觉微香……玉团即小雪球，喜脲，宜阴，极香。"

2.风流：指美好的风味或韵致。

3.秀：泛指一切美的事物风采。

4.风月：指春风明月，即泛指美丽的风景。

5.神仙在此二句：神仙，比喻玉香球花。这句是以玉香球花和琼花相比。据周密《齐东野语》卷十七："扬州后土祠琼花，天下无二本，绝类聚八仙，色微黄而有香。"又据《扬州府志》："琼花，古为名花，唐人植于扬州后土祠，北宋时，迁种至禁苑，一年后枯死，还栽扬州后土祠后，竟复活。"作者用玉香球花与琼花相比拟，意谓玉香球花的色彩、清香、灵韵皆天下独步。

【说明】

这首曲子，通篇直接或间接地描摹花的形、色、味、神韵，是咏物体中，属纯粹刻画物象的一类。曲中以玉香球花与琼花相比，如神来之笔。

开端即以开门见山的方式，将题咏之物道出，使人一读，便知何物，此乃重笔发端。从第三句到第六句则尽情畅快地铺写玉香球花的美丽风姿、熏人清香；最后二句，宕开一层，将玉香球花与扬州第一花相比，意谓到处有好花可看，不必定在扬州。结尾宕开时空，将小我之物，拉到大我的层次；将单一的玉香球花，拉到各处的玉香球花。结尾时空扩大，余味无穷。

小桃红·桂花

乔 吉

一枝丹桂倚西风。扇影天香动。醉里清虚广寒梦。月明中。紫金粟炼朱砂汞。绿衣衬榜。黄麻供奉。不似状元红。

【注解】

1.丹桂：指红颜色的桂花。《南方草木状》："叶如柏叶，皮赤者为丹桂。"又李时珍："（花）红者名丹桂。"

2.西风：秋风。桂花开于阴历八月，故农历八月又叫桂月。

3.扇影句：指桂花树影在风中摇动，一如摇扇，使得花香轻拂一样。

4.醉里句：清虚，清静空虚，指月宫寂寥。全句是说，桂香令人沉醉，引人联想到月中有桂树的传说。传说月中有一宫殿，叫广寒宫，住着嫦娥仙子。唐代玄宗皇帝曾梦游月宫。

5.紫金粟句：粟（sù），小米，此处指桂花之外形似颗粒状之小米。紫金粟，是指丹红色的桂花耀着月光，闪闪发光，像紫金色的小米。朱砂汞，红色的原料，古时道士炼丹的材料之一，这里指丹桂。全句是说，丹桂在月光下，显得光彩夺目。

6.绿衣句：绿衣，指桂树的枝叶。衬榜，指陪衬。全句是说，丹桂有着枝叶的衬托，显得更美丽。

7.黄麻供奉：黄麻，指黄麻纸，天子的文告，用黄麻纸书写。供奉，唐代官名。凡以文学技艺擅长的人，得以供奉内廷，给事左右。黄麻供奉，是说丹桂的姿色，得以入朝廷的选才标准，意味着桂花之出众挺拔。

8.不似句：以反问的语气说出，丹桂之姿，哪里不像花中的榜首呢？古人以考试中举称"折桂"，故作者或由此典故而引用变化。

【说明】

这首小令，前三句由桂花香味，联想出月中桂树，再由月桂联想到广寒宫，再由广寒宫联想到嫦娥偷吃灵药，飞升到月中的神话爱情故事，到最后点出"寂寥如梦"的感慨。七个字包含了丰富的意象，足见作者遣词用字的细腻。作者用嫦娥飞升的爱情故事，点染丹桂之有情有性，同时，隐喻作者可能在官场失意，功名不得志。

全篇以轻描淡写的手法，将作者的情感细细放出。读者往往只见字面的视觉美，若不仔细寻思，作者心中的那份寄托就难以察觉了。

水仙子·咏竹

马谦斋

贞姿不受雪霜侵。直节亭亭易见心。渭川风雨清吟枕。花开时有凤寻。文湖州是个知音。春日临风醉。秋宵对月吟。舞闲阶碎影筛金。

【注解】

1.直节：指竹竿的外形，直而有节。

2.亭亭：形容竹子直立的优美姿态。

3.渭川句：渭川，即渭河，是黄河支流，横贯陕西省中部咸阳、临潼等地。全句是说在渭河沿岸的风雨之夜，会使人在枕上神志清爽而构思，以歌咏竹子的贞姿亮节。

4.花开句：按竹子不常开花，更不结子。全句是说当竹子开花结子时，就会引来凤凰。据说凤凰是鸟兽之王，《庄子·秋水》篇说："非梧桐不止，非练实（即竹子的果实）不食，非醴泉不饮。"

5.文湖州：指北宋画家文同，字与可，擅画竹，晚年时，曾被任命为湖州太守，未到任即去世，世人遂尊称他为文湖州。俗语有"胸有成竹"的话，即由他而来，因为同他当代的诗人晁补之有话说："与可画竹时，胸中有成竹。"

6.春日句：是说春天时竹子在风中摇曳不定，就像喝醉了酒似的。

7.秋日句：是说在秋天夜里，竹子的枝叶临风萧瑟作响，一如诗人对月吟唱。

8.舞闲句：筛（shāi），竹器，有小孔可下物，可以取粗去细。全句是说，竹影投映在空旷的庭阶上，摇曳起舞；叶影间隔着月光，闪闪发亮，像是从筛子中筛出来的金片一样。

【说明】

　　这是一首典雅的咏物曲,通篇不见竹字,开端即知题咏竹子。末三句更用拟人法写竹子生动的变化姿影。萧善因的《元人散曲一百首》说:"写了竹子的坚贞高亮的气质,实是作者性格的自托表达。"盖文人咏物,不脱自我意识的刻画。故咏物体中,"物我合一"是最高境界。

一半儿·落花

张可久

　　酒边红树碎珊瑚。楼下名姬坠绿珠。枝上翠阴啼鹧鸪。谩嗟吁。一半儿因风一半儿雨。

【注解】

　　1.碎珊瑚:指落花。花瓣掉落,撒了满地,就像珊瑚打碎了一地的样子。

　　2.楼下句:这句引用绿珠典故。绿珠乃晋代石崇的爱妾,美丽绝艳,擅长吹笛。当时孙秀很喜欢她,就向石崇求讨,石崇不许;孙秀乃矫诏没收了石崇财产,绿珠坠楼自尽。全句的意思是,从酒楼上看树底下掉落的花瓣,就好像当年绿珠坠楼一样,令人不胜惋惜,也觉得凄美。

　　3.枝上句:鹧鸪(zhè gū),《本草纲目·禽部》:"鹧鸪性畏霜露,早晚稀出,夜栖以木叶蔽身,多对啼,今俗谓其鸣曰'行不得也哥哥'。"全句是说,鹧鸪因花落而感伤,栖息在枝叶中啼鸣。作者借鹧鸪表达对落花的感伤。

4.谩嗟吁：谩（màn），即慢的意思，或含有阻止语气的发端词。嗟吁（jiē xū），叹息的声音。

【说明】

这是一首咏落花的小令，全篇寥寥数句，却将"落"字表达得淋漓尽致。每句皆扣住主题的"落"字，却没有黏题的弊病，乃是作者擅化典故、擅用比拟的缘故。

沉醉东风·琼花

张可久

蝶粉霜匀玉蕊。鹅黄雪点冰肌。衣冠后土祠。璎珞神仙佩。倚栏人且赏芳菲。炀帝骄奢自丧了国。休对我花前叹息。

【注解】

1.蝶粉霜匀：此四字是形容琼花颜色的美丽，像蝴蝶翅膀上的粉彩，像女人脸上的霜粉，既匀亮又柔和。

2.鹅黄句：指琼花的花颜像仙子的冰肌玉肤微带鹅黄的斑点。

3.衣冠句：衣冠，衣饰的统称。后土祠，据周密《齐东野语》卷十七的记载，说："扬州后土祠琼花，天下无二本，绝类聚八仙，色微黄而有香。"又据《扬州府志》中说："琼花，古为名花，唐人植于扬州后土祠，北宋时，迁种至禁苑，一年后枯死，还载扬州后，竟复活。"全句是说，琼花生长在扬州后土祠，具有灵性。

4.璎珞句：璎珞（yīng luò），贵族男女所戴的饰品，多以珠玉制成。全句是说，琼花常年生长在后土祠，得到仙人的灵性熏陶，已具有仙气，幻化成仙。

5.倚阑人：指失意的人。

6.且：犹只也，只可。

7.炀帝句：炀帝，指隋炀帝，即隋文帝的次子，名广，一名英，小字可麽。太子勇失欢于文帝，广乃深自矫饰，得帝欢，遂废了勇而立广为太子。广既入东宫，所行无道，文帝欲废除他，广就杀了父亲而自立。即位后大兴土木，造西苑，置离宫，沉湎酒色而不知群雄并起，后南巡到江都，流连忘返，为宇文化及所杀，在位十二年。

8.休对我句：谓琼花已成仙人，不愿世俗染身，只愿让失意的人欣赏芳姿，而不想听亡国的感慨。

【说明】

这是一首托物感怀的咏物曲，作者借琼花超俗的姿色，表达了自己内心归隐之意。前面四句纯粹写花，采用比拟的人格法来写，清新动人；后三句借花咏怀，表现作者想忘却尘世间的兴衰无常，走向山林归隐之志。

殿前欢·观音山眠松

徐再思

老苍龙。避乖高卧此山中。岁寒心不肯为梁栋。翠蜿蜒俯仰相从。秦皇旧日封。靖节何年种。丁固当时梦。半溪明月。一枕清风。

【注解】

1.观音山：疑是南京市观音门外的观音山。

2.眠松：倒卧的松树，像睡觉的样子，故名。

3.老苍龙：指松倒卧如苍龙一样。

4.避乖：犹言避世乱。乖，乖政，乱世之政治。

5.岁寒句：古人称松、竹、梅为岁寒三友。岁寒心，即指松能耐严寒的本质而言。全句是说松树不愿做世间的栋梁之材，情愿高卧山中以避祸。

6.翠蜿蜒句：指缠绕在松树上的翠藤，与松枝上下相依相偎。

7.秦皇句：据《史记·秦始皇本纪》载："（始皇）二十八年（前219）乃上泰山，立石，封，祠祀，风雨暴至，休于（松）树下，因封其树为五大夫。"《汉官仪》亦载此事。

8.靖节：指晋代诗人陶渊明，谥号靖节先生。其《归去来辞》云："三径就荒，松菊犹存。"又云："扶孤松而盘桓。"陶园有松，文由此而来。

9.丁固当时梦：丁固，字子贱，三国吴人，曾梦见松树生在他的腹部，乃对人说："松子十八公也，后十八岁，吾其为公乎？"其后在孙皓当政时，果然官至大司徒。

【说明】

这是一首豪放遒劲的咏物曲。通篇不着松字而知是咏松。首句"老苍龙"，破题有力，余下则是势如破竹，遒健深峻，表现元人豪放的一派风格。

咏物体中，不仅须描摹物象，更必须从体物中，寄寓无穷的情感，将物性、物情融合作者的性情、品味，方是上品之作。这首《观音山眠松》即是将物、我之间的性情做了高度融合的表现。

殿前欢·梅花

景元启

月如牙。早庭前疏影印窗纱。逃禅老笔应难画。别样清佳。据胡床再看咱。山妻骂。为甚情牵挂。大都来梅花是我。我是梅花。

【注解】

1.逃禅：即逃佛。杜甫《饮中八仙歌》："苏晋长斋绣佛前，醉中往往爱逃禅。"按此"逃禅"，是说苏晋因醉酒而忘记礼佛，故曰逃禅，但后人往往以学佛者为逃禅。这里是指逃避世情的烦琐而潜心于佛道而言。此处作者借以表示自己是个学佛的人。

2.胡床：即交椅。

3.大都来：元代土语，即"大刚来"，犹言"总之"的意思。

【说明】

这是一首托物叙怀的咏物曲。描写一位学佛的画家，在月夜下，想从纱窗上的梅影，画下梅的清姿妙态，却总是无法画出梅的暗香、疏影、洁白、孤高的特性。于是老是对着窗前看，因而引起了妻子的猜疑，以为他牵挂着什么人而大骂，但不知他沉醉在艺术的创作中，人与梅花，混成一体，已彼此不能分离了。

全首内容，作者以静的笔法写梅，以动的笔法写人。结构上，开端即分两条线：一条是写梅，另一条是写人。两条线平行而下，至末二句才合在一起，点引出"物我合一"的境界。同时，静与动的画面，才在末二句重叠，混合而产生动荡中的宁静美。

全篇文辞不见艰涩、华丽、浓烈的感觉，作者以清浅平淡，甚至口语化的文字语言，表达出艺术修养的最高境界。这种笔法，诗、词、赋中不曾见，唯有在元人特出的遣词造句中，才能将俗语俚字，表现出文学作品的自然境界。

凭栏人·香篆

乔 吉

一点雕盘萤度秋。半缕宫奁云弄愁。情缘不到头。寸心灰未休。

【注解】

1.香篆：使香像篆文盘屈的样子成型，叫香篆。

2.雕盘：雕镂的香盘。全句是说，雕盘上一点香火，像秋夜里的萤火一样。

3.宫奁：指梳妆匣、镜匣。全句是说，在梳妆台的半缕香烟像缥缈的云，引起了秋绪。

4.情缘：此乃双关的说法，以喻情思，亦指香火缘着篆文烧去。头，尽头。

5.寸心句：香没有烧尽，灰自然还是有的。比喻情缘未了，灰心失意，仍是免不了的。

【说明】

这是一首叙物言情的咏物曲。寥寥四句，却能将物、情、人三者紧密融合为一体，可见作者构思的独特与敏捷，用笔的工巧。此曲与徐再思的《凭栏人·香印》，描写的手法相当，表现的内容亦相近，可相互参照。

水仙子·花筩儿

乔 吉

玲珑高插楚云岑。轻巧全胜碧玉簪。红棉水暖春香沁。是惜花人一寸心。净瓶儿般手捻着沉吟。滴点点蔷薇露。袅丝丝杨柳金。是个画出来的观音。

【注解】

1.花筩（tǒng）儿：即花瓶。筩，同"筒"。

2.玲珑句：玲珑，是指花瓶微微透明的样子。岑，山小而高叫岑。全句是说，花瓶的形状瘦高，瓶身上画有云有山，又微微透明的样子。

3.全胜：胜过。

4.碧玉簪：用碧玉做成的发笄，用来插在发上的饰物。

5.红棉句：沁（qìn），浸渍。全句是说，红棉插于瓶中，香味流溢。

6.一寸心：即一片心意。

7.净瓶儿句：净，是干净没有污物。捻，手捏就叫捻。全句是说，惜花人用手捏揉着干净的花瓶，低头沉思。

8.杨柳金：杨柳花为黄色。这里用"金"，形容杨柳花的颜色。袅丝丝，指柳花受风吹拂而摇曳。这里是说，瓶子上绘有杨柳，十分生动，像真的在风中摇曳一般。

9.是个句：这里是指花瓶上绘有杨柳及观音像，惜花人拿着花瓶，低着头看，那画像真的一般，栩栩如生。末三句是惜花人观花瓶的感受。

【说明】

这是一首纯粹的咏物曲。前两句写花瓶的身型，细细高高的，既轻巧又美观；第三、四句写惜花的人，将红棉花插于瓶中，以示爱花瓶的心；第五句至第八句写惜花人仔细观赏花瓶上的文彩。

通篇以静的笔调来写，令人读了别具轻灵的感受。咏静物最难工，此曲却极精巧有味，足见作者的才思敏捷。

沉醉东风·气毬

张可久

元气初包混沌。皮囊自喜囫囵。闲田地着此身。绝世虑萦方寸。圆满也不必烦人。一脚腾空上紫云。强似向红尘乱滚。

【注解】

1.毬：凡圆形成团者，皆称毬，通"球"。
2.元气：指气球充满了气，看起来浑圆饱满的样子。
3.混沌：形容气球圆浑，像脑满肠肥的人。
4.皮囊：皮布制成的袋子。这里指皮制的气球。
5.囫囵：物体完整的意思。
6.田地：即土地。闲田地，指没有种植东西的土地。
7.绝世虑：断去红尘间名利等绪念。
8.萦：旋绕。
9.方寸：指心；此兼指皮球着地处，不过方寸宽。
10.紫云：指天空，即九霄云处。

【说明】

这是一首诙谐的咏物寓理小令。通篇着墨于一个皮球上，写皮球充满了气，混混沌沌的像个不用大脑的人，却仍沾沾自喜，颇有鲁迅笔下的"阿Q"精神。作者借气球的形状、特性，贴切地将农夫自得其乐、不与人争的一面，表现得淋漓尽致。

凭栏人·香印

徐再思

烟袅蟠龙花上枝。火引冰蚕茧内丝。烧残锦字诗。似人肠断时。

【注解】

1.香印：把香制成印的形状，也就是说旋绕成方形的香。

2.蟠（pán）龙：指屈状的龙，用以比喻香烟。香印燃烧时，烟袅袅而上，像一条屈伏着身子的龙。

3.冰蚕：据《拾遗记》："员峤山有冰蚕，长七寸，黑色，有角有鳞，以霜雪覆之，然后作茧，长一尺，其色五彩；织为文锦，入水不濡，入火不燎。"这里用以比喻香印，或可明香印为黑色，上有文彩，燃烧时，就像冰蚕在吐丝一样。

4.锦字诗：据《侍儿小名录》："前秦窦滔镇襄阳，与宠姬赵阳台之任，绝其妻苏氏音问，苏悔恨自伤，因织锦回文题诗二百余首寄滔，滔览锦字，感其妙绝，因具车从迎苏氏。"全句是说，香印上有文彩，燃烧殆尽未尽时，就像烧坏了的锦字诗文，盖借香怀人，表现闺怨的情愫。

5.肠断时：指悲切过度，江淹《别赋》："行子肠断，百感凄恻。"这里借言香灰燃烧后掉下来，一寸一寸的，像断肠；此亦指人怀念而肠断。

【说明】

徐再思此曲,与乔吉的《香篆》,同样是叙物言情的作品。两者所歌咏的是闺怨之情;所题咏的是生活的用品,在物与人之间的联系,皆用暗喻的手法来表现。而徐再思的《香印》,表现较露情,但不伤其作品的完整。

沉醉东风·咏相棋

无名氏

两下里排开阵角。小军卒守定沟壕。他那里战马攻。俺架起襄阳炮。有士相来往虚嚣。定策安机紧守着。生把个将军困倒。

【注解】

1.相棋:即象棋。关于它的起源,在唐代牛僧孺的《玄怪录》里曾提到过。又据《佛祖历代通载》"唐文宗开成己未年制象棋",注云:"昔神农以日月星辰为象,唐相国牛僧孺用车马将士卒加炮,代之为机矣。"按"机"或为"棋"之误。据此,则相棋为牛僧孺所制,但到宋、元时,才流行起来。

2.两下里:即两边。

3.阵角:即阵势。

4.襄阳炮:襄阳在今湖北省。元代时曾造一个一百五十斤的大炮,用以攻破襄阳城,因而称作襄阳炮。这里只是泛指炮而言。

5.虚嚣(xiāo):即嚣虚,指用计谋,诈伪。

6.定策安机:是设定出攻战的策略和防守的计谋。

7.着（zhāo）：指下棋时每走一步，即为一着。

8.生：犹言活生生的，白白的，硬是这样的。

【说明】

这首曲子，以"相棋"为题，诗词中不曾见以此为题者，可见元人散曲取材之丰之广，是其他文体所不能比的。据《事林广记》中载有与现在棋局相同的棋谱，可见象棋的历史，由来已久，但在文学作品中则少见；元人散曲中亦不多见，《全元散曲》中只有两首。

醉扶归·秃指甲

关汉卿

十指如枯笋。和袖捧金樽。挡煞银筝字不真。揉痒天生钝。纵有相思泪痕。索把拳头揾。

【注解】

1.金樽："金"字是形容酒杯的高贵，并非指用金制成的酒杯。樽，酒杯。

2.挡煞：挡（chōu），弹的意思。煞（shà），语气词。筝，乐器名。字不真，指弹筝时，音调不准。全句是说，弹筝时，弹得很生气，因为指甲秃，所以音弹不准。

3.揉痒：即抓痒。

4.钝：指甲秃秃的样子。

5.索：须。

6.揾（yùn）：同"扻"，揩拭的意思。

【说明】

　　这是一首诙谐的咏物小令。古人不管是男的或女的,都留着长长的指甲,男的可以拿它来翻书、弹琴,显示自己的儒雅。闺房中的妇女或茶楼酒馆的女伎,平常还用指甲套保护着,尤其是指甲的颜色,各涂以不同的色彩。他们认为长指甲是一种美的象征。而此曲咏的,是一位歌妓的秃指甲。题目虽不美,但短短的六句,却非常生动活泼有趣地把题目点出。全曲虽用嘲谑的语调来写,却不致令人难堪,读了还会令人微笑。

　　观其文辞,浅白清丽;观其技巧,只以比喻及衬托法描绘指甲秃秃的难堪,并从许多角度来写,不失不黏,故别有一番风味。

醉中天·佳人脸上黑痣
白　朴

　　疑是杨妃在。怎脱马嵬灾。曾与明皇捧砚来。美脸风流杀。叵奈挥毫李白。觑着娇态。洒松烟点破桃腮。

【注解】

1.杨妃:即唐明皇的妃子杨玉环。

2.怎脱句:言杨贵妃本来已经在马嵬坡被士兵所逼而自杀了,何以能脱逃过的那个灾难又出现了呢?

3.曾与句:根据传说,唐明皇曾请李白写《骇蛮诏》,由贵妃捧砚(另一说法是,由杨国忠捧砚,贵妃磨墨),高力士脱靴等,此乃小说之言,于史无据。

4.叵奈：又作"颇奈"，或"叵耐"，是可恨的意思。

5.觑（qù）：看的意思。

6.松烟：即墨汁。

【说明】

这是一首咏佳人脸上黑痣的小令。周德清《中原音韵》小令定格中，评此曲云："体物最难，音律协畅。捧砚，点破，具是上去，声妙。第四句是务头。"此曲不仅音律协畅，在内容上，亦擅化典故，将黑痣的美，与杨贵妃的故事连接，既不突兀，也不生硬。通篇以一个典故串联物、人之间的美感，显得极灵巧生动。

此曲在《全元散曲》中分列二人之作：一题为白朴的作品，一列杜遵礼的作品。而在《太平乐府》中，题为杜遵礼的作品；在《尧山堂外纪》则题为白朴，又注说，或以为杜遵礼；《天籁集撖遗》亦并列二人之作。散曲选本，如罗忼烈《元曲三百首笺》题为白朴，本文亦从之。

水仙子·咏红指甲

徐再思

落花飞上笋牙尖。宫叶犹将冰箸粘。抵牙关越显得樱唇艳。怕伤春不卷帘。捧菱花香印妆奁。雪藕丝霞十缕。镂枣斑血半点。陷刘郎春在纤纤。

【注解】

1.红指甲：是古代妇女的装饰，在长长的指甲涂上红色的染料，或套上红色的指甲套，是美的象征。

2.落花：形容红色指甲。

3.笋芽尖：指修长的指甲。

4.宫叶：亦是比喻指甲的颜色。宫叶，即红叶。

5.冰箸：冰是形容手指的洁白。箸，是指手指细而美。

6.抵牙关句：是以红指甲和樱唇对比，衬托佳人动态的美。

7.菱花：即镜子。古时镜子周围或背面，都雕以菱花装饰，后就称镜子为"菱花"。

8.香印：把香制成型的样子，有的上面再绘上文彩。

9.妆奁：即梳妆台。

10.雪藕丝：形容佳人手指的动态美。

11.霞十缕：言十只指甲的颜色，像红霞般光彩夺目。

12.镂枣斑：形容佳人的手指纤细。

13.血半点：形容指甲的颜色。

14.刘郎：指情郎。

15.纤纤：指秀丽纤细的十指。

【说明】

这是一首风格典雅华丽的咏物曲。通篇采用比喻的技巧与衬托的方式，将题目"红"与"指甲"，紧紧地扣住。又因大量使用比喻手法，因而没有黏题的弊病，反而产生无穷的惊奇之美。

比喻的用法，自《诗经》以来即被广泛地运用在文学作品中，但在一篇作品中，连续使用达全篇的，只有在元代散曲才出现，这是元曲高出其他文体中的一项。尤其在咏物体，比喻的技巧最普遍者，要数元曲了。

这首曲子用字、用句、用典，十分雅致，绝无猥亵语，读之饶有余味。

卖花声·香茶

乔 吉

细研片脑梅花粉。新剥珍珠豆蔻仁。依方修合凤团春。醉魂清爽。舌尖香嫩。这孩儿那些风韵。

【注解】

1.香茶：指孩儿香茶，亦称儿孩，即乌爷泥。此物原是泰国等地产制，宋元间传入中国。始于云南、广西等地仿制，后遍及各地（为儿科热药，故称孩儿茶），元代颇为流行。《饮膳正要》中有记载。

2.片脑：即龙脑香，俗称冰片，上等者称梅片，故曲中云"梅花粉"。据杜清碧的《真州贾生索赋孩儿茶》诗云"吾闻孩儿茶，始来自殊方，古人译其名，和以龙麝香"，可见是和以龙脑制作的。

3.豆蔻：芳香健胃的药品，此指肉豆蔻，子圆形。

4.修合：按一定的分量、程序制作药物。凤团春，指团茶的一种，或称茶饼。北宋时，福建所制的贡品，有凤团、龙团等名。

5.醉魂二句：此二句写香茶的风味。

6.孩儿：此句乃双关语。孩儿，指孩儿香茶，但宋元时，也以孩儿作为昵称之谓，指心爱的人物。

7.那些：这样的。

8.风韵：风味，或韵味。

【说明】

这是一首咏茶的曲子。以茶为题，在文学作品中，以唐代为最早，到宋、元才多起来。这是一首纯粹的咏物曲，作者以清新的笔调，将茶的特殊形制和风味很恰当地写出，表现了文人或民间茶艺的精巧一面。尤其是末三句以情运笔，扫去呆板的铺叙手法，转出有情味的韵致笔调。故读此曲，仿佛闻茶香，仿佛饮茶味，令人意犹未尽。

附录一：作者简介

元好问

字裕之，号遗山，太原秀容人（今山西省忻州市）。生于金章宗明昌元年，卒于元宪宗七年（1190—1257）。为金朝著名的诗人及文学家，金宣宗兴定五年（1221）登进士第，后历任县令、尚书省掾、左司都事员外郎等职，哀宗天兴初年入翰林知制诰，金亡后不愿入元为官，乃筑"野史亭"隐居，并花二十年心血，编纂《中州集》和《壬辰杂编》两部有关金国文献之书，另有《遗山集》四十卷行世。今存小令九首，残套一套。

王元鼎

生平不详，大约与阿鲁威同时，做过翰林学士。今存小令七首，套数二套。

王 恽

字仲谋，号秋涧，卫州汲县人（今河南省卫辉市）。生于元太祖二十一年，卒于元成宗大德八年（1226—1304）。中统元年（1260）得左丞姚枢推荐，步入仕途，历任国使院编修监察御史、平阳路总管、燕南河北按察副使、福建按察使、翰林学士等职，因弹劾贪官，平反冤狱，而颇受时人尊崇。为人好学，曾拜元好问为师，乃当时著名之学者及书法家，所作文章，不蹈袭前人，颇多新意，有《秋涧先生大全集》行世，其中《秋涧乐府》四卷，是其词曲集。今存小令四十一首。

王　鼎

字和卿，大名人（今河北省大名县）。《录鬼簿》称之为学士，约与关汉卿同时，并为至交。和卿为人生性豁达，所作小令以豪放、诙谐为特色，今存小令二十一首，套数一套，残套二套。

王实甫

名德信，以字行，大都人（今北京市），为元代重要杂剧作家，惜生卒年均不详（约1260—1336），其主要活动时期，约与关汉卿同。有杂剧十四种，今存《西厢记》等三种，以《西厢记》最脍炙人口，世推为北曲第一。涵虚子论曲称其词如花间美人，铺叙委婉，深得骚人之趣。今存小令一首，套数一套。

白　贲

字不详，号无咎，钱塘人（今浙江省杭州市），是诗人白珽之子。仁宗延祐中（1314—1320）知忻州，至治年间（1321—1323）改任温州路平阳州教授，除散曲外，亦长于绘画。今存小令二首，套数三套，残套一套。

白　朴

字仁甫，一字太素，号兰谷先生，原籍隩州（今山西省河曲县东北）。生于金哀宗三年（1226），卒年不详，后移居真定（今河北省正定县），父名华，字文举，号寓斋，为金代枢密院判，与元好问相交。元人攻陷开封时，仁甫与母失散，寓斋又以事远谪，乃随元好问至山东，在文学上颇受元氏熏陶。因其年少时有国亡家破之经历，致心情常郁闷不乐，入元以后不愿出仕，宋亡后移家金陵（今江苏省南京市），常随诸遗老放情山水间，日以诗酒自娱，有杂剧十六种，现存《梧桐雨》等三种，有词集《天籁集》，清初杨友敬辑其散曲附于

《天籁集》后，称为《天籁集摭遗》，风格朴实而又俊秀。今存小令三十七首，套数四套。

任 昱

字则明，四明人（今浙江省宁波市鄞州区），生平不详，大约与张可久、曹明善同时。年少时喜狎游，所作小曲多为妓女们所传唱。晚年锐志读书，工写七言诗、散曲。现存小令五十九首、套数一套。作风清雅流丽，与张可久近似。

朱庭玉

生平不详。现存小令四首，套数二十二首。

汪元亨

字协贞，号云林，别号临川佚老。饶州人（今江西省上饶市），后居江苏常熟。元末明初著名的山水画家。《录鬼簿》说他"至正间，与余交于吴门"，可知其生活年代在元顺帝至正年间。元时曾做过浙江省掾，一说任元学士。因他生逢元末，政治混乱，所以厌世情绪重。现存的百首小令中，题作警世的有二十首，题作归田、归隐的多至八十首。作品多歌咏隐逸生活，里头亦表现对当时现实的不满。

宋方壶

名子正，方壶是他的号。华亭人（今上海市松江区）。生平不详。小令传世者只有十三首，套数五套。

李致远

生平不详。或说江右人。约为元代初年人。据孙楷第的《元曲家考略》载，仇远有《和李致远君深秀才诗》，其中有"子亦固穷忘怨尤"及"有才未遇政何损，知尔不荐终当羞"等句，可想见其梗概。《正音谱》说："李致远之词，如玉匣昆吾。"现存小令二十六首，套数四套。

李爱山

生平不详。据《全元散曲》，所作小令四首，套数一套。

吴弘道

字仁卿，号克斋，金台蒲阴人(今河北省安国市)。生卒年不详，元武宗至大前后（1308—1311）仍在世，曾任江西省检校掾史，有杂剧五种，今皆不传，散曲风格清秀，多为消极之内容。今存小令三十四首，套数四套。

吴西逸

生平不详。据《全元散曲》，著有小令四十七首。《正音谱》云："吴西逸之词，如空谷流泉。"

阿鲁威

字叔重，号东泉，人或以鲁东泉称之。蒙古人，曾居杭州，元代中叶，至治、泰定年间（1321—1328）曾做过泉州路总管、南剑太守、经筵官、翰林学士、参知政事等。《正音谱》谓其词为"鹤唳青云"。《全元散曲》收其小令十九首，风格大都沉郁悲凉。

周文质

字仲彬，祖籍建德(今浙江省建德市)，后居杭州。元统二年（1334）病卒。《录鬼簿》说他："体貌清癯，学问赅博，资性工巧，文笔新奇。家世儒业，俯就路吏，善丹青，能歌舞，明曲调，谐音律。"可见是一位多才多艺的文学艺术家。性豪爽，好事爱客。他与《录鬼簿》的作者钟嗣成相交二十余年。其作品有杂剧《苏武还朝》《春风杜韦娘》《孙武子教女兵》《戏谏唐庄宗》四种。《苏武还朝》今残存，其余皆佚。他的散曲存小令四十三首，套数五套，多男女相思之作。风格清丽，为人所喜欢。《正音谱》云："周仲彬之词，如平原孤隼。"

周德清

号挺斋，高安人（今江西省高安市），元成宗前后仍在世（1295—1297），是北宋末年著名词人周美成（周邦彦）的后代。家境贫穷，未曾做官。工乐府，善音律，因感于当时北曲创作格律上的混乱，所以著《中原音韵》和"作词十法"，总结了北曲用字和押韵的实际经验。

对散曲创作，影响很大。现存小令三十首，套曲三套，散见《太平乐府》。《正音谱》云："周德清之词，如玉笛横秋。"

查德卿

生平和籍贯均不详。大约在元仁宗朝前后（1311—1320）。现存小令二十二首，多半是描写妓女情态的。

胡祗遹

字绍开，号紫山，磁州武安人（今河北省武安市）。生于金哀宗正大四年，卒于元世祖至元三十年（1227—1293）。元初入仕，至元年间历任翰林文字、太常博士、左右司员外郎等高官，当时权臣阿合马当国，重用群小，官冗事繁，祗遹因建言省官省事而触犯权奸，被贬为太原路治中。元灭宋后，又历任荆湖北道宣慰副使、山东东西道提刑按察使，以抑富豪、扶寡弱而颇有官望，谥文靖，有《紫山大全集》行世，散曲之风格典雅秀丽，与词相近。《太和正音谱》评之云"胡紫山之词，为秋潭孤月"。今存小令十一首。

姚 燧

字端甫，号牧庵，洛阳人（今河南省洛阳市）。生于元太宗十年，卒于仁宗延祐元年（1238—1314）。少孤，为伯父姚枢所抚养长大，颇得国子祭酒许衡之赏识，并与之游；大德五年（1301）出任江东廉访使；大德九年（1305）拜江西行省参知政事；仁宗时，入为太子宾客、太子少傅等职，累官至翰林学士承旨。乃当代文坛领袖，以古文著称，风格与唐代的韩愈及宋代的欧阳修相似，宏肆赅博，有西汉风。至其散曲作品，则于婉丽中可见宏劲之气，语言浅白，笔调流畅，有《牧庵集》五十卷。今存小令二十九首，套数一套。

盍西村

生平不详。只知他是盱眙人（今江苏省盱眙县）。明写本《录鬼簿》有"盍士常博士"，列于前辈名公，有人怀疑就是他。《正音谱》说"盍西村之词，为清风爽籁"。所作散曲，今存小令十七首，套数一套。

孙周卿

生平不详。《太平乐府》说他的籍贯是古邠(今陕西省彬县)一带。现存小令二十三首。有好几首是写他山中隐居生活的，表现出他是在功名场中经历了一番成败之后退出来的。近人根据傅若金的《绿窗遗稿》序中的"故妻孙氏蕙兰，早失母，父周卿先生"等文句推断，周卿先生便是孙周卿。傅若金，江西新喻人，周卿有《折桂令·题琵琶亭》，可知他的确到过江西的浔阳，若说把女儿嫁给江西人傅若金，当然有此可能。

马致远

字千里，号东篱，约生于世祖中统初，卒于泰定帝时（约1250—1324）。为元代重要杂剧作家及散曲作家，曾任江浙行省务官，因官场不得意，乃加入"元贞书会"，主要活动都在书会里，晚年退居园林，过其隐逸生活，有杂剧十五种，现存《汉宫秋》等七种，有《东篱乐府》行世，所作散曲兼有豪放、清逸之风格，以叹世一类之作品最多。《太和正音谱》评之为"朝阳鸣凤"。今存小令一百一十五首，套数十六套，残套七套。

马谦斋

生平不详，元仁宗延祐前后（1314—1320）曾在大都、上都等处任职，对京师景物及边塞风光皆颇赞赏，后至杭州过其富裕之寓公生活，如其曲云"辞却公裯，别了京华，甘分老农家"。与张可久相识，张有《天净沙》一曲，题为"马谦斋园序"，中有"簪缨席上团栾，杖藜松下盘桓"，应是对马谦斋优越生活之叙述，今存散曲小令十七首，多为愤世之作。

真真

元代的歌妓。建宁人（今福建省建瓯市）。生卒年不详。据陶宗仪《辍耕录》卷二十二说她是真德秀之后裔。父司筦库于济宁坐法，卖女为偿，遂流为娼。时姚燧于筵席上相遇，怜之，为脱籍，后嫁翰林属官王林。

徐再思

字德可，因喜甜食，致号甜斋，嘉兴人（今江苏省嘉兴市），曾任嘉兴路吏，与贯云石（酸斋）、张可久同时。散曲集与贯云石合称为《酸甜乐府》，所作小令多写江南自然景物及闺情，风格清新秀丽，与张可久、乔吉相近。今存小令一百零三首。

倪 瓒

初名珽，字元镇，号云林子，无锡人（今江苏省无锡市），富有才学，诗文俱佳，一直不愿进身仕宦，最后被迫隐居于太湖山林间，达二十年之久。他又号风月主人、沧沧漫士、净名庵主等，是元代著名的画家，尤其是山水画，情调冲淡，富有机趣。《录鬼簿》说他"辟书博极，爱作诗，不事雕琢"，又说"善琴操，精音律"，著有《清閟阁集》，人品极高，所写的作品清雅婉约，没有一点尘俗气，风格直逼小山。《全元散曲》收了他的小令十二首，大都描写湖光山色和田野的情趣，不过却时时流露出胸中的不平。

张可久

字小山，庆元人（今浙江省宁波市鄞州区），约生活在世祖至元初年到顺帝至正初年（约1270—1348）。他仕宦生活并不得意，曾任省署掌文书之首领官、桐庐典史，至正初年尚为昆山县（今江苏省昆山市）幕僚，时已七十余岁。平生好游历，足迹遍及江南各名胜。专写散曲而不作杂剧，散曲集名为《小山乐府》。《全元散曲》收录其小令八百五十五首，套曲九篇。元代散曲作家中以其作品最多，风格清丽，华而不艳，多为欣赏山光水色、抒写个人情怀及咏古之作。与小山同时之阿拉伯大食惟寅有一首【燕引雏】，题为《奉寄小山先辈》，曲云"气横秋，心驰八表快神游，词林谁出先生右？独占鳌头。诗成神鬼愁，笔落龙蛇走，才展山川秀，声传南国，名播中州"。对于小山可谓推崇备至。今存小令八百五十五首，套数九套。

张 雨

字伯雨,号贞居,吴郡海昌(今浙江省海宁市西南盐官镇南)人,以儒者入道,负逸才英气,以诗著名,格调清新,句语新奇,世称句曲先生。

张鸣善

名择,以字行,号顽老子,平阳人(今山西省临汾市),家于湖南,后又流寓扬州,做过宣慰司令史,写过《烟花鬼》《瑶琴怨》《华园阁》等三种杂剧,今已佚。《录鬼簿续编》谓其有《英华集》行世,亦佚。散曲现存十三首,套数二套。数量虽然不多,但对于现实的讽刺和黑暗的揭露,是相当尖锐、深刻的。具有自己独创的风格,常常为人多模仿。《正音谱》说他的曲"藻思富赡,烂若春葩"。

张养浩

字希孟,号云庄,济南人(今山东省济南市)。生于世祖至元七年,卒于文宗天历二年(1269—1329)。自幼聪明好学,以省荐为东平学正,武宗至大年间(1308—1311)拜监察御史,正直敢言,曾因上书批评时政而得罪权贵,乃罢官归隐懔山,仁宗时又出仕,累官至翰林直学士礼部尚书。文宗天历二年(1329)关中大旱,哀鸿遍野,特拜为陕西行台中丞,办理赈灾事务,终日无少倦息。散曲集名为《云庄休居自适小乐府》,风格清逸豪迈,题材多样,或为寄情林泉,或为抨击朝政,或为哀怜百姓疾苦。艾俊谓其曲"言真理到,和而不流,依腔按歌,使人名利之心都尽"。今存小令一百六十一首,套数二套。

商 挺

字孟卿,一作梦卿,号左山老人,曹州济阴人(今山东省菏泽市),生于金卫绍王大安元年,卒于元世祖至元二十五年(1209—1288)。金亡时年二十四,北走投依赵天锡,并与诗人元好问交游。元初,曾任行台幕官、京兆宣抚司郎中,因从元世祖征伐,屡建大功,官至中书参知政事,谥文定,追封鲁国公,善隶书及山水墨竹,著诗千余篇,惜多散佚,所作小令富有民歌风味。今存小令十九首。

曹　德

字明善，生卒年不详，元仁宗至顺帝初年（1312—1334）仍在世。曾任衢州（今浙江省衢州市一带）路吏、山东宪吏等小官，为人耿直、甘于自适，散曲作品华丽自然。《录鬼簿》称其不在张小山之下，惜今仅存小令十八首。

陈草庵

生平不详。《录鬼簿》称他为"陈草庵中丞"，列于前辈名公中。就现存的二十六首《山坡羊》小令来看，皆叹世之篇，极状恬退之乐，清峭自然，不假雕饰。

贯云石

本名小云石海涯，号酸斋，又号芦花道人，新疆畏吾儿族（即今维吾尔族）人，生于元世祖至元二十三年，卒于泰定帝元年（1286—1324）。乃元朝开国功臣阿里海涯之孙，因父名贯只哥，便以贯氏为姓。年少时，臂力过人，善骑射，能腾身上马，运朔生风，初袭父官为两淮万户府达鲁花赤，镇永州，后因深受汉族之熏陶，又有感于宦情素薄，乃让官于其弟忽都海涯，比从姚燧学。姚燧见其文章"峭厉有法"，诗歌"慷慨激烈"，颇为赏识器重。仁宗时，拜为翰林侍读学士，不久又托病归隐钱塘。所作散曲，在豪放中见清逸，与同时代之徐再思齐名，再思号甜斋，任中敏合辑二人作品名之为《酸甜乐府》。今存小令七十九首，套数八套。

冯子振

字海粟，号怪怪道人，又号瀛洲洲客，攸州人（今湖南省攸县）。生于元宪宗七年，卒于仁宗延祐元年（1257—1314），曾任承事郎集贤待制。其人博学强记、文思敏捷，以文章名于世，金华宋景濂称之云"海粟冯公以博学英词名于时，当其酒酣气豪，横厉奋发，一挥万余言，少亦不下数千"。所作散曲，豪放潇洒，贯云石序《阳春白云》云"海粟之词，豪辣灏烂，不断今古"。今存小令四十四首。

景元启

生平不详。《全元散曲》中，存小令十五首，套数一套。

乔　吉

字梦符，号笙鹤翁，又号惺惺道人，太原人（今山西省太原市）。生于元世祖至元十七年，卒于顺帝至正五年（1280—1345），后流寓杭州。因一生穷困潦倒，遂寄情于诗酒，自称为"不应举江湖状元"，与歌女李楚仪最为友善，曾多次赠以曲章。对于散曲写作，有其独到之见解，认为作曲须以"凤头、猪肚、豹尾"为法则，意即起要美丽如凤头，中要浩荡如猪肚，结句要有力如豹尾，尤贵在首尾贯穿，意思清新。就本身作品而言，颇善于塑造艺术形象，及运用方言俗语，乃以奇特取胜，与张可久齐名。李开先云："乐府之有乔、张，犹诗家之有李、杜。"所作杂剧今存《两世姻缘》《扬州记》及《金钱记》三种，散曲有《乔梦符小令》行世。今存小令二百零九首，套数十一套。

曾　瑞

字瑞卿，号褐夫，大兴人（今北京市大兴区），约生活在元代宗大德年间（1297—1307），与郑光祖同时代。自北南来后，因"喜江浙人才之多，羡钱塘景物之盛"，乃定居杭州。《录鬼簿》称其"神采卓异""志不屈物"，是以无心仕士，悠游于市井，依赖江南朋友之接济以维生。又长于隐语、工画山水，专学宋代范宽之画，所作散曲集名为《诗酒余音》，今已佚。今存小令九十五首，套数十七套。

汤　式

字舜民，号菊庄。元末象山人，生卒年不详。曾为县令，但非其志愿，后落魄江湖。至明成祖在燕邸时，对他甚厚，永乐间赏赉常及，好滑稽，所作乐府套数极多，语多工巧，江湖盛传之。亦是明代剧作家，为国初十六人之一。有《笔花集》行世。

杨　果

字正卿，号西庵，祈州蒲阴人（今河北省安国市），生于金章宗承安泰和间，卒于元世祖至元十年前后（约1196—1273）。幼失怙恃，避乱河南，以章句授徒为业。金哀宗正大元年（1224）登进士第，曾任偃师县令，以廉洁精干著称，入元后累官参知政事，至元六年（1269）任怀孟路（即怀庆路，在今河南）总管，不久，以老致仕，谥文献，为元初著名文士，据《元史》本传云："果性聪敏，美风姿，工文章，尤长于乐府，外若沉默，内怀智用，善谐谑，闻者绝倒。"有《西庵集》行世，风格偏于典雅。今存小令十一首，套数五套。

杨朝英

字不详，号澹斋，青城人(今山东省高青县西)，与贯云石为好友。曾辑部分元人小令及散套为《阳春白雪》《太平乐府》两种散曲总集，使部分元人散曲得以传世，集中亦有自己之作，散曲风格兼有清丽、豪放，杨维桢作《周月湖今乐府序》，以澹斋与关汉卿、卢挚、庾天锡并论。今存小令二十七首。

赵禹圭

字天锡，汴梁人(今河南省开封市)。大约在14世纪初叶的元至顺年间（1330—1332），做过镇江府判，有杂剧《何郎傅粉》《金钗剪烛》二种，惜已佚。余均不详。所作散曲小令传世者仅存七首。《正音谱》说："赵天锡之词，如秋水芙蕖"。

赵善庆

字文宝，一作文贤，生卒年不详，饶州乐平人(今江西省乐平市)。善卜术，曾任阴阳学正，有杂剧八种，惜今皆散佚，散曲作品风格秀丽，音律工整，善于写景。仅存小令二十九首。

赵显宏

号学村，生平不详。现存小令二十一首，套数二套。见《太平乐府》。

刘秉忠

字仲晦，初名侃，拜官后更名秉忠，邢州人（今河北省邢台市），生于元太祖十一年，卒于元世祖至元十一年（1216—1274）。自号藏春散人，自幼好学，十七岁即出任邢台节度使府令史，后因不满刀笔吏之生活，遂隐居武安山中为僧，改名子聪。元世祖忽必烈在潜邸时，海云禅师被诏，因闻仲晦博学多才，乃邀其同行，入见时应对称旨，世祖颇爱其才，至元元年（1264），拜为光禄大夫、位太保，参与元代建国初期之重要决策，并曾协办制行朝仪官制，谥文正，封赵国公、常山王，有《藏春散人集》，所作小令多为写景之作，而又别有寓意。《尧山堂外纪》评为"凄恻感慨，千古寡和"。今存小令十二首。

刘　致

字时中，号逋斋，生卒年不详，石州宁乡人（今山西省平阳县），后因其父任广州怀集县令，遂流寓长沙，与贯云石皆从姚燧学。大德二年（1296）得姚燧推荐，任湖南宪府吏，后历任永兴州判、河南行省掾、翰林待制、江浙行省都事等官职。陶宗仪《辍耕录》卷九称其为"海内名士"，并云身后"贫无一为葬"，应当是廉洁守法之人，所作小令，现存七十余首。

刘庭信

又名廷玉。身黑而长，因排行第五，时称"黑刘五"。为人多才思，能信口成句。《录鬼簿》说他"风流蕴藉，超出伦辈，风晨月夕，唯以填词为事。"有小令三十九首，套数七套。多半写男女风情、离愁别恨以及戒嫖荡之类的题材，且多吸收民间口语，模仿俚曲的作品，《正音谱》说"刘庭信之词，如摩云老鹘"。

刘燕歌

元名妓，善歌舞，生平不详。《青楼集》载："齐参议还东山，刘赋《太常引》以饯。"词极凄婉，所存止此一首。

邓玉宾

生平不详。据《录鬼簿》的记载，他曾做过同知（州的副长官），并称他为"前辈名公"。其作品多写道士的生活，并有"丫髻环条，急流中弃官修道"的话。《正音谱》说："邓玉宾之词，如幽谷芳兰。"现存小令四首，套数四套。

郑光祖

字德辉，平阳襄陵人（今山西省临汾市附近）。以儒补杭州路吏，大约生活在元代宗大德年间（1297—1307），为人正直不阿，乃元曲四大家之一，有杂剧十八种，现存《倩女离魂》等七种。《录鬼簿》称其"名闻天下，声彻闺阁"，可知其对戏剧界之影响，时人普遍尊称为郑老先生。《太和正音谱》称其所写戏曲："出语不凡，若咳唾落乎九天，临风而生珠玉。"至于散曲作品则有清新秀丽之气。今存小令六首，套数两套。

卢　挚

字处道，一字莘老，号疏斋，又号蒿翁，涿郡人（今河北省涿州市）。生于元太宗七年，卒于成宗大德四年（1235—1300）。至元五年（1268）登进士第，累迁少中大夫、河南路总管；大德初，授集贤学士大中大夫，出任湖南、江东等地廉访使，官至翰林学士，生平足迹遍布西北、两湖、江浙诸省，与著名散曲家马致远、女艺人珠帘秀均有唱和。诗与刘因齐名，散曲与姚燧齐名，号称"姚卢"，尤以卢挚之成就最高。在元代散曲前期作家中，除马致远外，以其作品数量最多，在《全元散曲》中收有小令一百二十首，贯云石序《阳春白雪》，称疏斋之词妩媚如"仙女寻春，自然笑傲"，然亦有粗率质朴之作。今存小令一百二十首。

薛昂夫

名超吾，以字行。又字九皋。回鹘人（今新疆）。汉姓马，故亦称马昂夫，或马九皋。他是元代少数民族中的诗人、散曲家。《正音谱》将薛昂夫与马九皋分为两人，非是。兹从孙楷第《元曲家考略续编》改正。曾官三衢路达鲁花赤。善篆书，有诗名，常与诗人萨都剌唱和。晚年退出官场，大约在杭县皋亭山一带隐居，张小山有《访九皋使君朝天子》一首，即其人。据《南曲九宫正始》序说："昂夫词句潇洒，自命千古一人。深忧斯道不传，乃广求继己业者，至祷祀天地，遍历百郡，卒不可得。"昂夫之词，疏放自然，乔、张之别调。《正音谱》说："薛昂夫之词，如雪窗翠竹。"又说："马九皋（即薛昂夫）之词，为松阴鸣鹤。"现存小令六十五首，套数三套。大都写西湖景物的美好、人物的清华。评者以为其成就在贯云石之上，也有人以为他的作风和马致远相似。

钟嗣成

字继先，号丑斋，汴梁人(今河南省开封市)。生卒年不详。早年从江浙儒学提举邓文原学诗文。曾多次参加明经科试，均不第。后来就长居杭州，和当时的词曲家常来往。从事杂剧和散曲的创作。他所编著的《录鬼簿》保存了不少元代杂剧和散曲作家的事迹，是研究元曲的重要著作。他所写《钱神论》《蟠桃会》等作品，都已失传。散曲今存小令五十九首，套曲一套。内容充满了对当时黑暗现实的愤懑与不平。《正音谱》云："钟继先之词，如腾空宝气。"

鲜于必仁

字去矜，号苦斋，渔阳人（今北京市密云区西南）。太常寺典簿鲜于枢之子，以乐府擅长。鲜于枢吟诗作字，奇态横生，去矜能世其家学（见《新元史·文苑·鲜于枢传》）。与海盐杨梓之二子交游，故杨氏家僮无不善南北歌调，州人传为"海盐腔"（见《乐郊私语》）。《正音谱》云："鲜于去矜之词，如奎壁腾辉。"

关汉卿

字不详，号已斋叟，大都人（今北京），金末解元，后为太医院尹，约生于元太宗朝（1229—1241），卒于成宗大德初年（1297—1307），不乐仕进，并加入玉京书会，经常活动于市井，喜将耳濡目染之情事及古人故事编撰为戏剧，并曾亲自参加演出。所作杂剧凡六十四种，今存《窦娥冤》等十六种，为元代杂剧之重要作家，与马致远、郑光祖、白朴合称"元曲四大家"。元熊自得《析津志·名宦传》写其个性云:"生而倜傥,博学能文,滑稽多智,蕴藉风流,为一时之冠。"今存小令五十七首,套数十三套,残套二套。

兰楚芳

兰,一作蓝。西域人,生平不详。大约生活在元末明初。据说他曾任江西元帅,甚有功绩。《录鬼簿续编》说他"丰神秀英,才思敏捷"。和刘庭信相友善,在武昌唱和乐章。人们把他俩比为唐代的元白。在《全元散曲》中,有他的小令九首,套数三套。

附录二：曲牌简介

一半儿

属仙吕宫，是由词中的【忆王孙】改作而成的，专作小令用。【忆王孙】的句法是：七七、七、三七，共五句，三十一字；而本调的句法，则为：七七、七、三九，共五句，五韵，三十三字。原因是在最后一句，一定要写成两个"一半儿"云云，所以变为三十三字；同时末一个字，最好用上声，不得已才用平声，但不得用去声。曲中的"一半儿"的"儿"字并不是衬字。"一半儿"三字和【叨叨令】的"也么哥"一样，系属于定格衬字，是作此调时不可缺少的。第一、二两句宜作对，有时前三个七字句作鼎足对。

一枝花

属南吕，套曲专用，又名"占春魁"。在唐代天宝中，常州刺史荥阳公子应举，认识长安名伶李娃，遂相恋，后因种种原因而分离又复合。李娃后来被封为"汧国夫人"，并有传奇流传下来（即有名的《李娃传》）。李娃初名一枝花，即因其貌美的缘故。句法是：五五五五、四五、五七七，共九句，六韵，四十八字。前四句各自作对。

十二月过尧民歌

属中吕。这是一首带过曲，即由同属中吕宫的【十二月】与【尧民歌】两支曲子组成，称为某曲"过"某曲，或某曲"带"某曲，或用"兼"字，或全略去，只写两调的调名也可以。

【十二月】又可入正宫，《大成曲谱》谓通体四字六句，共二十四拍。由于字少拍多，故可减少一两板。最后两句，有人在句头各增三字，就变成上三下四的两个七字句；在音律上容易与下面尧民歌的七字句相衔接。它的句法是：四四、四四、四四，共六句，五韵或六韵，三十六字。首二字应该作对，或首四句作联珠对，末两句也应以作对为主。

【尧民歌】也可入正宫。它的句法是：七七、七七、二五五，共七句，七韵，四十字。首四句，或两两作对，或作联珠对，都可以。又最后两句，也应以作对为上。

人月圆

属黄钟，小令专用。本调作品，并不太多，在元人中，仅只有徐再思的两首、张可久的十五首，以及倪瓒的两首。调名是由词而来，而词名又是从宋驸马王晋卿的元宵词"年年此夜，华灯盛照，人月圆时"句而来。

它的句法是：七五、四四四、四四四、四四四；共十一句；或四韵，或五韵，或六韵均可；四十八字。本调凡四字句相连的地方，如第三、四、五及第六、七、八各句，本来奇偶不拘，但以作成鼎足对为佳。

大德歌

属双调，小令专用。与词中的【长相思】近似。它的句法是：三三五、五五、七五，共七句，六韵或七韵，三十三字。现在所传者，只有关汉卿的十首，别无作者。第一、二两句，应该押平声韵。第四句的第二字，是暗韵（或称藏韵），最好遵守。

山坡羊

属中吕，既可借入商调，又可借入黄钟宫，小令专用。一名"苏武持节"，又称"山坡里羊"。在南曲商调里，也有【山坡羊】的牌名，与此大同小异。句法是：四四七、三三七七、一三一三；共十一句；或九韵，或十韵，或十一韵，均可；四十三字。在这个曲调里，多是对仗语及重叠语。第一、二两句，及第四、五两句，必须作对。

小桃红

属越调，小令、散套兼用。本调一名"降都春""武陵曲""采莲曲""诗余连理枝"，又名"平湖乐"，见王恽"秋涧乐府"。它的句法是：七五、七三七、四四、五；共八句；四十二字；或六韵，或七韵，或八韵均可。第六、七两句，可押韵，可不押韵，没有一定。又此两句，必作对为上。

小梁州

属正宫，又入中吕、商调。本调又名"小凉州"，是由宋代大曲而来，与词中的【梁州令】、南曲中的【古梁州】，及【梁州序】等，并没有关系。它的句法是：七四七、三五（么篇换头）七七、三三、四五；共十一句；或九韵（第八句、第十句不用韵），或十韵，或十一韵均可；五十五字。第七句本来是个六字句，但作者例在句头多加一个衬字，变为上三下四的七字句，俨然成为定格了；又第八、九两句，最好作对，且第九句，最好押去声韵。

太常引

属仙吕，小令专用。本调的作法，与词中的【太常引】相同。句法是：七五、五七（么篇换头）四四五、五七；共九句；或七韵，或八韵，或九韵均可；四十九字。第五、六两句最好作对，么篇可用，可不用，并没有严格的限制。

天净沙

属越调。"天净沙"的"沙"，一作"纱"；又名"塞上秋"。它的句法是：六六六、四、六，共五句，五韵，二十八字。一般是头两句作对，也有连同第三句作鼎足对的。它的作法，因为全调都是双字句，所以每句以两字为一小节。但最后一句，可以通融，作为六字折腰句，例如马致远"断肠人在天涯"（《秋思》），又如张可久"探梅人过溪桥"（《鲁卿庵中》），而正格仍是以每两字为一小节为准。

水仙子

属双调，又可入中吕及南吕。本调一名"凌波曲"，又名"凌波仙"，或叫"湘妃怨"，一称"冯夷曲"。另外有【商调水仙子】，与【黄钟水仙子】，均与本调无关。同时在南曲【大石调】的引子里，也有【水仙子】，其句法与本调相似。它的句法是：七七七、五六、三三四，共八句，七韵（第六句不用韵），四十二字。其中第一、二两句，及第六、七两句最好作对。第五句本来只有六个字，但许多作曲的人，照例多加一个衬字，变为上三下四句法，似已成为定例了。

四块玉

属南吕。它的句法是：三三、七七、三三三；共七句；或五韵，或六韵，或七韵均可；二十九字。其中第一、二两句，及三、四两句，最好作对。又第五、六、七句，以作鼎足对为上。

叨叨令

属正宫。它的句法与【塞鸿秋】的句法相似，都是：七七、七七、五五七，共七句，五韵，四十五字。不同的只是本调在第五、六句里，多加了两个定格衬字"也么哥"或"也波哥"而已。其中第一、二、三、四各句，全为一样的句法，称为连璧对。第五、六两句为叠句，其中定格衬字"也么哥"或"也波哥"是作曲时不可缺少的。又本调全是去声韵，故可用独木桥体。

快活三带朝天子四边静

属中吕带过曲。【快活三】的句法是：五五、七五，共四句，四韵，二十二字。前两个五字句最好作对。【朝天子】的句法是：

二二五、七五、四四五、二二五，共十一句，四十三字，十一韵。首二句有时作对，有时写为叠句，无严格限制，至于六、七两句，则通常作对者较多。这支曲也可单独使用，韵密急促，读起来比较畅快。【四边静】的句法是：四七四四、四五，二十六句，二十八字，六韵。这支曲和【快活三】一样，只能作套曲或带过曲，不能单独使用。

沉醉东风

属双调。在南曲仙吕调中，也有【沉醉东风】的调子，但与此不同，本调的句法是：七七、三三、七、七七，共七句，六韵，四十一字（第三句不用韵），通常头两句的字数，本为六六，可是一般的作者，都喜欢写成上三下四的七字对句。另外，第三、四两句，也应作对。又最后一句的末一字，一定要写上声韵，如不得已，可用平声。但不可用去声。

折桂令

属双调。本调尚有八个别名："广寒宫""秋风第一枝""天香引""天香第一枝""步蟾宫""蟾宫引""蟾宫曲""折桂回"。《北词广正谱》中，别有【蟾宫曲】，与本调不同，可是在元人作品中，事实上与【折桂令】一名，混合使用。它的句法是：六四四四、四四、七七、四四四，共十一句，七韵（第二句、第四句、第五句、第十句不押韵），五十二字。它的句法有十句、十一句、十二句及十三、十四句者，长短没有一定，主要原因是在四字句处，可以随意增减。甚至在套曲中有多至十七句者；但在作小令时，最多增加六句为止。普通常用的是六字句，但一般人都喜欢增多一个衬字，变为上三下四的两个七字对句了。至于调末的几个四字句，如果有三个，应作鼎足对；如果有四个，应作连珠对。

迎仙客

属中吕，又可入正宫，也可入南中吕。它的句法是：三三七、三三、四五；共七句；或五韵，或六韵，或七韵均可；二十八字。第

一、二两句，及第四、五两句，应该作对。

金字经

属南吕，亦入双调。本名"阅金经"，《乐府新声》又作"西番经"。它的句法是：五五七、一五、三五，共七句，六韵（第一句不用韵）或七韵，三十一字。第一、二两句，最好作对。一字句，不须叠用上句的末字，但也不可省，尤忌失韵。另有别体，乃将一字句，改为三字句，诸谱误以为是所加的衬字，可能不是如此。

凭栏人

属越调，小令专用。本调原出于《诸宫调》。在《诸宫调·道宫》里的【凭栏人】，与此名同实异；然却与南曲越调的引子相似。句法：七七、五五，共四句，二十四字，四韵。第一、二句作对，第三、四句作对。

红绣鞋

属中吕，又可入正宫。一名"朱履曲"；明施子野的《花影集》中又称为"双乘凤"，则为南曲。它的句法是：六六、七、三三五，共六句，五韵或六韵，三十字。第一、二两句应作对。又第四、五两句，也以作对为上，且照例可以在每句句头加两个衬字，无形中就成为五言偶句了。第六句末一字，最好用上声，不得已则用平声，但不可用去声。

寄生草

属仙吕，又可入商调，小令、散套兼用。它的句法是：三三、七七七、七七；共七句；四十一字；或五韵，或六韵，或七韵均可。第一、二两句，曲家往往在句头各多加两个衬字或三个衬字，均非正格。第一句的仄声韵最好用去声，不得已则用上声，又第一、二两句，即第六、七两句各以作对为上。第三、四、五各句，应为鼎足对。最后一句的韵脚最好是用去声。

清江引

双调，一名"江儿水"，但与南曲中的【江儿水】不同。它的句法是：七五、五五、七，共五句，四韵（第三句不押韵），二十九字。第三、四句宜作对。

干荷叶

属南吕，又可入中吕及双调，小令专用。一名"翠盘秋"。元人作品中，仅有刘秉忠的八首。又有明人所作类似小曲的【干荷叶】，名称虽同，而作法各异。它的句法是：三三五、三三七、五，共七句，六韵（第一句不用韵）或七韵，二十九字。第四、五两句，最好作对。最后一句，多半押去声韵。

得胜乐

属双调，小令、散套兼用。又名"德胜乐"，与【雁儿落】所常带过的【得胜令】不同。元人作者，仅有白朴和无名氏的八首而已。它的句法是：三三六、六六；共五句；二十四字；或三韵，或四韵，或五韵均可。第一、二两句最好作对。

梧叶儿

属商调，也可入仙吕。一名"知秋令"，在乔吉的《文湖州集·词》里，又作"碧梧秋"。它的句法是：三三五、三三、三七；共七句；或五韵，或六韵，或七韵均可；二十七字。通常第一、二两句，及第四、五两句作对。也有把第四、五、六各句作鼎足对的。另有别体，其衬字最多者称为"百字知秋令"，但作者不多，在元代只有王和卿一首而已，且正衬字繁乱，不足为法。

普天乐

属中吕，又可入正宫，名"黄梅雨"。本调名出自宋代大曲，与《九宫大成谱》高大石角内的【北普天乐】，及正宫内【南普天乐】，都不相同。它的句法是：三三、四四、三三、七七、四四四；共十一句；或六韵，或七韵，或八韵，或九韵均可；四十六字。第一、二两句，第三、四两句，第五、六两句都应该作对。第九、十、十一各句，应作鼎足对。

朝天子

属中吕，又可入正宫或双调，小令、散套兼用。本调一名"谒金门""谒天子"，或称"朝天曲"，与词中之【朝天子】即【谒金门】不同。句法是：二二五、七五、四四五、二二五，共十一句，四十三字，十韵或十一韵。第一、二两句大致有三种不同的作法：①假使四个字不相同，往往是对仗。②半叠句者，有时叠上字，有时叠下字。③从意义上看，两个二字句，并不加衬字，实际上是一句，若加衬字，则变为五言或七言偶句。至于九、十两句，情形与一、二两句同。

雁儿落带得胜令

雁儿落带得胜令属双调，又可入商调。一名"鸿门奏凯歌"。【雁儿落】，亦称"平沙落雁"，明人又叫"鸿归浦"。其句法分别是：五五、五五；共四句；二十字；或两韵，或三韵，或四韵均可（【雁儿落】）。五五、五五、二五、二五；共八句；三十四字；七韵，或八韵（【得胜令】）。

【雁儿落】与【得胜令】由于五字句居多，所以在音律上容易衔接。【雁儿落】的第一、二两句，及第三、四两句，最好作对。【得胜令】的第一、二两句及三、四两句，各以作对为上，不对亦可。第五、六两句，及七、八两句，在意义上可并为一句，只是须得分为二五而便于押韵罢了。

喜春来

属中吕，亦可入正宫。一名"阳春曲"，乔吉《文湖州集·词》中一名"惜芳春"。它的句法是：七七七、三五，共五句，五韵，二十九字。第一、二两句必作对，或连第三句作鼎足对。第一句的韵脚或押去声韵，则第四句当押上声韵；反之，第一句若押上声韵，则第四句必押去声韵；切不可都用上声，或都用去声。

黑漆弩

属正宫。又名"鹦鹉曲",一称"学士吟",王恽又称"江南烟雨"。此曲句式为:七六、七六(么篇换头)七六、七六,共八句,五韵,五十二字。全调共有四个七言字句,除第一句外,其他都应作上三下四的句法为佳,但第五句,也有作上四下三的。么篇的第一句,通常不必押韵。

塞鸿秋

属正宫,又可入仙吕及中吕,小令专用。句法是:七七、七七、五五七,共七句,六韵或七韵,四十五字。一、二、三、四句应为连珠对,五、六两句也以作对为佳。

殿前欢

属双调,一名"小妇孩儿",又名"凤引雏",或称"凤将雏",《乐府群玉》中,或作"燕引雏"。它的句法是:三七七、四五三五。共九句,四十二字,八韵(第八句不用韵)。有的人喜欢在第六句上多加两个衬字,就连同上下第五、七两句作五言鼎足对。又最后两句,通常是叠字倒句形式,但也有不这样写的,并无严格的规定。

解三酲

属南仙吕,句法是:七七、七六、七七、三四四,共九句,八韵(第七句不用韵),五十二字。第一、二两字及第五、六两句以作对为上,第四句为六字折腰。

落梅风

属双调,与小石调引子的【落梅风】不同。一名"寿阳曲",与词中的【捣练子】相似,仅首句的平仄微有不同。句法是:三三七、七七,共五句,四韵(第一句不用韵),二十七字。第三句及末句均上三下四,与第四句上四下三配合,在节奏上就显得快慢均衡,读起来别有风味。

绿么遍

属仙吕,与正宫的六么遍不同。它的句法是:三三、四四、四四、

七、二七，共九句，八韵（第三句不用韵），三十六字。第三、四两句应作对，也有把首二句合为七字句的，但作者不多。

满庭芳

属中吕，亦入正宫，又可入仙吕。与词中的【满庭芳】名同实异。它的句法是：四四四、七四、六六、三四五；共十句；九韵（第二句不用韵），或十韵；四十七字。第二、三两句，及六、七两句，应当作对。也有把第一句与第二、三两句连在一起作鼎足对的。又，第四句最好是押去声韵。

寨儿令

属越调。一名"柳营曲"，但与黄钟宫的【柳营曲】不同。它的句法是：三三七、四四五、六六、五五、一五，共十二句，十一韵（第九句不用韵），五十四字。第四、五两句、七、八两句及九、十两句，均应作对。又第七、八句，本为六字，但也可作上三下四的七字句。至于第十一句，照定格只有一字，有的用"嗏"，有的用"呀"字，例用平声，很少用仄声。好像是定格衬字，然可随作者酌意转换，并没有严格的限制。

潘妃曲

属双调，小令、散套兼用。一名"步步娇"。元人散曲中，仅只有商挺的十九首和无名氏的五首，其他作者无闻。它的句法是：七五、三七、三五，共六句，三十字，六韵。

庆东原

属双调，本调一作"庆东园"，又名"郓城春"。它的句法是：三三七、四四四、三三；共八句；或六韵，或七韵，或八韵均可；三十一字。第一、二两句，及七、八两句，均应作对。第四、五、六各句，应为鼎足对。

醉太平

属正宫，又可入仙吕及中吕。本调一名"凌波仙"，但与词中的【凌波仙】不同。它的句法是：四四、七四、七七七四，共八句，四十四字，八韵。第一、二两句最好作对；第五、六、七各句，应作鼎足对。

醉中天

此曲属仙吕，又可入越调及双调。它的句法是：五五、七五、六四六，共七句，七韵，三十八字。本调第一、二两句，最好作对，不对亦可。也有人把末句减为四字句，仍为七韵。又第六句，最好是押去声韵。

醉扶归

仙吕，小令专用。句法是：五五、七五、六五，共六句，六韵，三十二字。第四、六两句必须押去声韵。

醉高歌

属中吕。一名"醉高楼"，但与词中的【醉高楼】不同。它的句法是：六六、七六，共四句，四韵，二十五字。第一、二两句最好作对。第三句有时可作六字句，但非正格。第二句及第四句的末二字，最好用去上，不得已才改用去平。

卖花声

属双调，小令、散套兼用。本调一名"升平乐"，在散套中也可以用作"煞"，所以又叫"卖花声煞"。乔吉《文湖州集·词》称为"秋云冷"，或称"秋云冷孩儿"。按本调原系中吕，是借入双调的，与词中的【卖花声】，并不相同。句法是：七七七、四四七；共六句；三十六字；或四韵，或五韵，或六韵均可。第一、二、三各句，应为鼎足对，但也有只对头两句，第三句不对者。

拨不断

属双调。一名"续断弦"。它的句法是：三三、七七七、四，共六句，三十八字，六韵。第三、四、五各句，多作鼎足对，但不对亦可。全曲句法，有时划分为三三七、七七、四，以便于第四、五两句作对。

无论怎样分法，总以连绵不断、一气呵成为上，故名"拨不断"。

双鸳鸯

本调一名"合欢曲"，属正宫。与双调的【落梅风】的句法及字数相似，仅在押韵方面不同。又与词中的【捣练子】略同，只是首句的平仄稍有差异而已。它的句法是：三三七、七七；共五句；二十七字；或三韵，或四韵，或五韵皆可。